冷山

Cold Mountain

[美] 查尔斯·弗雷泽 著　丁宇岚 译
Charles Frazier

上海译文出版社

图字：09-2023-1179 号

图书在版编目（CIP）数据
冷山／（美）查尔斯·弗雷泽（Charles Frazier）著；丁宇岚译. -- 上海：上海译文出版社，2025. 1.
ISBN 978-7-5327-9691-5
Ⅰ. I712. 45
中国国家版本馆 CIP 数据核字第 2024RW9023 号

冷山
［美］查尔斯·弗雷泽　著　丁宇岚　译
责任编辑／宋　佥　装帧设计／胡　枫　封面插画/CiCi Suen

上海译文出版社有限公司出版、发行
网址：www. yiwen. com. cn
201101　上海市闵行区号景路 159 弄 B 座
山东韵杰文化科技有限公司印刷

开本 890×1240　1/32　印张 12　插页 5　字数 273, 000
2025 年 1 月第 1 版　2025 年 1 月第 1 次印刷
印数：0, 001—6, 000 册

ISBN 978-7-5327-9691-5
定价：78. 00 元

献给凯瑟琳和安妮

很难相信，在宁静的森林和欢乐的田野之间，生命正在进行无声而可怕的战争。

——《达尔文日记》(1839)

人问寒山道，寒山路不通。

——**寒山**[①]

① 中国唐代诗人。美国“垮掉的一代”将其奉为偶像。——译注，下同

目 录

2024中文版作者序

《冷山》是我的第一部小说，创作的依据是四位祖先在美国南北战争期间的经历，他们是山区农民家庭的四兄弟，家里没有奴隶。这几位年轻人并非应征入伍，而是自愿参战的。当我了解越来越多关于这几位先人的事迹，我不断追问自己，为什么？

此四人中，两人返乡，两人死于战争。我的高祖父回到家乡，建造了一座小教堂，讲了一篇宣扬和平与包容的基督教布道文。邻近的乡民指责他没有阐明地狱有多恐怖。我认为，对他来说战争就是地狱，这已经足够了。当他退休之后，在他的强烈赞成之下——他的继任者是我的家乡北卡罗来纳州第一位掌管教会的女牧师。我相信，在可怕的战争岁月中，他的思想发生了深刻的变化。

我的小说主人公名叫英曼，我把真实生活中的这几位兄弟融为一体，塑造了这样一个人物。故事开头，英曼躺在军队医院里，脖子受了重伤。他没有完全康复，就离开了军队，一路向西，走上了一条漫长、疲惫、危机四伏的旅程，回到群山环抱的家园。我把他的故土描绘成和平之乡，与他四年来经历的战争形成鲜明的对照。我父母双方的亲戚都生活在冷山——北卡罗来纳州阿巴拉契亚山脉的高峰之一的北坡，因此，我给英曼的家乡起名叫“冷山”。

冷山脚下有一条小路直达1 840米的顶峰，我的祖辈之一在小路尽头有一座小木屋——那里没有电，也没有水管。这是我童年时唯一所知的冷山。冷山巍峨广袤，山上高处是政府指定的荒野地区，有为数众多的黑熊和响尾蛇出没。我的祖父有时会在夏末，带领孙辈爬到山顶附近野营和摘蓝莓。 我十几岁的时候，听说了另一座“冷山”——那是寒山隐居的山。 我了解这些，是因为读了加里·斯奈德翻译的寒山诗。

此后又过了很多年，北卡罗来纳州西部的地形图上记录的真实、有形的冷山，我在本书中创作的冷山，寒山之山——这三座冷山逐渐融合为一座。

当然，寒山拥有文学上的首创。 多年来，我一直保留着一本破旧的平装小开本寒山诗，小到足以放进牛仔裤的口袋。 真希望我还记得这本书丢到哪里去了。 我在独自徒步旅行的时候带着它，我还买了新版的寒山诗送给朋友。 寒山有首诗写了独行寒山中的惊惧。 我有很多次孤身一人在森林中，就着蜡烛的微光读这首诗。

我希望，寒山诗中高耸、孤绝的寒山之宁静，跟我的主人公经历的无休止的战争形成鲜明对照。 英曼的漫长旅途的目标是回到家乡——冷山。 然而，寒山为我们所有人留下了一个复杂难解的公案，而英曼也在旅途中尝尽了苦头：人问寒山道，寒山路不通。

——查尔斯·弗雷泽

乌鸦的影子

迎着第一缕晨光，苍蝇开始嗡嗡地飞。英曼的双眼和脖子上长长的伤口吸引着它们，苍蝇翅膀的嗡鸣和腿脚的触碰催促他快点醒来，比一整院子的公鸡还厉害。医院病房里的一天又开始了。他伸手赶走苍蝇，目光越过床脚，朝打开的三层悬窗外望去。通常，他能看见红色的土路、一棵橡树和一道低矮的砖墙。远处是一片田地，整齐的松林向西延伸至地平线。医院建在目之所及唯一的高地上，对于平原来说，这里视野已经很开阔了。然而现在天色尚早，还看不到什么景色，仿佛窗户也漆成灰蒙蒙的了。

要不是室内太昏暗，英曼本可以读书打发光阴，挨到早餐时间，手头在读的这本书颇能让他安神。但是，他昨晚难以成眠，为了读书入梦，已经点完了他的最后一根蜡烛，灯油太匮乏了，不能为了消遣，就耗尽医院有限的灯光。于是他起身穿好衣服，坐在靠背椅上，背对着阴郁房间里的病床和伤员。他又拍打着赶走苍蝇，向窗外一团雾气的黎明望去，等待外面的世界轮廓浮现。

窗户像一扇门一样高，他很多次想象穿过窗户他就能去另一个世界。在医院的最初几个星期，他的脑袋几乎不能动弹，唯一能做的就是望着窗外，勾勒着记忆中家乡往日的绿色。那是他孩提时成长的地方。湿润的小河岸生长着水晶兰；秋天草地的一角爬满棕黑色的毛毛虫。山核桃的一根枝条斜伸向小路，他经常在黄昏时分攀上树丫，看父亲赶着牛群去往牲口棚。它们会从他脚下经过，然后他会闭上双眼，聆听它们蹄子哒哒的声音，踏着尘土渐渐远去，直到消失在纺织娘和青蛙的鸣叫中。显然，窗户只想把他的思绪拉回过去。这样也不错，他已经看清这个年代冷酷的铁面，心中无比震惊，所以他想象中的未来世界，也无非是重要的一切或者已被驱逐，或者心甘情愿地消逝。

他整个夏末都在望着窗外，天气闷热潮湿，日日夜夜窒息得好像透过抹布在呼吸，空气中的水汽让垫在身下的新床单也变得酸臭，他放在床边桌上的书本，一夜之间柔软的纸页上就能长起细小的黑蘑菇。英曼疑心观察这么久以后，灰色的窗户已经诉说完了所有的故事。可那天早晨，窗户却给了他一个惊喜，因为他想起一段失落的记忆。他坐在学校里，身边是一扇同样的高高的窗户，窗外是一片草场，低低的绿色波浪，延伸到绵延起伏的冷山尽头。那是九月的一天。学校的泥土操场后面是一片牧草地，草长到裤腰那么高，草尖正在变黄，是时候需要收割了。老师是个矮胖的男人，秃顶，脸色粉红。他只有一件破旧的黑外套和一双过大的旧长筒靴，靴尖已经翘起，鞋跟磨成了楔形。他站在教室前面，身体摇来晃去。清晨，他滔滔不绝地讲着历史课，教高年级的学生古代英国的重大战役。

年轻的英曼走了一会儿神，从课桌底下拿出帽子，捏着帽檐，手腕一甩，帽子飞出窗外，遇到一阵向上的风，飘了起来。帽子被风刮着，越过操场，落在牧草地的边缘，成了一个黑点，仿佛一只乌鸦的影子栖息在那里。老师看见英曼的小动作，让他去把帽子捡回来，然后等着挨鞭子。他有条带钻孔的戒尺，喜欢用来打人。英曼不知道当时是怎么鬼迷心窍，他走出门口，帅气地把帽子扣在脑袋上，迈步向前，再也没有回来。

天色渐晓，透过窗户的光线变亮，回忆渐渐散去。英曼邻床的男人坐起身，一如每个清晨，拄起拐杖走到窗边，不停地往外吐痰，用力把肺里的淤积咳干净。他拿把梳子理了理头发，他的黑色直发留到颌下，绕着脖子剪得平齐。他撩起刘海的长发捋到耳后，戴上一副墨镜——虽然天色尚早，可他的眼睛经不起一点微光的刺激。随后，他还穿着睡衣就走到桌边，钻进了稿纸堆里。他沉默寡言，言谈常止于寥寥数语，英曼对他所知甚少，只晓得他名叫巴利斯，战前在查珀尔希尔上过学，曾经修习过希腊文。如今，他醒着的时间都在翻译一本厚厚的小书，把潦草难辨的古文译成谁都能读懂的直白语言。他驼着背坐在桌旁，脸离开书本只有几英寸，在椅子里局促地扭动身体，想让腿伸得舒服点。他的右脚在科尔德港被葡萄弹炸飞，残肢迟迟没有愈合，从脚踝开始一寸寸腐烂。现在他膝盖以下截了肢，闻起来一直都像陈年的火腿。

有一段时间，房间里只有巴利斯笔尖的沙沙声和他翻书页的声音。随后，其他人开始喧哗、咳嗽，有些人呻吟了起来。天终于亮了，涂了漆的木板墙的接缝历历在目，英曼的身体朝后仰，椅子前腿翘起，开始数天花板上的苍蝇。数了数一共六十三只。

英曼向窗外眺望，景色渐渐清晰起来，他首先看到的是橡树黝黑的树干，然后是斑驳的草坪，最后是红色的小路。他正在等着瞎子过来。英曼观察那个男人的行踪好几个星期了。现在他的身体康复了很多，获准可以自由行动，他便下定决心出去，走到货车边上跟瞎子说话，英曼猜想他已经被伤病困扰很久了。

英曼是在彼得斯堡郊外的战役中负的伤。离他最近的两位战友扯开他的衣服，看了看他的脖子，以为他要死了，于是沉痛地向他告别。他们说，我们将在一个更好的世界重逢。不料，他竟然挺到了战地医院。医生们的态度也一样，把他归入垂死的一类，放在一张简易床上等死，但他侥幸没死成。两天后，战地医院床位紧缺，他们把他送到自己本州的常规医院。沉闷的火车一路南下。从混乱不堪的战地医院，到装满了伤员的货车车厢，他跟战友和医生一样，认为自己必死无疑。他只记得这趟旅行又闷又热，混杂着血腥味和屎臭味，许多伤员都在流脓血、拉肚子。他们只要有力气，就用枪托在木头车厢壁上砸出洞来，把脑袋探出火车吹风，仿佛装在板条箱里的家禽一样。

到了医院，医生们看了看他的伤势，也无计可施。他生死未卜。他们给了他一块灰色布头和一个小盆，让他自己清理伤口。刚开始几天，他稍微清醒一点就用布头擦拭自己的脖子，直到盆里的水变成雄火鸡冠的颜色。但最主要的是伤口自己在做清理。伤口结痂之前，一连串吐出了好多东西：他被击中时穿的衬衫上的一枚衣领纽扣和一片羊毛领，一块二十五美分硬币大小的柔软的灰色金属，无法解释的是，还有一块看上去像桃核的东西。他把这块东西放在床头柜上研究了好几天。他一直没法弄清楚，它到底是不是从他身体里长出来的。他最终将其扔出窗外，但后来他总是做噩梦，梦见它生根发芽，就像杰克的魔豆[①]一样变成某种怪物。

他的脖子终于打定主意要愈合了。起初几个星期，英曼既无法转动脑袋，也无法拿起书来读，只能每天躺着看那个瞎子。瞎子通常在破晓之后独自一人过来，他把货车推上小路，动作娴熟得就像明眼人似的。他在路对面一棵橡树下面摆好摊子，围一圈石头搭灶点火，用一口铁锅煮花生。他整天背靠砖墙坐在凳子上，贩卖花生和报纸给医院里康复到能走动的病人。没有人来买东西的时候，他就双手放在膝盖上，像个稻草人似的纹丝不动。

那个夏天，英曼眼中的世界就是一幅用窗框装裱起来的绘画。漫长的光阴过去了，景色虽然时有变化，但不外乎总是一条路、一堵墙、一辆货车和一位盲人。英曼有时会在心里慢慢地数着，看要花多少时间，景色才会有一点重要的变化。他给这个游戏制定了规则，飞过一只鸟并不算数，有人走过小路就算，天气的变化也算……太阳出来、下一场新雨都算，但云朵飘过投下影子不算。有几天，他一直数到几千都没什么算数的变化。他相信这个画面永远不会从脑海中消失——墙、瞎子、树、货车、路——无论他能活多久都不会消失。他想象自己是个正在思考这些的老头。画面中景物的碎片拼凑在一起，也许表达了某种意义，但他不知道究竟是什么意思，也许他永远都不会知道。

英曼的早餐是燕麦粥和黄油，他边吃边看着窗外，过了一会儿，他看见瞎子步履艰难地沿着小路推车而来，货车的重量使他弯下了腰，车轮底下扬起两股尘土。瞎子生起火、煮上花生，英曼把盘子放在窗台上，然后走出门去，像个老头一样蹒跚着穿过草坪走到小路上。

瞎子的肩膀很宽，臀部敦实，他的马裤用一根皮带在腰间扎紧，跟磨

---

① 传统童话故事里，小男孩杰克的有魔力的豌豆一直长上了天空。

剃刀的皮带一样宽。烈日炎炎，他却没有戴帽子，浓密的灰发剪得乱糟糟的，发质粗糙，就像刷子上的鬃毛。他低头坐着，仿佛在苦思冥想。英曼走到他跟前，他便抬起头来，好像真能看见他似的。他的眼皮布满皱纹，凹陷进本来是眼球的地方，就跟皮鞋面一样死气沉沉。

英曼没有寒暄一下，张口就问，是谁把你的眼睛挖出来的？

瞎子脸上露出友好的微笑，他说，没有人。我生来就没有眼睛。

英曼吃了一惊，他在想象中认定，瞎子一定是在某些血腥而绝望的争端，或者惨绝人寰的兽行中被挖掉了双眼。他最近目睹的一切罪恶行径都是人类的双手所为，因此他几乎忘记了还有其他不幸的情况。

——你为什么生来没有眼睛？英曼问道。

——我就是生来如此。

——好吧，英曼说，你可真是坦然，大部分人都会一辈子抱怨自己命不好。

瞎子说，假如我看见了世界的模样，然后再失去，那岂不是更加不幸？

——也许吧，英曼说，那假如现在给你十分钟，让你长出眼球，你会拿什么来换？我猜会是很大的代价。

瞎子思考了很久。他的嘴角嚅动了一下。他说，我连印第安头像的一美分都不会付。我怕自己会因此满肚子怨恨。

——我就遭罪了，英曼说，有太多东西，我希望自己从来没有看到过。

——我不是这个意思。你说的是十分钟。我说的是得到某件东西，然后失去它。

瞎子把一张报纸卷成圆筒，拿一把漏勺伸进锅里，捞出一些潮湿的花生装进纸筒。他把花生递给英曼，来吧，举个例子，告诉我哪件事情让你希望自己看不见。

从何说起呢？英曼寻思着。莫尔文希尔，夏普斯堡，彼得斯堡……任何地方发生的事情都是惨不忍睹的绝佳例子。然而，弗雷德里克斯堡战役那天的景象尤其挥之不去。于是，他背靠橡树坐了下来，剥开湿漉漉的花生壳，用拇指把花生送进嘴里，开始给瞎子讲他的故事。一天清晨浓雾散去，浩浩荡荡的军队爬上山坡，朝一道石墙、一条凹陷的小路行军而来。英曼所在的军团奉命支援已经守在墙后的军队，迅速在玛莉高地顶部的白房子前排开队形。李将军①、朗斯特里特和插着羽毛的斯图尔特站在门廊前面的草地上，一边交谈，一边轮流用望远镜观察河对岸。朗斯特里特肩头裹着灰色羊毛披风，他跟另外两个人站在一起时，看起来活像个粗壮的猪贩子。不过，以英曼对李将军的思维方式的了解，他情愿在朗斯特里特手下打仗。尽管朗斯特里特看上去迟钝，但他有审时度势的头脑，常能让战士盘踞有利地形，以相对安全的阵势大开杀戒。当天弗雷德里克斯堡的战役，李将军对此战术颇不以为然，而朗斯特里特喜欢这么打仗。

英曼所在的军团整好队形后，便冲下山顶，进入联邦军猛烈的火力范围之内。他们中途停下来齐射了一轮，然后跑进石墙后面的凹路。半路上，一颗子弹紧贴着英曼的手腕飞过，感觉就像被猫舌头舔了一下，但他没有大碍，只是擦破了一点皮。

他们跑到路上，英曼感到这里的地形很理想。先遣部队已经沿着结实的石墙挖了条战壕，即便舒服地站直身子，人也在石墙的遮蔽下。联邦军想冲到石墙那里，就得穿过一大片空旷地带往山上爬。这地方令人称心如意，一名士兵跳上墙头大喊： 你们都在犯错误。你们听见了吗？一个可怕的错误！ 子弹在他的身旁呼啸而过，他跳回墙后的战壕里，跳起了吉格舞。

那天很冷，路上的泥泞冻得快要结冰了。有些士兵还赤着脚。许多人的军装是自家做的，用植物染得色彩黯淡。联邦军在他们面前的战场上列队，全套装备都是簇新的，工厂生产的军装、皮靴崭新锃亮。联邦军冲锋时，墙后的战士停了火，大声奚落他们，有人喊道： 靠近一点，我想要他

① 罗伯特 · 爱德华 · 李（1807—1870），美国军事家，南北战争中，他是美国南方邦联的总司令。

们的靴子！他们等待联邦军冲到二十步远的时候，才开枪把他们击倒。射击的距离实在太近，有人说他们只有纸壳子弹真是太遗憾了，假如有散装的火药、弹头和药垫，他们就能每颗子弹少装一些，这样可以节省火药。

英曼蹲下装子弹的时候，耳中满是枪声，还有子弹射进身体的声音。他身边有个士兵，不知道是太兴奋，还是太疲惫，忘记把枪管里的推弹杆取出来。他一枪把推弹杆打飞，刺进了一名联邦军士兵的胸膛。那人朝后倒下，推弹杆插在身上，随着最后的呼吸起伏，仿佛被一支没有羽毛的箭射中。

一整天，每次都有成千上万名联邦军士兵向石墙挺进，冲上山头被枪射倒。战场上散布着三四座砖头房子，一段时间之后，就有大批联邦军躲在房子后面，仿佛太阳升起时在房子背面投下的长长的蓝色阴影。他们时不时被自己部队的骑兵从屋后赶出来，那些骑兵用刺刀的侧面抽打他们，仿佛教师在责打逃课的学生。然后他们缩紧肩膀朝石墙冲过去，这种姿势在旁观者眼里，就好像一群人在倾盆大雨中奔跑。他们痛击敌人的乐趣已经消失，联邦军还是不断冲上来。敌人愚蠢得一心要送死，英曼开始憎恨他们。

那次战役就好像一场梦。无数强大的敌兵列队冲上来，你如此弱不禁风，可他们却一个接一个倒下去，直到溃不成军。英曼不停地开火，直到右臂反复拉推弹杆而疲惫，下巴连续咬开纸弹壳而酸痛。他的步枪变得滚烫，有时他装好子弹前，弹药就会起火星。一天下来，他周围的士兵脸上被枪膛喷出的弹药染成深浅不一的蓝色，英曼想起了有一次巡回演出时看到的巨猿色彩斑斓的圆屁股。

他们一整天都在李将军和朗斯特里特的眼皮底下作战。墙后面的士兵只消扭一下脖子，就能看见在上方督战的那几位大人物。两位将军一下午都在山上，说些冠冕堂皇的漂亮话。朗斯特里特说，他手下的人马在凹路里摆开阵势，即便整支波托马克军团①一齐越过战场，他的手下也会在其

① 南北战争中联邦军的一支主力兵团，也是李将军的死敌。

抵达石墙前消灭他们。他说那个漫长的下午，联邦军士兵像屋檐下的雨水一样纷纷跌下山去。

老李将军也不甘示弱，他说战争之可怕是一件好事，否则我们会太喜欢战争。这句脱口而出的箴言，正如罗伯特老爷①说过的一切，立即在士兵中间一传十，十传百，仿佛上帝他老人家亲口所说一般。这句话传到墙另一端英曼的耳朵里时，他只是摇了摇头。即使回到战争早期，他的看法也跟李将军大相径庭，在他看来，大家都十分爱好打仗，战斗越可怕越好。他怀疑李将军本人就最喜欢战争，假如可以随心所欲，他会率领大军径直冲进死亡之门。最使英曼感到不安的是，李将军把战争当作澄清上帝隐晦意志的工具。在人类的一切行为中，李将军似乎认为战争的神圣地位仅次于祈祷和读《圣经》。英曼担心照这个逻辑，人们会把所有恶战与争斗的胜利者，当作上帝天命所赐。这些想法在队伍中无法表达，同样不方便说的是，他觉得自己参军也不是为了找个老爷，哪怕是那天在玛莉高地看上去那么高贵和庄严的李将军。

傍晚，联邦军停止进攻，枪声也逐渐稀疏。成千上万阵亡或垂死的士兵躺在石墙下的山坡上。天黑时，尚能活动的人把尸体堆起来形成屏障。那天晚上，北面的夜空映得通红，像着了火般闪烁着。如此异象被战线上的士兵当作凶兆，他们争相议论谁能明白无误地解释其中的含义。山上某处，有人用小提琴演奏起《洛雷娜》的悲伤曲子。结冰的战场上，受伤的联邦军士兵呻吟着、痛哭着、咬牙切齿地哼哼着，有些人呼唤着心爱的人的名字。

在这一切声响的伴奏下，英曼的战友们中没有好鞋穿的，纷纷爬过墙去把死人的靴子剥下来。尽管英曼的靴子还没变形，他还是参加了这场深夜突袭，只想看看白天的战果如何。联邦军士兵尸横遍野，到处是一堆堆鲜血淋漓的躯体，各种残肢形状各异，无奇不有。英曼身旁的一名士兵探出头看了看，说，假如称我的意，我会让波托马克河以北的一切都跟这里

① 指李将军。老爷（Marse）为南方黑奴对主人的称呼。

一样，分毫不差。目睹敌军惨状，英曼唯一的念头是：回家。有些死人衣服上别着纸条，告诉别人他们的身份，其余都是无名氏。英曼看见一名士兵蹲下身去，把靴子从仰面平躺的尸体身上扒下来，但是当他抬起一条腿用力拽的时候，那个死人坐起身来，用浓重的爱尔兰口音说了些什么，他唯一能听懂的词是“屎”。

午夜过去好几个小时后，英曼向战场上的一幢房子里面望去。灯光从山墙上开着的门里透出来。一位老妇人坐在里面，她的头发乱蓬蓬地打着结，神色忧伤。她身边的桌上放着点燃的蜡烛。有几具死尸躺在她的家门口，还有几具躺在屋内，似乎临死前爬进来寻求庇护。老妇人发疯似的望着门槛外，目光越过英曼的脸，仿佛她什么都没有看见。英曼穿过房子，从后门走出去，看见一名士兵正在杀戮一群重伤的联邦兵，用一把铁锤砸他们的脑袋。伤兵们被排成一排，脑袋朝一个方向，士兵沿着头颅一溜小跑，一锤砸碎一颗脑袋，干净利落。他没有愤怒，只是一个接一个砸，就像是在完成工作。他吹着科拉·埃伦的曲子，几乎比他的呼吸还轻。假如有头脑清醒的军官抓到他，他也许会被开枪打死，但他很疲惫，只想在少冒险的情况下，多干掉几个敌人。英曼永远都记得那一幕，那位士兵走到末端，砸死最后一名敌人，黎明的第一缕阳光正照在他的脸上。

瞎子坐着一言不发，安静地听着英曼的故事。英曼讲完后，瞎子说你应该忘记这些。

——我同意你的话，英曼说。

英曼没有告诉瞎子，无论他如何努力，都无法忘记当晚的战事。他在医院的时候，战争化作噩梦反复不断地纠缠他。梦境中，夜晚的天光仿佛在燃烧，血肉模糊的胳膊、头颅、腿和躯干慢慢聚拢，重新组合成肢体倒错的怪物。他们在黑魆魆的战场上，一瘸一拐、步履蹒跚、横冲直撞，仿佛瞎眼的酒鬼，腿脚完全不听使唤。他们踉踉跄跄，恍惚间裂开血口的头颅互相撞击。他们在空中胡乱挥舞着各种各样的胳膊，没有哪两只是成对的。有人喊着他们女人的名字；有人一遍又一遍唱着歌；另一些人站在一边，朝黑暗深处望去，急切地呼唤着他们的狗。

其中一名士兵伤痕累累，血肉模糊到不成人形，他想努力站起来，却是徒劳。他扑通一声倒下，躺在地上一动不动，只有脑袋能转动。他从地上抬起脖子，呆滞的眼神盯着英曼，低声呼唤着他的名字。每个早晨从这个梦中醒来，英曼的心情就像天下最黑的乌鸦一般黑暗。

英曼回到病房，走路让他感到疲倦。巴利斯戴着护目镜坐在昏暗的房间里，用羽毛笔在纸上刷刷地写着。英曼躺到床上，准备打个盹，打发上午剩余的时间，但是他的脑子歇不下来，所以他拿起书打算读。这本书是巴特拉姆①的《旅行笔记》第三卷。他从一箱子书里抽出这一本，书是首府的几位女士捐赠的，她们不但关心病人的健康，还热心改善他们的精神状况。这本书捐了出去，显然是因为掉了封面。英曼为了对称，把封底也撕掉了，只留下皮革书脊，他平常把书卷起来，用一根麻绳系牢。

这本书不需要从头到尾读，英曼只是随手翻翻。他在医院里每晚都读书，直到安静地睡着。那位孤独漫游者的活动总能让他静下心来——切罗基人②称他为"采花者"，因为他背包里总是塞满了植物，并且全神贯注于野生动植物的生长。他最喜欢那天早晨翻到的一段话，映入眼帘的第一句是：

> 我不断攀登，终于爬上了高耸的石山山顶，我面前出现一道峡谷或罅隙，夹在更高的山峰之间，沿着绵延不绝的崎岖山路前行，旁边有一条湍急的小溪，蜿蜒的河岸最终向左拐去，溪水冲下岩石的悬崖，潺潺穿过黑暗的灌木林和参天的森林，将肥沃的土壤和满心的欢乐送到下游的田野。

这些风景让英曼感到快乐，接下去的几页也令人心旷神怡，巴特拉姆陶醉于深山中的科韦峡谷之旅，屏息描绘了怪石嶙峋的峭壁陡坡，山川绵

① 威廉·巴特拉姆（1739—1823），美国自然作家。
② 易洛魁族系的北美印第安民族，居住在田纳西州东部和北卡罗来纳州及南卡罗来纳州的西部。

延化作淡蓝的远影，依稀回响着他凝视的那些植物的名字，仿佛背诵一剂猛药的配方。然而过了一会儿，英曼的神思从书本游离开，脑海里涌起家乡的地貌。冷山，它所有的山脉、峡谷和河流。鸽子河，小东岔口，索雷尔谷，深峡，火烧岭……他喃喃自语地念着这些熟稔的名字，仿佛念着能驱走最深恐惧的咒语。

几天后，英曼从医院走进城里。他的脖子痛得厉害，每走一步路，仿佛从伤口到脚踝都有一根红筋，跟着猛地一抽一震。但是，他的双腿已经很强壮，这让他隐隐有点担心。只要他恢复健康能够打仗，他们会马上把他运回弗吉尼亚州。尽管如此，只要他小心谨慎，不要在医生面前表现得太精力充沛，他就还能逍遥自在下去。

家里寄来了钱，拖欠的军饷也发了，所以英曼上街逛了逛，买了点东西。街上的店铺多半是红砖墙、白窗框。他在一家裁缝店，看中一件黑色的精纺毛料外套，尽管是别人定做的，但非常贴合他的身材，而那人在衣服做好前已经死了。裁缝低价出让，英曼马上穿上新衣，走出店门。在一家百货商店，他买了一条硬邦邦的靛蓝色斜纹粗棉布马裤、一件本白色的毛料衬衫、两双袜子、一把折刀、一把带鞘的小刀、一套小茶壶和杯子，还为了他的手枪把店里所有的弹药和火帽买空了。这些东西用一张棕色的纸包起来，他用一根手指勾着麻绳，把包裹拎走。在一家帽子店，他买了一顶带灰色缎带的宽边软帽；然后他回到大街上，把油腻的旧帽子脱下来甩了出去，落在一户人家园圃里一畦豆秧中间。他们也许会用帽子把稻草人装扮起来。他戴上新帽子，走进一家鞋店，看中一双结实合脚的靴子，把皱巴巴、瘪塌塌、蜷成一团的旧靴子扔在地板上。他在文具店买了一支金色笔尖的钢笔和一瓶墨水，还有几张写字的纸。他买好东西，花掉了一大卷近乎无用的纸钞，数量之多足够引燃一堆生木材。

英曼走得累了，就在圆顶的州议会大厦附近一家小酒馆歇脚，坐在树下的一张桌旁。他喝了一杯咖啡，酒馆老板说是越过封锁线运来的，但从杯底的残渣来看，大部分是菊苣和焙过的粗玉米粉，只有一点点真正的咖啡豆。金属的桌子边缘漆皮剥落，裸露着橘色的铁锈粉，英曼把咖啡杯放回碟子，当心着新外套的袖子不要蹭到锈迹。他端正地坐着，背挺得笔直，双手握拳放在大腿上。假如有人从街心朝橡树荫下的桌子望去，会看到他穿着黑外套显得严肃而不安，脖子上缠着的白色绷带像系得很紧的领结。他会被误当作正在摆姿势拍照的人，等待银版胶片长时间曝光，随着时钟滴答，他头晕目眩、神思恍惚，照相机的感光底片慢慢浸透他的身影，仿佛把他灵魂的一部分永远凝固下来。

英曼正在想着瞎子。他最近每天早上都从瞎子那里买一份《旗帜报》，今天也买了一份。如今知道他是怎么瞎的，英曼顿时对他心生怜悯。生来如此的命运，又该让人如何去恨？根本没有敌人可以报仇，除了你自己还能惩罚谁呢？

英曼把咖啡喝得只剩下残渣，然后拿起报纸，希望有什么消息可以吸引他的注意力，转移他的思绪。他打起精神读一篇关于彼得斯堡郊外的恶战的报道，但他一个字都读不进去。无论读不读，他都知道报纸会怎么谈论这个话题。他翻到第三版，注意到州政府一则通告逃兵、流亡者及其家人的告示。这些人将遭到通缉。他们的名字将列入黑名单，每个县都会有民兵日夜巡逻。随后，英曼读到一则藏在报纸中间某页下栏的消息。消息称，该州西部边境的群山中，托马斯和他的切罗基人部队同联邦军多次小规模冲突。有人说，他们会把敌人的头皮剥下来。报纸评论说，尽管这种行为很野蛮，但也是对敌人的严厉警告——侵略是要付出惨痛代价的。

英曼放下报纸，脑海中浮现出切罗基男孩们剥下联邦军士兵头皮的情景。那些脸色苍白的磨坊工人满怀信心攻城略地，却在小树林里丢了他们的头皮，想想就很滑稽。英曼认识很多差不多年纪的切罗基人在托马斯手下打仗，但他不知道斯温莫是否在他们中间。认识斯温莫的那年夏天，他们都十六岁。家里派给英曼一桩快活的差事，护送几头小母牛去鲍尔瑟姆山没有树木的山顶，咀嚼夏天最后一片草地。他牵了一匹马，驮着炊具、腊肉、饭菜、钓鱼的工具、猎枪、被子和一块用来搭帐篷的上蜡帆布。他以为得孤独地靠自己过活，但他爬上山顶的草地时，发现有一群人早已捷足先登。从卡塔卢奇来的十几个人在山顶搭了帐篷，已经在那里住了一个多星期，在高地凉爽的空气中悠闲自在，乐享远离家庭和灶台的自由。山顶这地方不错，东边和西边景色一览无余，是放牧牛群的好地方，附近的溪流中有鳟鱼在游动。英曼跟那些人混在一起，他们好几天一起做饭，在日夜燃烧的一堆及膝高的篝火上，做丰盛的油炸玉米面包、鳟鱼和野味炖汤。他们喝各种玉米酒、苹果白兰地和浓稠的蜂蜜酒下饭，因此许多人喝醉了，从黎明一直睡到破晓。

过了几天，有一队从科夫溪来的切罗基人从山岭的另一侧过来，赶着一群瘦骨嶙峋的花斑母牛，每一头品种都不同。印第安人隔着一段距离支起了帐篷，砍下高大的松树，搭起球门，并为他们残酷的球类运动划好边界。斯温莫是个怪模怪样、手掌很大的男孩，两只眼睛相距很远，他过来邀请卡塔卢奇人参加球赛，阴郁地暗示球赛中有时会有人死掉。英曼和其他几个人接受了挑战。他们砍下青色的小树苗并劈开，用兽皮和鞋带扎牢，制作自己的球棒。

两伙人紧挨着安营扎寨，一起度过了两个星期，年轻人整天都在玩球，围绕比赛结果下很大的赌注。比赛没有固定的时间，也没有太多规则，所以他们就是到处奔跑、互相碰撞，仿佛拿着棍子一般挥舞球棒。得分方式是击球打中门柱，直到其中一队累计达到规定的分数，比赛才算结束。他们白天大部分时间玩球，大半个晚上都在喝酒，围着火堆讲故事，吃一大堆炸得很脆的花斑小鳟鱼，连骨头都不剩。

大部分时候，高原上天气晴朗，空气中不掺杂一丝雾霭。山脉绵延不绝，景色一望无际，蓝色的远山一层比一层更淡，最终与长天融为一色。整个世界仿佛只剩下山川与河谷。球赛中场休息时，斯温莫眺望着远方的地形，说他相信冷山是世间最巍峨的山脉。英曼问他怎么知道，斯温莫举手掠过地平线，指向冷山说，你还见过更雄伟的大山吗？

清晨高山上的空气冷冽，山谷中云雾缭绕，山峰从云海中浮现，仿佛陡峭的蓝色岛屿散落在一片苍茫大海间。英曼会在醉意蒙眬中醒来，走到一处小山坳，跟斯温莫一起钓一两个小时的鱼，回来球赛正好开始。他们在湍急的溪边坐下，用石蛾幼虫做诱饵。斯温莫不停地低声说话，跟潺潺流水声交织在一起。他讲着关于动物的故事，以及它们为什么变成现在这个样子。为什么负鼠的尾巴光溜溜的，松鼠的尾巴毛茸茸的；为什么雄鹿头上长角，美洲狮有尖齿利爪，而角蛇[①]有环状花纹和毒牙。还有些神话传说解释了世界的起源和未来的方向。斯温莫正在学习能够实现愿望的法术。他讲了怎样制造灾祸、疾病和死亡，怎样用火驱逐恶灵，怎样保护夜晚独自行路的旅人，怎样使路途变得更短。有一些咒语跟灵魂有关。斯温莫知道一些杀死敌人灵魂的方法，还有许多保护自己灵魂的方法。在他的咒语中，灵魂显得非常脆弱，经常受到攻击，需要注入力量，动辄有在体内死去的危险。英曼觉得这种观念让人感觉凄凉，因为布道和赞美诗教他秉持灵魂不死的信念。

英曼坐着耐心听他讲故事和念咒语，盯着水流冲击鱼线形成的涟漪，斯温莫话语急促而连绵不绝，像湍流不息的溪水一样抚慰人心。他们抓到一袋小鳟鱼后，就离开溪边，回到营地，然后一整天冲撞、推搡，挥着球棒互相击打，甚至群殴。

过了好几天，阴雨连绵的天气降临了，也算正逢其时，因为双方都已经筋疲力尽、人仰马翻、不成体统。他们的手指划破了、鼻子撞歪了，皮开肉绽，其状各异。每个人从屁股到脚踝都被球棒打得青一块、紫一块。卡塔卢奇人把所有不必要的东西都输给了印第安人，甚至还有一些必需品也输掉了，比如煎锅和焖锅、几袋粮食、鱼竿、步枪和手枪。英曼输掉了一整头母牛，他不知道该怎么跟父亲交代。牛是一点一点、一块一块输掉的。比赛打得热闹的时候，他说，下个球我赌那头小母牛的里脊肉。或者，假如我们赢不了的话，把那头打赌的牛左半边的肋排拿去。两队人马各自上路的时候，英曼的小母牛依然健在，然而，牛身上许多部分都已经归到切罗基人名下了。

作为补偿和纪念，斯温莫送给英曼一根上好的山核桃木球棒，松鼠毛

① Uktena，美国印第安人切罗基部落神话中头上长角的蛇。

的绑带里塞着蝙蝠的胡须。斯温莫说它会给使用者带来蝙蝠的速度和狡诈。球棒上装饰着燕子、老鹰和苍鹭的羽毛，斯温莫解释说，这些动物的特点会传递给英曼——优雅地盘旋、高飞与俯冲、绝对的专注。这些没有全部实现，但是英曼希望斯温莫没有跟联邦军作战，而是生活在湍急的小溪边的树皮屋里。

酒馆内有人在给小提琴调音，先是各种拨弦和试着运弓，然后缓慢而生涩地演奏了《奥拉 · 李》，每拉几个小节就跳出几个尖利、呕哑的杂音。然而，美丽熟悉的曲调没有被拙劣的演奏破坏，英曼似乎听见了青春的伤痛，仿佛音符之间没有空隙可以想象一个阴云密布、混乱而衰败的未来。

他把咖啡杯举到唇边，才发现杯子冷了而且几乎空了。他盯着杯底，深色的咖啡渣在剩下的四分之一英寸液体中沉下去，黑色的颗粒旋转着，沉淀下来形成某种图案。他转念之间想起了占卜，从咖啡渣、茶叶、猪内脏和云朵的形状中寻找未来，仿佛图案能告诉你某些值得了解的事情。他晃了晃杯子祛除迷信，然后朝街上望去。州议会大厦矗立在一排小树后面，这是一幢有着穹顶的石头建筑。大厦的颜色只比天上的云深一点点，太阳已经西斜，像一只灰色圆盘一样发出光芒。一片雾霾中，州议会大厦似乎高得不可思议，建筑庞大得好像梦中被围攻的中世纪塔楼。窗帘飘出打开的办公室窗户，在微风中摇曳。穹顶上方，一群黑色的秃鹰正在灰白的天空中盘旋，它们钝圆形的翅尖上长长的翼羽依稀可辨。英曼抬头望着，秃鹰没有扑棱翅膀，而是乘着上升的气流慢慢高飞，越来越高地盘旋，直到成为高空中飘浮的黑点。

英曼在脑海中，将盘旋飞翔的秃鹰与杯中旋转沉淀的咖啡渣作着比较。任何人都可以根据这些随机排列组合的事情作出预言。假如一个人认定未来无论如何会越来越糟，时间之路只通往深不可测、永无尽头的恐惧，那算命可真是一件轻而易举的事情。英曼就是这样预言的，假如弗雷德里克斯堡发生的事情是现在的坐标，那么许多年之后，按照我们沉沦的速度，我们最终会把彼此生吞活剥。

英曼觉得斯温莫的咒语有道理，人类的灵魂可以被撕碎消灭，而他的肉体却依然活着。灵魂与肉体的生死各有命数。他本人就是一个例子，而且这样的例子屡见不鲜，他的灵魂似乎已经燃烧殆尽，躯体却仍能走动。只是内心空荡荡的，好像一棵黑色树皮的空心大树。他还有种奇怪的感觉，因为最近的经历让他担心，单是亨利连发步枪和实验迫击炮的存在，就会让所有关于灵魂的谈话变得过时。他自己的灵魂恐怕已经在炮火中消散，他因此才孑然一身，跟周围的一切疏离，像一只悲伤的老苍鹭，迟钝地站在池塘的泥潭里凝视着，池塘里却没有青蛙可食。为了抵御对死亡的恐惧，人们只有麻木不仁，仿佛已经死去一般，除了一堆白骨，内心所剩无几，岂不是一桩可怜的交易。

英曼坐在那里，苦苦思念失去的自我，斯温莫的一个溪边故事闪现在他的记忆中，来得如此急切，并深深吸引着他。斯温莫说，远在苍穹之上，有一片森林里居住着神族。人类无法留在那里生活，但是死去的灵魂会在那处高天重生。在斯温莫的描绘中，那个地方遥远而无法接近，但是，他说最高的山脉上耸立着的黑色峰顶，便是神域比较低的地界。或大或小的神迹和天兆有时候会从神域降临到人间。斯温莫说，动物是神界主要的信使。英曼当时跟斯温莫说，他爬上过冷山的最高峰，还爬过皮斯加山和芒特斯特灵山。再高的山脉也不会比这些高多少，英曼却从未在峰顶看到过天国的迹象。

——单单攀登是没有用的，斯温莫说。英曼记不起斯温莫是否告诉过他，还需要怎样做，方能抵达那个治愈的国度，冷山却陡然升起在他的心头，仿佛他可以从中汲取消散的力量。英曼认为自己不是迷信的人，但他确信有一个人们看不见的世界。他不再认为那个世界就是天堂，也不再相信人们死后会进天堂。从前接受的教诲都被一把战火烧光了。但是，他无法忍受天地间只有目睹的一切，尤其是世间总是污秽不堪。所以，他相信有一个彼岸世界，一个更好的地方。他心想，何不把冷山当作圣地，也胜过世间一切所在。

英曼把新外套脱下来，扔在椅背上。他开始写一封信。信写得很长，一个下午过去了，他喝了好几杯咖啡，把好几张信纸正反面都写满了字。他发现自己讲述着本不想讲的关于战争的事情。他在其中一段写道：

> 地面血流成河，我们看见鲜血在岩石上流淌，树干上留着血手印……

然后，他停下笔来，把信纸揉成一团，开始在一张新的纸上写起来，以下是他写的部分信件：

> 我会想办法回家的，不知道我们之间的关系将会怎样。一开始，我打算在这封信里讲讲所见所闻，以及我做过的事情，这样等我回来之前，你就对我有所判断了。但我要是写下来，大概需要蓝天那么宽的信纸，我既没有意愿，也没有精力讲完这个故事。你还记得四年前的圣诞前夜吗？我在厨房的炉子前，把你抱在膝盖上，你告诉我，你希望永远依偎着我，把你的头靠在我的肩上。如今，我内心痛苦地确信，假如你知道我所经历的一切，就会害怕再次坐在我的怀里。

英曼靠在椅子里，目光越过州议会大厦的草坪。一位白衣女人拿着一个小包裹，急匆匆穿过草地。州议会大厦和红砖教堂之间的街道上，驶过一辆黑色马车，马路上一阵风扬起尘土。英曼意识到已经快是傍晚了，阳光斜斜地照射，说明秋天即将来临。他感觉微风钻进了绷带的缝隙，在流动的空气吹拂下，脖子上的伤口开始疼痛。

英曼站起身来，把信纸对折，手伸到衣领上，指头抚摸着结痂的伤口。现在医生说他康复得很快，但是英曼仍然觉得，假如把一根棍子捅进去，再从脖子另一边穿出来，并不会比捅一个烂掉的南瓜更费劲。他吃饭、说话的时候，伤口依然会疼，有时呼吸也会疼。阴雨天的时候，他几年前在莫尔文山落下的臀部旧伤也折磨人地钻心疼痛。总之，伤口让他有正当理由怀疑，自己不会恢复到跟健全人一样。但是，他走到街上寄信，然后回到医院的途中，却令人惊讶地大步流星起来。

英曼回到病房里，立刻发现巴利斯不在书桌边。他的床也是空的。他的深色护目镜放在一堆纸上。英曼问他去哪儿了，有人告诉他，巴利斯下午去世了，走得很安详。他当时脸色发灰，自己从桌边挪回到了床上。他侧躺着，脸朝墙壁，死的时候仿佛睡着一般。

英曼走向那堆稿纸，飞快地翻了一下。第一页最上面写着：断篇，底下划了三道线。这部作品看上去一团糟，字迹如蛛腿般细长，有棱有角，涂改和勾画到处都是，比写得清楚明白的地方还多，只能勉强分辨一行行字母，有时只有一鳞半爪，甚至连不成句子。英曼翻着纸页的时候，一句伤感的话突然映入眼帘：“我们以为有些日子美好，有些日子肮脏，我们没有想到的是，每一天的本质并无不同。”

英曼相信自己宁死都不会赞同这句话，想起巴利斯把最后的时光浪费在研究一个傻瓜的话上，他不禁悲从中来。但他接着读到一句话，似乎更有点道理：“地球上最井然有序的不过是一堆杂乱的垃圾。”对这句话，英曼倒是赞成。他拿起凌乱的稿纸，在桌上蹾齐，然后放回原处。

晚饭后，英曼检查了一下床下的包裹，背包里已有毯子和打蜡的防潮布，他放进去杯子和小茶壶，还有带鞘的小刀。挎包里装满了从医院职工那里买来的面饼、燕麦片、一块咸肉和一些牛肉干。

他坐在窗边，看着暮色渐浓。日落使人心烦意乱。低沉的乌云堆积在地平线上，当太阳沉下地面的时候，从云层的罅隙间射出一道光芒，色彩仿佛烧红的山核桃木炭。光柱笔直而边缘分明，仿佛一支步枪枪管一般，在天空中矗立了整整五分钟，然后突然闪烁一下消失了。英曼清楚地意识到，大自然有时候出现异象，是为了引起人们注意，从而作出解释。现在的天象，他尽力解释，也只昭示着争斗、危险和悲伤。关于这些，他根本不需要提醒，所以这番景象不过是白费苦心罢了。他躺在床上，盖好被子。英曼在城里走了一天很疲倦，傍晚天色尚且灰白，他只读了一会儿书，便沉沉睡去。

深夜某个时候，他醒了过来。房间里黑漆漆的，只能听见人们在呼吸、打鼾，在床上辗转反侧的声音。窗外只有昏暗的光线，他看见明亮的木星向地平线西沉。风吹进窗子，死去的巴利斯的手稿在桌上哗哗作响，有几张纸被风吹卷竖了起来，窗外的微光从纸背透射，仿佛发光的小鬼魂萦绕不去。

英曼站了起来，穿上他的新衣服。他把巴特拉姆的书卷起来，塞进背包；然后，他把包裹绑在身上，来到敞开的长窗前向外望去。是夜无月，轻纱般的薄雾徘徊在地面上，天空却是一片清澈。他抬脚踏上窗台，走了出去。

她手掌下的泥土

艾达坐在现已属于她的房子的门廊上，腿上放着一张便携写字桌。她用笔尖蘸了蘸墨水，写道：

> 你一定得知道：尽管你已经离开很久了，我们之间的一切依然如此美好，我永远不会向你隐瞒任何一个念头。不要害怕这一切会有什么改变。记住我们要互相直率和坦诚地交流，这是我们互相之间的义务和责任。让我们永远不要锁起自己的心门。

她把信纸吹干，然后以挑剔的眼光扫了一遍写好的文字。她对自己的书法没有信心，无论她如何努力，也永远学不会行云流水般的漂亮字体，她的手不由自主写出的字迹又浓又厚、形同墨猪。不仅是书法有问题，信的腔调她更不喜欢。她把信纸揉成一团，扔进黄杨树丛中。

她出声地说，这不过是些客套话罢了，跟我真正要说的又有什么关系。

她的目光越过院子，朝菜园里望去；尽管已经到了成熟的季节，豆子、南瓜和番茄结的果实却还没有她的拇指大。许多菜叶子都被甲壳虫和毛毛虫吃掉了，只剩下叶脉。菜地里叫不出名字的野草丛生，长得比蔬菜还高，可艾达既没有精力也没有心情除草。荒芜的菜园后面是一片老玉米地，现在长满了齐肩高的商陆和漆树。晨雾散去，田野和牧场上方，山脉隐约的苍白轮廓浮现在地平线上，仿佛那里并不是大山，而只是大山的鬼魂。

艾达坐着不动，等待远山变得清晰一点。她觉得，如今唯有大山一如既往，眺望远山多少是种安慰，不然眼前不过是一片荒芜罢了，令她寓目之间心烦意乱。自从父亲的葬礼之后，艾达对农场几乎不闻不问。她给母牛挤了奶，门罗不顾性别给它起名叫沃尔多；她还喂了马，它叫拉尔夫。但她没做其他的事情，也不知道该怎么做。她任由鸡群自生自灭，它们已经饿得极瘦，整日惊恐不安。母鸡遗弃了狭小的鸡舍，飞到树上做窝，兴之所至到处下蛋。它们不想待在窝里，让艾达烦恼不已。她不得不搜遍院子每个角落寻找鸡蛋。最近，她觉得鸡蛋味道有点奇怪，因为母鸡开始吃虫子而不是饭桌上的残羹剩饭了。

烹饪对艾达来说是一桩迫在眉睫的任务。她永远都饿着肚子，整个夏天都吃得很少，只吃过一些牛奶、炒蛋和沙拉，还有几盘极小的番茄——那些没人照料的蔬果都长成了枝蔓横生的野菜。她甚至连黄油也做不好，她试着搅拌牛奶，却始终凝结不起来，只能搅到稀酸奶那样浓稠。她多想喝上一碗鸡肉面团汤，吃上一块桃子派，却不知道怎么做出来。

艾达再次眺望了一下远山，山色依然苍茫而邈远。她站起身来去寻找鸡蛋，先沿着小路查看篱笆边的草丛，接着拨开偏院一棵梨树下的高草，随后来到后门廊的一堆杂物里乱翻，手沿着工具室里蒙尘的架子摸索。然而，她什么都没有找到。

她想起来有只红母鸡，最近常常在门前台阶两旁的黄杨树丛里出没。她来到刚才扔信纸的灌木丛边，试着分开浓密的叶子朝里面瞥去，但里面一片昏暗，什么都看不清。她把裙子紧紧裹在腿上，手脚并用地钻进黄杨树丛。艾达推开树枝往前走，枝杈划破了她的手臂、脸庞和脖子，她手掌下的泥土是干的，到处是鸡毛、隔夜的鸡粪和干枯的灌木叶子。最里面有一片空地，黄杨外面的叶子长得密不透风，里面却是空心的。

艾达坐起身来，朝地上和枝叶间看了看，却只找到一个碎掉的蛋壳，蛋黄已经干掉了，颜色像铁锈一样，粘在边缘不平整的杯子似的蛋壳里。她在两根枝杈之间舒展身体，背靠在树干上。黄杨的树荫有一股泥土味，还有鸡身上刺鼻的味道。光线很阴暗，她想起小时候游戏时，大家会把床单铺在桌上或者把毯子挂在晾衣绳上，然后钻到里面去玩。有一次最有趣，她跟表姐露西一起在舅舅农场的干草垛里挖了一条隧道。她们整个阴雨绵绵的下午都蜷缩在里面，温暖而干燥得像一窝狐狸，咬着耳朵吐露各自的秘密。

随着熟悉的欢愉的刺痛感，艾达的呼吸变得急促起来，她意识到自己又躲起来了，任何人从大门走到门廊，都不会发现她藏在这里。假如教堂里做善事的女士们出于义务来看她的日子过得如何，艾达会坐着一动不动，任由她们敲门、呼唤她的名字，要等到她听见大门闩上的咔嗒声，再过很久她才会出来。但是，她猜想没有人会来的，由于她待人冷淡，客人便逐渐稀少。

艾达失望地仰起头，枝叶间斑驳地漏出一点淡蓝色的天空。她盼望外面正下着雨，雨水沙沙地落在头顶的树叶上，会让她更有受保护的感觉。如果偶尔有几滴雨穿过叶子掉下来，扑通一声落在尘土上，砸出一个个小坑，那便说明虽然她躲在里面没有淋湿，外面却显然大雨倾盆。艾达希望永远别离开这个安全的避难所，她想起最近的遭遇，便觉得没有谁所受的教养比自己更不切实际，更不适应抛头露面的生活了。

她是在查尔斯顿①长大的，在父亲门罗的坚持下，她得到的教育已经超过了常人眼中对女孩来说明智的程度。她既是知识渊博的同伴，也是活泼贴心的女儿。她脑子里充满了艺术、政治和文学的观念，从不吝啬表达自己的观点。但是，她有什么真正的天赋和才能吗？法语和拉丁语很熟练，略懂一些希腊语；女红做得还不错；能熟练地弹钢琴，尽管没什么天赋；能用铅笔和水彩准确地描绘风景和静物；而且，她还广泛阅读。

然而，她的满腹经纶并无用武之地，眼下更是无济于事。她要面对的严峻事实是：拥有将近三百英亩陡坡和谷地，一幢房屋和外围建筑，一个牲口棚，却一筹莫展。弹钢琴让她心情愉快，却无补于最近遇到的麻烦——她在田垄里给豆子除草时，把半数豆秧也拔光了。

---

① 美国南卡罗来纳州港口城市，当地的萨姆特要塞是南北战争初期战场之一。

如今这种时候，只要她有一丁点关于栽种和烹饪食物的实用知识，也远胜过理解绘画中的透视法，这让她突然有些恼恨。然而，父亲从来都不会让她体验到劳动的艰辛。从她记事起，父亲总是雇用足够的长工，有时候是解放的黑人，有时候是没有土地的正派白人，有时候是奴隶，工资直接付给奴隶主。在山里传教的六年内，门罗大部分时间雇用一位白人和他有一半切罗基血统的老婆来经营这块土地，艾达只要制订一周的菜单，此外几乎不用干活。她一如既往地自由自在，总能把时间花在读书、刺绣、画图和音乐上。

可是现在那位雇工已经走了。那个人对脱离联邦不太热心，战争最初几年，他庆幸自己年纪太大，不用志愿参军。但那年春天，弗吉尼亚州的军队人手特别短缺，他开始担心自己很快得应征入伍。因此，门罗过世后不久，他便带着老婆不告而别，翻越山区边境，进入联邦军占领的区域，留下艾达自己过活。

自从孤零零一个人生活，艾达才发现自己谋生的技能少得可怕。她的父亲经营农场，与其说是为了生活，不如说是为了理想。门罗对许多乏味的农业门类提不起兴趣，他的看法是假如买得起粮食和饲料，那只要种够烤着吃的玉米不就行了？假如他买得起培根和排骨，为什么还要麻烦地饲养生猪？艾达有一次听见，他派雇工去买十几头绵羊，跟奶牛一起放养在院子前面的草地上。雇工表示反对，跟门罗指出奶牛和绵羊一起放牧不好。那个人问道，你为什么想养绵羊？为了羊毛，还是羊肉？

门罗的回答是，他想要一种情调。

但是，人很难靠情调生活。所以，眼下似乎只有黄杨树丛能提供艾达所需要的安全感。她决定待着不动，起码得找到三个有说服力的理由，才会离开那丛灌木。但是，她想了好几分钟，却只能想出一条理由：她不想死在黄杨树丛中。

正在此时，那只红母鸡猛地冲进了树叶，半张着翅膀、拽着尾巴在泥土中乱跑。母鸡跳上艾达头顶的一根树枝，咯咯地扯起嗓子啼叫起来。随后，一只黑金色的大公鸡冲了进来，它凶猛的样子经常让艾达有点害怕。

公鸡一门心思追逐母鸡踩蛋，出乎意料地看见艾达在那里，吓了一跳，随即停住。公鸡昂起脑袋，一只闪亮的黑眼睛盯着她，往后退了一步，用爪子挠着地面。公鸡离艾达很近，她甚至能看清它黄色脚杆纹路间的污泥，琥珀色的爪子像手指一样修长，头顶和颈部的金色羽毛好像头盔一样，蓬松柔软、油光锃亮，仿佛擦了马卡牌发油。它抖动了一下身体，让羽毛恢复原状。它身上的黑羽毛闪着蓝绿色的光泽，仿佛水上漂着的油脂。它黄色的喙一张一合。

艾达想，假如这家伙有一百五十磅的体重，一定会毫不犹豫就地啄死我。

她膝盖着地挪动身体，手挥舞着喊道：嘘！公鸡闻声扑到她的面前，在空中一扭身，爪子先扫过来，翅膀扑腾着。艾达伸出一只手把它挡开，手腕被它的爪子划了一道口子。她一巴掌把公鸡打到了地上，但它又站起来，张开翅膀朝她冲过来。她像螃蟹一样趴在地上，想爬出灌木丛，公鸡跑来伸出爪子挠她，结果爪子钩住了她的裙褶。她猛地用力一拨，从灌木丛中跌出来，站起来就逃，公鸡还是挂在她裙子齐膝盖的地方。它啄着她的小腿，没有缠住的一只脚上的爪子不断蹬她，翅膀也拼命地拍打。艾达双手一顿乱拍，总算把公鸡弄了下来，然后她跑到门廊上冲进屋里。

她坐进一把扶手椅，检查了一下伤口。手腕上有一道血痕，她把血迹擦去，发现不过是擦伤，不禁松了一口气。裙子破了三个洞，粘到鸡粪弄脏了。她把裙子掀起来，查看自己的双腿，看到好几处刮破和瘀青，但伤口没有深到流血的程度。她的脸上和脖子火辣辣的，钻出灌木丛的时候划伤了。她摸了摸头发，发现满头乱蓬蓬的。我现在落到了这种境地，她想，我生活在一个陌生的新世界里，就算是找个鸡蛋也会有这种下场。

她从椅子里站起身来，爬上楼梯，到卧室里脱下衣服。她走到大理石台面的洗手盆旁，拎起水罐往脸盆里倒水，用一块薰衣草肥皂和一块布盥洗。她用手指梳理着头发，把黄杨树叶子捋出来，然后任由头发披散在肩膀上。当时流行两种发式，她一样都不愿打理——一种是把头发全部拢起来，脑袋两边梳成两个发卷，像猎犬耳朵一样垂下来；另一种是头发紧贴头皮梳到脑后，挽成一个发髻，像沾了泥盘起来的马尾巴。她既不需要也没有耐心梳妆打扮。即便她看上去像藏书票里的男人婆一样，也能满不在乎地走来走去，因为有些时候，她十天半个月都不会看见一个人影。

她想到衣柜抽屉里找干净的衬裙，但是一件都没有，已经很久没有人洗衣服了。她从一堆脏衣服底下找出几件亚麻内衣穿上，寻思着也许衣服放的时间长了，会比刚换下来的干净些。她在外面套了一件稍微干净点的裙子，不知该怎样挨到睡觉的时间。世事何时开始变化？她不再想如何愉快而有益地过日子，而是想怎样打发时间。

她行动的欲望几乎消失了。门罗去世以后的几个月，她最大的成就是整理了他的遗物，包括他的衣服和文件。甚至这些事情都是一种考验，她奇怪地害怕父亲的房间，直到葬礼过后好几天才敢进去。那段时间她经常站在门口往里看，仿佛悬崖边上忍不住往下看的人。他的洗脸盆旁边水罐里的水，直到蒸发完了都没有人动过。最终，她鼓起勇气走进父亲的房间，坐在床沿上，一边哭泣，一边折叠做工精良的白衬衫、黑西装衣裤，收拾好放起来。她整理好门罗的文件，把他的布道书、植物学笔记和平常的日记贴好标签放进盒子里。每件小事都让她痛哭不已。接下来又是一连串空虚的日子，直到如今她终于到了这步田地，开始扪心自问：你今天做了什么事情？答案难免是，什么都没做。

艾达从床头柜上拿起一本书，走进楼上的客厅，坐在从门罗的卧室里搬来的沙发椅上，正对着窗户照进来的亮光。过去阴雨连绵的三个月，她大部分时间都窝在沙发里读书，即便现在已是七月，她也得裹着一条棉被来挡住房子里的寒意。那个夏天，她随心所欲地从门罗的书架上拿各种书来读。小说读得不多，都是新出的，诸如劳伦斯①的《剑与袍》之类的无聊读物。这类书她勉强读得下去，但第二天就不记得书里讲些什么了。她还读了几本比较著名的小说，但女主人公注定的悲惨命运只会让她更郁郁

---

① 乔治·阿尔弗雷德·劳伦斯（1827—1876），英国律师、小说家，《剑与袍》是他创作的小说。

寡欢。有一段时间，她从书架上拿的每一本书都让她感到害怕，书里的内容都是关于可怜的黑发女人犯下的错误，她们的结局都是被惩罚、流放和冷落。她读完《弗洛斯河上的磨坊》①，又开始读霍桑②的一本薄薄的令人不安的故事书，主题跟前一本大致相同。门罗显然没有读完，第三章之后的毛边都没有裁开。她猜门罗觉得内容过于冷酷了，但是对艾达来说，读这本书是很好的演习，可以学会应付未来的生活。然而，不管这是本怎样的书，书中的人物似乎都活得比她更充实。

一开始，她喜欢在这里读书，只是因为椅子舒适，光线又充足。但几个月以来，她开始欣赏起窗外的风景，缓解一下凄凉故事带来的紧张感。当她从书本中抬起头来，她的目光便掠过田野，越过连绵起伏的雾蒙蒙的群峰，望向冷山巍峨的蓝色山脉。坐在椅子上往外看，她面前的景物和色彩与当下的心境别无二致。整个夏天，景色经常是阴郁和黯淡的。潮湿的空气从窗口渗进来，充满腐朽和生长的气味，眼前总是一片朦胧、闪烁不定，仿佛从很远的地方用望远镜看一般。空气中的潮湿对视力的影响就像劣质的镜片一样，扭曲、增大或缩小着距离和高度，时不时改变重量的感觉。通过这扇窗户，艾达见识了湿气所有可见的形状——轻薄的迷雾、山谷里浓重的雾气，云朵的碎片像破布一样挂在冷山的山腰，灰色的雨水整天直线般落下，仿佛从天上挂下来的旧麻绳。

她发现，要喜欢上这块云雾缭绕的隆起的土地，是十分微妙而不容易的事情，远不如欣赏查尔斯顿安详的低语来得简单——傍晚沿着巴特利大街散步，萨姆特堡在远处若隐若现，背后矗立着一幢幢白色房屋，海滨的微风中，矮棕榈的叶子发出沙沙的声响。相形之下，这片倾斜的土地上的声音没有那么寂静，而是粗犷刺耳。那些峡谷、山脊和峰峦似乎是个迷乱而封闭的世界，倒是一个很好的藏身之处。

那天，艾达手里拿着父亲的另外一本书——西姆斯写的边境探险故

---

① 英国女作家乔治·艾略特（1819—1880）的小说。
② 纳撒尼尔·霍桑（1804—1864），美国小说家，代表作有《红字》等。

事。西姆斯是查尔斯顿人，门罗的朋友。他离开埃迪斯托的农场来到城里时，艾达见过他好几次。她想起西姆斯，是因为刚收到查尔斯顿的一位熟人来信，信中说西姆斯的妻子最近去世了，他感到很痛苦。她的朋友写道，他只有靠抽鸦片才没有发疯。这句话一直萦绕在艾达的脑海中。

她开始读书，但尽管故事很动人心弦，脑子里食物的念头却挥之不去。因为寻找鸡蛋未能成功，她没有吃上早餐，上午却已经过去一半了。读了几页后，她把书放进口袋里，下楼来到厨房，在放食物的柜子里翻来翻去，想找到点什么做午餐。她花了两个小时点燃烤炉，试着用小苏打醒发小麦面团，这是她能找到的最接近发酵剂的东西。面包出炉的时候，却像一大块做得很糟的饼；外壳的质地像苏打饼干，其余的部分却湿乎乎的，尝起来像没有熟的面团。艾达咬了一小口就放弃了，扔进院子里让鸡群啄食。晚餐时，她就吃了一盘小番茄和黄瓜，切成片、淋上醋、撒上盐，肚子里多少有点满足感，但也不比喝西北风强多少。

艾达把脏盘子和叉子留在桌上，从沙发上拿起揉成一团的围巾，抖了抖披在肩上，随后走到门廊上眺望。天空纯净无云，但有些雾气，透出苍白的淡蓝色。她在牲口棚旁边看见那只黑金色羽毛的公鸡，它用爪子挠了挠地面，又啄了啄挠过的地方，然后恶狠狠地踱着步。艾达离开房子，穿过大门来到小路上，最近车马稀少，因此路中央长出了很高的一垄紫菀和狗尾草。小路两边的篱笆开满了细小的黄色和橘色野花，艾达走过去手轻轻一碰，看着花朵啪的一声爆裂，种子从里面弹出来。

——爆裂草，她大声说，很高兴有什么东西她能叫出名字，哪怕这是她自己想出来的。

她沿着小路走了一英里，出了布莱克谷，走到河边路上。她边走边采了一束野花——飞蓬、白芷、金鸡菊、万灵草，无论看见什么，好看就采。她沿河溯流而上走到教堂，这条路是社区的主干道，马车留下了深深的车辙，路面由于交通繁忙陷了下去。来往的牛马和猪猡把路上低洼的地方踩成黑色的泥沼，行人为了避免靴子陷进泥泞，久而久之绕着泥坑走出一条条人行道。夏天渐渐结束，路边的行道树仿佛厌倦了生长，浓密的绿荫不堪重负，叶子有气无力地耷拉着，但不是因为干旱，夏季雨水充足。路边深邃的黑色河流平缓地流淌着。

十五分钟后，艾达来到门罗过去主持的小礼拜堂，相比查尔斯顿漂亮的石头大教堂，这里的建筑比捕鸟笼好不到哪里去，但是，你看它的格局—— 高挑的三角形屋顶、长宽高的比例、简单的尖塔—— 真正是既简洁又雅致。门罗长期以来对小教堂的感情很深厚，它严谨的几何构造十分契合他晚年的朴素观念。父女俩从河边走向小教堂时，他经常跟艾达说，在小教堂里，这就是上帝说话的方式。

艾达爬上小山，来到教堂后面的墓地，站在门罗的坟头，黑色的泥土上青草尚未茂盛，坟前还没有墓碑。艾达拒绝依照当地的风俗，在平整的河石或橡木板上，字迹模糊地刻上死者的名字和生卒日期。她从县城订购了一块花岗岩墓石，但还没来得及运来。她把野花放在父亲坟头的地上，收拾起先前放的花束，它已经枯萎，而且湿漉漉的。

门罗是在五月份去世的。那天下午，艾达正准备带着一盒水彩颜料和一张画纸，去给小溪下游刚开的杜鹃花写生。当她离开房子时，门罗正坐在梨树下一把条纹帆布躺椅上读书，她停下脚步跟他说话。门罗看上去有点疲倦，说他困得没精神读完这一页了，估计很快就会睡着。他让女儿回来时叫醒他，他可不想在潮湿的傍晚睡在外面。他还说，自己一大把年纪了，恐怕没有人扶着，就没法从这么矮的椅子里起来。

艾达离开了不到一个小时。她从田野回来，走进院子，看见门罗躺着睡着了。他的嘴张着，她猜他大概在打呼噜。她打算吃晚饭时笑话他，竟然以这种姿势躺在露天，实在是有失仪态。她走过去想叫醒他，这时却发现他两眼睁着，书掉在了草地上。她三步并作两步去摇他，但她的手一碰他的肩膀，就知道父亲已经死了，因为她摸到的肌肉僵硬了。

艾达尽快去找人帮忙，一边走一边奔，抄近路翻过山脊，跑到斯万戈家宅附近的河边路上。他们是这条路上最近的邻居。斯万戈一家是她父亲教区的信徒，艾达刚进大山的那些日子就认识他们了。她上气不接下气地跑到他们家，已经泣不成声。埃斯科·斯万戈套好双轮马车，跟艾达迂回曲折地赶路时，西边开始下起一场雨。他们回到山坳里的时候，天已经黑了，门罗像一条鱼般浑身湿透，脸上沾着山茱萸的花瓣。艾达扔在梨树下的水彩画被雨水淋湿，成了一片抽象的粉色和绿色。

她那天晚上睡在斯万戈家，一直醒着流不出眼泪，空想了很长时间。她希望自己比门罗先死，尽管她心里知道这是自然规律：父母先去世，然后才轮到孩子，但这仍是种残酷的安排，减轻不了多少痛苦。按照这种规律，她从幸运儿变成了孤儿。

两天后，艾达在鸽子河小东岔口边的小山上埋葬了门罗。那天清晨天很亮，从冷山上刮来一阵温柔的风，整个世界都在轻轻颤抖。空气变得没有一丝湿气，所有东西的颜色和边缘都异乎寻常地清晰。四十个人穿着黑衣，几乎挤满了小教堂。棺材放在讲道台前的锯木架上，盖子开着。门罗死后，脸庞整个萎缩了，重力拉扯着松弛的皮肤，脸颊和眼窝都凹陷下去，鼻子显得比生前更窄更长，一边眼睑微微张开，缝隙中透出惨淡的眼白。

艾达用手捂着嘴，扭过身轻声跟过道对面的男人说了句话。他站起来，叮叮咚咚在口袋里找零钱，掏出两枚铜币。他走过去，在门罗的眼皮上各放一枚铜币，假如单遮住睁开的眼睛，看上去会像海盗一样奇怪。

追悼仪式准备得很仓促，跟门罗同一信仰的牧师都住得太远赶不过来，当地各浸礼宗[①]的牧师都拒绝主持葬礼，因为门罗不愿意信仰一位耐心与仁慈都极其有限的上帝。在门罗的布道中，上帝绝不会像人类一样，他不会在狂怒中向我们发脾气，直到我们鲜血飞溅，玷污了他的白袍；恰恰相反，他注视着人类中最好的和最坏的，满怀疲倦而无奈的怜悯。

因此，悼词只能勉强由教会中的几位男士来念。他们一个接一个拖着脚步走向讲道台，下巴几乎垂到胸口，避免直视会众，尤其是坐在女士席第一排的艾达。她的丧服是前一天刚染的，黑里透绿仿佛公鸭头上的羽

---

① 又称浸信会，是十七世纪从英国清教徒独立派中分离出来的一个主要宗派。

毛，还带着染料的气味。她悲伤得麻木了，脸色煞白得好像剥出来的筋。

那几位致悼词的人笨嘴拙舌，称赞了门罗的渊博学识和其他优良品质，说自从他离开查尔斯顿来到这里，便给山区带来了一片光明。他们讲述着他做过的琐碎的善事，他给别人提供的明智的建议。埃斯科·斯万戈是致悼词的人之一，他比别人更能言善道一点，但也很紧张。他提起了痛失亲人的艾达，她回到查尔斯顿家中的话，大家会很思念她。

接着，六位男士把棺材从小教堂抬到墓地，用绳子放下去，其他人都站在墓边。棺材放进墓穴后，另一位男士致最后的悼词，赞扬门罗精力充沛、不知疲倦地为教会和社区服务，以及他突然衰老，最终与世长辞、沉睡在死神的怀抱中，令人痛心不已。致悼词的人似乎从这些简单的变故中发现了生命无常的本质，上帝的意旨是让信徒从中获得启示。

往墓穴中填土的时候，大家都站在旁边看着，艾达中途不得不转头望着河湾处，方才强忍住悲伤。坟墓夯实隆起一个土堆后，大家都转身离开。萨莉·斯万戈拉着艾达的臂弯，搀着她走下山坡。

——你跟我们住在一起吧，把一切安顿好再回查尔斯顿，她说。

艾达停下脚步，看了看她。我不会马上就回查尔斯顿，她说。

——天啊，斯万戈太太说，你打算去哪儿?

——布莱克谷，艾达说，我会待在这里，起码要待一段时间。

斯万戈太太盯着她，然后回过神。你怎么生活呢？她说。

——我也不太清楚，艾达说。

——你今天就不要回那幢又大又黑的房子了。跟我们一起吃晚饭，等你准备好再走。

——那就麻烦你们了，艾达说。她在斯万戈家住了三天，然后回到那幢空房子，又孤独，又害怕。三个月后，艾达的恐惧感慢慢消散，但她的新生活依然一筹莫展，想来自己终会在风吹浪打中，变成孤独的老妇人，日渐衰老无能。

艾达离开墓地走下山去，到了路上决定一直沿河往上游走，抄近路到布莱克谷。走这条路线不仅快捷，而且顺道能去趟邮局。路上也会经过斯万戈家，也许她能在他们家吃顿饭。

她一路走着，碰到一位老妇人赶着一头红毛猪和一对火鸡，走散了就用一根柳枝驱赶它们。有个男人弯着腰，快步超过了她，他手里拿着一柄铁铲，里面盛着冒烟的热炭。那个男人咧嘴笑着，一边走一边扭头说，家里的火熄灭了，就去借了火。艾达随后碰到一个男人，把沉甸甸的麻袋挂到栗树枝上去。三只乌鸦高高地坐在树上，看着下方一言不发。那个男人身形魁梧，他用一根断掉的锄头柄痛打麻袋，打得尘土飞扬。他自言自语，对着麻袋咒骂不已，仿佛他的生活并不轻松如意，麻袋才是罪魁祸首。空气中混杂着沉闷的棒击声，以及那个男人的呼吸和咕哝声，他的脚在泥地上摩擦着，攒够气力再给麻袋一击。艾达走过时看了他几眼，然后停下来，转过身去问他在做什么。打豆子脱壳，他说。他明白无误地告诉艾达，在他看来每颗豆子都可恨至极。他满怀仇恨犁地，把豆子种下；满怀仇恨把藤扶上架，给田垄除草；满怀仇恨看着豆子开花、结荚、长得饱满。采豆子的时候，他诅咒手指碰过的每一颗豆子，然后像甩掉黏在手上的脏东西一样，把它们扔进柳条篮子。连吃豆子在内的整个过程中，他只喜欢打豆子。

艾达抵达磨坊时，白天的雾气还没有散去，但她戴着围巾已经太热了。她把围巾脱下来，卷了卷夹在胳膊下面。水车轮子正在转动，把水倾注到尾水渠里，水花四溅。艾达把手放在门框上，随着水车轮、齿轮、机轴和磨石的转动，整幢房子都在颤抖。她把头探进门里，在机械运转的嘎吱声中提高嗓音，喊道，皮克先生？

阴暗的房间里有股干燥玉米、旧木头、生苔藓的水槽和落下的流水散发的气味。从门口和两扇小窗户里透进来一束束光线，照在充满玉米粉尘的空气中。磨坊主从磨盘后面走出来，他搓着双手，更多粉尘飞扬起来。当他走进门口的光线中，艾达看见他的头发、眉毛和眼睫毛上，还有他胳膊的汗毛上，都覆盖了一层灰白色的玉米粉。

——来取信？他问道。

——假如有的话。

磨坊主走进邮局，那不过是磨坊上搭建的有屋顶的窝棚。他拿着一封信出来，翻来覆去看了看。艾达把信夹进口袋里西姆斯写的书中，顺道向斯万戈的家走去。

她在牲口棚旁边找到埃斯科。他正弯腰抡起锤子，把自己用洋槐树枝削成的木钉敲进马车轮子。看见艾达从路上走过来，他放下锤子站起身，两手撑着车顶板靠在马车上，双手的颜色和粗糙程度跟车板相差无几。他的衬衫被汗水浸透了，艾达走近时闻到他身上跟湿陶器一样的气味。埃斯科又高又瘦，脑袋很小，一丛干灰色头发乱蓬蓬的，像山雀的羽冠一样耸起。

他很高兴有借口歇一会儿，陪着艾达朝房子走去，穿过栅栏门走进院子。埃斯科一直把木栅栏当作拴马桩，马匹无聊时把栅栏的尖头咬得参差不齐。院子里空荡荡的，地上扫得很干净，没有灌木丛或花圃装饰，只有几棵大橡树和一口有盖子的井，这在流水遍地的乡间是件稀罕物，不过，谁让他们选择居住的地方叫"无河谷"呢？房子很大，刷了白漆，但是现在巴掌大的漆一块块掉了下来，说这房子像一匹花斑母马也不过分，很快有一天它就会变成灰色。

萨莉坐在门廊上用线穿豆荚做干豆角，头顶的椽木上已经挂着五串长长的豆荚准备晒干。她浑身圆滚滚的，皮肤像牛油蜡烛一般有近乎透明的光泽，她的头发已经变得花白，就像骡子背上的斑纹。埃斯科推给艾达一把靠背椅，自己进屋搬了另外一把。他开始剥豆子。他们没有吃饭的意思，艾达抬头看了看苍白的天空，太阳的位置说明下午已经过去一半。她略微有些失望，斯万戈一家人肯定早就吃过饭了。

他们安静地坐了一分钟，只能听见剥豆子和萨莉用针线穿过豆荚的声音，屋内传出壁炉架上时钟的嘀嗒声，好像指关节在敲打盒子。埃斯科和萨莉安心地一起干活，他们不约而同把手伸进放豆荚的篮子时，两人的手就碰到了一起。他们彼此温柔相待，动作缓慢而安静，每拿起一颗豆荚的时候，也仿佛带着无限柔情。尽管有孩子，他们还是维持着无子女家庭才有的浪漫气氛，而且似乎从未停止过互相献殷勤。艾达觉得他们是甜蜜的一对，但他们的相濡以沫似乎也没有什么特别之处。她从小就伴着一位鳏夫长大，对真实的婚姻该是什么样子实在没有概念，也不知道每天平淡地生活是多么不容易。

他们最初的话题从战争开始，谈起未来前景黯淡，联邦军正翻过北面的大山，如果报纸上关于彼得斯堡壕沟战的报道可信，那么弗吉尼亚州的情况就越来越不妙。埃斯科和萨莉对战争都只了解些皮毛，他们确切知道的只有两件事情：其一，他们大致上不赞成战争；其二，埃斯科年纪大了，农场上需要帮手。再加上许多其他理由，他们会很高兴看到战争结束，儿子们从大路上回来。他们的两个儿子都去打仗了。艾达问有没有哪一个儿子的消息，但是斯万戈夫妇已经好几个月没有他们的音信了，甚至不知道他们在哪个州。

斯万戈夫妇一开始就反对战争，跟许多山里人一样，他们直到最近还大体上同情联邦军。但是，埃斯科对战争双方越来越怨恨，现在联邦军只要翻过北面的大山就到眼前了，让他们同样感到害怕。他担心敌人很快会来抢粮食，掠夺想要的一切，让他们一无所有。他最近去了县城，城里传遍了一个消息：柯克和他的部队已经开始袭击州边境。他们在天蒙蒙亮的黎明时分洗劫了一户人家的农场，偷走了能找到的所有东西，每一头牲口、每一口粮食，能带走的全部带走，最后还在玉米仓库放了一把火。

——他们就是所谓的解放者，埃斯科说。我们这儿的那帮人也好不到哪里去，也许更坏。蒂格和他的民兵像一群强盗似的横行乡里，兴风作浪、无法无天，其实就是一群想方设法逃避兵役的痞子。

他听说艾恩达夫附近有一户姓欧文斯的人家，民兵在晚饭时间把他们赶到院子里，蒂格说他们同情联邦军，没准是红线帮的成员，必须没收他们的一切财物。他们先是把房子拆得稀烂，接着用军刀在院子里戳来戳去，看能否找到新挖出来的泥土。他们抽了欧文斯几个嘴巴，然后打了他的老婆。接着，他们把两只猎鸟犬并排吊死，看到欧文斯不动声色，他们又把他老婆双手反剪到身后，两个大拇指用绳子绑起来，吊在树杈上，拽到脚趾刚好碰到地面。但是，欧文斯仍然一言不发，他们就把她放下来，用栅栏转角处的木桩压她的拇指，那男人依然不为所动。

孩子们哭喊着，那女人趴在地上，大拇指还压在栅栏木桩底下，尖叫着说她知道丈夫把银器和一堆碎金子藏起来了，那是他们在战争的苦难岁月中留存的。她不知道丈夫把金银埋在哪里，但她知道他埋过。她一开始乞求他说出来，然后又央求民兵发慈悲。欧文斯依然一声不吭，她就请求民兵先把他杀了，那她起码可以心满意足地看着。

正在此时，民兵里有个叫伯奇的白头发少年说，他们应该住手离开了。但是，蒂格用手枪瞄准他说，我不需要别人告诉我该怎么对付比尔·欧文斯和他老婆，还有那些小崽子。要是我活在这个地方，却不能让他们那类人罪有应得，那还不如向联邦军投降。

——最终，埃斯科说，他们没有杀死任何人，也没有找到银器。民兵们很扫兴，一路扬长而去。那女人当场离开欧文斯，带着孩子们到了城里，跟她的哥哥住在一起，到处讲这个故事，只要有人愿意听。

埃斯科把胳膊支在膝盖上，身体前倾坐了一会儿，双手下垂着。他似乎在审视门廊的地板，或者打量靴子的皮革磨损了多少。艾达知道他的老习惯，要是他在外面，就会在两只脚之间吐上一口唾沫，然后着迷地看着那一摊口水。

——战争是另外一回事，他过了一分钟说。每个人的汗水都应该有酬劳。平原上的大棉花庄园主每天都在窃取别人的劳动，但我想也许终有一天，他们会后悔没有亲自收割自家地里的棉花。我只希望儿子们能回家，到外面的河谷里锄地，我坐在门廊上，钟声每敲过半小时，就大喊一声，干得好!

萨莉点了点头，嗯了一声，这个话题似乎就此结束了。

他们继续说起其他的事情，艾达饶有兴趣地听埃斯科和萨莉絮叨，他们注意到凛冬即将来临的种种古老迹象：灰松鼠在山核桃树上活蹦乱跳，疯狂地贮藏着越来越多的坚果；野苹果上的蜡结得很厚；毛毛虫身上的黑色条纹很宽；在手掌上碾碎的蓍草，闻起来就像飘落的雪一样清冽；山楂树长满了红得像血一样的累累果实。

——还有其他的预兆，埃斯科说，坏的预兆。

县城里所有的异象和预兆，他都一清二楚。据说卡塔卢奇有匹骡子下了仔；鲍尔瑟姆有头猪崽生下来长着人的手；科夫溪有人杀了一只绵羊，发现内脏里没有心；大劳瑞尔的猎人们发誓说，有只猫头鹰像人一样说话，关于它说了什么却众说纷纭，但他们都一致肯定，当猫头鹰说话的时候，天上有两个月亮。连续三年，冬天狼嗥阵阵，夏天谷物歉收。这些都是乱世的预兆。埃斯科认为，尽管他们现在还隔绝在战争的阴霾之外，然而戾气很快会漫过山坳，把他们全部吞没。

他们沉默了一会儿，然后萨莉说，你想好以后的打算了吗？

——没有，艾达说。

——你不准备回家？萨莉问道。

——回家？艾达一时很茫然，她整个夏天都觉得自己并没有家。

——查尔斯顿，萨莉说。

——我还没有准备好，艾达说。

——查尔斯顿有人写信来吗？

——还没有，艾达说，但是，我刚才从皮克先生那里取到一封信，似乎是我父亲的律师写来的，也许会弄清财产情况。

——把信拆开，看里面说了什么，埃斯科说。

——我没有心情看。说实话，无非是告诉我有没有钱生活。信里不会告诉我一年以后我会在哪儿，也不会告诉我该做什么。这些是我最担心的问题。

埃斯科搓了搓手，咧开嘴笑了。我大概是整个县城唯一能帮上忙的人，他说。据说，假如你拿一面镜子，身体朝后仰，照进一口井里，你就会在水里看见未来。

不一会儿，艾达就靠在生满苔藓的井口，身体倾斜朝后仰，背向后弯，胯往前挺，双腿叉开保持平衡，摆出的姿势难说是体面或者舒适。她拿着一面镜子举在眼前，侧过来的角度刚好照见下面的井水。

艾达答应看井水，是想体验一下当地的不同风俗，来驱散自己的忧伤。长期以来，她一直思绪烦乱、怀着心病，过分地沉湎往事，她很高兴有机会换个角度，眼光向前看，想象一下未来，尽管除了井底的水之外，她没有期望看见任何东西。

她挪了一下双脚，好在院子的泥地上踩稳，然后就朝镜子里看去。在镜子后头，白色的天空一扫朦胧的雾气，像珍珠或者银色的镜子本身一样明亮。深色的橡树叶镶在天空的边缘，仿佛是镜子的另一道木框。艾达谛视着镜中井底深处的图像，想看未来的生活会是什么样。黑漆漆的井道尽头，明亮的井水是另一面镜子，水面反射着天空的光亮，长在石缝间的蕨类植物在边缘形成参差不齐的倒影。

艾达努力把注意力集中在镜子上，但是远处明亮的天空一直吸引着她的视线。光和影让她感到头晕目眩，镜中的倒影和镜子的木框重叠在一起。一切形象从各个方向涌来，她的脑子来不及思考。只见无数水波的虚影摇曳、互相碰撞，她感到极度眩晕，仿佛随时会向后倒去，头朝下跌入井中淹死。天空又高又远，她最后看到的是一片黑暗，中间有一个明亮的光圈，大小好似一轮圆月。

她感到头晕目眩，伸出空着的手抓住石头井沿。然后有一瞬间，晕眩停止了，镜中似乎真的出现了一幅图画，就像冲洗得很差的银版照片，细节很模糊，对比度低，布满了颗粒。她看见一圈明亮的光轮，边缘围着树叶，也许像是树丛中的一条小径、一道斜坡。光斑中间，一个黑色的人影仿佛正在走动，但影子太模糊了，看不清是走近，还是离开。但是，不管往何处走，他的姿态都显出了坚定的决心。我应该随之而去，还是等待他的到来？艾达寻思着。

她又感到一阵晕眩，膝盖一软，跌到地上，天旋地转了一秒钟。她的耳中轰鸣，脑海中充满圣歌《徒步旅行的陌生人》里的诗句。她以为自己会晕倒，但旋转的世界突然停下来，静止不动了。她看了看有没有人发现她跌倒了，但萨莉和埃斯科都在专心致志地干活，没有注意到其他动静。艾达爬起身来，朝门廊走去。

——看见什么了？埃斯科问道。

——没什么，艾达说。

萨莉目光锐利地看了她一眼，又回头开始串豆荚，然后她换了个话题，你看上去脸色发白，身体不舒服吗？

艾达努力听萨莉说话，但她心不在焉。她的脑海中依然浮现着那个黑影，圣歌里充满勇气的句子在她的耳中回响：“尘世中旅行，没有劳作、疾病和危险，我将适彼乐土。”她肯定那个身影很重要，尽管她看不清他的面容。

——你是不是在井里看见什么了？萨莉问道。

——我没法肯定，艾达说。

——她看上去脸色发白，萨莉对埃斯科说。

——那不过是个传说罢了，埃斯科说，我朝井里看过三次，什么都没有看见。

——是啊，艾达说，什么都没有。

但那个画面在她的脑海中挥之不去。一片树林，林中的一条小路，一块空地，一个人，在行走。还有那种感觉——不知该随之而去，还是原地等待。

时钟敲了四下，单调乏味，犹如铁锤击打镐头。

艾达站起身来要走，但萨莉让她坐下。她伸手用掌根碰了一下艾达的脸颊。

——你没有发烧。今天吃过东西了吗？她问。

——吃过一点，艾达说。

——我猜没吃多少吧，萨莉说。你跟我来，我给你点吃的带上。

艾达跟着她走进屋里。房子里香味很浓，堂屋中央挂着晒干的香草和一串串辣椒，准备做成各种调味品和沙拉酱，还有腌菜和酸辣酱，萨莉的这些小吃闻名遐迩。壁炉架、门框上、镜子边系满了红缎带，大厅里楼梯的第一根立柱也刷成了红白两色，就像理发店的标志一样。

萨莉走到厨房的碗橱边，拿出一陶罐用蜂蜡封口的黑莓果酱。她把果酱递给艾达说，这些用来抹在你剩下的面包上，会很好吃。艾达说了声谢谢，没有提起自己做面包失败了。走到门廊上，她对埃斯科和萨莉说，假如他们乘马车出门路过布莱克谷的话，一定要来做客。她披上围巾离开了，臂弯里抱着那罐果酱。

从斯万戈的农场离开，沿着大路走不到五百码远，就有一条小径可以翻过山脊通往布莱克谷。小径从河边沿着陡坡，先是穿过橡树、山核桃和白杨构成的开阔次生林，靠近山脊的地方树木没有被砍伐，森林一望无际，混杂着云杉、铁杉和数量较少的黑香脂冷杉，地上横七竖八躺着倒下的朽木，腐烂程度不一。艾达不停地爬着山，她发现《徒步旅行的陌生人》依然在脑海中低声回响，脚步的节奏也踏着歌曲的旋律，那鼓舞人心的雄壮诗句激励着她，尽管她心惊胆战不敢抬头看，生怕冷不丁冒出什么黑影。

爬上山顶后，她坐在一块裸露的岩石上休息了一会儿，正好俯瞰着刚才走过的河谷。她眺望着下面的河流和大路，右边一望无际的绿海中有一小片白色——那座小教堂。

她转过身往另外一个方向望去，抬头看见灰蒙蒙的邈远的冷山，往下眺望是布莱克谷。她的房子和田地从远处看井然有序，丝毫没有荒芜的迹象，周围环绕着她的树林、她的山脊和她的溪流。然而，这里的植物像丛林一样疯长，她知道假如自己要待下去，就需要帮手；否则田野和院落会很快长满野草、灌木和矮树，直到房子消失在茂盛的藤蔓中间，就像睡美人那被荆棘覆盖的宫殿。但是，她怀疑能否雇到合意的人，因为所有能干活的壮丁都被送去打仗了。

艾达坐在那里，沿着农场的边缘扫视了一圈，大致勾勒出一条线，当她的目光收回起点时，圈内的这块土地似乎很辽阔。她怎么会拥有这样一块土地，好像依然是件很神奇的事情，尽管她清楚其中的来龙去脉。

六年前，她跟随父亲搬到大山里疗养，当时门罗的肺痨越来越严重，直到最后每天咳出的血会弄湿半打手帕。他在查尔斯顿的医生相信，只有凉爽的新鲜空气和锻炼才能救他的命，便推荐了一处著名的高原度假村，里面有上好的餐厅和治病的矿物温泉。但是，门罗不喜欢待在安静休息的地方，到处是受各种痛苦折磨的有钱人。他在山里找到跟他同一个教派的一间教堂，那里正好缺一位牧师，他认为有用的工作会比冒泡的硫黄温泉更有疗效。

他们即刻动身，坐火车来到铁路终点站——位于本州北部的斯帕坦堡[1]。这是一个粗犷的小镇，坐落在大山的屏障之中。他们在那里待了好几天，住在一家还过得去的旅馆里，直到门罗找到赶骡子的人，把他们装在板条箱里的行李运过蓝岭，拉到冷山脚下的山村。在此期间，门罗买了一辆马车和驾车的马匹，像以往一样，他在买东西方面总是运气不差。他正巧碰到一位马车匠，在给新造的漂亮马车进行最后一层黑漆的抛光工序。那人还有一匹强壮的花斑骟马，正好配上马车。门罗没有讨价还价就把它们都买了下来，从钱包里数出钞票，放进马车匠生出老茧的淡黄色手掌。买卖花了点时间，不过交易完成后，门罗就拥有了全套轻便的座驾，真正像个乡村牧师了。

他们装备停当后，就赶在行李前头继续上路，第一站来到布雷瓦德小镇，那里没有旅馆，只有一处民宿。黎明前，他们就在蓝色晨曦中离开住宿的地方。那是一个春光烂漫的早晨，当马车穿过小镇时，门罗说，别人告诉我，我们在晚餐前就能赶到冷山。

那匹骟马似乎很高兴远足，它轻快地跃着步子，以惊心动魄的速度拉着轻便的马车，两个高高的轮子飞速转动，嗡嗡作响的辐条闪着亮光。

那个阳光灿烂的上午，他们一直在赶路。浓密的灌木丛左右夹紧马车道，马车在狭窄的河谷中，迂回曲折地一路盘旋着往上攀升，黝黑的山壁上方只露出一线蓝天。他们两次穿越弗伦奇布罗德河，紧挨着瀑布驶过的时候，冷冽的水花打湿了他们的脸庞。

除了布满岩石的阿尔卑斯山，艾达从未见过其他山脉，对这里植被丰

---

① 美国南卡罗来纳州皮德蒙特高原上的城市。

富的陌生地形很不习惯，此地怪石嶙峋，生长着在空旷而多沙的低地罕见的枝繁叶茂的树木。森林里聚生着橡树、栗树和鹅掌楸，华盖般的树冠连成一片，几乎遮天蔽日。接近地面的山坡上，开着一丛丛的杜鹃花，长得像石墙一样密密匝匝。

这里的土路状况糟透了，车辙纵横，崎岖不平，让艾达感到很不舒服，跟低地铺着沙子的宽阔大道相比，这些羊肠小道简直不像是人修的，倒像是游荡的牲口踩出来的。每拐一次弯，路就会变得窄一点，以至于艾达相信路很快会完全消失，任由他们漂泊在野地里，深入无路可寻的茫茫原野，仿佛这里是上帝第一次说出“绿林”这个词时，凭空跃起的一片莽原。

门罗却兴高采烈起来，完全不像个刚吐过血的人。他环顾四野，仿佛被勒令记住每一处山势、每一片绿荫，不然就会死去。他偶尔突然高声朗诵起华兹华斯的诗句，差点惊了马。当他们转过一道弯，停下来眺望远处苍白的景色时，他遥望着他们刚才路过的旷野，高声吟哦：“世间不会再有更美的景色。谁会匆忙赶路，经过这雄伟山川而无动于衷，谁就有一颗迟钝的心灵。”

下午刮起了西风，天空布满了翻涌的乌云，他们在一丛黑香脂冷杉中间停下，路尽头是车道峡，小路在此处随着河水陡然下跌，令人心惊胆战地沿循咆哮的鸽子河支流。他们看见前方的冷山足有六千英尺高，山峰隐藏在乌云之中，山腰白雾缭绕。车道峡和远山之间隔着荒凉崎岖的陡坡和峡谷。在这人迹稀少的地方，门罗又一次想起最喜欢的诗人，他吟道：“喧嚣的溪流，片刻凝眸，便让人头晕目眩，无拘无束的流云和云上的天堂，躁动与和平，黑暗与光明——这都是同一颗头脑的产物，同一张面庞的容颜，同一棵树盛开的花朵，是伟大的启示录的文字，永恒的符号和象征，是起初、最后和中间，以至无穷无尽。”

艾达笑了起来，亲了亲门罗的脸颊，心里想，只要老头子开口，我会心甘情愿地跟随他去利比里亚。

门罗抬头看了一眼乌云，然后展开马车的折叠顶篷，帆布上过漆、打过蜡，蒙在装有铰链的框架上，乌黑发亮，棱角分明，活像蝙蝠的翅膀。顶篷还是簇新的，被拉开的时候发出脆裂的响声。

他抖了一下缰绳，浑身冒汗的骟马一下冲向前去，欢快地沿着下坡奔跑，一路轻松。然而，路很快变得非常陡峭，门罗不得不拉起刹车，防止马车撞上马屁股。

雨开始下，随后天色变得漆黑。天上没有月亮，也看不见一点灯光来欢迎他们前去某户好客的人家。冷山镇就在前方，但他们不知道还有多远。他们继续在黑暗中前进，只希望马不会猛地向前一冲，掉下某个悬崖峭壁。路上连一幢孤零零的小屋都没有，这说明他们离村子还很远。他们显然错误估计了路程。

雨水倾斜地打在他们脸上，马车顶篷挡不了多少雨。马低着头赶路，他们转了一道又一道弯，每个路牌都没有标志。在每个岔路口，门罗只是凭猜测决定他们应该往哪里走。

午夜过后很久，他们来到山上一座黑暗的小教堂，山下是小径与一条河流。他们走进教堂躲雨，穿着湿透的衣服，身体摊开睡在靠背长椅上。

早晨雾蒙蒙的，但天色很亮，说明雾气很快会散去。门罗四肢僵硬地站起来，走到外面。艾达听见他的笑声，然后他说：全能的主啊，我要再次感谢你。

她朝父亲身边走去。他站在教堂门前，笑嘻嘻地指着门框上方。她转过身去，读出门上的字：冷山礼拜堂。

——我们终于千辛万苦地回家了，门罗说道。对父亲的归属感，当时艾达是抱着怀疑态度的。查尔斯顿的朋友们认为山区是异教徒的地盘，蒙昧而未经开化，到处是阴沉沉的荒野，阴雨连绵，无论男人、女人还是小孩都野蛮残忍，沉迷于暴力斗殴，毫不克制自己。只有上等男人装模作样地穿内裤，无论哪个阶层的妇女都亲自哺乳，文明世界的奶妈这个行当根本不存在。艾达道听途说的消息说明，山民的教养只比流浪的野蛮部落稍好一点。

刚到的几个礼拜，门罗父女经常去访问教堂现有的和潜在的信徒，艾达觉得这些人很奇怪，但也不完全像查尔斯顿人所说的那样。他们在访问的过程中发现，当地人冷冰冰的、脾气暴躁，大部分难以理解。他们经常表现得好像是被欺负了，尽管艾达和门罗都不知道哪里招惹到了他们。很多人家的宅院严阵以待，仿佛准备迎接战斗。他们去拜访时，只有男人会走到门廊上来见他们，有时他们会请门罗和艾达进屋，有时则不会。艾达有点害怕进屋，这样往往比尴尬地站在院子里更糟。

即便外面天很亮，屋里也通常是黑洞洞的。有百叶窗的人家一直关着叶片，有窗帘的人家一直拉上帘子。尽管房子里并不邋遢，却混杂着烹饪、牲口的气味和干活的人身上的怪味。步枪放在屋角，或者挂在壁炉架和门框上方的钉子上。门罗经常滔滔不绝地作自我介绍，解释他对教会使命的观点、谈论神学，或者督促人们参加祷告和宗教仪式。人们会一直坐在直背椅里，看着壁炉里的火。很多人没有穿靴子，毫不羞赧地把赤脚伸到他们面前。从他们的行为举止来看，仿佛他们独自待在屋里，根本没有客人存在。无论门罗说了些什么话，他们都看着炉火一言不发，脸部的肌肉纹丝不动。当他直截了当地问他们一个问题时，他们会坐着思考很长时间，有时候简单而含糊地回答几句，但通常他们只会干瞪着他，仿佛目光传达了所有想说的话。其他人则躲在屋里不出来。艾达能听见有人在其他房间里走动，但他们不会出来。她猜屋里是妇女、儿童和老人。他们仿佛觉得山沟外面的世界如此可怕，跟外乡人有任何接触都会污染他们，而除了邻居和亲戚外，所有人都是敌人。

每次拜访结束之后，艾达和门罗总是仓皇离开，匆匆地乘坐马车上路。门罗谈论着这些人的愚昧无知，制订着各种战胜蒙昧的计策。艾达只感觉到轮子在旋转，感觉到他们正在火速撤退。她心里暗自嫉妒那些人，他们似乎毫不关心她和门罗知道的那些事情。他们显然对人生的看法完全不同，全然按照自己的逻辑活着。

那个夏天，门罗遭遇了传道中最惨痛的败绩，这件事情跟萨莉和埃斯科有关系。教众里有个叫米斯的男人告诉门罗，斯万戈一家无知到让人目瞪口呆。据米斯说，埃斯科几乎不识字，实际上，他对历史的知识仅限于上帝在《创世记》里的早期神迹。上帝创造光，是最后一件他完全理解的事情。米斯说，萨莉·斯万戈比埃斯科还要孤陋寡闻。他俩都把《圣经》当作魔法书，就像吉卜赛算命人一样使用它。他们拿起《圣经》，扔下来让书打开，用手指随便点哪一个字，费力解读文字背后的奥义。他们把这个词当作神谕，根据它的指示行动，仿佛这是上帝的直接意图一般。上帝说走，他们就走；上帝说待着，他们就不动；上帝说杀戮，埃斯科就拿把斧子，找只小母鸡杀掉。他们尽管愚昧无知，日子还是过得很红火，因为他们拥有山坳底下一大片谷地农场，黑土地肥沃得流油，毫不费劲种出的甘薯就有胳膊那么长，只要除除草就可以了。假如门罗能让他们换换脑子，他们就会成为有价值的信徒。

因此，门罗就去拜访他们，艾达也跟在身边。他们在客厅里一起坐下，门罗开口跟埃斯科讨论信教的问题，他也前倾着身子认真听着。可埃斯科本性难移，丝毫也不肯改变他的信仰。除了崇拜动物、树木、岩石和天气以外，门罗在他身上找不到一丝宗教的迹象。门罗下结论说，埃斯科是某种古老凯尔特人的子遗，他恐怕只会用盖尔语简单地思考。

于是门罗抓住这样罕有的机会，想要解释宗教真正的奥义。当他们谈到三位一体时，埃斯科挺起身子说，三合一，就像火鸡的爪子。

过了一会儿，门罗确信埃斯科没有听过基督教的中心教义，于是给他讲了基督从荣耀地诞生到被血腥地钉上十字架受难的故事。他讲述了所有著名的细节，使出了口吐莲花的浑身解数，同时又保持叙事简洁。门罗讲完后，往椅子上一靠，等着看他有什么反应。

埃斯科说，你讲的故事是从前发生的?

门罗说，两千年前就发生了，假如你说这是从前的话。

——哦，那倒算是有一段时间了，埃斯科说。他看了看自己的手掌根部，舒展了一下手指，挑剔地看着它们，仿佛在熟悉一种新的工具。他想了想这些故事，然后说，这家伙从天上下凡，就是为了拯救我们?

——是的，门罗说。

——将我们从邪恶的本性及其他恶习中拯救出来?

——是的。

——但他们依然这样对待他？把他钉起来，用刀子捅他，诸如此类？

——是的，的确如此，门罗说。

——但是，你说这个故事流传了两千多年？埃斯科说。

——差不多。

——这就是说，很长一段时间。

——很长很长时间。

埃斯科咧嘴笑了，仿佛解开了一个谜，他站起来，拍了拍门罗的肩膀，说，好吧，我们所能做的事情，就是希望这一切并非如此。

那天晚上，门罗回到家里就开始计划，应该怎样教导埃斯科正确的教义，把他从不开化的状态中拯救出来。门罗没有意识到自己已经成了笑柄，他想挽救无知者的态度实在太明显，从一进门就严重冒犯了埃斯科。不过，埃斯科既没有给他吃闭门羹，也没有把一盆混浊的洗脚水泼在他身上，更没有像有些受到奇耻大辱的人那样，用猎枪指着他——他没有意识到，其实性情温和的埃斯科是乐得装傻给他看。

埃斯科没有跟任何人吹嘘自己的伟绩。事实上，他压根就不在乎门罗是否知道真相——他和老婆都是浸礼宗信徒。是门罗自己四处打听还有哪些村民愚昧如斯，从而散布了这个故事。让他感到奇怪的是，村民们都觉得很好笑，他们会在店里或路上找到他，让他讲这个故事。他们仿佛在听一个耳熟能详的滑稽笑话，等着他重复埃斯科的最后一句话。假如门罗没有说，有些人会替他说一遍这句话，不然这个故事就显得不完整。故事一直在流传，到了后来萨莉心生怜悯，告诉门罗，他为什么闹了个大笑话。

门罗被当地居民耍了一回，心情低落了好几天。他怀疑自己能否在此地立足，直到最后艾达说，既然人家给我们做了规矩，我们就该按规矩行事。

从此以后一切云淡风轻，他们去斯万戈家道歉，后来就此成为好朋友，经常在一起吃饭，显然为了弥补埃斯科的恶作剧，斯万戈一家很快退出浸礼宗，加入了门罗的教会。

来此地后第一年，门罗一直保留着在查尔斯顿的房子，他们暂住在河边潮湿狭小的牧师住宅里，七八月间，家里闻起来总有股浓烈刺鼻的霉味。后来，由于气候的变化，门罗的肺病似乎有所好转，山区居民终于开始对他宽厚起来，也许总有一天会接纳他，于是他决定一直住下去。他卖掉了查尔斯顿的房子，向布莱克一家买下山谷，这家人突然打算搬到得克萨斯州去。门罗喜欢这里的秀丽景色和谷底平整而开阔的土地，胜过那二十多英亩翻整好、用篱笆围起来的田地和牧场。他喜欢树木繁茂的山坡，除了偶尔被山脊和峡谷打断，连绵起伏的弧线一直延伸到冷山。他也喜欢这里冷冽的泉水，即便在夏天它也冰得让人牙疼，还带着干净而平淡的岩石味道，从石头缝里汩汩流出。

他尤其喜欢自己在那里建造的房子，主要是因为这座房子意味着，他还有再活起码好几年的信心。门罗按照时下的样式亲手设计了新房子，亲自监督建造的过程，建成后十分令人满意。外墙铺上了结实的木瓦板，刷上白色石灰水，里面铺上深色的栅板墙面。房子正面整个是一道长长的门廊，屋后是延伸出去的厨房，起居室里有宽敞的壁炉，卧室里有柴火炉，这在山区是稀罕物。布莱克家的木棚建在山上从新房子往冷山方向几百丈远的地方，现在变成了雇工们的住处。

门罗买下山谷前，这里是一个功能完善的农场，但是门罗很快荒废了不少田地，因为他从来没打算自给自足。而且，按照他的估算，他也不需要依靠农场的产出，他在查尔斯顿投资大米、靛蓝染料和棉花，就有足够的金钱滚滚而来。

然而，艾达在她山脊上的栖身之处审视了一番所有的财产，再拿出口袋里那本书，打开书中的信件读了一下，发现收入显然难以为继。葬礼之后不久，她写信给门罗在查尔斯顿的律师朋友，把父亲的讣闻告诉他，向他询问自己现在的经济状况。律师过了很长时间才回信，措辞冷淡而小心谨慎。信中仿佛事不关己地谈到了战争、禁运令还有困难时期的种种，这些都使艾达的收入减少到了几乎为零，这种状况起码要持续到战争胜利结束。假如战争失败的话，艾达实际上可能会永远一无所有。律师在信件最后提出代管门罗的地产，因为艾达想必自己没有本事履行这些责任。信中隐隐暗示，这项任务所需的知识和判断力远在艾达的能力范围之外。

她站起身来，把信件塞进口袋，沿着小路来到布莱克谷。现在的情况已经够可怕了，没人知道将来还会发生什么恐怖的事情，想到这里，艾达不知哪里还能鼓起勇气去寻找希望。从山梁上高大的树林中走出来，她发现薄雾已经散去，或者被风吹走了。天空晴朗起来，冷山突然显得近在咫尺，触手可及。白昼的时光渐逝，太阳已经西斜，再过两小时就会沉下山峦，进入高原漫长的暮色。她走过一棵山核桃树时，一只红松鼠在树梢向她吱吱叫着，在她身边掉了一地坚果壳。

她走到牧场顶部的旧石墙边上，便又停下脚步。这地方风景很可爱，是她在农场里最喜欢的角落之一。石头上长满了地衣和苔藓，看上去古意盎然，尽管并不是历史遗迹。看起来，布莱克的先辈修筑这道墙是想清理田野里的石头，但他只修了二十英尺就放弃了，改用栅栏接替下去。墙是从北往南修的，在这晴朗的午后，太阳把墙的西面晒得暖暖的。附近长着一棵金冠苹果树，较早成熟的几颗苹果掉在高草丛中，蜜蜂受到腐烂苹果的甜香味吸引，在阳光下嗡嗡地鸣叫。石墙根没有开阔的视野，只能眺望林地的一角，那里有一丛黑莓和两棵高大的栗子树。艾达觉得这是自己见过的最安静的地方，她在墙脚的草丛中躺下，把围巾卷起来当枕头。她从口袋里拿出书，开始读《如何捕捉乌鸫，及乌鸫如何飞走》这一章。她不停地读下去，完全沉浸在战争和歹徒的故事中忘记了自己，直至最后，她在渐渐下落的夕阳和蜜蜂的鸣叫声中睡去。

艾达在一场大梦中睡了很久，她梦到自己在火车站，站在一群候车的乘客中间。房间中央有一个玻璃匣子，里面站着一具白骨，像她曾在博物馆里看到的陈列的骨架一样。她坐着等火车时，玻璃匣里充满了袅袅上升的蓝色火焰，仿佛玻璃灯罩里燃烧的灯芯。艾达害怕地看着白骨自己长出血肉，人体逐渐成形，她清楚地看到自己的父亲正在复活。

其他乘客惊恐地散开，逃到房间的墙边，艾达尽管也很害怕，却还是朝玻璃匣走去，把手放在上面，等待着。然而，门罗没有完全变成他自己。他仍然是一具行尸走肉，覆盖在骨头上的皮肤薄得像羊皮纸。他的行动缓慢却疯狂，仿佛一个人在水底下挣扎。他把嘴凑近玻璃，恳切而急迫地想跟艾达说话。他的举动仿佛想要说出最重要的事情，但是，即便艾达把耳朵贴在玻璃上，还是除了含糊的呓语什么都听不见。然后，她听见一阵风声，似乎暴雨将至，玻璃匣子突然空了。一名列车员走过来招呼乘客上火车，艾达很清楚终点站是过去的查尔斯顿，假如她坐上列车，时光就会倒流二十年，抵达她的童年时代。所有乘客都上了火车，他们从车窗口微笑着挥手，欢快极了。车厢里传来阵阵歌声，火车轰隆隆开走了，但是，艾达独自一人站在铁轨边。

她醒来时，睁眼看见一片夜空。暗红色的金星刚滑过林梢向西落下，她曾经在笔记本里记录过上半夜金星的位置，所以知道此时已经过了午夜。半个月亮悬在高空。晚上空气很干燥，稍微有点凉意。艾达展开围巾，裹在身上。当然，她从未独自在树林里过夜，但她发现这没有自己想象的那么可怕，即便她刚做过噩梦。月亮在树林和田野上洒下一片幽蓝的光。冷山依稀可辨，像天边一抹浓黑的墨迹。除了远处山齿鹑的鸣叫，几乎没有声响。她感觉不必着急回到房子里。

艾达打开陶罐的封蜡，伸进两根手指，把蓝莓果酱挖进嘴里。果酱里糖放得不多，尝起来新鲜又爽口。艾达坐了几个小时，看着月亮越过天空，一小罐果酱吃得一干二净。她想起梦中的父亲，还有井底的黑影。她意识到，尽管她深爱着门罗，却还是受到了梦中幻影的奇特影响。她并不希望父亲来找她，也不想立刻随他而去。

艾达坐了很长时间，直到天亮。第一道晨曦开始露出灰色的微光，天色渐明，群山开始显出轮廓，却依然保留着黑夜的颜色。山峰间的雾气渐渐升起，失去了和山一样的形状，在早晨的温暖中弥散。牧场中，树荫下的草地露水未晞，勾勒出树木的倒影。她站起身来，向房子走去，两棵栗子树下面依然萦绕着夜晚的气息。

回到房子里，艾达取出轻便书桌，在客厅的那把读书椅上坐下，把书桌放在腿上。客厅里还很昏暗，只有一片早晨的金色阳光洒在桌板上面。光线被窗格分割成一道一道，阳光照亮的空气中充满悬浮的尘埃。艾达把信纸放在一小块光斑中间，很快写好了一封信，婉言谢绝了律师的提议。她的看法是，管理这份目前几乎山穷水尽的产业，自己的资格还是绰绰有余的。

在夜里醒着的几个小时，她翻来覆去想过将来的各种可能性。但是，她的选择很少。假如她试图把产业卖掉，回到查尔斯顿，在买主难觅的困难时期，仅靠卖掉农场换来的一小笔钱，她的生活根本维持不了很长时间。过不了多久，她就得寄人篱下，以做家庭教师或音乐老师的名义，投靠门罗的朋友。

不想那样的话，就得找个人嫁了。作为饥不择食的老处女回到查尔斯顿，这个想法让她惊恐万状。她能想象得出这是如何一番光景：手头仅有的钱大部分花在买合适的衣服上，然后跟处于查尔斯顿社交圈三四流、一无是处的老光棍谈婚论嫁，因为跟她年龄相当的男人都去打仗了。她所能预见到的结局就是，最终自己跟某个男人说爱他，意思却是他不过碰巧出现在她一贫如洗的时候。即便在眼下的危难之中，她也无法强迫自己去想象如何强颜欢笑地嫁给这样一个人，那只能让她感到压抑和窒息。

假如她这样灰头土脸地回到查尔斯顿，很少会有人同情她，人们只会对她冷嘲热讽，因为在许多人眼中，她白白浪费了飞逝的青春年华，真是愚不可及，因为正是在那短暂的几年光阴里，待字闺中的年轻淑女们才受到顶礼膜拜，男人顺从地拜倒在石榴裙下，整个社交界都踮起脚尖，看着她们步入婚姻，仿佛这是顺应了宇宙间最重要的道德力量。艾达对此冷眼旁观，当时，门罗的朋友和熟人都感到很费解。

她并没有努力把自己嫁出去。晚宴之后，女士们进入单独的客厅，已婚和将要结婚的女人互相尖刻地议论对方，艾达动不动就说自己对求婚的人极为厌烦——他们的兴趣似乎全部局限在生意、打猎和马匹上——她感到自己应该在走廊门口挂上“男士禁止入内”的牌子。她料定这番言论会激起一阵苦口婆心的规劝，要么是年长的妇女，要么是那些曲意逢迎的少女，她们的最高准则就是已婚妇女最好对男人言听计从。婚姻是女人的终点，她们中间有人会说。艾达会回答说，的确如此，我们完全同意这句话，只要我们不细想“终点”① 是什么意思。看着在场的女士一片沉默，全都在努力回想那个有问题的词，艾达就暗自高兴。

她的行为如此乖张，因此熟人之间都议论纷纷，认为门罗把女儿培养成了怪物，不太适应这个由男人和女人构成的社会。因此，即使艾达十九岁那年断然拒绝了两桩婚事，大家也没有大惊小怪，尽管仍是义愤填膺。她后来解释说，求婚者缺乏丰富的思想、情感和存在意识。而且，两位男士都抹着闪亮的头油，仿佛以看得见的方式掩饰他们没有足够的智慧火花。

在艾达的很多朋友看来，拒绝任何没有明显缺陷的有钱男人的求婚，即便不是匪夷所思，也起码是不可饶恕，他们搬去山里前一年，许多朋友都对她冷淡起来，觉得她自命清高、乖悖常理。

即便如今状况窘迫，想到要回查尔斯顿依然令人心酸，她的自尊心受不了。没有任何事情吸引她回到那里。她当然已经没有家人了。除了表姐露西，她没有什么更近的亲戚，没有好心的姑妈或慈爱的祖母欢迎她回来。想到自己孤苦伶仃、举目无亲，她更加感到苦楚，尤其是她周围的山民们都以血缘为纽带，组成牢固的大家庭，他们沿着河边路走不到一英里，总会碰到某个亲戚。

然而，尽管她是从山外来的人，那些蓝色的山岭似乎依然向她敞开怀抱，把她留在这个地方。她周围能看到的一切，就是她所有的依靠——无论从哪个角度考虑，这个结论是她能养活自己的唯一希望。她渴望知道，自己能否靠山里的寻常事物，过上满意的日子，再加上对群山的依恋，让她似乎期待起更充实、更广阔的生活，尽管眼下她连最粗略的轮廓也勾勒不出来。门罗经常说，人们能否获得满足由天性决定，只要顺乎天性就可

① 原文为“the meaning of the word located next-to-the-last-but-one from your period”，即前文“end”一词。

以了。她相信这句话十分正确。但是说起来容易，假如一个人对自己的天性一点都琢磨不透，那么即便顺势而为，也会处处暗礁。

那天早晨，艾达坐在窗边，略带困惑地认真思考下一步该怎么办。然后，她看见一个人影从路上走来，待到那人走近房子，她依稀分辨出大概是个姑娘，矮个子，上身瘦得像小鸡脖子，胯骨倒是挺宽。艾达走到门廊上坐下，等着看这个人来做什么。

那个姑娘走到门廊上，没打声招呼，就在艾达旁边的摇椅里坐下，脚后跟搭在椅子的横杠上，摇了起来。她的体魄像拉爬犁的马一样结实，身体重心很低，手脚却很纤细，骨节突出；身上穿着方领的家纺粗布裙子，那种灰扑扑的蓝色，是用豚草瘿的芯子染的。

——斯万戈老太太说你需要帮手，她说。

艾达仔细端详着那个姑娘。她肤色黝黑，脖子和胳膊上肌肉结实；胸部平坦；一头黑发像马尾巴一样粗糙；鼻梁宽阔；眼睛大大的，深色的瞳孔却小得几乎看不见，眼白鲜明得令人吃惊。她没有穿鞋，但脚板很干净，脚趾甲像灰白色的鱼鳞。

——斯万戈太太说得对，我确实需要帮手，艾达说，不过我需要的是做犁地、播种、收割、伐木之类粗活的人。这个地方必须自给自足，我相信得找一个男人来干活。

——首先，那姑娘说，假如你有一匹马，我就能犁一整天地。其次，斯万戈老太太把你的困难告诉我了。你必须记住，所有能干活的男人都去打仗了。真相很残酷，但世道就是如此，不管是顺境还是逆境。

艾达很快知道，那位姑娘的名字叫鲁比。尽管她的外表不太有说服力，却令人信服地把自己描绘成会做一切农活的人。同样重要的是，随着她们的交谈，艾达受到鲁比的巨大鼓舞。她有一颗热情的心，让艾达深受感动。尽管鲁比从未进过一天学校，只字不识，甚至连自己的名字都不会写，艾达却在她身上看到了闪光点，就像用钢铁击打燧石发出的火花一样耀眼。还有，鲁比跟艾达一样，生下来就没有母亲。她俩因此互相理解，尽管除此以外，两人迥然不同。出乎艾达的意料，她们迅速达成了一项协议。

鲁比说，我从来没有做过帮工或者仆人，人们说起这类工作总是没啥好话。但是，萨莉说你需要帮手，她是对的。我想说的是，我们得先谈一些条件。

艾达想，接下去我们该谈钱了。门罗从来没有跟她商量过雇工的事情，但在她的印象中，帮工通常不跟雇主谈什么条件。她说，眼下手头的钱很少，也许将来也不会有多少钱。

——不是钱的问题，鲁比说。正如我所说的，我不太愿意做雇工。我想说的是，假如我在这里给你帮忙，我们都得明白事理，各倒各的夜壶。

艾达笑了起来，随后意识到这不是一句玩笑话。鲁比的要求是，两人平等相处。从艾达的角度来看，这是个荒唐的要求。但她转念一想，既然没有其他人排着队伺候她，而且她整个夏天都是自己倒夜壶，这个要求也就显得挺公平了。

她们正在商谈其他细节时，那只黄黑色的公鸡走到门廊上，停下来盯着她们。它的脑袋抽搐着，红鸡冠从脑袋一侧甩到另一侧。

——我讨厌那只公鸡，艾达说，它用翅膀扇我。

鲁比说，我可不会养一只扇人的公鸡。

——那么，我们该怎么把它赶走？艾达说。

鲁比迷惑不解地看着艾达。她站起身来走下门廊，迅速地抓起公鸡，左臂夹住身体，右手一把拧下脑袋。公鸡在鲁比的胳膊底下抽搐了一分钟，然后一动不动了。鲁比随手把鸡头扔进篱笆边上的一丛伏牛花里。

——它的肉会很老，我们最好多炖一会儿，鲁比说。

到了晚餐时间，鸡肉炖得都从骨头上脱下来了，金色的肉汤里还煮着好几块猫脑袋大小的发面团。

绝望的颜色

若是另外一个时候，眼前的景象或许该洋溢着欢乐的调子。画面上的一切元素似乎都传递着走在开阔大路上时所谓的自由感觉：破晓时分，金色的阳光斜照过来；马车道一边长着红枫，另一边是木栅栏；一个高大的男人戴着宽边软帽，背着包裹，正朝西走去。可事实上，经历过那些潮湿、痛苦的夜晚，英曼仿佛成了上帝最悲惨的弃儿。他停下脚步，一只靴子踩在路边栅栏底下的横杆上，远望着露水未晞的田野。本来，他试图以感恩的心迎接这一天，但在清晨暗淡的光线下，他第一眼清楚看见的，居然是一条粪便般肮脏的褐色平原毒蛇，有气无力地从路上游到一丛茂盛的卷耳草丛中。

田野尽头有一片稀稀拉拉的松树林，除了北美短叶松、湿地松、红刺柏这样的杂树以外，什么都没有。英曼讨厌这种虬结、平顶的松柏，他憎恨这片平地，憎恨红色的土壤、卑鄙的村庄。他曾在这样的土地上战斗，从山麓一直打到海边，平原似乎就是藏污纳垢之处，无尽的肮脏和晦气从山上冲下来，淤积在低洼的地方。实际上，这里是污泥和泔水之乡，是泥泞的沼泽地，是整个大陆的下水道，让他再也无法忍受下去。树林里，一片刺耳的蝉鸣，凄厉的声音由近及远，就像许多碎裂的枯骨互相刮擦。蝉鸣如此密集，慢慢变得似在英曼的头颅内振动，仿佛是他自己混乱的内心在争论不休，是一种个人的痛苦，而不是人人都能感知到的噪声。他脖子上的伤口有种新鲜的刺痛，仿佛跟着每一声蝉鸣抽搐起来。他把一根手指伸到绷带底下，以为自己会摸到像鱼鳃一样又深又红的伤口，但他只沿着衣领摸到一道结痂的瘢痕。

他估算了一下这几天的行程，这里肯定离医院还不远。由于身体状况，他不得不走得慢吞吞的，还得经常停下来休息。他每次只能连续走几英里路，即便速度不快也还是累得够呛。他走得腰酸背痛，还有些迷路了，不知如何能往西走，直接赶往家乡。这个地方有很多这样的小型农场，贯穿其中的道路纵横交错，但没有任何指示路标，更不知道哪一条路通向西方。他不住地想，自己大概被引偏了方向，朝南走了太远。天气很糟糕，这段时间经常下着暴雨，无论白天还是晚上，都会突然电闪雷鸣，下起一阵倾盆大雨。墙上铺着木瓦的小型农舍一幢紧挨着另一幢，玉米田都集中在一起，只有木栅栏把各人的田地分开。每户农庄都有两三条恶狠狠的猎犬，只要稍有动静，就一声不吭地从路边黑暗的树影底下冲出来，用镰刀一样的犬牙撕咬他的腿。第一天晚上，他踢开了好几条恶犬，后来，一条斑点母狗咬穿了他裹在小腿上的皮靴，就像皮革打孔器一样。之后，他到处寻找武器，最后在壕沟里找到了一根洋槐树枝。他用树枝快速有力地朝下抽打，像填平新立的木桩周围的泥土一样，没费多少力气，就击退了下一条向他咬来的狗。那天整个晚上，以及接下去的夜晚，他都在用棍子沉闷地抽打猎犬，它们依然一声不吭地迅速跑回黑暗中去。乌云密布的阴沉沉的晚上，周围徘徊着的恶狗和巡逻的民兵都使他的徒步旅行心惊胆战、紧张不安。

刚刚过去的那天晚上尤其糟糕。乌云裂开一道口子，透出的那片天空有流星纷飞，像子弹一样嗖嗖地飞过，从轨迹推断，英曼以为毫无疑问是朝自己射来。流星如弹片般从高处分散开来。后来，一颗大火球从暗处呼啸而来，瞄准英曼头顶缓慢地直冲，击中目标之前却消失了，就像被沾了唾沫的手指掐灭的烛火。紧接着，一只翅膀光秃的夜鸟快速飞来，也许是只面孔像猪的蝙蝠，在英曼的头顶扑腾，他猛地闪开，趺趺撞撞走了三大步。过了一会儿，一只月形天蚕蛾恰好飞过，展开大翅膀扑向英曼的鼻尖，翅上有眼睛一样的斑点，让他错以为是某种绿幽幽的鬼脸突然从黑暗中闪现出来，想要跟他说话。英曼尖叫起来，向空气中挥起了拳头，却什么都没有打中。后来，他听见慢跑的马蹄声，赶紧爬上树，一队民兵从下面驰过，蹄声隆隆，正在搜寻像他那样的逃兵，抓到后就是一顿鞭笞，再遣回军队服役。他爬下树来，又开始走动，但每棵树桩看上去都像有人潜伏在黑暗中，他有一次举起手枪，瞄准一丛乱蓬蓬的桃金娘，那看上去就像个戴着大帽子的肥佬。午夜过去很久，他趟过一条低洼的小溪，走到对岸，伸出手指蘸着岸边潮湿的泥土，在他外套的心口画上两个同心圆，在中间点了一个圆点，然后继续上路。这标志着向天空袒露的靶心，表示自己是一位夜行人、逃亡者和亡命之徒。他想，这趟旅行将成为我整个人生的轴心。

那个长夜过去后，他最大的渴望是翻过栅栏，越过田野，走进那片松树林，在松枝之间躺下睡觉。但是，当他终于来到空旷的野外，还是得继续前进，所以，他把脚从栅栏上放下来，振作一下精神，重新上路。

太阳升上天空，变得火热起来，似乎各种昆虫都对英曼的体液神魂颠倒。花蚊子在他耳边鸣叫，隔着衬衫叮咬他的背部；扁虱从路边的矮树丛里掉下来，叮在他的发际线和裤腰附近，吸得鼓胀；蠓虫从他的眼睛里找到了水源。一只马蝇跟着他飞了一会儿，一直滋扰他的脖子。这不停嗡鸣的家伙像个大黑球，有他的大拇指末关节那么大，叮在他身上想要吸血，无论他如何抽搐，还是拍打自己，就是没办法弄死它，只有拍击声在沉闷的空气中回响。从远处看，他仿佛是一个调音师，正在试验某种玩打击乐器的新方法，或是个从医院跑出来的疯子，跟自己善良的一面争执，带着自我憎恨挥舞巴掌。

他停下来，朝尘土里撒尿。他快撒完时，一群琉璃小灰蝶聚过来喝尿，它们的翅膀在阳光下闪着蓝色的金属光泽。在他眼里，它们是太美丽的小生灵，不应该喝尿。然而，显然这地方的自然规律就是如此。

下午，他来到十字路口的一个居民区。他在村子边上停下，扫视了一眼周围的景色。那里只有一家商店，几幢房子。一间披屋里，有个铁匠正踏着砂轮磨一把长刃镰刀。英曼注意到，铁匠磨刀的方法不对，他把刀刃直角对着砂轮，而不是呈斜角，这样不会把镰刀磨得锋利，只会越磨越钝。村庄里没有其他人走动，英曼决定冒险，去那家刷白漆的店铺买食物。他把手枪塞进卷起来的毯子，这样看上去没有危险，也不会引起注意。

商店的门廊上坐着两个男人，英曼走上台阶时，他们几乎连头都不抬一下。其中一个男人没戴帽子，头发向一边翘起，仿佛刚从床上爬起来，甚至没有用手指梳一下头发。他正忙着用通步枪滑膛的引火嘴针清理指甲，全神贯注于此，连舌尖都从嘴角伸了出来，像鹅掌一样灰蒙蒙的。另外一个男人在看报纸，身穿破旧的军队制服，军便帽上的帽舌被扯掉了，看上去就像灰色的土耳其帽，帽子戴在头上歪得厉害，英曼猜想他把自己扮成了酒鬼。男人背后的墙边斜倚着一支上好的惠特沃思步枪，配有手工精心制作的黄铜瞄准仪，上面有很多旋钮和螺丝，可以用来校准风力偏差和仰角，六角形的枪管口塞着枫木枪栓，用来防尘。英曼以前只见过几次惠特沃思步枪。这是狙击手最喜欢的枪型，连同昂贵的纸管子弹，都是从英国进口的。这种枪型点四五口径，火力不算特别猛，但是准确度却很惊人，射程可达一英里以上。假如你能看清目标，枪法稍微有点水准，惠特沃思步枪就能命中。英曼有些疑惑，如此精良的枪支怎么会落到这些人手里。

英曼从两人身旁走进商店，他们依然没有抬头。走到店铺里面，两个年纪较大的男人在炉火边一个木桶上玩游戏。其中一人伸出手来，手指张开放在木桶沿上。另一个人在他手指间用小刀戳来戳去。英曼看了一会儿，但不清楚游戏规则是怎样的，如何计分，以及什么情况下某一方才算胜利。

店铺里存货很少，英曼买了五磅玉米粉、一块奶酪、一些饼和一大根糖醋腌黄瓜，然后走出店门，来到门廊上。那两个男人不见了，但他们的摇椅还在晃，显然没有离开多长时间。英曼走下台阶，一边吃东西，一边往西行。在他面前有两条黑狗，穿过小路，从一处树荫跑到另一处。

然后，英曼走到村子的尽头，坐在门廊上的两个男人从铁匠铺后面出来，站在路上挡住了他的去路。铁匠停下踏砂轮的脚，站起来看着他们。

——你去哪里？狗娘养的。戴帽子的男人说。

英曼一句话都没有说。他两大口咽下了腌黄瓜，把剩下的奶酪和面饼塞进挎包里。那个挖指甲的男人走到他的身侧。铁匠拿着镰刀从披屋里出来，身上穿着很厚的皮围裙，绕到英曼的另一侧。他们个头都不高，那个铁匠也是个矮子，他怎样看都不像会这门手艺。他们看上去像是游手好闲的人，也许喝醉了酒，而且过分自信，似乎相信自己人多势众，所以仅靠镰刀这样的武器就能制服他。

英曼把手伸到背后，还来不及把枪从铺盖卷里掏出来，那三个人就同时跃起向他扑来，对他拳打脚踢。英曼甚至没时间解下包裹，因此只能背着沉重的行李，跟那伙人打架。

英曼边打边往后退，唯恐自己被打倒在地上，直到最后他靠在了商店的墙上。

铁匠往后退了一步，抡起镰刀，像劈柴一样朝他的脑袋砍来，他显然想把英曼从中间劈成两半，把他从锁骨到腹股沟剖开，但他的动作很笨拙，加上镰刀形状怪异，压根没有劈中，差了足有一英尺，刀尖嵌进了泥里。

英曼从铁匠手里一把夺过镰刀，轻车熟路地操起家伙，贴着地面横扫过去，像割庄稼一样，朝他们的双脚砍去，差点砍断脚踝，终于把他们逼退了。他的动作十分娴熟，仿佛重新拿起镰刀干活，但他用力猛挥，恨不得刀起骨裂，所以还是和割干草饲料不同。尽管环境不利，他耍起镰刀来还是挥洒自如——手握镰刀的方法，两腿跨马步的站姿，刀柄向下跟地面的角度，都跟从前一模一样，他突然觉得这是他真正会做的事情。

那几个男人左躲右闪，避开镰刀的长刃，但他们很快重整旗鼓，包抄过来。英曼挥刀猛击铁匠的胫骨，但刀刃锵地一声碰在地基石上，飞溅出白色的火星，刀头齐根折断了。他继续挥舞镰刀柄，但很不顺手，当棍棒使太长，无法保持平衡，还带着别扭的弧度。

但这件兵器也够使唤了，他最后打得这三个人落花流水，跪倒在街上的尘土里，看上去就像正在祈祷的天主教徒。他不停地痛打，直到他们都无法动弹，脸朝下躺在地上。

他把镰刀柄扔进路对面的豚草丛里。正在此刻，铁匠翻过身来，虚弱无力地抬起身，从围裙底下掏出一把小口径左轮手枪，颤抖着瞄准英曼。

英曼骂道，混蛋！他一巴掌夺过那件小巧的武器，枪管指着那个人眼睛下方，义愤填膺之下扣动扳机，想要结果那几个人渣。然而，也许是子弹的火帽受潮或者其他缘故，枪膛噼里啪啦空响了四下。英曼最后放弃了，抡起枪托打那人的脑袋，然后把枪扔到屋顶上，扬长而去。

英曼走进村外的树林里，为了躲避追踪，只往没有路的地方走。整个下午，他唯有穿过一棵棵松树，继续往西走，在灌木丛中辟出一条道来，还要时不时停下来，侧耳倾听有没有人跟踪。有时他以为远处有人交谈，但声音很微弱，也许不过是他的幻觉，就像睡在河边的人，会整夜恍然听见人声嘈杂，说了什么却模糊难辨。远处没有犬吠声，所以英曼心想，即使说话的是村子的人，他也没什么危险，尤其是夜色快降临了。英曼根据天上的太阳确定方向，斑驳的阳光穿过了松枝，他追随着光线前进，太阳正向西边的地平线沉下去。

英曼走在路上，想起斯温莫教过他一种有特殊魔力的咒语，叫作“催命咒”，咒语不断在他的脑海中回响。斯温莫说只有用切罗基语念才有用，用英语念没有效果，因此可以放心教给英曼。英曼觉得无论什么语言都会起点作用，所以他边走边念咒语，向着广阔天地朗诵，诅咒所有的敌人。他一遍又一遍在心里默念，就像有些人在感到害怕，或有所希冀时，会不断地念同一段祈祷文，直到文字在他们脑海中烙下痕迹，这样他们即便在工作甚至交谈时，这句话依然会萦绕耳畔。英曼记得的那段咒语如下：

> 听啊，你的路途将通往暗夜之地。你终将孤独。你会像一条发情的狗。你将双手合拢，捧着一堆狗屎。你会像狗一样吠着，独自前往暗夜之地。你会浑身沾满狗屎。你黑色的内脏将挂在身上，当你迈步时，肠子会鞭打你的脚踝。你的命将时断时续。你的灵魂将暗淡下去变成蓝色，那是绝望的颜色。你的精神将衰退，日渐式微，永不再

现。你的路途通往暗夜之地。你的路唯有一条，你别无选择。

英曼就这样走了几英里，但他只觉得这些咒语都飞回来，落在他一个人身上。过了一会儿，斯温莫咒语里的情绪，让他想起门罗的一次布道，门罗喜欢引经据典，布道文中充满各种圣人的名言，非常深奥。那一次，他引用的并不是《圣经》里的句子，而是爱默生的一段令人困惑的话，英曼觉得跟咒语有点像，尽管总的来说他更喜欢斯温莫的措辞。英曼只记得一段话，门罗在整个布道中最激动人心的时候把它重复了四次："若说上帝在我心中，那我心中就有了堡垒；若说上帝在我身外，那我便成了囊肿毒瘤，我的存在就已没有意义。早逝命运的漫长阴影已然爬上我的躯体，我将永远衰弱下去。"① 英曼认为这是他听过最好的布道词。门罗布道的那一天，英曼第一次见到艾达。

英曼去教堂，是特意想要结识她。艾达到冷山后的几个星期，英曼尚未见到她本人，就听说了很多关于她的故事。父女俩来到这处乡野后，很长时间人地生疏，对于河边路旁的许多人家来说，他们很快成为茶余饭后的笑料。人们坐在门廊上，像看戏一样等着艾达和门罗坐马车经过，或者看艾达沿着大路散步，他们像评论船坞街②的新戏那样，围绕着她议论纷纷。所有人都认为她够漂亮，但她从查尔斯顿带来的服装和花哨的发型，都成了人们嘲笑的对象。假如她拿着一枝吊钟柳花，赞美它们的色彩，或弯下腰触碰细长的曼陀罗叶子，有些人就会一本正经地说她脑子糊涂了，竟然不认得吊钟柳，另外一些人会咧嘴笑着，怀疑她是否脑子抽风想要吃曼陀罗？人们传言说，她拿着笔记本和铅笔到处转悠，盯着鸟类、灌木、野草、落日或山脉，然后在纸上乱涂一阵，仿佛她的脑子够糊涂，假如不

① 这段文字引自爱默生（1803—1882）的著名演讲《神学院致辞》（1838），该演讲中爱默生表达了"上帝在每个人心中"的观点，遭到当时神职人员的强烈攻击。

② 美国南卡罗来纳州查尔斯顿市中心的剧院，建于 1809 年。

把重要的事情记下来，就会忘得一干二净。

因此，某个礼拜天早晨，英曼精心打扮好自己——穿上簇新的黑西装、白衬衫，打上黑领带，戴着黑帽子，出发去教堂看艾达。那时正是倒春寒，阴冷的雨已经不停地下了三天。尽管前夜某个时候雨已经停了，早晨的阳光依然没能穿透乌云，山头上露出来的一线天空阴暗而低沉，完全没有变化。路上满是泥泞，所以英曼晚到了，只好在教堂后排坐下。教堂里已经唱起了赞美诗。有人在炉内点燃新柴，炉盖周围升起了浓烟，袅袅上升到屋顶，沿着木质的天花板散开，灰蒙蒙的仿佛天空悬在头顶。

英曼只能通过背影来寻找艾达，但不一会儿工夫就找到了，她的黑发编成了粗大而复杂的辫子，这种时髦的发型山里人还前所未闻。她的发髻下面，皮肤下隐约凸起两条肌肉，在洁白的脖子两侧支撑起脑袋，中间一道暗光的细沟，长着无法编进发辫的纤细鬈发。唱赞美诗的时候，英曼的眼睛一直盯在那里，还没有看到她的脸庞，他就想伸出两根手指，用指尖按住那个神秘的地方。

门罗开始布道，讲解他们刚才吟唱的赞美诗，诗篇中充满了热情的渴望，总有一天人们将沉浸在爱的海洋中。但门罗在讲道时说，假如他们自欺欺人地以为终有一天，世间万物都会爱他们，那么他们就误解了赞美诗的意思。诗篇的真正意思是，他们应该爱世间万物。总而言之，这是一件更为困难的事情，从教众的反应来看，这有些令人吃惊和不满。

接下来的布道还是围绕着老话题，门罗来到冷山后一直在重复。礼拜天和礼拜三，他只谈论心目中生命的本初之谜：为什么人们注定死亡？表面上看起来这毫无意义。连续几个礼拜，他试着从各个角度探讨这个问题：《圣经》是怎样说的，各个时代和地域的智者是如何阐释的，大自然中有哪些隐含的譬喻。门罗绞尽脑汁想出一切招数，想要追问个答案出来，却始终徒劳无功。过了几个礼拜，教众的怨声载道表明，他们都不如门罗关心死亡的问题。许多人不像门罗那样认为死亡是个悲剧，反倒认为是件好事，他们都巴不得好好休息呢。有些人建议，他应该回过头去，遵循已故的老牧师的陈规，布道时主要谴责罪人，讲解《圣经》里的故事，摆点让人愉快的噱头，诸如蒲草箱里的婴儿摩西，少年大卫用投石索打石子，他的心情就会平静很多。

门罗谢绝了这样的建议，告诉某位老人说这不是他的传教使命。门罗的回答传遍了整个山区，大家都认为他使用“使命”这个字眼，是把信徒都当作愚昧无知的野蛮人。他们中间许多人捐了钱，把传教士送去真正野蛮的地方，在他们的想象中，那些异教徒肤色各异，住在比他们更遥远、更蛮荒的地方，所以他们很难接受这句话。

门罗为了平息教众的怒火，便在那个礼拜天的布道开场时解释，为何每个男人和女人都有使命。他说，这个词的含义跟“工作”没有什么区别。思考为何人们注定会死就是他的一项工作，他会继续坚持不懈地思考和讲解，就像驯服一匹马或者清理田野里的石头那样百折不挠。他确实继续讲了下去，而且滔滔不绝。那天早晨的布道会上，英曼一直坐在位子上盯着艾达的脖子，听着门罗重复了四次爱默生那段关于“囊肿毒瘤”以及“永远衰弱下去”的话。

布道会结束后，男女信徒从不同的门走出教堂。马匹套在挽具里睡着了，身上满是污泥，身后的马具和车辕陷进了淤泥里，直没到轮辐。人们的说话声将马唤醒，一匹栗色母马抖了抖身体，声音就像拍打一条脏毯子。教堂院子里充满了泥土、潮湿的树叶、洇湿的衣服和淋湿的马匹身上的气味。男人们排着队跟门罗握手，随后他们在教堂院子的湿地上走来走去，纷纷猜测雨究竟是彻底停了，还是稍歇一会儿。几位年纪稍长的人低声交谈着，说门罗的布道很怪异，居然没有引用《圣经》，又很佩服他倔强地拒绝别人的意见。

未婚的男人聚拢来，靴子和裤脚管溅满了泥，站着围成一圈。他们谈话的内容更适合礼拜六晚上，而不是庄严的礼拜天上午。所有人都时不时看一眼艾达，她站在墓园边上，看上去完全是个异乡人，楚楚动人又手足无措。别人都穿着毛料衣服御寒，只有艾达穿一件象牙白的亚麻裙子，领口、衣袖和裙摆上都镶着蕾丝花边。她似乎是根据日历而不是天气来选衣服的。

艾达双臂抱在胸前，站着不动。一些年纪较大的女人走过来跟她说话，她们聊了几句就陷入尴尬的沉默，然后她们就走开了。英曼注意到，每次有人朝她走来，艾达就后退一步，一直退到一位参加过独立战争的老兵的墓碑前。

——假如我走过去，把我的名字告诉她，你猜她会说什么？一个叫迪拉德的男人说，他来教堂的目的跟英曼完全一样。

——我吃不准，英曼说。

——你根本不懂怎么追求她，霍布 · 马尔斯对迪拉德说，还不如让我试试。

马尔斯个子有点矮，胸围发达，马甲的口袋鼓了起来，里面装着一块大号的怀表，用一条银链系在裤腰上，银链上面挂着饰有涡卷花纹的吊坠。

迪拉德说，你以为自己真有金钢钻。

——我不是以为，我是真有，马尔斯说。

旁边一个人说，我敢拿一百美元赌半块姜饼，她在查尔斯顿肯定有意中人了。说这话的人身材干枯，长相歪鼻子斜眼，所以只能旁观。

——意中人也可以甩了，霍布说，被甩的人多了去了。

然后，霍布盯着英曼，打量着他一身笔挺的衣服。你看上去太一本正经了，他说，泡妞应该穿得花哨点。

英曼看出来，他们会围绕这个话题争论不休，直到最后，要么某个人鼓起勇气去找她，然后出尽洋相，要么他们就互相羞辱，以某两个人跑到大路上打架告终。所以，他抬起手碰了一下额头，说了声“你们瞧着”，然后就走开了。

他径直走到萨莉 · 斯万戈身边，跟她说，给我介绍一下，我就帮你开垦一英亩荒地。

萨莉戴着一顶遮阳软帽，不得不后退一步仰起脖子，目光才能越过帽檐看见英曼。她笑了起来，抬手摸了摸衣领上的镀金黄铜胸针，手指来回摩挲着。

——你瞧，我不用问就知道你是谁，她说。

——现在正是时候，英曼说，看着艾达独自一人站在那里，背对着人群，稍微弯下腰，貌似入神地读着墓碑上的铭文。她的裙边在墓畔的高草间弄湿了，后摆不知何时还在泥里拖过。

斯万戈太太用两根手指捏着英曼黑外套的袖子，就这样把他拉到院子对面艾达的身边。等她放开袖子后，他伸手摘下帽子，另一只手梳理了一下被压平的头发。他把头发捋到太阳穴后，手心从额头到下巴揉了一遍，让表情平静下来。斯万戈太太清了清嗓子，艾达转过身来。

——门罗小姐，萨莉·斯万戈说，脸上容光焕发。英曼先生很有兴趣认识你。你已经见过他的父母，这座小教堂就是他和同伴们建造的，她加上了这几句话，好让艾达多了解一些英曼的情况，然后就走开了。

艾达直视着英曼，他事先没想好措辞，这会儿意识到已经太晚，没等他想出一句话来，艾达就开口说，嗯?

她的声音里有些不耐烦，不知何故，英曼有点忍俊不禁。他转头望向别处，向山下眺望河流绕过山麓的地方，使劲忍住笑意。河岸边的树叶和杜鹃花鲜亮明艳，被雨水打湿后沉甸甸地下垂。黑黢黢的河水遇到隐藏的岩石，卷起阴暗的浪花，随后又滑落下来，像融化的玻璃一样。英曼托着帽顶，由于找不到话题，就直盯着帽子深处，仿佛根据先前的经验，他在等着什么东西从里面冒出来。

艾达端详了一会儿他的脸庞，然后她也开始盯着帽子深处。英曼回过神来，担心自己脸上的表情就像一条狗守在土拨鼠洞口。

他看了看艾达，她两个手掌朝上一翻，扬起了一边眉毛，神情中打着问号。

——你可以戴上帽子说两句话了，她说。

——大家都挺注意你的，英曼说。

——觉得跟我说话挺有新鲜感的，对吗?

——不是这样的。

——那么，就是一个挑战。说不定是对面那伙笨蛋的激将法。

——根本不是这样的。

——既然如此，就请你做个譬喻吧。

——就像抓起一个刺手的毛栗子，起码到目前为止是这样。

艾达微笑着点点头。她没想到他知道“譬喻”这个词。

然后，她说，问你件事情。刚才有个女人评论最近的天气，她用了个词叫“杀羊天”，我一直很疑惑，脑子里挥之不去。她说的意思是，天气适合杀羊，还是天气太糟糕，没有别的原因，比如淹死或者肺炎，羊就会死去？

——前一种意思，英曼说。

——好吧，那谢谢你。你可做了件好事。

她转身离开，走到父亲身边。英曼看见她扶着门罗的胳膊，跟他说了些什么，然后他们朝马车走去，登上车，驾车出发，沿路两边篱笆上开满了茂盛的黑莓花，马车渐渐消失在路尽头。

天色已经很晚，英曼终于从污秽的松林里钻了出来。他游荡在一条涨潮的大河边，太阳就在河对岸低垂的地平线上方，空气中浮动着雾霭，一切都笼罩在昏黄的光线中。显然，上游某个地方下了大雨，洪水漫过了堤坝，这里的河水又宽阔又湍急，即便是英曼那样的游泳好手，也泅不过对岸。他希望找到没有人看守的桥梁或栈桥，因此，他沿着河岸边一条狭窄的小路走去，右边是阴郁的松林，左边是悲哀的河流。

这是一个泥泞的地方，平整的红土地因为过去河水的冲刷，有一道道深深的泥沟。地上长满了矮松树。这块地方原来生长过优质的树木，但很久以前已经被砍伐掉了，唯一的遗迹，是偶尔有几处像圆桌面那么大的硬木树桩。松林里长满了稠密的毒葛，一眼望不到边际，攀缘的葛藤绕着松枝蔓延，松针落在纠缠的葛叶间，使树的枝干变得轮廓模糊而形状臃肿，仿佛钻出地面的灰绿色野兽。

森林看上去是病态而危险的地方。他想起有一次在海岸边打仗的时候，有个士兵给他看一种长在泥淖里的奇异植物。这种毛茸茸的小怪物吃肉，他们用木签扎着小片的猪肥膘喂它。假如你把手指尖对着它的“嘴”，它会猛地咬你一口。这片松树林似乎距离学会这种食肉的把戏只有一步之遥，危害的规模却更庞大。

英曼只想快点离开那里，但是粪黄色的河流又长又宽，横亘在前方，挡住了他的去路，河里的液体更像刚熬稠的糖浆，而不是河水。他希望永远不要有那么一天，自己会对这种肮脏的水道习以为常，这根本不符合他脑海中河流的形象。在他的家乡，“河流”这个词意味着岩石、苔藓和流水声，干净的河水在强大的地心引力的作用下湍急奔流。在他生活的地区，没有一条溪流太过宽阔，只要捡起一根树枝总能扔到对岸，无论哪一段河水都是清澈见底。

这条浩浩荡荡的臭水沟是大地上的一道污迹。河水冲击着卡在上游的树干，激起大片的浮沫，一团团黄色的泡沫顺流急速而下，若非如此，这条混浊而没有变化的河流就像漆成棕色的一块铁板，和粪坑里的脏东西一样臭烘烘的。

英曼长途跋涉越过这块土地，谴责着这里所有的景物。这里何以成为他的祖国，并值得为之战斗？答案只能是因为他愚昧无知。现在，他心目中唯一值得为之战斗的东西，是他可以在冷山上鸽子河西岔口的盆地靠近斯凯普凯特河源头的地方无忧无虑地生活的权利。

他想起了故乡，想起了高大的树木，那里空气稀薄，一整年都很寒冷。鹅掌楸的树干如此粗壮，简直就像倒竖的火车头。他想回到家乡，在高高的冷山上给自己建一座小木屋，高到除了穿过秋云的夜鹰，没有一个灵魂会听见他悲伤的哭泣。他的生活将无比安静，安静到连耳朵都用不着。假如艾达愿意跟他走，那也许还有希望，也许某一天，他的绝望会被时间磨洗得淡薄，几近消失无痕，然而这希望如此渺茫，他无法确定是否真的能看到这一天。

虽然他想要相信，假如你真切地盼望一件事情，那么梦想终会成真，然而，无论他如何努力去想，这个念头却从未清晰起来。他心怀的希望如此黯淡，就好像有人在山顶点燃一支小蜡烛，让远隔千里的他靠那一点烛光确定跋涉的方向。

他继续赶路，很快夜幕降临，弦月的光辉穿透破碎的云层。他走上一条通往大河的小路；有人在岸边竖了一块牌子，上面写着：渡船，五美元，喊一嗓子。

一根粗木桩上系着一根结实的绳子，向对岸延伸，消失在水面下，又从对岸伸出来，系在另一根木桩上。在码头那边，英曼看见一座房子依靠支柱架起在最高水位线上方，一扇窗户亮着灯，烟囱里有烟冒出来。

英曼喊了起来，不一会儿，有人出现在门廊上，向他挥了挥手，又回到房子里。很快那人又从屋后出来，用一根绳子拖着一条独木舟。船夫把独木舟推进水里，上船后，他在靠近岸边水流较缓的地方，用力向上游划去。即便如此，水流依然很湍急，他弯下腰奋力划桨，仿佛他只想朝前划似的，然而，眼看马上要划到视线之外，他忽然坐起身来，轻轻把桨伸进水里调整方向，灵巧而省力地掉转船头，向东岸顺流而下。独木舟很旧了，木头已经被太阳晒得发白，当月亮从云层中穿出时，粗糙的木质船身在阴暗的水面映衬下，像锡镴打的器皿一样闪闪发光。

独木舟朝岸边英曼站立的地方驶来，他看见驾船的不是什么摆渡人，而是个脸庞像红苹果的姑娘，头和身上皮肤很黑，似乎有印第安人血统，不会超过一两代人。她穿了一条自家纺织的裙子，在微弱的光线下看上去是黄颜色。她有一双强有力的大手，每划一下桨，前臂的肌肉便鼓起来。她的黑头发披散在肩头，边划边吹着小调。到了岸边，她赤脚走出独木舟，踏进水底的淤泥里，拉着船头的绳子把独木舟拖上岸。英曼从口袋里掏出一张五美元的纸币，递给那个姑娘，她没有伸手去拿，只是带着一丝不屑看了看。

——五美元连舀一勺河水给口渴的人喝都不够，更别说让我把你渡过岸了，她说。

——牌子上说渡船只要五美元。

——这看上去像渡船吗？

——这到底是不是渡口？

——老爹在的时候是，他有一艘平底船，大到能摆渡一队人马和马车，他用绳子把船拉过对岸。但是，河水涨潮了，他就没法摆渡。他去打猎了，等着水位退下来。他回家之前，只要人家乐意，我就尽量多要点钱，因为我有一块牛皮，打算做一个马鞍子。等我有了马鞍，我就存钱买一匹马，等我有了马，我就把马鞍扔上去，头也不回地离开这条河。

——这条河叫什么名字？英曼说。

——开普菲尔河啊，那还用问吗？那姑娘说。

——那么，你要我付多少钱，才能渡我过河？英曼说。

——五十美元，姑娘说。

——二十美元，行吗？

——我们走吧。

他们上船之前，英曼看见离开岸边三十英尺开外，一串大气泡从油腻的水面冒出来，破碎时在月光下闪闪发光，气泡逆着水流的方向，以一个人走路的速度往上游漂动。静夜无风，除了潺潺的水流和松枝间的虫鸣，便没有其他声响。

——你看见了吗？英曼说。

——看见了，那姑娘说。

——是什么东西弄出来的？

——很难说，这东西在河底。

巨大的水泡急速冒出水面，仿佛有头快淹死的牛在喘气。英曼和姑娘站在那儿，看着气泡逐渐朝上游漂去，直到云层遮住月亮，它们才消失在黑暗中。

——也许是钻在河底泥里的鲶鱼，正在寻找食物，姑娘说。它们的胃口大得能吃掉一头红头秃鹰。有一次，我看见一条死鲶鱼被水冲到沙洲上，有野猪那么大，胡须就像黑蛇一样大小。

这条河里就是会长出这种东西，英曼猜想。软绵绵的怪物般的大鱼，肉质就跟猪肥膘一样软塌塌的。他想到，跟生活在鸽子河上游的小鳟鱼相比，这种鱼真是判若云泥。从冷山上奔流而下的河水中，鳟鱼很少会比人的手掌大，明亮又结实，好像飞舞的银刨花一样。

英曼先把包裹扔进船里，然后登上独木舟，坐在船头。那个姑娘坐在他身后，划起桨来又有力又稳当，她使劲用桨推开河水，每一划快出水的时候，桨向外一翻，以保持直线前进，而不是经常两侧换着划。划桨时水花飞溅的声音，甚至盖过了虫鸣声。

那姑娘用力划桨，借着岸边水流缓慢，把船往上游划了很远。然后，她就掉转船头，停止划桨，把船桨像舵一样放在水中。她把船身斜过来，在水流的推动下漂到河中心。月亮藏了起来，河对岸的土地很快看不见了，他们在黑暗得像牛肚子里一样的世界里，盲目地随流漂荡。隔着寂静中的遥远水面，他们听见东岸的渡口有声音传来。可能只是过路的行人，英曼猜想，村里那几个男人不至于跟踪他到这么远的地方。

不过他还是转过头低声跟那个姑娘说，最好还是别让人家发现我们。就在此时，他抬头看见云层底下透出月晕，很快月亮便从云朵的破洞中露出整张脸。独木舟被太阳晒得发白的船帮，在阴暗的水面上亮得好像一座灯塔。

他们听到了一种类似指甲划过灯芯绒的声音，然后是砰的一声巨响，爆裂的火光接踵而至。

惠特沃思步枪的响声，英曼心想。

独木舟的船尾吃水线附近打穿了一个洞，褐色的河水以牛撒尿的速度迅速流入，让人担忧。英曼眺望着上船的地方，看到六七个人在月光下瞎转悠。他们中有些人开始射击，但手枪打不到那么远，而那个拿着步枪的人正抬起枪管，用推弹杆重新装上弹药。英曼唯一能想到的解释是，那些人一定是把晚上出来搜捕当成了猎浣熊之类的消遣；否则，他们肯定早就回村里了。

摆渡的姑娘审时度势，立刻用身体用力摇晃独木舟，让船帮倾斜，在水里浸湿变黑。英曼撕下衬衫的袖子堵住洞口，此时，另一颗子弹打到船帮的吃水线，击碎了巴掌大小的一块木头。河水涌了进来，船底很快积满了水。

——没有其他办法了，我们只能下到河里，那姑娘说。

英曼一开始以为姑娘的想法是两人一起游到岸边，他的家乡没有深水的大河，所以，他不知道自己能不能游那么远。但她的意思是，他们下到水里，抓住独木舟，用它来做掩护。英曼用油布裹住背包，尽量牢牢扎紧两端，以防独木舟完全沉没。然后，他和姑娘一起跳进河里，起伏不停地向下游顺水而去。

尽管水面平静如镜，看似缓慢得如凝滞一般，可实际上，泛滥的河水像冲击着水车一样奔流不息。独木舟灌进了一些河水，吃水很深，只有铲形的船头完全浮在水面上。英曼呛了几口水，他吐了又吐，尽力清除嘴里河水的臭味，直到除了白色的唾沫什么都吐不出来。比这更恶心的水，他还从来没有喝过。

月亮在云层中穿行，每当光线亮到足以瞄准，惠特沃思步枪就会开火，子弹时而击中独木舟，时而打到水面，弹跳着飞掠过河水。英曼和那个姑娘使劲用腿踢水，想把朝上翘起的船推到西岸，但是船很沉，仿佛自己有主意似的，怎么也不听使唤。他们放弃了，就让自己被船带着漂走，只把脸露在水面上。除了抓住船帮，他们什么都做不了，只能等着漂到大河拐弯处，并希望夜色能带给他们一些好运。

人在水中，大河似乎比岸上看起来更宽。污秽不堪的两岸向后退去，乡野的轮廓如此丑陋恶心，在月光下显得昏暗而不祥，英曼只希望把这一切彻底忘掉，不要在心里留下任何印痕。

远远地在河里，他还是能听见毒葛丛中不停歇的虫鸣。他正漂浮在一大片虚空之中，周围环绕着长满毒物的黑暗丛林。妖异的鲶鱼仿佛随时都会冒出水面，张开长着胡须的白色大嘴，把他一口吞下去。他生命的结局，到头来竟是在泔水池般的河里，化作河底的一堆鲶鱼粪便。

英曼在水中漂着，希望无论现状如何，自己都能爱这个世界，每次能做到这一点，都让他有巨大的成就感，因为恨实在是太容易了，只消看一眼周围的世界便已足够。周围的一切都必须美好，才能让他心满意足，他承认这样的执念是软弱的表现。但是他知道，世间有些地方确实称得上美好。冷山。斯凯普凯特河。可眼下去往那里的第一个障碍，就是这条一百码宽的河流。

过了一会儿，月亮又躲进云里，他们漂过了上船的地方。英曼听见那些人在说话，清晰得好像就站在他们中间一样。其中有个人，显然是惠特沃思步枪的主人，他说，假如是白天，我用这把枪能把他的耳朵打下来。

过了很长时间，月亮才重新放出光辉。英曼撑起身子，目光越过独木舟望去。他看见后面的渡口，几个人挥舞手臂，气急败坏地上蹿下跳。他们向后远去了，他想起很多事情要是也能这样，变得越来越小，直至消失，那该多好。那些人存在的唯一证据，是偶尔子弹打在水面上溅起的水花，以及隔了一段时间才传来的步枪响声。就像闪电和雷鸣，英曼心想。他默数着从子弹击打水面到微弱的枪响相隔几秒，以此打发时间。然而，他想不起来该怎样据此计算隔了多远距离，也不知道这个原理是否在此也适用。

河流最终把他们冲过了一道弯，渡口消失在视线之外。现在，他们可以安全地转到独木舟的另外一侧。踢水总算起到了作用，他们很快到达岸边。独木舟的一侧已经被打成碎片，没办法修理了，所以他们把船留在浅水里，任由其随波逐流而去，开始徒步向上游走去。

他们到达房子后，英曼多给了姑娘一点钱，作为弄坏旧独木舟的补偿，她则给他一些指点，告诉他怎样找到往西去的路。

——再往上游走几英里路，这条大河就分岔为霍河和迪普河。左边的支流是迪普河，你要沿着这条河走一段时间，它基本上是从西向东流的。

英曼沿河往上游继续前行，直到遇到分岔口，然后，他走进灌木丛里，直到别人看不见他。他不敢升起火堆煮玉米粥，只吃了一个外面路上捡的被风吹落的青苹果，还有奶酪和饼，现在这些东西都有股浓烈的开普菲尔河的滋味。他踢起一堆枯树叶，厚到足够让他碰不到潮湿的地面，然后摊开四肢，睡了三个小时。他醒来时浑身酸痛，脸上到处是打斗留下的瘀青，小臂和手上肿起了一连串水疱，是他在松树林里逃窜时毒葛刺的。他伸手摸了一下脖子，发现伤口开裂，渗出了新鲜的血液，也许是跟那三个男人扭打时用力过猛造成的，也有可能是由于在河水里浸泡太久了。他收拾起包裹，重新出发上路。

一串动词，全都使人疲于奔命

第一天清晨，艾达和鲁比达成了一项协定：鲁比搬进山坳里，教艾达如何经营农场。她的报酬只有很少一点钱。她们大部分时间一起吃饭，但是鲁比不喜欢跟别人住在一起，她决定住进旧的狩猎木屋。她们吃完第一顿鸡肉面团汤后，鲁比返回家中，把所有家当都裹在一条被子里，稍微有点价值的都带上了。她把被子四角扎起来，扛在肩头，头也不回地来到布莱克谷。

最初几天，两个女人一起清点了农场里的物品，列出需要做的事项清单，并按事情的紧迫程度排了序。她俩一道在农场里兜了一圈，鲁比一边东张西望，一边不停地评头论足。她说，最急迫的事情是开垦土地，在园子里种些晚季的蔬菜。艾达跟着她一路走，把所有事情都记在笔记本里。在此之前，她只在本子里写过几行零星诗句和生活感触，还有当天的大事，现在却写满了如下条目：

马上要做的事情：开辟一处菜园，种植秋季的农作物——萝卜、洋葱、卷心菜、生菜和青菜。

我们有卷心菜种子吗？

尽快要做的事情：修葺牲口棚顶上的木瓦；我们有锤子和板斧吗？

买一些瓦缸，用来贮存番茄和豆子。

采草药，做成给马匹打虫子的药丸。

还有许多诸如此类的事情。有这么多杂事要做，鲁比显然打算让每一寸土地都发挥作用。

鲁比说，牧草地收割得不够勤快，牧草快被大戟、蓍草和豚草侵占了，但要挽救并不困难。她宣称，老玉米地已经荒了好几年，现在土地肥沃，正适于复耕。鸡棚建筑状况良好，但是鸡群数量太少。她估计储菜屋里的土豆窖浅了一英尺，担心她们不深挖的话，冬天的寒潮会冻坏贮藏在那里的土豆。要是在菜园里用葫芦做几个鸟巢，招来的紫崖燕能赶走乌鸦。

鲁比的建议涉及各个方面，而且她说起来似乎没完没了。(她出主意在不同的田地里轮种不同的庄稼，并且制订了时间表。她还设计了一个简易磨坊，一旦她们收获了玉米，就可以利用山溪的水力，自己磨玉米粉和玉米渣，不用花钱找磨坊主了。一天傍晚，她在夜色中走去小木屋之前，留下一句话：我们得养几只珍珠鸡。我不太喜欢煎珍珠鸡蛋，但用来烘焙应该过得去。即使不管鸡蛋，周围有几只珍珠鸡也很相宜，能派好多用场。它们会看家守院，而且一转身的工夫，就能捉完一垄菜豆上的虫子，光看着它们在院子里走来走去，就别提有多美了。

第二天早上，她第一句话就是，猪，树林里有没有你们养的猪?

艾达说，没有，我们总是买火腿吃。

——猪身上样样都是宝，可不只两条后腿，鲁比说，比如说猪油吧，我们就需要熬很多。

门罗打理布莱克谷向来散漫，然而，如今要做的事情之多，远远超出了艾达的想象。她们第一次勘查农场的时候，鲁比看到广阔的苹果园很高兴。苹果树是布莱克一家栽培的，现在刚开始显露出疏于管理的迹象，最近没有修剪枝叶，树上还是结满了将要成熟的果实。

——等到十月份，鲁比说，我们可以用苹果换很多东西，冬天就会好过一些。

她停下来，想了一会儿。你没有榨汁器吧？她说。艾达说，她想应该是有的，鲁比高兴得欢呼起来。

——烈性苹果酒可比苹果贵多了，她说，我们只要酿出来就行了。

鲁比对烟草地也很满意。春天的时候，门罗允许雇工种了一小块烟草，供他自己使用。出乎意料的是，尽管荒废了一个夏天，田垄之间野草丛生，烟草还是长得很高，叶子饱满又没长虫子，只是亟须掐尖和除去根蘖。鲁比认为，他们种植的时候一定仔细看过了星象，所以即使烟草没人照管，仍然长得很茂盛，估计运气好的话，就能获得小小的丰收。假如她们烤好烟叶，浸在糖浆水里，揉成烟丝，就能换种子、盐和酵母，还有其他她们自己无法生产的东西。

易货交易让艾达心事重重，因为她从来不懂这个，却突然发现自己已经远远脱离了货币经济。考虑到伙伴应该互相信任，她向鲁比坦白了自己惨淡的经济状况。当她告诉鲁比自己还剩多少钱时，鲁比说，我手头的钱从来没有超过一美元。艾达慢慢理解，尽管她很担心缺钱，鲁比却认为即使没有钱，日子也能过得不错。鲁比尽量避免花钱买东西，即便在最好的年景，也对金钱持很大的怀疑态度。在她的头脑里，狩猎、采集、种植和收获才是牢靠坚实的。目前的时局多半印证了鲁比最糟糕的想法。纸币不断贬值，无论如何都很难买到任何东西。她们初次一起进城，震惊地发现十五美元只能买一磅苏打，一纸板三号针要五美元，一刀书写纸要十美元；一匹布居然要五十美元，她们根本就买不起。鲁比说，假如她们着手养羊，布料就不用花一分钱，她们可以剪羊毛、梳理、纺线、绕线、染色，然后织成布，做成裙子和衬裤。艾达能想到的却是，鲁比随口所说的过程中的每一个步骤，都意味着许多天的辛勤劳动，最后只能织成几码跟麻袋一样粗糙的料子。有钱事情就好办多了。

然而，即使她们有钱，店主人也未必乐意收，也许货币在他们能再脱手前就贬值了。大家都觉得纸币应该尽快花掉，不然很快就会变得跟一堆谷糠似的不值钱，还是货物交换更可靠些。鲁比似乎明察秋毫，她有一揽子计划，让布莱克谷生产出可以交换的物品。

鲁比很快想出一个主意，并要艾达作出选择。她清点了这个地方的财物，发现有两件东西既值钱，又能搬运，而且无关紧要——马车和钢琴。

她认为卖掉任何一件，就能换得她们过冬需要的所有东西。艾达想了整整两天。有一回她说，让一匹健壮的花斑骟马去拉犁是一种耻辱，但鲁比说，不管你选哪样，它都得干活，跟这里所有人一样，它也得挣自己的口粮。

艾达最后决定放弃钢琴，连她自己都感到惊讶。尽管说实话，她的演奏水平差强人意，当初她学钢琴也是门罗的主意。他兴师动众地请了一位钢琴教师，跟他们住在一起。那个矮个子男人叫蒂普·本森，他很少在一个人家做很久，因为他总是难以克制地爱上自己的学生。艾达也没有幸免于难，她当时十五岁。某个下午，她正试着弹一段难度很大的巴赫，本森在钢琴凳边上跪下，把她的手从琴键上拉过来，把手背贴在他圆润的脸颊上。他是个矮胖的男人，当时不满二十四岁，虽然体形圆滚滚的，手指却异常修长。他噘起红润的嘴唇，压在她的手背上，狂热地亲吻着。换作年龄相仿的另一个女孩，也许就跟他玩上一阵子了，但艾达当场找借口走开了，径直去找门罗，告诉他刚才发生的事情。晚饭前，本森就卷铺盖走人了。门罗当即请了一位老处女做音乐教师，她的衣服闻起来有股石脑油味，还有腋臭。

艾达选择用钢琴换东西的部分理由是，她将来的生活中能留给艺术的时间很少，即便有时间，她也会用来画画，简单的铅笔和纸张就能满足她的需要。

她清楚卖掉钢琴有许多好处，却不知道自己为何留着马车。那是门罗的遗物，不过这个理由似乎站不住脚。她担心，自己是舍不得马车的灵活机动，高高的车轮似乎能保证，假如一切变得糟糕，她就能爬进马车扬长而去，就像之前的布莱克一家。她似乎想保持这样的心态：没有什么负担是无法摆脱的，只要沿着大路头也不回地离去，一切崩溃的生活都可以走上正轨。

艾达作出决定后，鲁比一刻也没有浪费。她知道谁有多余的牲口和农作物，谁愿意出高价交换。这一回，她是跟住在东岔口的老琼斯交易，他老婆对钢琴梦寐以求有段时间了，鲁比知道了，便狠狠敲了一笔。琼斯最终答应用一头花斑种母猪、一头小猪和一百磅粗玉米粉来交换。鲁比考虑到羊毛在很多地方有用，尤其是现在布料这么贵，心想有几只小山羊倒也不坏，它们比中等体形的狗大不了多少。所以，她说服琼斯再给她六只羊，还有一车卷心菜，他十一月份宰了第一头猪后，还要给她一条火腿和十磅腌肉。

几天后，鲁比就赶着猪猡和小羊——其中有两只是黑色的——回到布莱克谷。她把猪羊赶上冷山的山坡，它们可以在秋天自己找食吃，地上有大量橡实，能把它们养得肥肥的。她把猪羊放走前，拿出小刀在它们左耳上面划了两下，撕裂一道口子，它们满头是血，惨叫着逃向山里。

后来一天下午，老琼斯跟另一个老头驾着四轮马车运走了钢琴。两人站在客厅里，看了很久。另一个老头说，我琢磨不见得能抬起来，老琼斯说，我们两个人力气大，抬不动也得抬走。他们最后终于把钢琴搬进马车，因为琴身超出了后挡板，就用绳子捆牢。

艾达坐在门廊上，看着钢琴随马车绝尘而去。马车没有装弹簧，路上又颠簸，遇到坑坑洼洼和石头就晃得厉害，所以钢琴发出凄厉刺耳的声音，仿佛说着再见。艾达并不怎么恋恋不舍，但她目送马车离开时，心里想起的却是战前的最后一个冬天，门罗在圣诞节前四天举办的舞会。

客厅里的椅子推到了墙边，留出地方来跳舞，会弹钢琴的人轮流上场，演奏圣诞颂歌和华尔兹舞曲，还有伤感的轻音乐。餐厅的桌上堆满了火腿小饼干、蛋糕、棕色的面包和肉馅派，还有一壶加了橘子、肉桂和丁香的茶。门罗提供了香槟，并没引起多少不满，因为现场没有禁酒的浸礼宗教徒。所有的玻璃盏煤油灯都点亮了，让在场的人们赞叹不已。煤油灯有波纹的灯罩仿佛盛开的花瓣，这算是新鲜玩意儿，还没有流行开来。可是，萨莉·斯万戈担心灯会爆炸，她觉得灯光太耀眼了，自己老眼昏花，还是烛光和炉火更舒服。

傍晚时分，人们聚成几堆，各自聊天。艾达跟妇女们坐在一起，但她的视线一直在房间里转悠。六位上了年纪的男人搬了椅子坐在炉火旁，谈论国会的潜在危机，时而啜饮一口香槟，把高脚杯举到灯光前，谛视着冒出的气泡。埃斯科说，一旦打仗的话，联邦军会把我们全都杀了。其他人强烈地表示不赞成，埃斯科只是看着杯子说，要是有人酿的烈酒也这样冒泡的话，就会被认为不靠谱。

艾达也留心了一下年轻的男人们，都是重要教众的儿子。他们坐在客厅后面的角落里高谈阔论，大部分人不屑于喝香槟，都带了装满烈酒的瓶子，不时偷偷从口袋里掏出来喝。刚才向艾达献过殷勤，却碰了一鼻子灰的霍布·马尔斯嗓门特别大，简直想让一屋子的人都听见他说话。他宣称已经连续一周，每晚都去庆祝救世主的诞辰了。那些舞会乏味得要命，不到天亮就结束了，他只能开枪来照亮回家的路。他伸过手去，拿了另外一个人的酒瓶来喝，然后用手背抹了下嘴巴，看了看，又擦了擦嘴。这酒够劲，他大声嚷道，把酒瓶还了回去。

各种年纪的妇女占据了另外一个角落，萨莉·斯万戈穿了一双精巧的新鞋，坐着等别人来评价。她将两脚伸出来，就像双腿僵硬的娃娃。另外一个年纪较大的女人喋喋不休地讲着她女儿不幸的婚姻。在女婿的坚持下，女儿家里养了一窝猎犬，除了猎浣熊的时候，它们就懒洋洋地躺在厨房里。那女人说自己很讨厌去他们家，因为肉汤里总是有狗毛。她说女儿连续好几年，一个接一个生孩子。她早先发疯似的想要结婚，现在觉得婚姻生活无聊透顶，无非是天天给孩子擦屁股。别的女人们笑了起来，但艾达感到一阵窒息，仿佛透不过气来。

后来，人群混杂了起来，有些人站在钢琴边上唱歌，然后一些年轻人跳起舞来。艾达弹了一会儿琴，但她的心思不在音乐上。她弹了几支华尔兹舞曲，随后走开了。埃斯科站起来表演了单人滑步舞，除了口哨没有其他伴奏，艾达饶有兴致地看着，他跳起舞来眼神呆滞，脑袋快速摆动，仿佛被一根线拉着似的。

晚会还在继续，艾达比寻常多喝了不止一杯香槟，脸上又湿又黏，绿色天鹅绒裙装的高领褶饰下面，脖子不停地出汗，鼻子好像也肿了起来。她用拇指和食指捏紧鼻子，看看是否变大了，然后走到大厅的镜子前，却惊讶地发现一切正常。

萨莉·斯万戈显然也喝多了门罗的香槟，她在走廊上把艾达拉到一边，低声跟她说，那个叫英曼的小伙子刚到了，我不该多嘴，不过你要是嫁给他就好了，你俩多半会生出棕色眼睛的漂亮宝宝。

艾达听到这些话吃了一惊，脸上红得厉害，她逃到厨房里，想让自己镇定下来。

可她到了那里，却发现英曼独自坐在炉边的角落里，便更加心乱如麻起来。他骑马穿过一场绵绵冬雨，到的时候已经晚了。他想先把衣服烤干，等身上暖和起来，再加入派对。他穿着一件黑外套，跷着二郎腿，湿漉漉的帽子挂在火炉边一只靴子尖上。他伸出手掌，正在烤火，看上去就像在推开什么东西似的。

——噢，我的天哪，艾达说，你在这里。要知道你来的话，女士们会多高兴啊。

——老太太们？英曼说。

——所有的人。斯万戈太太特别欢迎你来。

说完这些话，斯万戈太太刚才暗示的那幅画面，突然鲜明地涌现出来，艾达心里一阵慌乱，脸又红了起来，迅速加了一句，毫无疑问其他人也一样。

——你是不是有点头晕？英曼说，对她的举动迷惑不解。

——不，不是。这房间有点太挤了。

——你看上去脸红了。

艾达抬起手，指背在潮湿的脸庞各处碰了碰，不知道该说什么。她把手指当卡尺，又量了一下鼻子。随后，她走到门口，开门呼吸了凉爽的空气。夜色中有股腐烂树叶的气味，外面很黑，从门廊前沿滴下来的雨水反射着门里的光线，远处什么都看不见。从客厅里传来《好国王瓦茨拉夫》简单的前奏，从生硬的琴声中，艾达听出是门罗正在弹钢琴。夜色中，从遥远的深山传来一声灰狼孤独的长嗥。

——看来像是离群了，英曼说。

艾达让门开着，等着听有没有回音，然而没有任何动静。可怜的东西，她说。

她关上门，转向英曼，他的神情比她见过的任何人都更温柔，加上室内的温度和香槟的作用，她感到一阵眩晕。她踉跄着走了几步，英曼半站起身，伸出一只手扶住她，她抓住了他的手。然后，不知怎么的，她就坐在他的腿上了，个中缘由，她后来再也没有回忆起来。

他把手在她肩上放了一会儿，她依偎在他怀中仰起头，对着他的下巴。艾达记得，自己希望永远不要离开他的怀抱，但没有意识到自己说了出来。她记得清的是，他似乎跟她一样满足，并没有拥紧她的身体，而是仅仅把手略往外移，挪到她的肩头，让她靠在胸口。她记得他潮湿的羊毛外套的气味，还有挥之不去的马和马具的气味。

她大概在他腿上坐了半分钟，不会更久。然后，她就站起来，离开他的怀抱。她记得自己转向门口，手放在门框上，回过头来看着他。他坐在那里，脸上带着困惑的微笑，帽子顶朝下掉在地板上。

艾达回到钢琴旁，把门罗推到一边，弹了很长时间。英曼终于来了，站在那里，肩膀靠在门柱上。他从香槟杯里喝着酒，看了她一会儿，然后又去跟仍坐在壁炉边的埃斯科说话。后来整个晚上，艾达和英曼都没有提起厨房里发生的事情。他们简短而尴尬地聊了几句，英曼很早就走了。

又过了很久，舞会在后半夜结束，人们纷纷散去。艾达从客厅的窗户，看着年轻人走下小路，向天空开枪。枪口的闪光短暂照亮了他们的剪影，随即一切又隐入黑暗。

马车载着钢琴拐过一道弯后，艾达依旧坐了一会儿。然后，她点亮一盏提灯，走进地窖，想起门罗也许藏了一两箱香槟，偶尔开一瓶会是一桩赏心乐事。她没有找到酒，却发现了一堆真正的财宝——角落里放着一个松垮的大袋子，门罗在里面放着一百磅青咖啡豆，这将大大有利于她们进行易货交易。

她喊了声鲁比，她们很快用烤锅装满了咖啡豆，用火烘焙了半磅咖啡，然后研磨成粉，泡了两人一年来第一杯真正的咖啡。她们喝了一杯又一杯，大半个晚上都醒着，不停地谈论着未来的计划和过去的回忆。艾达甚至完整讲了一遍《小杜丽》[1] 里面惊心动魄的故事，这是她在夏天读过的许多书之一。接下去几天，她们以半磅、一小杯的分量，用咖啡跟邻居们易货，只留下十磅给自己用。等到口袋空了的时候，她们已经换回了一条腌肉、五蒲式耳土豆、四蒲式耳甘薯、一听泡打粉、八只鸡、六蒲式耳玉米粒，还有几篮子南瓜、豆子和秋葵，一架旧纺车和织布机，只要稍微修理一下就可以用，还有足够的木板，用来重新铺烟熏房的屋顶。然而，她们换到的最有价值的东西是一袋五磅的盐。如今盐变得非常稀有，而且十分昂贵，有些人家甚至把烟熏屋里的土挖起来，用水煮沸后将土滤掉，然后继续煮沸、过滤，一遍又一遍，最后泥都滤净、水也蒸发了，便能重新得到去年腌火腿时掉到地上的盐。

无论是做生意，还是处理其他事务，鲁比都精力充沛，她很快就迫使艾达改变了日常作息习惯。天不亮，鲁比就会从山上的小木屋下来，喂马、挤牛奶，在厨房里折腾锅碗瓢盆。炉子里会生起火，锅里会煮上金黄的玉米粥，嘟嘟地冒泡，黑色的煎锅里，鸡蛋和培根滋滋地流着油脂。艾达不太习惯天蒙蒙亮就起床——事实上，整个夏天她都很少在十点前起来——但是，她突然之间别无选择。假如艾达赖在床上，鲁比会跑来把她从被窝里叫醒。鲁比认为，她的工作是让一切按部就班，而不是伺候某个人听她差遣。艾达有时说漏了嘴，像吩咐仆人一样下命令，鲁比就会瞪艾达一眼，然后继续做手头的活。鲁比的神情仿佛在说，她随时都可能跑掉，就像晴天清晨的雾气一样消失不见。

鲁比的规矩是，尽管她不指望艾达来做早餐，但艾达起码得看着早饭做好上桌。所以，艾达时常穿着睡袍走下楼来，坐在角落里温暖的炉边椅子上，手里捧着一杯咖啡。天色才开始亮起来，还是灰蒙蒙的一片。即使是会放晴的好天气，艾达也很难透过雾气，看清厨房外菜园的木栅栏。有

[1] 英国作家狄更斯（1812—1870）的小说作品。

时，鲁比会吹熄昏黄的灯光，厨房里顿时变得暗淡，然后，随着天色渐亮，光线逐渐照亮室内。艾达没有见识过多少黎明，这个过程让她感到十分神奇。

烹饪和吃饭时，鲁比还是一刻不停地说话，为即将开始的一天制订严酷的计划，艾达觉得这跟窗外柔和而朦胧的景色如此不协调。夏天快要接近尾声，鲁比似乎对寒冬的到来有种紧迫感，就像秋天的熊整夜和大半个白天都在觅食，囤积必需的脂肪来度过冬眠。鲁比嘴里除了加油还是加油，她们得努力干活，方能活下来顺利过冬。在艾达听来，鲁比的自言自语中似乎全是动词，一切都使人疲于奔命：犁地、栽种、锄地、收割、装罐、喂养、宰杀。

艾达说，起码冬天来了，她们就可以休息了，鲁比顺口说道，入冬以后，我们得修篱笆、缝被子，还要修理坏掉的东西，可得干不少活呢。

艾达从未意识到，简单的生活也会如此辛劳。吃完早饭后，她们一直不停地干活，有时没有重活要做，她们也得处理许多琐事，零打碎敲地做些活计。门罗活着的时候，谋生不过是在银行账户上签字，又抽象又遥远，不费吹灰之力。现在，艾达跟鲁比在一起，所有涉及衣食住行的事务和过程，都乏味地袒露在眼前、直接落在手头，桩桩件件都要人使出吃奶的力气。

当然，艾达以前很少在菜园里忙活，门罗总是雇了人来种菜，因此她只认得菜园产出的果实——餐桌上的食物，对怎样栽种果实毫不关心。鲁比纠正了她的错误观念。第一个月，鲁比似乎每天都在迫使艾达面对稻粱之谋的粗鄙不堪，她逼着艾达认清现实，让她不得不低到尘埃里去。艾达不想干活的时候，鲁比就逼着她干，让她穿粗布衣服，用手指抠泥，直到指甲粗糙不堪，在她看来就像野兽的爪子；让她爬上烟熏房陡峭的屋顶铺木瓦，地平线上冷山的青色锥形山顶仿佛在旋转。在鲁比眼里，自己的第一次胜利，是艾达把奶油搅成黄油；第二次胜利，是看到艾达出去锄地的时候，口袋里不再总放着一本书。

鲁比表明立场，不愿意一个人包揽所有的脏活，她让艾达抓住一只挣扎的鸡，按在砧板上，用一把斧子砍下它的脑袋。那只没有脑袋的鸡流着鲜血，像自古以来的酒鬼一样摇摇晃晃在院子里转圈，鲁比用带鞘的粗糙小刀指着它说，这就是你的粮食。

鲁比能够驱使艾达的力量在于：艾达知道假如雇用任何其他人，他们终究会厌倦而离开，任由她自生自灭，但鲁比不会扔下她不管。

只有等晚饭后，碗碟都洗完放好，她们才能歇一口气。随后，艾达和鲁比就坐在门廊上，艾达会趁着余光朗读，直到天黑。书和书里的内容对鲁比来说都很新鲜，所以，艾达觉得应该从头开始。她向鲁比解释了什么是希腊人之后，就从荷马开始朗诵。她们通常每天晚上念十五到二十页。等天黑到没法看清字，空气变得幽蓝，仿佛在薄雾下凝结起来，艾达就合上书本，恳求鲁比讲自己的故事。过了几个星期，她终于拼凑出鲁比大致的人生经历。

按照鲁比的说法，她是在贫困中长大的，每次烧饭用的油，少得好像就是用猪肉皮在煎锅上抹了一下。她感到腻烦透了。她从来没见到过母亲，她父亲叫斯托布洛德 · 休斯，是当地臭名昭著的流氓瘪三。他们住在烂泥地的棚屋里，比有屋顶的猪圈好不了多少，房间很小，怎么看都像是个临时的住处，跟吉卜赛大篷车唯一的区别是没有轮子和地板。她睡在一个狭小的高台上，实际上就是一块搁板。她有块旧褥子做床垫，里面塞满了晒干的苔藓。他们没有天花板，只能看见交叠的屋顶木板背面横七竖八的几何图形。鲁比经常在早晨醒来时，发现被子上积了一英寸厚的雪，像筛过的面粉一样，被风从木板边缘弯曲的缝隙间吹进来。在这样的早晨，鲁比发现小木屋还是有一大好处——只要用几把细树枝生火，屋里很快就能暖和起来。但是，斯托布洛德造的烟囱实在是个败笔，出烟太慢，简直能在屋里做熏火腿。除了最糟糕的天气，她情愿在屋后的凉棚下面做饭。

然而，尽管棚屋又狭小又简陋，斯托布洛德仍然没心思修理。要不是带着个女儿不方便，他住在树洞里倒是挺快活。按照鲁比的猜测，一个有记忆的动物，便是她父亲对自己的最高褒奖了。

鲁比长大到一定年纪，就得自己养活自己，依照斯托布洛德的看法，她蹒跚学步之后，就应该能够照顾自己了。鲁比尚在孩提时期，就开始在树林里觅食，到沿河农场的好心人家里讨饭。鲁比最美好的童年回忆是，有一回，她沿着河边小路往上游走，去萨莉·斯万戈家喝一碗白豆子汤，在她回家的路上，睡衣被小路边一棵黑刺李的荆条钩住了——好几年来，她即使在白天也穿着睡衣。那天下午没有一个人经过，这根刺足有鸡爪那么长，她自己没办法解开来。片片乱云飘了过来，天色暗下来，像一盏即将熄灭的灯。然后，天就黑了，那是五月的朔日，没有一点月光。四岁的鲁比，一整个晚上就这样被拴牢在黑刺李树旁。

那些黑暗的时光，对她来说仿佛上帝的启示，从未离她远去。河岸边的薄雾中，寒意弥漫，她记得自己浑身发抖，哭了一阵子后，大声喊着救命。她害怕被冷山上跑下来的豹子吃掉，它们一眨眼的工夫就会把孩子叼走。这是她听斯托布洛德的酒友们说的，听他们的口气，仿佛山里到处都是饥肠辘辘的野兽——野熊正在觅食，狼群正在漫游，都对小孩的肉馋涎欲滴。深山里还充满了孤魂野鬼，它们变化出各种形象，个个都很可怕，它们会把你抓起来，把你带到地狱里去，天知道你会遭什么罪。

她听切罗基老婆子们讲过，食人魔生活在河里，吃人肉，它们会在破晓时分把人们抓走，拖进水里。小孩是妖怪最喜欢的食物。它们每抓走一个孩子，就在原来的地方留一个影子——跟本人一模一样的双胞胎，会走路也会说话，却没有真正的生命。七天过后，影子就枯萎凋亡了。

黑夜仿佛召唤出一切恐惧，年幼的鲁比就这样坐了一会儿，一边啜泣，一边冷得发抖，直到最后她几乎无法呼吸。她似乎感到所有的妖魔鬼怪都排着队，来捕食弱小无助的自己。

可后来，黑暗中有个声音跟她说话，好像是从湍流不息的河水中传来的，但不是什么食人魔。那似乎是某种大地或天空的温柔力量，似乎是一个动物精灵，一个把她护在羽翼下的守护神，它将从此刻起一直关心她的福祉。她记得树枝间透出的天空中的全部星相，那个平静的声音说的每一个字都直抵她的内心深处，安慰着她，保护着她，陪她度过整个夜晚。尽管穿着单薄的睡衣，她停止了发抖，也不再抽泣。

第二天早晨，一位渔夫把她解救下来，她走回家，没有跟斯托布洛德提起一个字。他也没有问她去哪里了。然而，那个声音依然在她的脑海中回响，从那天晚上开始，她就像出生时脸上带着胎膜的人一样，能知道一些别人永远不知道的事情。

鲁比渐渐长大，父女俩就靠她种的一小块地过活，幸亏这块地还没有陡到无法耕种。至于斯托布洛德，他总是在别处快活，经常接连失踪好几天。他曾经走了四十英里地去参加某个派对。甚至听到哪里有舞会的风声，他都会带着小提琴一路赶过去，尽管他只能拉出几个不走调的音，鲁比又会好几天看不见他。假如没有那一类娱乐活动，斯托布洛德就会去树林里，据他说是打猎，但他只偶尔带回一只松鼠或土拨鼠来炖着吃。他从来没有野心打一头鹿，所以啮齿动物稀少时，他们就吃鲁比采集的栗子、大黄、商陆和其他野果，因此，可以说他们的大部分食物是树林里的坚果和浆果。

即便斯托布洛德嗜酒如命，也没能使他成为一个农夫。他不会自己种玉米，只会等玉米成熟时，挑个月黑风高的晚上，背着粗麻袋出去偷玉米。他用偷来的玉米蒸馏出一种浓稠的黄色烈酒，他的伙伴们都说这酒的烈度和后劲无与伦比。

他吊儿郎当地做过一次雇工，结果变成了一场惨剧，这是他唯一为人所知的一次工作经历。住在河下游的一个人雇他帮忙清理一块新垦地，准备来年春天播种。大树都已经伐倒了，横七竖八地躺在树林边上。那个人想让斯托布洛德帮他把树烧掉，他们先是燃起了熊熊大火，再从倒下的树上砍下树枝，这样就能把树干滚进火堆里，斯托布洛德突然意识到活比他料想的重多了。于是，他把衬衫袖子放了下来，扭头朝路上走去。那个人只好独自干活，用拖木钩吃力地把树干滚进火中。他站得离火很近，几根燃烧的木头滚了下来，把他的一条腿牢牢压住，他使尽浑身力气也无法挣脱，就扯起嗓子喊救命，直到把喉咙都喊哑了。火势继续蔓延，直到最后，他不愿意被烧焦，就拿伐树的斧头，齐膝砍断了自己的腿。他从裤脚管上撕下一条布，把流血的伤口扎牢，插进一根棍子绞紧，然后把一根分杈的树枝削成拐杖，拄着走回家。他活了下来，但不过是苟延残喘而已。

许多年过去了，斯托布洛德从那个人屋前的路上经过时都提心吊胆的。让他感到万分沮丧的是，那个钉着木腿的人心怀怨恨，指不定哪天会从门廊上朝他开上一枪。

鲁比直至几乎长大成人，才忍不住好奇，母亲究竟是什么样的女人，才会嫁给斯托布洛德那种男人。但是，她母亲的影子似乎早就从他的脑海中抹得一干二净了。当鲁比问起母亲的样子时，斯托布洛德说已经不记得了。我甚至想不起她是胖是瘦，他说。

出乎所有人的意料，战争的狂热刚开始几天，斯托布洛德就参军了。有一天早晨，他骑着家里的老骡子去打仗，从此以后，鲁比再也没有他的音讯。留给她的最后记忆是，他沿着大路挤在人群中绝尘而去，靴子上方露出一截雪白的小腿。她猜斯托布洛德没有打多久的仗。他肯定第一次上战场就死了，或者做了逃兵，永远消失了，因为鲁比听跟他同一个军团的人说——那个人一条胳膊被打断了，回到了家乡——夏普斯堡战役之后，斯托布洛德就失踪了。

无论他命运如何，是背后中了一颗米尼弹，还是匆忙逃去了西部，他离开后，鲁比陷入了孤立无援的境地。没有骡子，她甚至再也不能耕种那些贫瘠的田地，只能徒手用一把单片犁和一把锄头，开辟了一个小小的菜园。

战争第一年，她生活得十分艰辛。不过，斯托布洛德至少留下了那把旧滑膛枪，他以为空手参军的话，也许有机会得到更好的武器。到了冬天，鲁比拿着这把老古董——它更像火绳枪，而不是新式的步枪——打野火鸡和鹿，像印第安人一样，把鹿肉切成薄片，在火上炙烤。斯托布洛德拿走了家里唯一的小刀，所以她用自制的刀子切肉。她用来制刀的材料是废旧横锯的断片，主要工具是一把锤子。她在火上加热了锯片，用路上捡来的一根弯曲的马掌钉，在热铁上划出刀的形状。当金属冷却后，她用锤子把划痕外多余的部分敲掉，将刀刃和把手上的毛刺磨平。她用苹果树粗枝上锯下来的一截木头做手柄，仍用锤子敲进几根用碎铜片做的铆钉。最后，她用一块滑腻的鹅卵石把刀刃磨锋利。她的手工制品看上去很粗糙，但用起来跟买来的刀一样顺手。

回首过去的人生，她引以为豪的是，十岁的时候，她就对山区方圆二十五英里以内的风物了如指掌，就像菜农熟悉田垄里的豆秧一样。还有后来，她还没长成个姑娘时，就徒手痛殴了几个狭路相逢的男人，至于细节她不愿意说。

她认为自己今年二十一岁，但她并不确定，因为斯托布洛德不记得她出生的年份和日期，他甚至想不起她降生在哪个季节。她倒不是想要办个生日派对，欢庆是她的生活中所匮乏的，因为谋生艰辛，她得把注意力都集中在其他地方。

天赋，同其他事情一样

夜深了，英曼沿着迪普河岸边一条扑朔迷离的小路走去。一路地势下降，他很快进入了一处布满岩石的洼地。过了不久，洼地越来越窄，变成了一道峡谷。怪石嶙峋的峭壁和树林之间，天空渐渐合拢，最后抬头只看见一线天。周围一片漆黑，天上的银河是唯一的光源。有一段时间，他只能用脚摸索着路上松软的泥土，才能在深谷里继续前进。河水黑黢黢的，他转过头方能用眼角看见河面上闪烁的微光，正如要发现特别黯淡的星星，就不能直接凝视它们。

最后，他走上一道石崖，狭窄的小路像是崖壁上的一道刻痕，一边是陡坡，下面是河水；另一边，峭壁上乱石错杂，有泥土的地方零星地长着灌木。这里的地形让英曼深感忧虑，他害怕民兵出来巡逻，也许他来不及离开小路，骑兵就会把他逮个正着，而且，崖壁过于陡峭，无法在黑暗中悄无声息地爬上去。在这里抵抗武装的骑兵，实在是非常不利，还是加快步子赶路，把这道大地的伤口甩在身后，方是明智之举。

英曼忍着伤口疼痛，开始慢跑起来，接连跑了几分钟，抬头看见前方有一点闪烁的亮光，好像就在这条路上。他放慢脚步向前走去，很快看见一个戴宽边帽的男人，手持松木扎成的火把，站在路中间。火把冒出浓烟，在他周围洒下一圈黄光。英曼悄悄靠近，在不到十码开外的一块大圆石旁边停了下来。

那人穿了一身黑衣服和白衬衫，牵着一匹马，缰绳套在马脖子上。借着火光，英曼看见马背上驮着形状模糊的白色物体，像一捆亚麻似的垂下来。英曼正瞧着，那人在路上坐了下来，一条胳膊抱着膝盖紧靠在胸口，另一条胳膊肘支在双膝之间，拳头向前伸着，稳妥地握紧火把，好像一个烛台。他的脑袋垂下来，帽檐碰到了伸出去的胳膊。在路中间，火光映照下，他的身体缩成了一团黑影。

英曼心想，他会举着火把睡着的。用不了多久，他的脚上就会着火。

但是，那人不是在打瞌睡，他只是太绝望了。他抬头看了看那匹马，发出一声悲叹。

——上帝啊，噢，上帝啊，他喊道。我们曾经生活在一片天堂般的乐土上。

他左右摇晃身体，两边屁股轮换着着地，又一次呼唤，上帝啊，噢，上帝啊。

我该怎么办？英曼寻思。又是一块拦路石，他没法往后退，也没法绕过去，更没法像头围栏里的小母牛一样，整夜站在那里。他拿出手枪举到面前，借着火把的微光，检查了一下弹药。

英曼正准备行动，那人却站了起来，将火把竖在泥里插牢。他直起身走到马的另一侧，使劲把包袱从马背上抬起来。马紧张地挪了几步，耳朵向后夹紧，下眼皮上方的眼白清晰可见。

那人把包袱卸下来扛在肩头，踉跄着从马背后走出来。英曼这时才看见，他扛着的是个女人，她一条胳膊无力地晃荡着，黑发瀑布般垂到地面。那人扛着她走到火把的光圈外面，几乎看不见他们了，但他明显是朝河水上方的悬崖走去。英曼能听见，那人在黑暗中一边走一边抽泣。

英曼沿路奔过去，一把抓起火把，往传出哭泣声的地方轻轻一扔。火把掉到地上，照见那个人正站在断崖口，怀里抱着那个女人。他想急忙转身看清这突如其来的火光来自何方，但由于怀中的女人拖累，他几乎是一步一挪地才转过来面对英曼。

——把她放下来，英曼说。

女人重重地掉在男人的脚下。

——这是把什么鬼手枪？那人说，他的眼睛盯着两个不搭调的大枪管。

——离她远点，英曼说，走到这里来，让我能看见你。

那人从女人身上跨过去，朝英曼走来。他低着头，让帽檐挡住火把的光芒。

——最好马上给我站住，英曼说。他不想让那人靠得太近。

——你是上帝派来阻止我的信使，那人说，他向前走了两步，然后扑通一声跪在路上，往前一扑，抱住英曼的双腿。英曼用枪瞄准那人的脑袋，手指在扳机上用力，直到他感觉手枪开火的各个金属部件全都绷紧了。但是，那人抬起头来，映着仍在地上燃烧的火光，能看见他脸上泪光闪闪。英曼一下子心软了——尽管他本来也不会忍心开枪——只是用长枪管敲了一下那人的颧骨，用的力气不大。

那人四肢摊开，仰面躺在地上，眼睛下面有一道浅浅的伤痕。他的帽子掉了下来，金黄色的头发上抹了发油，从前额梳到后头，光滑得像个苹果，鬈曲的发尾披散在肩头。他抬手摸了摸伤口，看着手指上的血迹。

——我认命了，他说。

——你的命真该死，英曼说，他看了看那瘫在悬崖口的女人。她一动不动。没准我还是该一枪崩了你，英曼说。

——别杀了我，我是供奉上帝的人，那人说。

——有人说，我们都是供奉上帝的人，英曼说。

——我的意思是牧师，那人说，我是一个牧师。

英曼无话可说，只在鼻子里哼了一声。

牧师又跪直了身体。

——她死了吗？英曼说。

——没有。

——她怎么了？英曼说。

——没什么大碍。她怀了孩子，再加上我给她吃了药。

——你给她吃了什么？

——我从小贩那里买的一小包药粉。他说能让一个人昏睡四个小时。我给她下药以后，时间过去将近一半了。

——你是孩子的爹？

——显然是的。

——我猜，你没有娶她？

——没有。

英曼走到姑娘身边靠近悬崖的一侧，蹲下来，伸手抬起她披散着黑发的脑袋。她轻轻打着鼾，鼻子里发出口哨般的声响。她的脸由于失去知觉变得松弛，火把照着她的眼窝和脸颊，投下丑陋的阴影。不过英曼依然觉察出，她略有几分姿色。他把她的脑袋放回地上，站起身来。

——把她放回马上，英曼说着走到一边，手枪依然瞄准那个男人。那人跳了起来，眼睛没有离开枪口。他扑到姑娘身边蹲下，挣扎着把她从地上抬起来。然后他站起来，步履蹒跚地向马走去，把她扔到马背上。英曼暂且抬起大手枪，在火光中欣赏它的轮廓，心里十分畅快：有了一把枪，就让简单的要求带上了某种紧张急迫的气氛。

——现在怎么办？那个男人把姑娘放好后说，他似乎因为有人拿主意而松了一口气。

——别出声，英曼说，他不知道下面该怎么办，由于缺少睡眠和艰苦跋涉，他的脑子里一片混乱、疲惫不堪。

——你从哪里来？英曼说。

——不远处有个村子，那人说着，伸手指向路前方，正是英曼赶路的方向。

——你在前面带路，告诉我怎么走。

英曼捡起火把，从悬崖上扔下去。那个牧师站在那里，看着火把掉下去，火光逐渐消失在黑暗中。

——这里还是迪普河吗？英曼说。

——村民们是这么叫的，牧师说。

他们开始走路。英曼一只手拿着枪，另一只手牵着马。缰绳是粗麻绳做的，末梢为了防止磨损，用铁丝缠了几英寸，他抓着缰绳的时候，大拇指被刺出了血。英曼边走边吮着流血的拇指，心想要不是被自己撞见，那个女人就会变成一抹白色漂在黑黢黢的河面上，她的裙摆在身边像钟一样展开，牧师则站在悬崖边上，念着，沉下去，沉下去。英曼不知道结果会变成什么样。

小路很快上升，越过了一道山脊，然后在山丘之间蜿蜒，河流已在身后远去。月亮升起，英曼看见一片开阔的土地，大片大片的森林被烧掉，准备开垦成庄稼地，但除了放了一把火，还没有做什么清理工作。赤裸裸的土地上沟壑纵横，到处都是焦黑的树桩，一直延伸到地平线尽头，已经烧成木炭的树桩在月色下闪烁发光。英曼环顾四周，心想，跟我前往的家乡相比，这里简直是另外一个星球。

猎户座已从西方的地平线升起，英曼由此判断时间已经过了半夜。英伟的猎户兼武士的形象浮现在空中，仿佛是在发出谴责，指出你的无能。猎户的腰带已经扎紧，举起武器准备攻击。假如从姿势能看出性格，他一定是个充满自信的人，每晚都往正西方赶路，度过无穷无尽的快乐时光。

英曼能说出猎户座最明亮的那颗星的名字，这让他颇感安慰。弗雷德里克斯堡战役的那天晚上，他跟田纳西州的一个小伙子说起这件事情。当时，他们正坐在石墙后的壕沟边缘。夜晚十分冷冽，星星发出锐利的光芒，天上骤然亮起火光又暗下去。他们身上裹着毯子，披在头顶和肩膀上，呼出的气结成羽毛般的冰晶，悬在面前无风的空气中，仿佛灵魂正在离开身体。

——这里真冷，假如你舔一下枪管，舌头就会被粘住，那小伙子说。

他把埃菲尔德式步枪举到面前，朝枪管上吹了口气，用指甲刮下一层霜。他看了看英曼，然后又重复了一遍，举起手指让英曼看。英曼说，我看见了。小伙子朝两脚之间吐了口唾沫，然后弯下腰，看会不会结成冰，但是壕沟底下太暗了，看不清结果如何。

他们面前的战场向下延伸到远处的村庄和河流。这片土地像噩梦般凄惨，仿佛按照可怕的模型重新塑造过，到处尸横遍野，在炮火的轰击下千疮百孔。有人说，这是新的人间地狱。那天晚上，英曼望着猎户座，念着知道的星星名字，想要把眼前的景象从脑海中驱走。田纳西小伙子凝望着那颗明星，他说，你怎么知道它的名字叫参宿七？

——我在一本书里读到的，英曼说。

——那就只不过是我们起的名字，那小伙子说，不是上帝的命名。

英曼想了一会儿，然后说，你怎么知道上帝管这颗星星叫什么名字？

——没法知道，上帝守口如瓶，小伙子说，你永远也不会知道的。有时候，我们就应该满足于无知，这是一条训诫。战场上的一切皆拜知识所赐，那个小伙子说着，扬起下巴，指向满目疮痍的土地——很明显，他连抬起手厌恶地指一指那个地方，也觉得不值得。当时，英曼觉得那个小伙子是傻瓜，他知道人类起的猎户座主星的名字就感到满意了，让上帝藏起他的黑暗秘密吧。但是，现在他开始疑惑那小伙子对知识的见解，或者起码对某些知识的见解是否有道理。

英曼和牧师默默地走了一段时间，最终牧师开口说，你打算怎么处置我？

——我正在想，英曼说，你是怎么做出这种勾当的？

——不太好说。村子里还没有什么风言风语。她跟又老又聋的祖母生活在一起，你必须扯开嗓门才能让老太婆听懂你说话。所以，她很容易半夜溜出来，在干草垛上或者长满苔藓的河岸上寻欢作乐，直到黎明前一小时，鸟儿开始歌唱。整个夏天，我们经常在晚上蹑手蹑脚躲进树林里幽会。

——像豹子一样灵巧，神不知鬼不觉？你是这个意思吧？

——是啊，差不多吧。

——你是怎么勾引她的？

——很寻常。某种眼神、温柔的嗓音。在星期天做完礼拜后，我们会坐在地上一起吃饭，递给她鸡肉时我会轻轻触碰她的手。

——这可跟你躲在干草垛里裤子脱到脚踝差了十万八千里呢。

——是的。

——离你把她像头得猪瘟死掉的小猪一样扔进峡谷就更遥远了。

——是的，但比你想象的复杂得多。其中有一点，由于我是神职人员，假如我们的情事败露，我就会被驱逐出这个县城。我们的教会规矩很严格，有些教徒因为家里有人拉小提琴这样鸡毛蒜皮的事情就受到了惩戒。请相信，我在深深的痛苦中度过了许多夜晚。

——是不是某些下雨的夜晚，干草垛和长满苔藓的河岸太潮湿的时候？

牧师闷声不响地走路。

——还有些简单的补救方式，英曼说。

——我想不出有什么办法。

——跟她结婚是一条出路。

——你又忘记事情的复杂性，我已经订婚了。

——哦。

——我现在知道，自己从事神职算是入错了行。

——是啊，英曼说，我得说，你真是不应该当牧师。

他们又走了一英里路，刚才谷底的河流再次出现在眼前，河边是一个村庄。村里都是些木头建筑，一座木瓦墙刷成白色的教堂，一两间店铺，还有几幢房子。

——我相信，英曼说，我们应该把她放回床上，就像今晚的事情从未发生。你有手帕吗？

——有。

——把它揉成一团，塞进自己的嘴里，脸朝下躺在地上，英曼说。牧师照他吩咐做了。英曼把铁丝从缰绳上解下来，走到牧师身后，单膝跪在他背上，把铁丝在他头上绕了六七圈，然后把铁丝的末梢拧在一起。

——还好你没喊起来，英曼说，要不然人们都会跑出来，你还可以把事情都推到我头上，这个地方可没有人相信我。

他们走进村庄。起初，传来几声狗吠。随后，它们认出是牧师，就不吭声了。由于他经常在夜间游荡，它们已经习以为常。

——哪幢房子？英曼说。

牧师朝路前方指了指，然后，他带路穿过村庄，来到另一头的白杨树林里。林中有一幢小屋，只有一个房间，外墙是刷了白漆的木板。牧师朝小屋望了望，点了点头，他的嘴角被铁丝绑着，看上去像咧开嘴在笑，这副表情跟英曼的心情很不相称。

——背靠那棵白杨树站着，英曼说，他从马脖子上解下缰绳，套在牧师的脖子上，把他绑在树上。英曼抓住绳子另一头，绕过牧师的肩膀，把他的双手紧紧绑在身后。

——老老实实在这儿站着，我俩就都能活命，英曼说。

他从马背上抱起姑娘，调整了一下双臂的姿势，一条胳膊抱着她的腰，另一条放在她柔软的大腿下面，好把她稳当地抬走。她长着黑发的脑袋靠在他的肩上，随着英曼的步伐，她的头发一下下掠过他的手臂，轻柔地像一阵呼吸。她轻声呻吟了一下，就像常人在熟睡中被梦惊扰。她是如此无助，昏迷不醒地躺在那里，连抵御侵犯的意识都没有。她就这样暴露在所有的危险之中，能保护她的，唯有这个无常世界罕见的一点善意。我真该杀死那个混蛋牧师，英曼心想。

英曼把姑娘抱到屋前，将她放在台阶旁一丛艾菊中间。然后，他走上门廊，透过窗户往里看。室内很昏暗，壁炉里只余微弱的火光，一个老婆子睡在火边简陋的小床上。经历了漫长的岁月之后，她有种几近透明的质感，皮肤好像羊皮纸，仿佛英曼把她举到火光前的话，就能透过她读报纸。她的嘴张着，打着鼾。炉火的微光照亮了她的脸，可以看见她只剩下四颗门牙，上面两颗，下面两颗，看起来像只兔子。

英曼推了推门，发现门没有拴上。他把脑袋探了进去，用中等音量说了声“嗨”。老婆子继续打着呼噜。他拍了两下手，但她还是没有反应。他觉得安全了，于是走进屋去。壁炉边的盘子里放着半个玉米面包，还有两片煎猪排，英曼拿起食物，放进挎包。房间离壁炉较远的一头有张空床，他猜想是姑娘睡的，便走过去把被子掀开。然后，他走到外面，驻足凝视那个黑头发的姑娘。她穿着白裙子躺在那里，就像黑色地面上一小块光斑。

他把姑娘抱进屋，放到床上，脱下她的鞋子，将被子盖到她的下巴。

然后，他想了想，又把被子拉下来，让她翻身侧卧。英曼想起部队有个小伙子，仰面朝天醉倒在地，要不是有人看出不对劲，把他踢翻过身，他就会因自己的呕吐物窒息而死。这样的话，她早晨会活着醒来，头痛欲裂，心里嘀咕自己是怎么回到床上的，因为她能想起的最后场面，是跟牧师在干草垛上寻欢作乐。

正在此时，壁炉里的木材噼啪一声从铁栏边滚下来，燃烧得更加充分，火光顿时明亮起来。那姑娘睁开眼睛，转过头瞋视着英曼，她的脸在火光下显得很苍白，披头散发，看上去受了惊吓，表情带着困惑。她嘴巴张开，似乎要尖叫，但没有发出声音。英曼俯下身，伸手摸了摸她的额头，把散乱的头发拢到脑后。

——你叫什么名字？他说。

——劳拉，那姑娘说。

——听着，劳拉，他说，那个牧师不是上帝的代言人。没有人是。赶紧睡着吧，早晨醒来就当做了一场梦，我在梦里催你赶紧忘了他。牧师对你起了歹意，你一定要自己当心。

他用两根手指合上她的眼睛，就像为死人合上眼皮，免得看见邪恶的幻象，他曾看见别人这样做。她在他的手掌下温顺下来，继续睡着了。

英曼离开她，走到外面，牧师还绑在那棵树旁。当时，英曼真想掏出刀子结果了牧师，但他没有这样做，而是悄悄把手探进背包，拿出纸笔和墨水。他找到一个地方，月光从树叶间洒下来，借着幽蓝的光辉，他三言两语写下事情的经过，既没有字斟句酌，也没有添油加醋，只是简略地用一段话，描述了他所知的谋杀未遂事件。他写完后，把纸挂在齐头高的一根树枝上，牧师正好够不着那地方。

牧师看着他，了解到英曼的意图后，马上变得激动不安，竭力扭动着身躯，脖子却被勒得紧紧的。他伸出脚踢英曼，已经猜到他写的内容。

他嘴里塞着手帕，缠着铁丝，只发出一阵咕哝声和沉闷的尖叫。

——你不是想要有人作证吗？英曼说。

——啊！牧师说。

英曼拿出手枪，指着牧师的耳朵。他把击锤往后扳，把切换杆拨下去，让撞针对准靠下的枪管。你要是敢大声说一个字，脑袋就保不住了，英曼说。他解开铁丝，牧师把手帕吐了出来。

——你毁了我的生活，他说。

——别怪在我身上，英曼说，我不想管闲事。但是，我也不想提心吊胆，担心再过一两个晚上，你又会把她扔在马背上，跑到黑洞洞的峡谷里去，英曼说。

——那就枪毙我吧。就地打死我，然后把我吊在树上。

——别以为我不会开枪。

——上帝会让你进地狱，因为你对我做的一切。

英曼从地上捡起湿答答的手帕，使劲塞回牧师的嘴里，重新用铁丝扎牢，便大步流星地走了。他离开时，听见咕哝和呻吟的声音渐渐远去。也许是含混不清的诅咒和辱骂。

夜晚剩下的时间，英曼竭尽全力赶路，想把那个叫不出名字的地方抛在身后。晨曦终于在他背后亮起，好像黄色的脓肿。他走进一片丘陵地带，感到精疲力竭，不知道自己身在何处，也不知道自己彻夜奔波，只不过走了十二英里。他感觉好像走了一百英里。

他停了下来，走进树林，用地上的枯枝烂叶铺了个床，背靠一棵树坐下，吃从那姑娘家里拿来的半个玉米面包和肥猪肉。他在地上躺了下来，大半个上午都在睡觉。

随后，英曼发现自己醒了，透过松枝凝视着蓝天。他拿出手枪，用布头擦了擦，检查了一下火药，拿在手里做伴。这是一支勒马特转轮手枪，而且枪管上打着伯明翰的字样，并非早期比利时生产的劣质型号。彼得斯堡郊外的战场上，英曼从地上捡起这把枪，别在腰带上，然后他就负伤了。后来，从混乱不堪的战地医院，到坐在满是伤员的火车车厢里南下州首府，他始终枪不离身。这把枪造型古怪，比例夸张而且过大，但它是当下火力最猛的随身武器，旋转弹膛跟拳头一样大，能装九发点四十口径的子弹，其显著特点标志着手枪造型的某种奇怪的新风向：主枪管底下是一根粗短的猎枪管，弹膛就围绕这根枪管旋转，它只发射一发大号铅弹或霰弹，在近距离战斗时，作为危急关头的撒手锏，能像铅鸭蛋一样射向敌人。勒马特手枪尽管很大，手感却很稳，像铸铁般坚固而浑然一体。握枪在手，想着它能为你做的事，就会油然而生一种平静安详的感觉。

英曼摩挲着枪管和弹膛，回想起村庄里的斗殴、渡河，还有后来遇到那个牧师。他琢磨着是否可以有不同的做法。他希望自己不要搅进别人的荒唐事。一方面，他很想躲进树林里，远离所有的道路，像一只猫头鹰或者一个幽灵，只在黑暗中活动；另一方面，他渴望把手枪别在臀后，扬着一面黑旗[①]，正大光明地在白天赶路，人家不来招惹，他便以礼相待，有人寻衅挑事，他便与之搏斗，任凭雷霆之火指引，击退前方一切阻碍。

战争开始之前，英曼从来不会争胜斗勇，一旦入伍之后，却很轻易适应了战斗。他觉得这是一种天赋，同其他事情一样，就像有人会把木头削成小鸟，有人会用班卓琴演奏小曲，或者像牧师一样能说会道。这跟你本人没有多少关系，天赋不过是神经的构造，使你在战斗中头脑沉着、眼明手快，不会反应迟钝，导致各种判断失误，不管是否致命。此外，还要有魁梧的体魄，能在近身肉搏中占上风。

下午过去一半，英曼离开了松树的凉荫，想尽量多赶一段路。然而，只走了一个小时，他就累得几乎虚脱，跨一步都要费很大力气。这时，他看见截断道路的浅水里站着两个人，虽然隔着很远的距离，也能看清楚是两个奴隶，因此，他没有躲进树林里，而是继续前进。其中一个人抱着一堆支豆架的杆子，另一个人踢着一头红棕色的猪，想把它赶出河滩，猪却无动于衷，依旧在泥里打滚，然后他抽出一根豆架杆，又是抽打，又是猛戳，那头猪才不情愿地挣扎着站起来，摇摇摆摆地往前走。两人经过英曼时脱帽致敬，说，您好，老爷。

英曼非常虚弱，巴不得自己立刻变成一头大红猪，躺在泥里打滚，直到有人用豆架杆抽他。但他还是脱下靴子，蹚过河水到对岸。随后，他离

---

① 在美国南北战争中，黑旗有斩尽杀绝、不留俘虏之意。

开那条路，沿河往下游走，想要找个藏身之处，煮玉米稀粥。这时，风向变了，河下游远处飘来真正的饭菜香味。

他像只熊一样，鼻子使劲嗅着，眨着眼睛，脑袋昂起。跟随空气中的肉香，他很快来到河流转弯处的一个营地，那里有一辆马车、若干匹马，白桦林中有几个灰色帆布尖顶帐篷。英曼蹲在灌木丛中，看着人们在营地里走来走去，各色人等混杂，肤色深浅不一。英曼猜想他们跟自己一样，是些浪迹天涯的亡命之徒。街头艺人、逃避兵役的人、爱尔兰裔的吉卜赛马贩子，都如大杂烩般聚居在一起。到处是脚上套着马绊的马，在树荫下嚼着高草，既有神气的骏马，也有奄奄一息的羸马。午后金色的阳光照亮了马匹的轮廓，在英曼眼里显得十分漂亮，低垂的马颈形成优美的弧线，马蹄以上瘦得胫骨清晰可见。英曼猜想，马贩子是把它们藏在这里。战斗中死了那么多马，现在已经变得十分稀有，价格涨到不可思议，而军队派人出来搜寻马匹，几乎一分钱都不付。英曼略动了些心思，希望有钱买一匹高头骟马，骑上马背驰骋而去，结束步行的生涯。但是他没有那么多钱，况且骑马很难隐藏行踪，马的体形太大，没法藏起来，也不会乖乖听话。所以，英曼只能放弃这个梦想。

英曼觉得在流浪者中间，也许会找到某种归属感，于是，他走进营地，两只空手举在身侧。吉卜赛人对这位不速之客显得很大方，但英曼知道他们只要逮到机会，就会把他身上的东西偷个精光。他们在小火堆上用铁锅炖汤，深色的汤里翻腾着兔子、松鼠、一只偷来的鸡，还有各种顺手牵羊来的蔬菜，主要是卷心菜。一口铸铁锅里的大块南瓜在炭火上烤着，正往外冒着糖水。一个女人穿着被子般用碎布拼接的鲜艳裙子，往英曼的锡盘里舀了一勺食物，接着在平底锅里用猪油煎玉米饼。她舀动热油时，玉米糊爆了开来，噼里啪啦一阵响，仿佛远方战场传来的枪声。

英曼靠在一棵树上吃东西，向四周望去，只见湍急的河水流过石头，一棵白桦树的叶子早已透出秋意，黄叶在微风中轻轻颤动，一束束阳光穿过营地上升起的炊烟。一个男人坐在圆木上拉雪茄盒做的小提琴，演奏爱尔兰吉格舞曲和里尔舞曲。孩子们在河边浅水里嬉戏。另一些吉卜赛人忙着照料马匹。一个少年正在用玉米芯子蘸着桶里的草碱和煤灰，把一匹老母马灰白的毛皮刷黑，然后拿一把鼠尾锉抛光马齿，英曼眼睁睁看着它岁月的沧桑被掩藏起来。一个女人拽着一匹枣红马拴到白桦树上，给马唇扎上绳索让它安静下来，然后把灯油倒在马蹄底下，点火去烧，止住它一瘸一拐的毛病。马群里疾病蔓延，腿关节内肿、胃蝇蛆、肺气肿，都等着被治疗或者掩盖起来。

英曼从前跟吉卜赛人打过交道，他们过着劫掠他人的生涯，但有一种难得的诚实，赤裸裸地承认有机会就钻空子。但在这个宁静的大河弯里，他们却似乎与世无争。他们毫不关心战争的结果如何，不管哪一方胜利，人们总会需要马匹，双方的斗争不过是暂时妨碍了他们做生意。

这一天剩余的时间，英曼都跟吉卜赛人待在一起，每当他感到饿了，就去炖锅里吃一点东西。他睡了一会儿，听别人拉小提琴，观看一个女人用草药茶杯底的叶渣算命。她要给他算命时，他婉言谢绝了，因为他觉得自己受到的打击算是够多了。

将近傍晚，他看见一个黑发女人走进马群，给一匹暗褐色的母马戴上辔头。那女人很年轻，黑色长裙外面套一件男人的毛衣，十分美艳动人。她的黑发、举止，或是纤细的手指，让他一下子想起了艾达。他坐在地上，目光追随着她，看她提起长裙的下摆和衬裙，用牙齿咬紧，露出洁白的大腿，然后翻身骑上母马。她向着河岸策马而去，过河的地方水有点深，走到中流的时候，马已经站立不稳，在水中游了几下，接着马后臀一使劲，挣扎着爬上对岸。马背和肚子水流如注，那个女人臀部已经湿透，俯身向前保持平衡，脸几乎贴在马脖子上，黑发跟黑色的马鬃混在一起，几乎分不清彼此。她骑着马踏上平地，脚后跟一夹马肚子，马便穿过树林疾驰而去。这欢快的画面让英曼心驰神往，心下十分感激能目睹这一幕。

傍晚时分，几个吉卜赛小男孩用河边的桦树枝削成鱼叉，到一个死水潭里捕捉青蛙，直到抓了满满一篮子。他们把青蛙腿割下，用棍子串起来，在山核桃木炭火上烤。烤蛙肉的时候，有个男人走到英曼身边，拿着一瓶酩悦香槟，说是跟别人换来的。他不太清楚究竟是什么酒，但他知道自己想卖个好价钱。英曼数了几张钞票给他，换来一盘蛙腿和一些香槟充当晚饭，两样东西味道都不错，但他吃完后发现，对他这样饥肠辘辘的人来说，根本填不饱肚子。

英曼在营地四处闲逛，想再弄点东西吃，最后跑到卖艺人的大篷车前，他们是耍把戏卖药的。坐在帐篷旁边的一个白人走了过来，问英曼来这里做什么。那个人瘦高个，有点上了年纪，眼袋发白，头发是染黑的，似乎是这个表演团的班主。英曼问能否花钱买顿饭吃，那人说他猜到了，但吃饭得等上很久，因为他们要趁天还亮着排练演出，让英曼不妨先坐下看戏。

过了一会儿，刚才看见的黑发女人从帐篷里出来，英曼再也无法把目光移开。他仔细观察她对那个男人的神情举止，试图揣摩他们之间的关系，他一开始猜测他们是夫妻，后来又觉得不是。两个人竖起一块挡板，那女人站在前面，男人向她扔刀子，刀刃贴着她飞过去，颤巍巍钉在挡板上。英曼觉得这就足够吸引一大群人围观了，但他们还有其他的表演：灰色大胡子的埃塞俄比亚人，穿着紫色的袍子，浑身帝王气派，介绍说他年轻时是个非洲国王。他演奏着类似班卓琴的乐器，虽然是只有一根弦的葫芦，曲调却销魂到能让死人舞蹈。剧团里还有不同部族的印第安人：一个来自佛罗里达州的塞米诺人、一个克里克人、一个来自埃可塔的切罗基人和一个雅玛西女人。他们在剧团里的角色是讲笑话、打鼓、唱歌、跳舞。他们旅行的大篷车里装满了奇异的彩色药瓶，每种药都专治某类疾病：癌症、肺痨、神经痛、疟疾、恶病质、中风、痉挛和癫痫。

天黑以后，他们邀请英曼一起吃饭，所有人都围着火堆坐在地上，吃着大块带血的牛排、用培根油煎的土豆，没有被土豆吸尽的油水用来拌野菜。埃塞俄比亚人和印第安人跟大家一起用餐，仿佛不分肤色、完全平等。他们你一言我一语地交谈，发言完全不需要先得到允许。

吃完饭，他们蹲在水边，各自用河沙擦洗自己的盘子。然后，那个白人把树枝扔到烧饭的炭火上，毫不节约木材地把火烧旺，直到火焰蹿到齐肩高。一个酒瓶在卖艺人中间传来传去，众人围坐在地上，跟英曼讲他们无穷无尽的旅行的故事。他们说，流浪者的生活与众不同，道路是一个自在王国，没有政府的统治，只受自然法律的制约。这个王国唯一的特性就是自由。他们的故事充满了穷困潦倒的凄惨、意外发横财的惊喜，他们打牌赌博，参加卖马会，这世界上到处都有愚人，真是好事一桩；他们讲怎样侥幸逃脱法网，跟各种倒霉事擦肩而过；他们讲起做生意时坑过的傻瓜，路上遇到的聪明人，他们的智慧经常自相矛盾；哪些地方的人容易受骗上当，哪些地方的人特别歹毒。他们提起驻扎过的营地和吃过的饭菜，大家一致认为，最美妙的是几年前到过的一个地方，那里有一条大河直接从一面岩壁底下涌出，他们众口一词地怀念起悬崖下的聚餐，说再也没有吃过更美味的炸鸡。

过了一会儿，英曼再也无心听别人说什么，只想着那个姑娘在火光中看起来多么美丽，她的秀发熠熠生辉，皮肤洁白光滑。此时，那个白人说了一句奇怪的话。他说终有一天，世界的秩序会发生变化，到时候人们使用“奴隶”这个词，只是为了打个比方。

夜深了，英曼带着背包，走进营地外的树林，展开铺盖躺下，耳中尚能听见吉卜赛音乐和人们说话的声音。他努力想要睡着，却在地上辗转反侧，只好点亮一截蜡烛头，把剩下的香槟倒进锡杯，从背包里拿出巴特拉姆的书卷。英曼随手翻开书，把映入眼帘的第一句话读了一遍又一遍。书中讲到一种不知名的植物，他竭力猜测，只能想到类似杜鹃花：

> 这种灌木生长在高大树木稀疏的开阔高地上，形成矮树丛或者小树林；许多丛生的主茎从根部或直立的根茎上发出，四五六英尺高；主茎顶端分出的枝条几乎是直立的，稍稍散开，长着中等大小的椭圆形带尖全缘叶，呈淡绿色或黄绿色；这些叶子质地密实，两面都光滑闪亮，几乎笔直地立在短叶柄上；枝条末梢是长长的、松散的圆锥花序或穗状花序，开出一簇簇白花，有五片狭长的花瓣。

英曼长时间沉浸在这句长句里。首先，他细细玩味每一个字，直到将它们深深印在他的脑海中，否则他的注意力就会浮光掠影般在词语间跳跃，不留下任何痕迹。然后，他开始在心中勾勒出一片高大开阔的森林，补充所有缺失的细节：林中的各种树木，栖息枝头的鸟儿，树下生长的蕨类。当画面变得清晰定型之后，他最后开始描绘这种灌木的模样，浮现出所有的细节，直到脑海中跃出鲜明的形象，虽说他想象出的这种灌木，跟所有已知的植物都不尽相同，而且颇有些稀奇古怪。

他吹灭了蜡烛，用铺盖把自己裹紧，啜了几口最后剩下的香槟，然后准备睡觉。但是，他的脑海中不断浮现那个黑发女人的模样，还有那个叫劳拉的女子，他抱走她时，她柔软的大腿压着他的胳膊。随后，他又想起艾达和四年前的圣诞节，因为那天也有香槟酒。他脑袋靠着树皮，喝了一大口酒，回想起炉边角落里，艾达坐在他的腿上，他清晰地记得那时的感受。

这一切恍如隔世，仿佛另一种生活。英曼回忆起她压在自己腿上的重量，她藏在柔软躯体中的坚硬的骨头。她倚在他的怀中，头靠在他的肩膀上，头发散发着薰衣草的香味和她的体香。随后，她坐了起来，他把手放在她的肩头，感觉到皮肤下面的肌肉和肩关节。英曼把她拉回身边，想用双臂把她抱紧，但她紧闭的双唇轻吁出一口气，站起身来，捋平了裙子上的褶痕，伸手把两鬓散乱的秀发拢到耳后。她转身低头看着他。

——好吧，她说。好吧。

英曼探身拉起她的手，用拇指抚摸着她的手背，纤细的掌骨在他的指尖下，像钢琴键一样被按动。然后，他翻过她的手掌，捋直她的手指，不让她收拢握成拳头，然后在她腕部青筋纠结的地方，轻轻把嘴唇印了上去。艾达慢慢把手抽了回去，然后心不在焉地看着自己的掌心。

——这上面没有揭示任何讯息，没有我们能读懂的东西，英曼说。

艾达放下手，说，这是个意外。然后，她就走开了。

回忆终于远去了，英曼进入梦乡，梦中世界就跟白昼一样明亮。他像现实中一样，躺在一片阔叶林中。树叶经过一个夏季的生长，分明有些倦怠了，再过几周就要变黄、凋零。他读过巴特拉姆的书以后想象出来的灌木，在树林中混杂地丛生，开满了五角形的花朵，仿佛幻觉一般。在梦境中，细雨从浓重的树荫间洒下，地面上氤氲的水汽又轻又薄，甚至没有浸湿他的衣服。艾达出现在树林中，款款向他走来，身姿如雨水般轻盈。她穿了一条白色裙子，一块黑布裹住了她的肩膀和头部，但是，英曼从她的眼睛和体态知道，她就是艾达。

尽管不知道艾达怎么会在这里，英曼还是渴望拥抱她。他从躺着的地方站起来，连续三次伸出手臂，她却像云雾般消散在他怀中，灰蒙蒙的影子缥缈而摇曳。然而，英曼第四次伸出手时，她却站定了，他紧紧地抱住她，真切而实在。英曼说，我一路跋山涉水，就是为了来找你。我永远都不会让你离开了。永远。

艾达看着他，把围巾从头上解下来，神情似乎同意了，尽管她一个字都没有说。

清晨的鸟鸣将英曼唤醒。梦中艾达的影子依旧盘桓在他心间，不愿离去，他也依依不舍地留恋着她。他爬了起来，草叶上露水很重，太阳已经升上树梢。他穿过树林，走到营地，但是，所有人都已经走了。卖药的大篷车所在的地方，营火早已熄灭，只剩下一大圈黑色的灰烬，还有大篷车的轮子留在泥地上的两行平行的车辙。除此以外，没有任何痕迹证明卖艺人真实存在过。没能向他们告别，英曼感到有些惆怅，但回想起黑夜中被赐予的那个清晰的梦，他接下来带着愉快的心情走了整整一天的路。

玫瑰灰

将近秋天的一个温暖下午，鲁比和艾达在坡下的田野里干活，鲁比准备把那里当作冬菜园。这种天气里，紫泽兰已经长到七英尺高，金属色泽的头状花序突然开放，在阳光下闪耀，看上去仿佛清晨的秋霜——这似乎是在提醒她们，尽管依然赤日炎炎，母牛仍旧躲在那棵大山核桃树下，跟随树荫移过坡下的草地，但真正的寒霜很快就会降临。

田垄上的卷心菜、芜青、芥蓝和洋葱都还是幼苗，艾达和鲁比正在其间锄地、拔草，这就是她们粗陋的过冬蔬菜。几个礼拜之前，她们在菜园里精耕细作，先用犁耕一遍，然后用炉灰和牲口棚里的大粪施肥，最后用耙子翻松表面结块的泥土，鲁比在前面赶马，艾达骑在耙子上增加重量。她们的耙子是件粗糙的工具，是布莱克家的某个人用分叉的橡树干凑合做的。树干刚伐下不久，就在分叉的两端上面钻了孔，把用晒干的刺槐木做的长木钉插进去。橡树干燥以后，就紧紧地裹住尖利的刺槐木钉，不需要进一步加固了。耙地的时候，艾达坐在分杈处，手脚并用地稳住身体，耙子颠簸着犁过地皮，打碎翻起的一块块泥土，刺槐的尖齿把土梳平。她看着翻过的土地在身下后退，捡起三个残缺的箭头、一把燧石刀和一个完好无损的“飞鸟”箭头①。开始播种的时候，鲁比拿出一把细小的黑色种子。看上去不多，她说，要有信仰，才能看着这个想象出好几个礼拜以后，块根地窖里会堆满芜青——当然，还需要有个温暖的秋天，因为我们开始得很晚了。

---

① 印第安人用来捕猎飞鸟的一种三角形箭头。

鲁比说，大部分庄稼长得很好，因为它们是在她的坚持下，严格按照星象播种的。在鲁比的观念中，所有的事情——给篱笆打桩、做泡菜、杀猪——无不受到上天的安排。她说满月过后的日子方能劈柴，否则到了冬天，柴火除了嘶嘶冒烟，什么用处都没有。明年四月，当白杨的叶子像松鼠耳朵一样大小，我们得在双鱼座出现时种玉米，否则玉米穗会瘪掉、下垂；十一月份，月亮逐渐变圆的时候我们才能宰猪，否则猪肉会不够肥，在锅里煎的时候，边会卷起来。

门罗也许会把迷信当作民间风俗而置之不理，艾达则把星象当作隐喻，她越来越渴望学习鲁比的知识，了解当地动植物的生长习性。在艾达看来，星象是世界有序运行的表达，悉心照顾万事万物的方法，以及一种自我约束的纪律，是物质世界的模式和趋向的重要仪式，由此可见我们与另外某个世界息息相通。归根结底，艾达觉得，星象使人时刻保持警觉，免于怠惰，从这些意义上来讲，她是尊重迷信的。

那天下午，她们在庄稼地里干了一会儿活，随后，她们听见车辚辚、马萧萧的声响，一个铁桶撞击着车厢侧板，声音在山谷里回荡。两头老骡子拉着一辆马车，绕着蜿蜒的山路而来，停在篱笆边上。由于车厢里堆满了包裹和箱子，所有人都只好跟在车后走。艾达和鲁比走到篱笆边，问了才知道，他们是从田纳西州一路跋涉而来，要去南卡罗来纳州。他们在河边迷失了方向，错拐了好几个弯，找不到去车道峡的路，所以现在闯进了这条死胡同。这群人里有三个愁容满面的女人，还有六个年幼的孩子。一对老实的奴隶夫妇照料他们，像影子一样跟在那几个女人身旁，尽管他们在任何一个晚上，都可以趁她们睡着把她们的喉咙全都割了。

那几个女人说，她们的丈夫都打仗去了，她们为了躲避进入田纳西州的联邦军，打算逃难到南卡罗来纳州的卡姆登，其中一个女人有个姐姐住在那里。她们请求睡在干草棚里，于是趁她们忙着在干草堆上打地铺，艾达和鲁比就去烧饭。鲁比杀了三只鸡，把它们的脑袋切下来。现在院子里到处是小鸡，她们去建在泉水上的冷藏屋时，一不小心就会踩上一只。鸡雏数量如此之多，很快她们就会有足够的阉鸡了。她们把鸡切块油炸，烧了菜豆，煮了土豆，还炖了南瓜。鲁比做了有平时三倍多的面饼。准备好晚饭后，她们喊客人进来，让他们坐在餐厅的桌旁。两个奴隶领了一模一样的食物，不过是到外面坐在梨树下吃。

客人们狼吞虎咽了很长时间，她们吃饱喝足后，盘子里只剩下两个鸡翅和一条鸡腿，她们吃下了一磅多黄油、喝了一品脱高粱糖浆。一个女人说：太好吃了！两个星期以来，我们能吃到的只有玉米面包干，既没有黄油、培根油，也没有糖浆可以蘸着吃，都快噎死了。

——你们为什么背井离乡？艾达问。

——联邦军骑兵把我们洗劫一空，连黑人的东西都抢，那女人说，今年收获的粮食全被他们抢走了。我看见，有个人连猪油都不放过，一把一把用手抓，塞进他的口袋里。然后，我们被剥光衣服，一个联邦军士兵给我们搜身，说是个穿军装的女兵，实际上这禽兽长着喉结，他把我们藏起来的每一件珠宝都搜走了。他们在雨中放了一把火，然后骑马扬长而去。房子化为灰烬，只剩下一根烟囱守着大坑般的地窖，里面积满了黑水，散发出刺鼻的味道。我们一无所有了，但还是恋恋不舍地待了两天，因为不忍心离家远行。第三天，我带着最小的女儿站在坑边往下看，我们的家当全都毁在里面了。她捡起一块餐盘的碎片，说，妈妈，我们很快要吃树叶了。这时候，我知道，我们得逃难了。

——联邦军就是如此作恶多端，另外一个女人说，他们想出了一种新战术：让妇孺替死去的士兵赎命。

——这是个让人心里充满苦涩的时代，第三个女人说，你们不知道自己有多幸运，能够藏身在这个山谷里。

艾达和鲁比送客人去休息。第二天早晨，她们几乎把所有的鸡蛋都煮了，还做了一锅玉米粥和更多的面饼。吃过早餐后，她们画了一张去山口的地图，便送客人重新上路了。

那天中午，鲁比说想去山坡上查看一下苹果园，艾达就建议在那里吃午饭。她们准备了一份野餐，鲁比搅了蛋黄酱，做了一小碗土豆沙拉，加上昨晚剩下的炸鸡，还有一些酸黄瓜片，都放在一个木桶里，带到苹果园。她们在树下的草地上铺了一条毯子，坐在上面野餐。

这是一个明亮的下午，虽然始终光线充足，却笼罩着一层薄雾，辨不清太阳的方位。鲁比检查了苹果树，郑重地说苹果长得还不错。然后，她看着艾达，冷不丁问了一句：哪边是北面？然后她便笑嘻嘻地等着。艾达花了很长时间，才根据记忆中太阳落山的位置，推断出东南西北的基本方位。这是鲁比最近养成的习惯，拿这些问题来考艾达，看到艾达在这个世界上不知所措，她似乎很开心。某一天，她们走在溪边时，她问艾达，这条溪流的走向是怎样的？它从何处而来，又往何处流去？又有一天，她问，告诉我山坡上哪四种植物，饥荒的时候能拿来充饥？离下一次朔月还有几天？告诉我，什么植物正在开花，什么植物正在结果？各说出两种。

艾达还不知道答案，但她感觉到那一天为时不远了，鲁比就是她的教科书。在每天的日常劳动中，艾达很快注意到，鲁比除了种庄稼，还有许多不切实际的知识。比如，无用的动植物名称还有它们的生活习性显然占据了鲁比很大一部分心思。她经常提到隐藏在世界角落里的各种小生灵：豚草丛里的每一只螳螂，用乳草叶搭小帐篷的玉米螟，小溪石头底下带着友好微笑、长着斑点条纹的蝾螈，看上去有毒的毛茸茸的猪肝色小植物，快要死去的树木的潮湿树皮上生长的真菌，独自生活在树枝、沙砾和叶子搭建的小巢里的幼虫、甲虫和毛毛虫，一切都逃不过她的眼睛。每个生灵背后都有自己的故事。大自然所创造的一切迹象，只要流露出生命的独立意识，都会引起鲁比的兴趣。

当她们吃饱了午饭，坐在毯子上昏昏欲睡时，艾达告诉鲁比，自己很羡慕她对世界运行规律这样了解，有农作、烹饪和野外求生的知识。你是怎么知道这些事情的？艾达问道。

鲁比说，自己有限的知识来得很平常，许多是上一辈人的经验之谈。她在村里四处转悠，看哪个老太太愿意搭话，就聊上一阵。她观察她们干活，有不明白的地方就问，耳濡目染中知道了不少事情。她帮萨莉·斯万戈干活时也学到很多。鲁比说，萨莉知道所有植物的名称，包括最寻常的野草。尽管，她说，某种程度上是她自己琢磨出了世间万物的逻辑。最主要的是，你只要留心，总会知道很多事情。

——首先，你得弄明白什么喜欢什么，鲁比说。艾达理解她的意思是，观察和领悟各种自然现象之间的紧密关联。

鲁比指着对面碧绿山坡上的片片红色：早在其他树之前，漆树和山茱萸已经变了颜色。它们为什么会提早一个月？她说。

——偶然现象？艾达说。

鲁比轻啐一口，仿佛吐掉一小粒尘土或者舌尖上的小虫。人们喜欢把所有不可捉摸的事情看作偶然现象，她的观点却截然不同。每年的这个时候，漆树和山茱萸都结满了成熟的浆果。人们要问的是，有什么事情同时发生，并且可能与此相关？其中一件事情是，候鸟在迁徙，你抬头看一眼就知道了，它们白天黑夜都在不停地飞行，数量之多令人头晕目眩。然后，想象你站在很高的地方，比如悬崖，像飞鸟一样俯视森林，你就会惊讶那些绿树是多么相似，不管是否结了果子，看起来几乎没有什么差别。迁徙的鸟群看见的就是这些。它们不认识这些森林，不知道结满果实的树长在什么地方。鲁比的结论是：漆树和山茱萸变红，是为了对陌生的饥饿鸟群说“吃吧”。

艾达说，你似乎认为一棵山茱萸懂得未雨绸缪。

——唔，也许它们的确懂，鲁比说。

她问艾达是否仔细观察过各种鸟粪，就是鸟类的便溺。

——很少，艾达说。

——别那么清高嘛，鲁比说，在她看来这就是问题的答案。山茱萸种子掉在大树底下以后，树苗不能就生长在那里，由于种子不能迁移，需要鸟类把它们播撒到适宜的地方。鸟类食用浆果，种子却完好无损地排泄出来，并且裹上一层粪肥，可以在落下的地方生根发芽。鲁比的观点是，假如一个人肯花时间把这些事情琢磨透，她也许会得到某些启发，因为造物无不遵循同样的因果规律。

下午温暖静谧的空气中，她们安静地坐了一会儿，然后鲁比躺在毯子上打起了瞌睡。艾达也很疲倦，但她像不愿上床睡觉的孩子一样驱走睡意，站起来走到果园外的树林边。那里秋花盛开，高高的一枝黄、紫菀草和紫泽兰刚绽放出黄色、靛蓝和铁灰色的花朵。黑脉金斑蝶和凤尾蝶正在花丛中忙碌，黑莓叶子早已变成褐红色，三只雀鸟栖息在藤上，然后振翅贴着地面飞走，黄色的背部在黑翅膀间闪耀，消失在田地和树林之间的一丛木藜芦和漆树中。

艾达静静地站着，任凭目光游移，她开始意识到无数小生命忙碌的活动，它们在一大簇一大簇的花朵中振动，清晰地传递到植物的根茎以及土地上。小虫们飞翔、爬行、攀登、进食，它们积累的能量是生命光辉的颤动，充满了艾达漫无目标的视野，直到余光的边缘。

她站在那里，一边眼花缭乱、慵倦欲眠，一边又警醒着，想起那个逃难的女人说她有多幸运。在今天这样的日子里，尽管战争正在迫近，山谷里有干不完的活，艾达却仍看不出该如何让自己的世界变得更好。也许这地方已经够好了。

那天黄昏吃过晚饭，鲁比和艾达坐在门廊上，艾达拿着书朗读，《荷马史诗》已经快读完了。鲁比对珀涅罗珀①感到厌烦，但是读到奥德修斯一路上的磨难，以及众神给他设下的障碍，她能整晚坐在那里笑个不停。但她怀疑，奥德修斯身上有着斯托布洛德的品性，而且比老荷马愿意透露的更多。她还发现，在旅途中，奥德修斯延宕的理由都特别不可信，这个观点恰好被眼下读到的一段故事证实了：众英雄被关在猪圈里，一边喝酒，一边讲故事。她得出结论，总而言之，尽管漫长的岁月流逝，世事却依旧如故，没有太大的变化。

天色暗了下来，艾达把书放下，抬头仰望苍穹。不知是天空的色彩，还是即将来临的夜晚的气息，让她回忆起萨姆特堡战役前夕，最后一次回到查尔斯顿参加的舞会。她向鲁比讲述起来。

那是她表姐家里举办的舞会，在万多河宽阔拐弯处的一幢豪宅里。他

---

① 奥德修斯忠贞的妻子，一直在等待丈夫归来。

们狂欢了整整三天，每天只有黎明到中午在睡觉，仅靠牡蛎、香槟和糕点填饱肚子。每天晚上，乐曲响起，人们便开始跳舞。待夜深，天上一轮皓月将满，他们便出门泛舟河上，在缓缓流淌的河水中荡桨。那段时间弥漫着一种奇怪的战争狂热，从前别人眼中呆板、毫无魅力的年轻男人，突然都笼上了一圈耀眼的光环——大家都认为，他们中的许多人很快就会死去。在那短暂的几个昼夜，任何男人只要钟情于谁，就会成为某个姑娘的心上人。

舞会的最后一个晚上，艾达穿了一件淡紫色的丝绸连衣裙，蕾丝花边也染成了相配的颜色，腰身收得很窄，贴合她苗条的身材。门罗买下了一整匹布来做这条裙子，这样没有人会跟她穿一样的颜色。他说，淡紫色能完美衬托出她的黑发，在普通的粉红、浅蓝和鹅黄色裙子中间，会使她带上某种神秘感。那天晚上，一位来自萨凡纳①的男人——一位有钱的靛蓝染料商人的次子，长得油头粉面，却愚蠢无知——不知疲倦地向艾达献殷勤，她最终同意跟他一起去河上划船。尽管以艾达对他有限的了解，她认为他不过是个自负的傻瓜。

那个男人名叫布朗特，他划到万多河中流，便停下桨让船随波漂流。他们面对面坐着，艾达把淡紫色的裙子紧紧裹在腿上，免得沾到船底填缝的沥青。两人都没有说话。布朗特反复做着平桨的动作，让水顺着桨流入河中。他似乎有什么心事，跟桨叶的淌水声正好合拍，所以他不停地划水，直到艾达让他停下来。布朗特带了一对香槟杯，还有半瓶香槟酒。瓶子还很凉，在闷热的空气中冒出细小的水珠。他递给艾达一个杯子，但她谢绝了，所以他一口气喝干了瓶里的香槟，把瓶子扔进了河水。平静的河水中，一圈圈涟漪不断扩散，直到消失在视线之外。

水面上传来房子内的音乐，声音如此微弱，只能隐约听出是华尔兹舞曲。一片黑暗中，低平的河岸显得不可思议地遥远，两岸平常的风景变得模糊一片，抽象成平面、圆圈和线条这样简单的几何图形。一轮圆月悬在

---

① 美国佐治亚州港口城市。

头顶，在潮湿的空气中显得朦胧而柔和。天空中一片银辉，月明星稀，宽阔的河水也泛着银光，只是更多了几分幽暗的色调。尽管还有好几个小时才到黎明，河面上已经升起了晨雾。水天之间唯一的分界，是两岸地平线上黑黢黢的树影。

布朗特终于开了口，先说了自己的情况。他刚从哥伦比亚的一所大学毕业，开始学习经营家族在查尔斯顿的生意。但每个人都认为战争很快会爆发，那样的话，他当然会马上入伍参军。他发表了一番豪言壮语，任何图谋征服南方诸州的军队，都会被英勇地击退。这类慷慨激昂的话，艾达在舞会上听了一遍又一遍，已经感到厌倦了。

布朗特继续谈论战争，但他似乎变得跟艾达一样疑虑重重，说着说着就陷入了沉默。他低头看着黑洞洞的船底，艾达只能看见他的头顶。后来，在香槟酒和夜晚的奇异作用下，布朗特承认，这场几乎注定将要来临的战争令他感到惊恐万分。他无法确定能否表现得英勇善战，但是当逃兵却必定带来耻辱。还有，他不断梦见各种可怕的死亡形式，他肯定终有一天，自己会以其中某种方式死去。

他低头诉说着，仿佛是在对自己的鞋尖说话。随后，他迎着月光仰起苍白的脸，艾达这才注意到他的面颊上的两行清泪。她心中不禁涌起了一股柔情。她突然意识到，布朗特内心深处就是一个小业主，根本不是什么战士。她伸手到他的膝头，轻轻抚摸着他的手。艾达知道自己应该说：你要勇敢地担负起保卫家园的责任和荣誉。舞会中，女人们都在说这些冠冕堂皇的话。但是，艾达感到自己的喉咙仿佛被堵住了，一句话都说不出来。即便如此，她也可以简单地告诉他，不要担心，或者，勇敢点。然而，她此刻觉得这些安慰人的客套话无比虚伪。所以，她什么话都没有说，只是拍了拍他的手背。她希望布朗特不要误解自己的善意。她被男人追得太紧的时候，第一反应总是羞缩退却，但小船里似乎没有地方可以躲。小船一直顺水漂去，她看到布朗特沉浸在对未来的恐惧中，没顾上向她献殷勤，不禁松了一口气。他们就这样坐了一会儿，一直漂到河流拐弯处，差点冲到河湾外侧的沙岸上搁浅。月光下的河岸像是一条灰白的带子，布朗特振作了一下精神，又举起船桨向上游划去，回到码头。

布朗特陪着艾达走向灯火辉煌的房子门廊，房间里点着明亮的圆筒芯灯。舞蹈者的剪影在黄色的窗口翩翩掠过，现在音乐声清晰可辨：首先是贡格尔[①]，然后是施特劳斯。布朗特在门口停了下来。他用两根指尖托着艾达的下巴，把她的脸抬起来，俯身亲了亲她的脸颊——一个蜻蜓点水般的友爱之吻。然后，他就走开了。

艾达现在想起来，当她穿过房子走到楼上自己的房间里时，曾被镜子里一个女人的背影深深打动。她停下来凝视着对方。那个人影穿着玫瑰灰色的裙子，艾达一动不动地站着，仿佛被一阵强烈的嫉妒钉在原地，那女人的衣装、优雅的背影、浓密的黑发和她举手投足间流露的自信，都令她艳羡不已。

然后，艾达往前走了一步，那个女人也往前走一步，艾达意识到她羡慕的正是自己，这面镜子映出了她身后墙上的那面镜子。在灯光和镜子的共同作用下，淡紫色渲染成了玫瑰色，色彩发生了变化。她走上几级台阶，进入房间准备睡觉，但她那天睡得很不安稳，因为音乐声通宵达旦。当她辗转难眠时，不由得想，她这样顾影自怜，显得多么古怪啊。

第二天，参加舞会的人钻进马车，准备回到城里，艾达在门前的台阶上，出其不意地碰到了布朗特。他避开了她的自光，讷讷地不说话，前一天晚上的失态使他无地自容。布朗特没有求她保密，艾达觉得这一点还是值得称赞的。此后，艾达再也没有见到过他，但是从表姐露西的一封信中，她得知布朗特在葛底斯堡战死沙场。各种渠道的消息都证实，他是在从墓地岭撤退时，面部中弹而亡的。他一直在倒退着走，不愿意被敌人从背后射中。

听完这个故事，鲁比对布朗特不惜一切维护荣誉没有什么感触，只是感叹他们如此浪费生命，竟然要靠通宵跳舞和荡舟河上来寻欢作乐。

---

① 约瑟夫 · 贡格尔（1809—1889），奥地利作曲家。

——你没明白我的意思，艾达说。

她们坐了一会儿，看着夜色渐浓，山梁上的树木变得一片模糊。然后，鲁比站起来说：我该开始干夜间的活了。这是她说晚安的方式。她出去最后看了一眼牲口，检查了鸡棚的门，用灰封起厨房炉子里的火。

艾达仍然坐在门廊上，书放在膝盖上，看了看院子对面的牲口棚，随后，目光越过田野，眺望长着树木的山坡。然后，她抬头看着逐渐变暗的天空，使她联想起查尔斯顿的那一抹色彩已经消退。一切都归于寂静，她的思绪却收不回来。艾达想起刚搬到山谷里的时候，有一个晚上，她和门罗就这样坐着，如今熟稔的风景，当时对他们来说还很陌生。跟查尔斯顿相比，这一带山地黑黝黝的，几乎都是笔直的山峰。门罗评论说，正如自然界的万事万物，眼前壮丽的山川地貌，只是另外一个世界的象征，代表了一种完全不同的更深沉的生活，那才是我们应该渴望的。当时，艾达赞同他的说法。

如今眺望远山时，她相信自己看到的并非什么象征，这一切就是生活本身。这样的看法跟门罗大相径庭；然而，门罗所言的那种强烈的渴望却并没有消失，尽管艾达对此无以名之。

鲁比穿过院子，在门口停了下来。她说，牛得圈起来。然后，她没有道别就径直往自己的木屋走去。

艾达离开门廊，经过牲口棚走到牧场上。太阳早已落山，天色迅速暗下来。暮色中，群山灰蒙蒙一片，像呵在玻璃上的气一样，既朦胧又暗淡。这个地方似乎笼罩在一种巨大的孤独之中。甚至连老人们都说：独自住在山里的人，最难以忍受的便是这个时辰，甚至比伸手不见五指的月黑之夜更糟糕，因为黄昏时分，人们对即将来临的黑暗的感受是最强烈的。艾达从一开始就感觉到那种力量，并向门罗抱怨。她记得门罗解释说，孤独感并不像她所说，是由特定的地域造成的。它不是艾达或这个地方所特有的，而是生活中的普遍因素。只有非常单纯或冷酷的心灵才感觉不到孤独，就好像有些罕见的体质对冷和热感觉迟钝。一如既往，门罗对大部分事情都有某种解释。他说，人们在心底里面都能感觉到，很久以前上帝任何时候都无处不在；当上帝稍微远离一些，孤独感就会填补他所留下的空虚。

空气中带着寒意，草地上露水已深。沃尔多正躺在下坡篱笆边的高草里，艾达走到它身边时，露水已经沾湿了裙摆。母牛醒了过来，开始向大门走去，由于躺得过久，髋关节有些僵硬。艾达踏上被沃尔多压平的椭圆形草地，她感到母牛的体温从地上升起，一股暖意围绕着双腿，一个月来的辛苦操劳日夜积累，突然使她感到一阵莫名的倦意，想要躺下休息一会儿。然而，她只是弯下腰，把手伸到草下，探进温暖的泥土中，土地仿佛活物一般，尚带着白昼和母牛身体的余热。

小溪对岸，一只猫头鹰在远处的树上鸣叫。艾达仿佛阅读诗篇似的，数着鸣声的五步韵律：一声长、两声短、两声长。人们把猫头鹰称为“死亡之鸟”，艾达不知道这是什么缘故。灰蓝色的天空映衬下。它的鸣声如此温柔可爱，仿佛鸽子在咕哝，却更如泣如诉。沃尔多不耐烦地在栅门口哞哞叫，就跟山谷一样，需要艾达学着照料。于是，她把手从地上拿开，站了起来。

野兽般流浪、亡命天涯

天气开始转凉，英曼连续走了好几天，只见蓝色的天、空旷的路。他想避开设了关卡的道路和城镇，所以不得不迂回曲折地赶路，在荒僻的原野和相隔很远的农场之间行走。这条路线似乎挺安全，他很少碰到人，碰到的也大部分是奴隶。夜晚很温暖，一轮明月圆了又缺。路上经常有干草堆可以睡，这样他就能仰卧着，看天上的星星月亮，幻想自己是个自由自在的流浪汉，对世间的一切造物无所畏惧。

这些天都平安无事地度过了，但每天他都尽力记住些什么，好区分这些混杂在一起的日子。他记得有一天在不停地辨认方向，路上有很多拐弯，既没有指示牌，也没有刻在树皮上的路标，因此他只能一遍又一遍去问路。他先是来到岔路口的房子里，这幢房子造得离路口那么近，差点把路都给堵住了。屋里一个满面倦容的女人，两腿叉开坐在一把直背椅子上。她咬着下嘴唇，眼睛盯着地平线，似乎那里隐约发生了什么大事。她的裙子在双膝之间垂下，形成了一池阴影。

——这条路通往索尔兹伯里吗？英曼问道。

女人粗糙的双手握成拳头，放在膝盖上。她显然懒得动弹，连个手势都不乐意做，只晃了一下右手的大拇指算是回答，比肌肉抽搐明显不了多少。她依旧一动不动，但英曼还是朝她暗示的方向走去。

后来，他碰到一个头发灰白的男人，坐在一棵枫香树的树荫下。那个男人光膀子穿了一件黄色的丝绸背心，底下没有穿衬衫，背心敞开着没扣上，衰老的胸脯像母猪奶子一样垂下。他把腿径直向前伸出，用手掌拍着一条大腿，仿佛那是条心爱的不听话的狗。他说话咬字不清，只能听得懂元音。

——去索尔兹伯里是往这边拐吗？英曼说。

——呃——？那个男人说。

——索尔兹伯里，英曼说，是往这边走吗？

——啊——！那个男人斩钉截铁地说。

英曼继续往前走。

后来，他碰到一个在田里拔洋葱的男人。

——索尔兹伯里？英曼说。

那个男人一句话都没说，只是伸出手臂，用洋葱指着一条路。

另一天，英曼记得天空是白色的，一只乌鸦飞在半空死掉了，噗的一声掉在路上，扬起一阵灰尘，它黑色的嘴张着，伸出灰色的舌头，仿佛在品尝地上的尘霾。后来，他碰到三个农场上的姑娘，穿着灰白的棉裙，光着脚在路上的尘土中跳舞。她们看见他就停了下来，爬上一道栅栏，坐在最高的栏杆上，脚丫搭着第二根栏杆，膝盖抬起撑着下巴。她们注视着他走过，他扬起手说了声嗨，她们却一言不发。

这段日子快要结束的时候，一天早晨，英曼走在一片白杨木的幼林里，尽管还未进入秋季，但树叶正在变黄。他的思绪转移到食物上，这段时间走得挺快，但整天东躲西藏、饥肠辘辘，只靠玉米粥、苹果、柿子和偷来的甜瓜果腹，他开始感到厌倦了。假如有点肉和面包吃，该是多大的享受啊。英曼正在口腹之欲和为此要冒的风险之间权衡利弊，忽然遇到一群妇女在河边洗衣服。他走进一片树林的边缘，从那里看着她们。

那些女人站在齐小腿深的水里，在光滑的石头上拍打衣服，用清水冲洗后拧干，然后挂在附近的灌木丛中晾着。有些人边聊天边笑，其他人哼着歌。她们把裙摆夹在两腿之间，塞进腰带，防止浸在河水里。在英曼眼中，她们好像穿着东方式马裤的“祖阿夫”兵团，那些士兵尸横遍野的时候，色彩十分鲜艳，造成某种怪诞的喜庆气氛。那些女人不知道有人在窥视她们，把裙子高高挽到大腿之上，衣服拧出来的水顺着洁白的皮肤流下，在阳光下像油一样闪耀。

换作另外一天的话，英曼也许会感到这场面充满诱惑，但如今他的注意力在别的地方——那些女人带着午饭，有些装在柳条筐里，还有些用布包了起来。她们把饭菜留在了河岸上。他起初想大喊一声，向她们买些东西吃。可是，他担心她们会马上排出战斗队形，捡起河底的石头，把他打得落荒而逃。所以，他决定继续躲在原地。

他在树木和岩石的掩护下，悄悄走到河岸边，从水白桦的粗糙树干后面伸出手来，偷偷掂了掂好几份午饭，然后拿了最重的一份，在原地留下了远超所值的钱，因为在这种时候，慷慨大方似乎尤其重要。

他沿路往前走去，拎着包裹一角，晃荡着提在手里。他走到离河很远的地方，解开包裹，发现里面有三大块白煮鱼、三个煮过的土豆，还有两块半生不熟的饼。

饼和鱼？英曼想，这算是什么搭配呢？多么平淡乏味的一餐，尤其是跟他想象中大鱼大肉的盛宴比较而言。

无论如何，他一边走一边把午饭吃掉了。过了一会儿，英曼走到了一段荒废的路上，手上的土豆还剩两三口，这时他突然有一种后脑勺痒痒的感觉。他停了下来，朝四周看了看，背后远处有个人影正急速走来。英曼吃完土豆，迅速向前走去，拐过第一个弯以后，闪身走进树林。他躲在一棵倒下的树干后面，占了个有利的观望地形。

那个路人很快走到了拐弯处，他头上没有戴帽子，穿一件灰色的长外套，下摆晃荡着，背着一个沉重的皮包，拄着一根齐人高的木杖。他低着头大步流星地走，木杖合着脚步的节拍点着地，样子像个古时候的托钵僧。那人走近时，英曼看见他脸上有一道明显的伤疤，还有一块块消成青黄色的乌青块。他的嘴唇裂开了，结了一道黑色的疤，看上去就像兔唇。白头皮上长着斑驳的金色绒毛，上面疤痕纵横交错。他的肚子瘪得厉害，裤腰打着很宽的褶子，用一截绳子扎牢。当路人抬起一直盯着脚下地面的蓝眼睛时，英曼立刻认出这就是那个牧师，只不过他浑身伤痕累累。

英曼从树干后面站起身来，说了声，嘿，你在这里。

牧师停下来盯着他看。上帝啊，他说，我正要找你。

英曼拔出小刀、刀尖朝下，随便拿在手里，说，你来找我寻仇，我甚至不会浪费一颗子弹，一刀就把你开膛破肚。

——噢，不。我是想谢谢你。你把我从罪恶中解救出来。

——你跑了那么远的路，就是为了说这句话？

——不，我正在赶路，跟你一样成了背井离乡的人。不过，也许我话说得太早了，路上游荡的未必都是旅人。不管怎么说，你要到哪里去？

英曼端详着牧师。你的脸怎么了？他问。

——你走了以后，有人发现了我，并且读了纸条上的字，以约翰斯顿执事为首的几个教众剥光了我的衣服，狠命揍了我一顿。他们把我的衣服扔进河里，用小刀割下了我的头发，我想他们是误解了参孙和达利拉①的故事。他们从背后押着我，这时我的未婚妻来到面前，一口唾沫向我啐来，感谢全能的主没有让她姓维齐。我一丝不挂，只有双手来遮羞。他们让我马上滚出村子，甚至不肯给我一小时来收拾铺盖，否则他们就把我赤身裸体吊死在教堂尖塔上。这样倒也好，反正我也不能继续在那里生活下去了。

——是啊，我想你也待不下去，英曼说，另外一个女人怎么样了？

——哦，劳拉·福斯特，维齐说，他们把她拖出来招供，但她还没有弄明白是怎么回事情。他们搞清楚她怀孕多久以后，她会受到教堂惩戒，忏悔一段时间，据说是一年吧。以后，她就会成为流言蜚语的对象。两三年后，她就会嫁给某个愿意抚养私生子的老光棍，碰上这种事的漂亮女人通常结局都会这样。她倒是可能就此因祸得福，我也下定决心把她和未婚妻都抛在脑后了。

——我现在依然怀疑，让你活着是不是做对了，英曼说。

他没有再说废话，抽刀返鞘，回到路上，继续他的行程。但是，牧师在他旁边紧追不舍。

---

① 《圣经·旧约·士师记》中的故事，达利拉趁参孙熟睡之时，剪去了他有魔法的头发，使他丧失力量，沦为阶下囚。

——你看来要往西行，假如你不介意的话，我就跟你一起走，他说。

——事实上，我介意，英曼说，心想与其让一个傻瓜跟着，还不如自己一个人走。

他举起手，做出要打牧师的动作，但牧师既没有逃跑，也没有反击，甚至没有举起木杖挡开。相反，他像条受了惊吓的狗一样，缩起肩膀准备挨打。于是，英曼把手缩了回来，没有打下去。他既然无意把牧师赶跑，就不如继续往前边走边看。

维齐紧挨着英曼的胳膊，一刻不停地说话。他仿佛觉得已经找到了一个同伴，要把此前生涯中的所有故事一股脑倾吐给英曼，他的每一次失足——显然他失足过很多次——他都要讲给英曼听。他是个糟糕的牧师，这连他自己都知道。

——我干牧师哪方面都很糟糕，除了讲道，他承认。讲道台上，我可是光芒四射。我拯救过的灵魂，比你的手指和脚趾加起来还多。但是，我现在发誓不干这一行了，我打算去得克萨斯州从头开始。

——很多人都去那儿了。

——《士师记》① 里面有个故事说，以色列有段时间没有律法，每个人都自行其是。我听说得克萨斯州也一样，是一块自由的土地。

——传说是这样，英曼说，你打算在那里干啥，种地？

——噢，不太可能。我可没有在泥土里耕种的天赋。至于干什么活，我还没决定呢，没有明确的想法。我可能会跑到那里，占上一块地，像整个郡那么大，在上面放牛，直到牛群多得数不清，能一整天在牛背上走路，脚不用沾地，维齐说。

——你打算用什么买第一对公牛和母牛？

——你瞧这个。

维齐把手伸进大衣下摆，抽出一支柯尔特军用左轮长手枪，这是他离开村子时顺手牵羊来的。

---

① 《圣经·旧约》的一卷书，共21章。

——我也许能把自己训练成出名的神枪手，他说。

——你从哪里弄来的？英曼问。

——老约翰斯顿的老婆知道发生了什么事，她对我很同情。她看见我躲藏在灌木丛中，喊我到窗跟前，然后走进卧室，给我拿现在穿的这身难看的装束。我看见这支手枪放在厨房桌上，就伸手探进窗口把枪拿走，扔在草丛中，等穿好衣服，再把枪捡起来，带在身上。

他的口气很扬扬自得，好像小男孩偷走一块晾在窗台上的果馅饼一样。

——当神枪手的想法就是这样来的，他继续说，这东西会让你不由自主地冒出一些念头。

他把柯尔特手枪举在面前凝视着，仿佛从枪管的光泽中能看出他的未来。

那天下午的行路中，英曼和维齐没走多远，就来到橡树林深处一所荒凉的房子，他们幸运地在那里觅到了食物。门敞开着，窗打碎了，院子里长满了毛蕊花、牛蒡和印度烟草。房子周围全都是蜂房，有些是用空心的黑胶树干做的，树干上挖了洞口，仔细确定了面朝的方向。其他一些是旧茅草屋顶一样灰色的稻草蜂箱，已经开始变得软塌塌的，箱顶也陷下去了。尽管没有人照料，蜜蜂依旧在阳光下忙碌，密匝匝地飞来飞去。

——假如我们去偷些蜂蜜，肯定是一顿美餐，维齐说。

——那就去吧，英曼说。

——我经不起蜜蜂叮，维齐说，我会给蜇得鼻青脸肿的，让我跑到蜂群里去，那可不成。

——你的意思是，我跑去取蜂蜜，你也要分一杯羹？

——一碟子蜂蜜就让人心满意足了，走在路上也会浑身是劲。

英曼说不过他，于是放下衬衫袖子，把裤脚管收进靴子里，用外套裹住脑袋，只留了一条缝可以窥视。他走向一根树干，把盖子掀下来，连蜂巢带蜂蜜用手抓出来，直到盛满一盆，蜂蜜从盆口溢了出来。他的动作缓慢而谨慎，几乎完全没有被蜇到。

他和维齐坐在门廊边上，盆子放在他们中间，用勺子舀蜂蜜吃。蜂蜜像咖啡一样黑，蜜源来自各种不同的花，里面掉满了蜜蜂翅膀，由于很长时间没有人收，已经有些凝结了。他父亲曾经追踪飞过树林的野蜂，从树上的蜂巢里采到清澈的栗花蜜，这里的蜂蜜相比之下简直一无是处。然而，英曼和维齐依然吃得津津有味。蜂蜜快吃完了，英曼拿起一大块蜂巢，咬了一口。

——你连蜂巢都吃？维齐说，嗓音里有点不以为然。

——你说得好像面前放着一盆炖鸡一样，英曼边说，边嚼着像蜡一样的蜂巢。

——这看上去好像会把人噎死。

——这对你有好处，很滋补的，英曼说着又咬了一口，伸手给维齐一块蜂巢。维齐吃得索然无味。

——我还是很饿，维齐说，盆子里已经空了。

——除非你能惊起什么东西，我们可以开枪射击，英曼说，再说了，我们需要的是赶路，不是打猎，像这样艰苦跋涉，会抑制你的食欲。

——有人说，去一个你什么东西都不想要，让你失去胃口的地方，这样你才能得到满足，这简直就是疯话，维齐说。满足，很大程度上就是说服自己相信，假如被欲望牵着鼻子走，上帝就会严厉地打击你。我没见到过有谁因为相信月亮在审判日会变成血海而得到什么好处。我自己是不太相信那种迷信的。

英曼从门廊上一跃而起，继续上路。他们不急不缓地走了一小时，直到大路变成小道，先是爬上绵延起伏的山丘，接着又沿一条曲折的小溪往下走了一程。溪水是许多洁白的湍流，中途遇到梯田或弯曲的地形，便形成平缓的水湾和小池塘，假如不是特别讲究的话，甚至可以说这是一条山溪。英曼还闻到一股大山的气息，湿润的山谷中氤氲着银河叶的香气、腐烂树叶的味道和潮湿的泥土气味。英曼敢说至少有这几种。

维齐扭过头，鼻子嗅了嗅。闻起来像臭烘烘的屁股，他说。

英曼一声没吭。他太累了，思绪任意飘荡，眼睛盯着那一线明亮的溪流，溪水像猪肠子一样盘旋着，向低处流去。他读过够多的书，知道在理想状态下，地心引力会让物体直线而下。但是，看到溪流像蛇一样蜿蜒下山，他觉得书上的理论不过是空谈。溪流的一道道弯表明，一切运动的物体，无论它的意愿如何，都得根据迷宫般的实际地形来行动。

到达平地之后，溪水变得平缓而混浊，比一条泥沟好不了多少，失去了英曼在山溪中看到的那些特点。维齐停下来说，看，朝那里看。

溪水深且窄，能轻松一跃而过，水里有条鲶鱼，看上去比牛车的车前横木还长，但身子要粗壮得多。事实上，它跟水桶一样粗，丑陋的鱼脸上有两个小眼睛，嘴上灰白的触须在水流中拂动；它的下巴往里缩，方便吮吸水底的垃圾，鱼背是墨绿色的，看上去像沙砾。尽管跟英曼想象中潜伏在开普菲尔河底的泥泞深处的鲶鱼比起来，这不过是小巫见大巫，但它看上去也算是大个头了，一定是在某个地方拐错了弯，不幸地游进了狭窄的小溪，除非它肚子上有铰链，否则也别想回头了。

——它尝起来一定很美味，维齐说。

——我们没有工具，英曼指出。

——要是能有鱼竿、鱼线，还有一团油腻的小麦面包做饵的鱼钩，我愿意付出任何代价。

——好吧，我们没有这些，英曼说，心里很厌恶这种平原的钓鱼方式。他刚抬腿走了一步，鲶鱼就被他在水里的影子惊到了，打着滚向上游前进。

维齐跟着英曼也走开了，但他不停地回头，看着小溪。他显然在生闷气，每走一百码路，他都会说，那可是一条大鱼。

他们走了不过半英里路，维齐便停了下来，说，我现在满脑子就想抓住那条鲶鱼。他转身沿着那条小路一溜烟跑了。英曼跟在他后面往回走。走到刚才那个地方附近，维齐领头拐进树林，在里面绕了一大圈，过了一会儿当他们回到水边时，已经远远地到了上游。维齐在树林里找掉下来的树枝，拖进溪水里，英曼在一旁看着。他把树枝堆起来，然后跳上去压结实，最后造了个像刺猬似的鱼梁。

——你在干吗？英曼说。

——你就等着瞧吧，维齐说。

然后，他又在树林里绕了一圈，回到下游估摸着鲶鱼所在的地方，跳进溪水往上游走去，边走边用脚踢水，尽管他没有看见那条鱼，但它一定正被自己赶着往前游。

当维齐靠近鱼梁时，英曼终于看见那条鲶鱼正撞击着树枝，试图找出一条路来。维齐摘下帽子扔到岸上， 蹚水向鲶鱼逼近，弯下腰，上半身浸在水里，想把鱼抓出来。人和鱼扭作一团，水花像瀑布一样洒落下来，维齐拦腰抱住鱼身，双手紧紧抓着白色的鱼肚子。鲶鱼拼命抵抗，没有脖子的头狠狠向他的脑门撞去，鳃边的长须抽打着他的面门。然后，它像一张强有力的弓一样笔直地弹跳起来，从他的胳膊中间跃回水中。

维齐站在那里，大口喘着气，脸上被鲶鱼胡须抽过的地方留下长长的红色鞭痕，胳膊也被鱼鳍的刺割伤了，但他又弯下腰，重新把鱼举出水面，又跟鲶鱼扭打起来。他屡战屡败，直到人和鱼都筋疲力尽、动弹不了。维齐疲倦地从溪水里爬上来，坐在岸边。

——你能下去帮把手吗？他问英曼。

英曼把手伸到臀后，拿出那把勒马特手枪，一枪打穿了鲶鱼的脑袋。鲶鱼扑腾了一会儿，然后躺下不动了。

——上帝啊，维齐说。

他们当晚在那里扎营。溪边生火、看火还有烹饪的活，统统留给了英曼，维齐显然除了说话和吃鱼，什么都不会做。英曼把鲶鱼切开来，发现鱼胃里有个锤子的圆头，还有囫囵吞下去的一只蓝知更鸟，他把这些放在一块平整的石头上。然后，他把鲶鱼腹背上的一部分皮剥掉，然后把鱼肉片下来。维齐的背袋里有一块蜡纸包着的猪油，英曼拿来在煎锅里融化了，把鱼片在他自己的玉米粉里滚了滚，把鱼肉煎到金黄。他们一边吃，维齐一边看着岩石，揣测鲶鱼到底吃些什么东西。

——你猜它是不是很久以前吞下了整把锤子，然后胃液把手柄消化了？他说。

——也许吧，英曼说，我还听说过更奇怪的事情呢。

但是，蓝知更鸟是个谜团。英曼能作出的唯一解释是，某种更高等的鱼类，比如说一条神奇的鳟鱼，从水里跳起来，从溪边低垂的树枝上捉到蓝知更鸟，然后那条细小的鳟鱼马上噎死，沉到水底，那条鲶鱼把它整条吞下，从外至内逐步消化，所以就只剩下蓝知更鸟。

他们整个傍晚都在大快朵颐，把所有的玉米粉和猪油都吃光了。然后，他们就把鱼肉切成块，用青树枝串起来，直接在炭火上烤。维齐滔滔不绝地说话，他讲自己的生平事迹讲腻了，就想逗英曼讲自己的故事：他是哪里人，他要往何处去，他曾经去过哪些地方。但维齐从他口中一个字都没有挖到，英曼只是盘腿坐着，双眼凝视着火堆。

——我相信，你的遭遇差不多跟群[①]一样悲惨，维齐最后说，他给英曼讲了群的故事，他受伤的灵魂因耶稣而得救。耶稣发现他逃离人群，赤身裸体躲进荒郊野外，在墓石上磨他的牙齿，用石头割伤自己，因为某些厄运沦为野人，头脑中只剩下疯狂的念头。

——日日夜夜，他总是在深山中、在坟墓里，像条狗一样哭泣、哀号，维齐说，耶稣听见了他的呼号，便来到他身边，立刻将他恢复正常，比吞一撮盐进肚子还快。群回家以后，已经成了一个全新的人。

英曼依然默默坐着。维齐说，我知道你是从战场上逃跑的，我俩都是亡命之徒。

——别把我跟你往一块儿扯。

——我不适合服兵役，维齐说。

——这连傻瓜都看得出来。

——我的意思是医生这么说。我怀疑自己是否错过了很多场面。

——哦，你错过太多了，英曼说。

——好吧，见鬼。我就知道是这样。

---

① 出自《圣经·新约·马可福音》第5章第9节。

——我告诉你一件你错过的事情，看一个糟糕的牧师能有什么用。

他给维齐讲的是彼得斯堡战役中的那次大爆炸。被联邦军地道兵炸死的南卡罗来纳州的小伙子们，位置就在英曼所在的兵团边上。英曼当时正在两侧用木条加固过的战壕里烘烤黑麦，做一壶所谓的咖啡。突然，他右侧的地皮掀了起来，一股泥柱连带士兵一起飞上天，然后散落在四周。英曼身上洒满了泥土，一段小腿正巧落在他身边，脚上还穿着靴子。一个人从战壕另一侧向英曼冲了过来，喊着：地狱裂开口子了！

战壕里，炸出的洞左右的人向后退去，等待敌人进攻，但他们很快意识到，联邦兵冲进弹坑以后，被自己造成的惨象惊呆了。他们对巨大力量形成的新地貌困惑不已，在那里缩成一团，不敢上前。

哈斯克尔当机立断，把他的艾普鲁维特迫击炮召集过来，就停在弹坑边上，每门炮仅装一盎司半火药，因为只需要把炮弹打到五十英尺开外的坑底。联邦兵在坑下漫无目的地乱转，像一窝关在围栏里的小猪，就等着铁锤迎头痛击。迫击炮把许多人炸成了碎片。随后，英曼的军团率先冲入弹坑，战斗方式是他从来未曾经历过的。这是最原始的战斗，几百个人仿佛被驱赶进一个山洞里，摩肩接踵地互相厮杀。没有足够的地方可以开枪或者给步枪装弹药，所以他们把枪差不多当棍子使。英曼看见一个年少的鼓手用弹药箱猛砸敌人的脑袋。联邦军几乎没有怎么抵抗，脚下全都是尸体和碎肢。爆炸和后来的炮击中，许多人被炸得支离破碎，地面被血浸得又黏又滑，湿漉漉的内脏散发出可怕的臭味。深处大坑之中，周围环绕着粗糙的泥壁，仅能仰望一圈天空，仿佛这就是整个世界，战斗是这个世界的一切。他们杀光了所有来不及跑掉的人，一个不剩。

——这就是你错过的事情，英曼说，你会觉得遗憾吗？

英曼打开铺盖，准备睡觉。第二天早晨，他们又吃了鱼片当早餐。他们烤了更多的鱼块，带在路上做午饭，然而，他们拔营的时候，留下的鱼肉还是比吃掉的多。三只乌鸦正等候在山核桃树顶上。

第二天下午，乌云密布、狂风乍起，随即大雨倾盆，一直没有雨停的迹象。他们继续冒雨前行，寻找避雨的地方。维齐一直揉着脖子后面，抱怨自己头痛欲裂，就因为当天早些时候，英曼用一根马车轮轴把他打得双膝跪地。

他们来到一家破落的乡村店铺，想买点吃的，一走进店门，维齐就拔出柯尔特手枪，让店主把抽屉里的钱都交出来。英曼随手抢起能够到的重物——门边架子上的一根车轴——把维齐打倒在地。柯尔特手枪嗖的一声滑过木板地面，撞到一袋粮食上面。维齐跪倒在地，差点昏过去，然后一阵咳嗽，这才重新清醒过来。店主看看维齐，然后又看看英曼，抬起了一边眉毛，说，你们搞什么鬼？

英曼马上道了歉，捡起那把手枪，一把抓住维齐的衣领，把他半拖到外面小门廊上，让他坐在台阶上，再回到店里买东西。然而，店主趁着这段时间，拿出了一把猎枪，蹲在柜台后面，瞄准了门口。

——快走开，他说，我这里连三十分的银币都没有，但谁想抢走，我就杀了谁。

英曼伸出双手，掌心朝上。

——他就是个傻瓜，英曼说着退了回来。

现在，他们一边冒雨赶路，维齐一边发牢骚，他想要在一棵松树下蹲着休息一会儿，树荫下只有毛毛雨。但是，英曼裹在防潮布里继续往前走，想找个牲口棚之类的地方。他们一个都没找到，但后来碰到了一个矮胖的老年女奴，正沿路走来。她戴着式样复杂的庞大斗笠，用软软的梓树叶做的，像撑着一把伞似的没有淋湿。她立刻猜到他们是两个逃亡者，告诉他们前面有寄宿的地方，开客栈的人压根不关心战争，不会对他们刨根问底。

他们走了一英里路，看到个带马厩的简陋小旅馆，是驿车换马的路边站，也是旅客住店的地方。房子漆成了铁锈色，坐落在两棵大橡树下，正面是破旧的小酒馆，后面还有盖着棚顶的低矮厢房。战争开始前，在通往火车站畜类市场的大路上，牲口络绎不绝，贩牲口的人经常赶着猪、牛和鹅在那里住一晚上。但是，往日天堂般的时光一去不复返。如今，旅店周围的畜栏空荡荡的，长满了豚草。

英曼和维齐走到门口，推了推发现门锁了，但屋里有人说话。他们敲了敲门，木板缝隙间有只眼睛望了望。有人抬起了门闩，他们走了进去，发现里面像阴湿的洞穴，没有窗户，只有壁炉照明，屋里散发出一股湿衣服和脏头发的臭气。他们走进房间时，眼睛还没有适应黑暗，可牧师已经走到前面，脸上浮现出微笑，仿佛他认识这地方，能碰到朋友似的。一会儿，他就绊到一个矮凳，把坐在上面的老头撞倒在地板上。那人躺在地上骂了一句该死。屋内几张桌边影影绰绰坐着的一些人发出一阵同情的抱怨声。英曼抓住维齐的肩膀，把他拖到身后，扶起跌倒的椅子，帮那个老人站起来。

他们走进房间，找到座位坐下来。等眼睛适应了黑暗，他们看见屋顶上有好几个洞，应该是烟囱最近起火烧出来的。洞口还没有修补，雨点落到壁炉周围，几乎跟外面一样密，因此，浑身湿透的客人没法站在炉火旁取暖，烤干身上的衣服。壁炉很大，几乎横贯一面墙，让人联想起往年熊熊的烈火。现在，尽管壁炉里也有火，但你用一块鞍褥也就盖住了。

过了一会儿，一个犹如彪形大汉的黑人妓女从后厢房走了进来，一只手里拿着一瓶酒，另一只手捏着五个小酒杯，五根粗大的手指伸在杯子里。英曼看到，她右耳上方乱蓬蓬的头发里插着一把直剃刀，只露出红色的手柄。她粗壮的腰上围着皮围裙，身穿一条黄褐色的裙子，开口很低，有些扣子没有扣上，露出一对巨乳。当她经过微弱的炉火时，房间里每个男人都转过头，看她的薄裙子底下透出的健硕的大腿轮廓。裙子很短，所以她肌肉结实的小腿完全裸露出来。她光着的脚丫上沾满了泥巴，皮肤好像炉盖一样漆黑，模样很漂亮，起码喜欢大尺寸的男人会这么想。她在房间里走来走去，给客人倒饮料，然后来到英曼的桌边。她放下两个杯子倒满酒，然后拉过一把椅子坐下，双腿张开，把裙子拉起。英曼看见她的大腿内侧有一道苍白的刀疤，从膝盖向上，消失在皱起的裙子的阴影里。

——先生们，她说，拿眼睛打量着他们，看能不能捞到什么油水。她咧嘴笑着，露出雪白的牙齿、蓝色的牙龈。牧师喝干了酒，将空杯子伸到她的面前，眼睛盯着她的乳沟。她给牧师的杯子里倒满酒，说，你叫什么名字，亲爱的？

——维齐，他说，所罗门·维齐。他喝干了第二杯烈酒，目光没有从她巨大的乳沟上挪开。他看上去好像在发抖，被一阵情欲的冲动给攫住了。

——好吧，所罗门·维齐，她说，说说你有什么过人之处？

——没多少，他说。

——够诚实的，你看上去也不像，她说，但是没关系。假如跟大特尔迪到后面待上一会儿，你愿意给多少钱？

——我会给很多钱，维齐说，他的语气十分诚恳。

——但问题是，你有没有很多钱，她说。

——噢，你不必担心这个。

特尔迪看着英曼。你也想一起来吗？她问。

——你们去吧，英曼说。

然而没等他们离开，一个穿着肮脏皮夹克的男人就从房间另一面过来了。他靴子上的马刺叮当乱响，太阳穴上有个红色的粉瘤，看上去醉醺醺的。他把手放在了特尔迪的肩上。英曼的第一反应是看那个男人有什么武器装备，他的臀部一边别着手枪，另一边挂着带鞘的刀，皮带扣上用皮绳系着一根手工包革金属棍棒。那男人朝下看着特尔迪，说，到这儿来，大妞，我们几个人想跟你说句话。说罢他拽着她的肩膀。

——我这边有生意，她说。

那个男人看着维齐，咧开嘴笑了，说，这个小家伙说话不算数。

维齐站起来，从外套下拔出柯尔特手枪，准备瞄准那个男人的腹部。但是，维齐的动作太缓慢太明显，等他把枪管持平，那人已经拔出了自己的手枪。他的手臂伸得笔直，枪口离维齐的鼻子只有一根手指的长度。

维齐手拿不稳了，枪管垂下来，假如他开枪的话，就只能打到那人的脚。

——把这玩意儿拿开，英曼说。

两个人眼睛都往他的方向看，这时，特尔迪伸手把维齐的手枪夺了下来。

那人看着维齐，噘起了嘴巴。

——你这条吃屎的狗，他对特尔迪说。然后，他对维齐说，她刚才救了你的小命，假如你没有武器，我开枪打你就犯法了。

维齐没有对着任何人，只说，把手枪还给我。

——你该闭嘴了，英曼说。他在跟维齐说话，眼睛却仍然盯着那个长粉瘤的男人。

——难以从命，那人说。

英曼什么都没有说。

那人仍旧拿枪指着维齐的脑袋，似乎不知道该怎么结束这场较量。

——我看得拿枪揍你一顿，他说，对着维齐的脸晃了晃手枪。

——嘿，英曼说。

那人望过去，现在，勒马特手枪已经亮相，平放在桌上，英曼的手搭在枪上。

英曼另一只手的食指晃了一下，示意那人走开。

那人看着勒马特手枪，站了很长时间，他看得越久，英曼越感到平静。最后，那人把枪插回皮套，转身走开，骂骂咧咧穿过房间，招呼他那一伙人走出门外。

——把那给我，英曼对特尔迪说。她伸手把维齐的手枪递给他，英曼拿来别在裤腰上。

——你差点让我俩都没命，英曼对维齐说。

——这不可能，维齐说，我们是两个对付一个。

——不是这样的，别指望我给你撑腰。

——好吧，你刚才就这么干了。

——还是那句话，别指望我。也许下一次我就不管你了。

维齐咧嘴笑着说，我猜你不会的。然后，维齐跟特尔迪起身走了，他搂着她的腰，那里也不过比其他地方略细了一点。英曼把椅子拉到墙边，这样就不会有人从背后偷袭他了。他向一个穿围裙、看上去像酒保的男人举起空杯子，那人就拿了瓶酒过来。

——那个壁炉可真大，英曼对那人说。

——夏天的时候，我们刷上石灰水，里面放一个床架，在那里睡觉最凉快了，那人说。

——哦，英曼说。

——你吃晚饭吗?

——吃，我在树林里吃了好几天了。

——过两个小时，饭就好了，那人说。

白昼的光阴慢慢耗尽，来了几个旅客住店。两个老头拉了一车农产品，准备去附近村子的集市上卖；一个白头发的小贩推着一手推车货物：一个长柄平底煎锅、几卷缎带、几个锡杯，棕色玻璃吹制的小瓶子里装着鸦片酊和各种浸泡的药酒；还有几个杂七杂八的流浪汉。他们聚在一张长桌子旁，一边喝酒一边侃大山，带着怀旧的情绪说起以往赶着牲口、家禽的日子。一个人说：嗅，我从这里不知赶过去多少头牛。另一个人说，他曾在这条路上赶一大群鹅和鸭子，他说每隔几天，他们就得把家禽的腿浸在热柏油里，然后沾上沙子，这样它们的脚蹼才不会在路上磨掉。每个人都有许多故事要讲。

而英曼整个下午都独自一人，坐在房间里不漏雨的一头，呷着据说是波本威士忌的棕色烈酒，但那东西除了酒精，跟威士忌就没有相似之处了。他焦躁不安地看着房间对面聊胜于无的炉火，其他人频频朝他张望，神情中带着某种疑虑。他们的面容好像镜子一般，映照出英曼自己的形象。在那些人眼中，他分明是个会突然开枪杀人的家伙。

英曼付了南方发行的五美元，可以在马厩顶上的干草棚里睡觉，还付了五美元吃晚饭，端上来的只有小半碗乌黑的炖兔肉和鸡肉，还有一块玉米面包。尽管如今钱不值钱，这也要价太高了。

晚饭后，天黑前最后的微光中，他站在酒馆背面的马厩的门口，头顶是木瓦搭的雨篷。他背靠拴马的围栏，看着沉重的雨点落到停马车的院子和路上的泥地里。一阵凉快的北风吹来。屋檐下挂着两个灯笼，亮光似乎被雨水冲淡了，只能照见地上的水坑，一切事物原本明亮和突出的部分，都被灯光勾勒出来，跟暗部形成阴郁的对照。雨水从雨篷边沿不停地落下，英曼想起了朗斯特里特在弗雷德里克斯堡的讲话：联邦兵纷纷倒毙，就像从屋檐上流下的雨滴。英曼在心里想：根本就不像，完全没有相似之处。

客栈使用的木头已经旧了，都起毛了，即便天气潮湿，手掌摸上去仍像有一层粉尘。泥泞的过道对面，两匹马垂头站在围栏里，被雨淋得湿漉漉的。过道这一侧的马厩里，站着几匹更幸运的马，不过当你走过时，这些马会突然咬你一口。那两个要去集市的老人之一经过马厩去房间的时候，英曼转身看到他被一匹棕黄色的母马从上臂咬下了核桃大小的一块肉。

英曼就这么站着，漫不经心地看着渐渐暗去的风景。过了一会儿，他决定去睡觉，明天早点起来继续赶路。他爬上楼梯，进了干草棚，发现他的室友早在那里了，就是那个白头发的货郎。其他客人都付钱要了床铺。那人把手推车里的各种包裹和箱子卸下来，全部搬上了干草棚。英曼把自己的包裹往屋檐底下一扔，懒洋洋地躺进一堆干草，刚好在油灯昏黄的光晕外面。油灯挂在房梁的长钉子上，是货郎从小酒馆里带上来的。

英曼看着那人坐在摇曳的灯光下，脱下靴子和袜子，发现脚踵和脚趾起了水疱。他从皮盒子里面抽出一把放血刀，灯光映照着明亮的钢制利器，反射的光芒像暗金色的倒刺一样照进黑暗。那人用刀把脚上的水疱刺破，用手指挤出粉红色的液体，重新把靴子穿上，说了声，行了。他在裤子上擦了擦手指，拖着蹒跚的步子，在干草棚里走来走去，小心翼翼，脚步极其轻柔。

——行了，他又说了一遍。

——你跟我一样走得很辛苦，英曼说。

——我想是的。

那人从衣服口袋里掏出一块表，看了看表盘，用指节敲了敲，拿起来贴近耳朵。

——我还以为很晚了，他说，现在才六点。

货郎从钉子上取下灯放在地上，跟英曼一样躺进干草堆。他们沉默不语地坐了一会儿。雨水敲打着头顶的瓦片，提醒他们有个结实的屋顶和一堆干草是一件多么美妙的事情。空荡荡的干草棚在一圈柔和的黄光下变得更加温暖，灯光之外的一切突兀地隐没入黑暗，仿佛光在他们身边分割出一个空间。他们能听见马厩里马儿走来走去，鼻子里喷着气，还有其他人令人昏昏欲睡的说话声。

货郎又翻了翻他的箱子，掏出一个大锡镴酒壶，拔出塞子喝了一大口。然后他把酒壶递给英曼。

——这是田纳西州的老窖烈酒，他说。

英曼喝了一口，味道不错，有种烟味和皮革味，还别有一番醇厚浓郁的味道。

外面雨下得更大了，黑暗中起了风，吹得瓦片呜呜地叫。屋内木板咯吱作响，灯光在风中跳跃闪烁。晚上，暴风雨持续了好几个小时。他们在电闪雷鸣中喝酒，四肢摊开躺在草堆上，讲着野兽般流浪、亡命天涯的故事。

英曼知道了那人名叫奥德尔，在灯光下他发现，奥德尔虽然头发像鹅毛一样白，但实际上没有那么老，年纪最多比英曼稍微大一点。

——我活得不容易，艰辛度日，奥德尔说，但是，别看我现在穷困潦倒，就以为我一直是这样。我生在有钱人家，按照正当权利，我应该继承一座南佐治亚州的棉花和靛蓝染料庄园，这是一大笔财富。如今这随时都可能发生，因为我爸年纪大了，这个老混蛋说不定已经死了。这些东西都应该属于我，土地多到算英亩都嫌麻烦，一边长十英里，另一边长六英里；还有很多黑人，多到你都找不到活给他们干，这些都是我的。

——那你为什么不在那里？英曼问。

他花了大半个晚上来回答英曼的问题。当灯油燃尽的时候，货郎在黑暗中说完了他那莽撞又阴郁的爱情故事。奥德尔曾经是个快乐的青年，他父亲的长子，他所受的抚养和教育都是为了继承庄园。问题是，这个二十岁的年轻人竟然荒唐地爱上了黑人女仆，一个名叫露辛达的奴隶。他称自己对她的爱远远超过了疯狂的程度，因为每个人都认为，哪怕他仅仅是爱她一点点，也是头脑发昏的表现。当时，她是个二十二岁的女人，有八分之一黑人血统，肤色不比鞣过的鹿皮更深，他说。她就像一朵黄玫瑰。

使问题更复杂的是，奥德尔不久前才娶了本县另一个大庄园主的女儿。当时他前程远大，远近的姑娘任他挑选。他选中的是个娇小柔弱的姑娘，经常由于紧张犯晕，在客厅的贵妃榻上一躺就是整个下午。但是，她美丽得近乎透明，奥德尔喜爱她胜过无数佳人。然而婚礼过后，当他脱下新娘身上蓬起的衬裙，似乎就什么都不剩下了。她那么纤细瘦小，身上没有什么可以留住他的心。

他们一家人都住在大房子里——奥德尔、纤细的新娘、他的父母、弟弟和妹妹。奥德尔要干的事情很少，父亲还没到打算放弃任何权力的时候。这倒不是说，他父亲在管理农庄的时候有什么了不起的能耐，他一生中最大的功绩，就是年轻时去了一趟法国以后，认为喝苦艾酒比喝威士忌更有品味。

奥德尔无所事事，花了大把时间读司各特的小说，天气凉爽的几个月去打猎，天热的时候去钓鱼，还对养马产生了兴趣。他开始感到厌倦。

露辛达是他父亲在秋天猎熊的时候，通过一系列复杂的赌博赢回家的。那天晚上打牌的时候，一大群猪、几家奴隶、一匹配了鞍鞯的马、一群猎鸟的狗、一把英国制造的精良猎枪，还有露辛达都换了主人。她被先前的主人打发来的时候，只带了一块方布，里面包着她所有的物品，包裹还没有南瓜那么大。

她被派到厨房里干活，奥德尔在那里第一次看见她。他走进房间，看到她黑亮的头发、玲珑的手足和脚踝、锁骨处紧绷的皮肤，那一刻他就爱上了她。她光着脚，奥德尔告诉英曼，他站在那里，低头看着她漂亮的小脚，恨不得老婆已经死了。

后来几个月，他大部分时间坐在炉边角落的椅子里，一边喝咖啡，一边看着露辛达发呆，直到房子里所有人都知道是怎么回事。有一天，父亲把他拉到一边，建议他解决这个问题。照老头子的说法，领她到外面的屋子里，跟她一度春风。

奥德尔吃了一惊。他在恋爱，他解释说。

他父亲笑了起来。我养了个傻儿子，他说。

第二天，奥德尔的父亲把露辛达租给了本县另一头的人家。他们是财产微薄的小农户，没钱买自己的奴隶。他们付钱给奥德尔的父亲，让她到田里干活、挤牛奶、扛柴火，什么粗活都得干。

奥德尔陷入了绝望，好几天卧床不起，要么就在本县四处游荡，喝酒、赌博。直到他得知，每周有两天，农夫的老婆都会派露辛达到镇上卖鸡蛋。

每到那些日子，奥德尔就会起个大早，兴高采烈地宣布他要出去打猎。他给一匹马备上鞍，把装满子弹的猎枪插进枪套，带着一对猎狗，从门廊前跳上马，几英里一溜小跑。猎狗跟着撒欢，钻进树林里，兴味盎然地闻着气味，仿佛他们真的在打猎似的。他策马跑到镇上，穿镇而过，跑到另一头，然后沿路飞驰，直到看见露辛达赤脚走着，胳膊挽着一篮子鸡蛋。他下马走在她的身边，接过篮子帮忙提着，找话题跟她聊天。开头的几个月，他从未试图把她拽进树林里。她请求他别跟着她，这是为了他好，也是为了她自己考虑。到了镇子边上，他就把篮子还给她，拉起她的手，道别的时候，两人都低下了头。

当然，奥德尔最终还是把她拉进了小树林，躺倒在松针铺就的床上。后来，每个月有几个晚上，他都会来到她的木屋，跟她约会。他会给马缚上脚绊，把狗拴在树上，然后走进松林的空地，露辛达的小木屋就在那里。她会穿着单薄的睡衣奔向他，他紧紧抱住她，带她进屋，跟她睡在一起，直到破晓前的一刻。

他找了很多借口不住在家里，主要借口是打浣熊。很快，当地每一个奴隶都知道，奥德尔会出大价钱买下刚杀死的浣熊。假如买得到的话，他会在回家的路上买一头，证明他确实晚上在打猎。否则，他就会对家里抱怨自己射击技术不好，猎犬经验不足，猎物也越来越稀少。

这种情况持续了一年。一天晚上，露辛达告诉他自己怀孕了。听到这个消息，奥德尔再也按捺不住了。第二天，奥德尔就去找父亲，跟他在所谓的书房里见面，尽管他读过的只有庄园的大账簿。父子俩站在壁炉边上，奥德尔要求从父亲手里买下露辛达，他愿意出任何价钱，绝不讨价还价。他父亲坐了下来，惊愕地眨着眼睛。我没有听懂你的意思，他说，你买这个黑鬼，到底是让她干农活，还是为了睡她？

奥德尔朝父亲的左耳猛地打了一拳，老头倒在地上，然后爬起来，又跌倒在地，他的耳洞里流出了血。救命！他喊道。

接下去一个星期，奥德尔被锁在储藏腌菜的房子里，被弟弟和父亲的工头打了一顿，头和肋骨上都是瘀青。第二天，他父亲来到门前，隔着门缝说，我把那条母狗卖到密西西比州去了。

奥德尔一次又一次地撞门。那个晚上，他嚎叫了一整宿，就像他那几条猎浣熊的狗一样。接下去几天，他又断断续续地狂号，间歇地发作。

等他终于疲倦到叫不动了，他父亲才打开了门锁。奥德尔蹒跚着走出来，被阳光刺得直眨眼睛。我相信你已经接受教训了，他父亲说，然后大步朝下坡的田地走去，一边用编结的鞭子抽打着草穗和野花。

奥德尔走进房子，收拾了一包裹衣服。他从父亲办公室的保险箱里拿走了能找到的所有现金——相当大的一袋金子和一叠纸币。随后，他走进母亲的房间，拿走了一枚镶着钻石和红宝石的胸针、一个祖母绿戒指和几串珍珠。他走到屋外，给马备上鞍，策马向密西西比州奔去。

战争开始前的一年，他寻遍了种植棉花的各州，累垮了三匹马，花光了所有的金银细软，露辛达却始终不见踪迹。从此，他再也没有踏上故乡的土地。

从某种意义上，他依然在寻找她，这就是为何在需要挣钱的时候，他选择了做游商。他的生意日渐萧条，从贩卖马车和马匹的商人，沦为推着手推车的补锅匠。他可能快走投无路了，用不了多久，就得拉着没有轮子的爬犁或雪橇，或者背起行囊，贩卖些小玩意儿。

故事讲完了，英曼和奥德尔发现一壶烈酒已经下肚。奥德尔走到包裹那里，带回来两小瓶秘方药，主要成分是粮食酿成的烈酒。他们坐下来喝酒，过了一会儿，奥德尔说：我经历过的辛酸，你一定前所未见。他讲起了在密西西比州寻找露辛达的流浪故事，一路目睹的惨象让他担心她横遭血腥惨祸，早已去了另一个世界；还有一些惨象则让他害怕她没有死去。他说起有些黑鬼被活活烧死，还有些奴隶因为犯了微不足道的过错，就被削下耳朵、剁掉手指。在纳奇兹[1]附近，他撞见了最惨无人道的酷刑。当时，他正沿着河边一条偏僻的路走，听见远处树林里一阵秃鹰的扑腾声，还有人在高声哀叫。他拿起了猎枪，走过去看个究竟，看见槲树下有个女人被关在豆架杆做的笼子里。槲树上黑压压地栖满了秃鹰，它们扑在笼子上，不停地啄里面的女人，已经叼出了她的一个眼珠，还从她的背上和胳膊上撕下一条条皮肉。

她用剩下的一只眼睛看见奥德尔，大喊：快开枪打死我。但是，奥德尔把两管铅弹全都射到了树上。秃鹰纷纷落在地上，其他的仓皇飞走了。奥德尔突然之间害怕那个女人就是露辛达。他跑过去，用枪托把笼子撞开，把她拉出来放在地上，给她喝水。他不知道该怎么办，但在他打定主意之前，那个女人便吐血身亡了。他凝视着她，摸了摸她的脚、锁骨还有头发，她不可能是露辛达，肤色不同，而且脚的骨节突出。

奥德尔说完已经喝醉了，用衬衫袖口抹着双眼。

——这是个疯狂的世界，英曼想不出更好的评论了。

第二天清晨，天灰蒙蒙的，英曼离开了被火烧出洞来的旅馆，在一片迷雾中上路了。维齐很快跟了上来，他的一只眼睛下面被剃刀划了一道，脸上流下了一道血痕，他不停地用外套的袖子擦着血迹。

——晚上遭罪了？英曼说。

---

① 美国密西西比州亚当斯县最大的城市。

——她不是故意想伤害我的。我想让她陪我一夜，讨价还价的时候却不肯让步，结果被剃刀割伤了。起码我最害怕的事情没有发生，她没有用剃刀把我给阉了，还是值得庆幸的。

——好吧，我希望这一晚上值得挨刀子。

——完全值得。淫荡堕落的女人有什么迷人之处，这是众所周知的，而且我承认自己有点过分迷恋这种怪诞的女体。昨天晚上，她脱下了庞大的装束站在我的面前，我完全震惊了。实际上，我目瞪口呆。这一幕应该印在脑海里，在年老时回忆，给绝望的心增添一丝欢愉。

源与根

她们在冰冷的蒙蒙细雨中向城里走去。艾达穿了一件打过蜡的府绸长外套防雨，鲁比穿了一件宽大的毛衣，这是她用没有染色、尚有油脂的羊毛织的。她说油脂跟橡皮布一样能防水。这件毛衣唯一的缺点是淋湿后会散发出一股没有剪过毛的母羊的骚味。艾达坚持要带雨伞，但是在路上走了一个小时后，乌云散开露出了太阳。所以，当树梢停止滴水，她们就各自把雨伞卷起来，鲁比把伞扛在肩头，好像林中的猎人背着一杆步枪。

天空晴朗起来，留鸟和候鸟各自忙碌地飞行，候鸟正赶在秋天之前迁往南方：各种野鸭、灰雁和白雁、小天鹅、夜鹰、蓝知更鸟、松鸡、鹌鹑、云雀、翠鸟、库氏鹰、红尾鹰。鲁比进城的一路上，津津乐道地谈论着这些鸟和其他的鸟类，从它们琐碎的习性中找出话题或者发现某种品格。鲁比认为鸟儿的啁啾跟人们说话一样有意义。她特别喜欢春天，归来的候鸟会用歌喉告诉她，她留在此地时，它们去了哪里、做了些什么。

鲁比和艾达走过一片黄色的留茬地，看见五只乌鸦聚在田边开会，鲁比说，我听说白嘴鸦能活好几百年，但是如何证实这个说法，就没有人知道了。一只雌性主红雀衔着一根桦树枝飞过，鲁比感到十分好奇。她猜这只鸟一定是脑子糊涂了，假如不是为了筑巢，它衔着树枝干吗？而现在不是筑巢的时节。当她们经过河边的一丛山毛榉时，鲁比说，鸽子河的名字是从一大群路过的鸽子而来，它们时不时成群飞来吃山毛榉坚果。她说自己小时候吃过很多鸽子，那时，斯托布洛德会接连消失好几天，撇下她自个儿填饱肚子。鸽子是小孩最容易捉住的猎物，甚至不用开枪射击，只要用棍子从树上敲下来，趁它们昏迷不醒的时候，一把拧断脖子。

三只乌鸦驱赶一头老鹰飞过天空，鲁比对通常受贬斥的乌鸦表达了极大的敬意，觉得它们的生活态度很值得人们效仿。她不以为然地说，许多鸟儿宁死也不肯吃不合胃口的食物，而乌鸦眼前有什么就吃什么，她钦佩乌鸦的聪慧、毫无骄矜、喜欢恶作剧，以及战斗中的狡黠。在她眼中，所有这些都是乌鸦的天赋，它们以强大的意志克服了黑暗的羽毛显示出来的狂暴、阴郁的天性。

——我们都应该接受乌鸦的教导，鲁比这话是说给艾达听的，艾达显然心情不好，天空已经放晴，她的脸上还是阴云不散。

早晨大部分时间，艾达一直闷闷不乐，照这样，还不如干脆在袖子上戴上黑纱，向全世界宣布她心情抑郁。她不开心的部分原因是上周的辛苦劳作。她们上周在荒废的地里晒了草料，但到头来混进了太多豚草和大戟，几乎没有用处。她们先是找了一天花了几个小时磨刀，镰刀是在工具棚屋顶的椽子上找到的。首先，她们需要一把锉刀和一大块磨石，磨光锈迹斑斑、带缺口的刀刃。门罗到底有没有锉刀和磨石这样的工具，艾达根本说不清楚，她怀疑没有，因为镰刀不是门罗的，还是布莱克一家住在山谷里时留下的。艾达和鲁比一起，把棚屋翻了个底朝天，最终找到了一把鼠尾锉，细的一头扎进灰扑扑的老玉米棒，算是手柄。但是，那一堆杂物里没有磨石。

——我爸也从来没有磨刀石，鲁比说，他就往板岩上吐口唾沫，然后把刀在上面磨一两下，是否锋利倒也无所谓。就算刀快得能剃下胳膊上的汗毛也不能让他自豪。他只要能切下一块嚼烟就很高兴了。

直到最后，她们放弃了寻找磨石，就采用了斯托布洛德的办法，在小溪附近找了一块光滑平整的板岩。镰刀磨了许久，依然只能勉强算是锋利。艾达和鲁比来到田里，整个下午都在挥舞镰刀，再用耙子把割下来的草料铺成一堆堆长条。干完活，太阳已经下山了，最后一缕阳光转瞬即逝。进城前一天，晾在地上的干草已经晒干了，她们一遍又一遍装满爬犁，运到牲口棚里。脚下的草茬又尖又硬，隔着鞋底都让她们感到扎人。她们站在草堆两边，轮流把干草叉进爬犁，一旦节奏打乱，两人的耙齿就会撞到一起，站在爬犁前打瞌睡的拉尔夫便会吓一跳，接着摇头晃脑。她们干得浑身发热，尽管气温并不是很高。她们干活时尘土飞扬，头发上、衣服褶子里挂满了碎草，汗津津的脸和前臂上也黏得到处都是。

活干完的时候，艾达感到几乎崩溃了。她的胳膊被割下的草叶又刺又刮，红得像出了麻疹，虎口处磨出了一个大血泡。天黑前，她就已经洗漱完毕瘫倒在床上，除了一块抹了黄油和白糖的凉饼，什么都没有吃。

尽管她很累，却发现自己一次又一次从熟睡中醒来，进入半梦半醒的蒙眬状态，焦躁不安，杂糅兼取梦与醒二者各自最糟糕的部分。她感觉自己整晚都在堆干草、叉干草。当她彻底醒来睁开眼睛，只见月光照亮的一块地板上，树枝的黑影不停地摇曳，形状莫名地充满阴郁，让人心烦意乱。夜里不知何时，乌云遮住了月亮，天上下起了暴雨，艾达终于睡着了。

黎明时分，艾达醒来的时候，外面下着雨，她感到浑身肌肉酸痛，几乎动弹不了，手里似乎还紧抓着草耙，得使劲才能松开双手，整个脑袋感到一阵悸痛，尤其是右眼皮上方和内侧有种特别尖锐的疼痛。但是她下决心按计划进城去，因为她们出门主要是为了散心，尽管也确实需要购买一些小东西。鲁比打算给她们的猎枪补充一些弹药——鸟弹、鹿弹和独头弹——天气转凉，她有兴致打野火鸡和鹿了。艾达希望浏览一下文具店后面的书架，看有没有新书到货，再买一本皮封面的日记簿，还有几支素描铅笔，这样她可以记录下观察的植物。但最重要的是，艾达连续干了几个星期的活，感到都快给困死在山谷里了。她特别渴望去城里溜达一圈，因此，酸痛的肌肉、阴郁的心情和清晨令人失望的天气，都没能阻止她前行。甚至，当她们来到牲口棚，扫兴地发现马的蹄子在昨天干活时被石头硌出了瘀伤，没办法再拉马车时，她也没有放弃计划。

——我就是爬也要爬进城去，艾达对着鲁比的背影说，鲁比当时正在雨中蹲下身，把马沾满泥的蹄子抬起来查看。

因此那天早上，艾达一路上都闷闷不乐，鲁比竭尽全力讲鸟类的故事都没有用。她们路过小山谷和山沟里的农庄，平坦的田地在树木葱茏的山丘之间，就像房子里的一个个房间。老人和妇孺栽种着庄稼，因为所有适龄的男子都出去打仗了。玉米叶的尖端和边缘都变黄了，要留着脱粒的玉米棒依然挺立在秆子上，等待在阳光和秋霜中干透。玉米垄之间，南瓜和笋瓜在地头闪亮，栅栏边上高高的一枝黄、紫泽兰和蛇根草开满了花朵，黑莓藤和山茱萸的叶子变成了深红色。

到了城里，艾达和鲁比先是在街上溜达，逛逛商店，看着成群结队的马车，还有挎着篮子购物的女人。天气很热，艾达把打蜡的外套卷成一团，夹在胳膊底下。鲁比把毛衣系在腰间，将她的头发在齐领口的位置用一根马尾编的带子从后面扎起来。空气依然雾蒙蒙的。经过长途跋涉，冷山看似变小了，仿佛连绵的远山之上隆起的一抹蓝痕，薄薄地贴在天边，好像一张纸粘在另一张纸上。

县城称不上雅致，大街一侧是并排的四家商店，全都贴着木瓦墙板，接着是一个猪圈和一个烂泥塘，再往前是另两家店铺、一座教堂和一间出租马车行；另一侧有三家商店，随后是法院——一座白色的圆顶木建筑，从路边缩进去，门前有一块斑驳的草坪——再后面还有四家店面，其中两家是砖墙的。其后，小镇渐渐隐入一片有篱笆的田野，地里的玉米秆子已经干枯。大街小巷被狭窄的车轮印出深深的车辙，马蹄把路面踩得坑坑洼洼的，积水反射着阳光。

艾达和鲁比来到一家五金店，买了药垫、弹丸、独头弹、火帽和火药。在文具店，艾达花的钱超出了极限，她买下了三卷本的《亚当·比德》①、六支粗大的炭笔、一本纸张精美的八开日记簿②，优点是小巧到可以装进大衣口袋里。她们从街边小贩那里买了报纸——县城的小报，还有阿什维尔③的大报。街上有个女人在卖根汁汽水，手推车上放着一只木桶。她从水龙头给她们各倒了一杯，她们站在那里喝完温热的饮料，再把锡杯还给那个女人。她们买了硬奶酪和新鲜的面包，带着食物来到河边，

---

① 英国小说家乔治·艾略特（1819—1880）的第一部长篇小说。

② 大致相当于 A4 纸大小。

③ 美国北卡罗来纳州城市。

坐在石头上当午餐吃了。

下午早些时候，她们在麦肯尼特太太家坐了一会儿。她是个有钱的中年寡妇，有一个季度或半年时间，她对门罗产生了热烈的浪漫爱意，但他们后来只成了普通朋友，因为他难以投入同样的感情。本来还没有到喝茶的时间，但她很高兴看见艾达，款待她尤为盛情。这个夏天既潮湿又凉爽，所以接近夏末的时候，地下室的冰窖里还藏着冰块。冰是二月份从湖里凿出来的，切割成大块后，用锯末包起来。她们发誓保守秘密后，她坦白说自己藏了四桶盐和三桶糖，是在战争开始很久前存下来的。她想奢侈地请她们吃一回冰淇淋，便让杂务工——一个年老体弱、无法入伍的老头——把冰敲碎，并且摇起机器来。她之前做过一些加了糖的法式可丽饼，卷成蛋筒后晾干，就用它们装冰淇淋。当然，鲁比从来没有吃过这种东西，她感到很高兴，舔完最后一滴白色的冰淇淋，就把蛋筒伸到麦肯尼特太太跟前说，你的小号角还给你。

她们的谈话转向了战争及其影响，麦肯尼特太太的观点跟报纸上一模一样，这些社论艾达已经读了四年了，也就是说，麦肯尼特太太认为战争是光荣的，充满英雄主义的悲壮，其崇高是她无法用言语形容的。她讲了一个读到的冗长而伤感的故事，丝毫没有察觉其中明显的编造痕迹。故事就发生在最近一场战役中，正如近来所有的战役一样，这场的情况也十分可怕，几乎没有胜算。战斗接近尾声，毫无回天之力时，一位英勇的年轻军官胸口不幸中弹，倒下后不停地流血。一位战友蹲下来，搂着他的脑袋，希望他走得不那么痛苦。然而，战斗依然如火如荼，这位年轻军官用尽全身力气，站起来拔出手枪，为纷飞的战火贡献一份力量。他站着死去时，还在扣动空枪的扳机。故事还有阴郁而讽刺的其他细节，比如在他身上发现了一封给恋人的信，里面的话准确预言了自己牺牲时的情形。更有甚者，这封信被邮差送达姑娘家中时，人们发现她已因胸口突发奇怪的急病死去，日期时刻正好跟她恋人死亡之时吻合。故事讲到后来，艾达感到鼻翼两侧发痒，她克制地用手指碰了碰，然后，她发现自己嘴角开始哆嗦，只有努力压制才不会翘起来。

麦肯尼特太太讲完后，艾达看了看周围的摆设、地毯和灯具，品味着悠闲的家居生活。体态丰满的麦肯尼特太太心满意足地靠在天鹅绒椅子里，鬈紧的发卷在两侧垂下。艾达觉得仿佛身处查尔斯顿，忍不住要拿出在查尔斯顿的老脾气。她说，这是我听过的最荒谬的故事。她更进一步补充说，跟通常的观点相反，她认为战争完全没有体现出悲壮和崇高的品格，尽管战场远在万里之外，她也能感觉到，敌我双方都同样的残忍而愚昧，简直是所有人的耻辱。

她的目的是引起震惊或愤慨，但麦肯尼特太太只是被她逗乐了。她似笑非笑地盯着艾达说，你知道我多么喜欢你，然而，你是我有幸碰到的最天真的姑娘。

艾达沉默了，鲁比插嘴填补了令人尴尬的空白，她报出了早晨看到的鸟儿的种类，评论一番晚熟庄稼的生长情况，还报告了一桩令人惊奇的事情： 埃斯科 · 斯万戈种的芜青在黑土地里长得特别大，一配克容量的篮子只能装下六个。但是，麦肯尼特太太不一会儿就打断了她的话： 也许你会跟我们说说你对战争的看法。

鲁比只迟疑了一秒钟，然后说她对战争不感兴趣。她听说过关于北方的传闻，认为那里是不敬神的地方，或者说那里只有一个上帝，那就是金钱。据说，在贪婪的信条统治之下，人们变得卑鄙无耻、充满仇恨、精神错乱，有些家庭因为灵魂得不到更高的安慰，全家人都成了瘾君子。鲁比最近听说，他们还发明了感恩节，但从种种迹象来看，她认为这也是文化受到污染的象征——他们只有一天用来感恩。

下午晚些时候，艾达和鲁比沿着大街往城外走去，她们看见一群人站在法院的墙边伸长脖子朝里面看，就走过去看热闹。她们发现二楼的窗口有个囚犯，正向下面的人说话。这名犯人双手抓住铁栏，脸拼命往前挤，夹在两根铁条中间，一绺绺油腻的黑发像老鼠尾巴似的在颌下耷拉着，下嘴唇蓄着一撮法式山羊胡。她们隔着窗台，只能看见他穿着一件破旧的军上装，纽扣扣到齐脖子。

他讲话慷慨激昂，像个街头传道者一样，愤怒的语气吸引了一群人围观。他宣称自己在战争中奋勇杀敌，击毙了许多联邦军士兵，在威廉斯堡战役中肩部中了一枪。但是，他最近对战争丧失了信心，还很思念自己的妻子。他不是被征召入伍的，而是志愿参战，他所犯的一切罪过，不过是放弃当初的志愿，回到家乡而已。如今，他却被关进监狱，尽管他曾是战争英雄，他们却要把他绞死。

囚犯继续说起，好几天前，在鲍尔瑟姆山一侧的偏僻山沟里，民兵如何在他父亲的农场上抓住他。他跟其他逃兵一起待在那里，他说，如今树林里到处都是这些人。作为当天唯一的幸存者，他相信自己有责任站在监狱的铁窗后面，把所有的事实告诉众人。艾达和鲁比待在那里聆听着，尽管故事充满了悲惨和血腥。

快接近黄昏了，一座座山峰被浓密的乌云遮住，一丝风也没有。天上开始下起微微的细雨，就算一个人整晚待在雨里，也不会淋湿。雨水只是加深了颜色，路上的泥土变得更红，头顶白杨木的叶子变得更绿。囚犯父子和另外两个逃兵正在屋子里，听见山下路转弯的地方传来马蹄声。他父亲拿起唯一的火器——一支猎枪来到路上，其余三个人来不及躲进树林里，就抄起农具打造的武器，一起藏在草料仓里，透过栅栏的缝隙朝路上张望。

一小队沉默寡言、装备极差的骑兵转过弯道，慢慢地翻进了山沟。他们显然没有弄到整齐的制服。两个身材魁梧的黑人长得如此相像，看上去似乎是双胞胎，他们身穿的军装也许是从战死的士兵身上剥下来的。一个瘦长的白发少年穿着农夫的装束——帆布马裤、棕色的羊毛衬衫、灰色的羊毛短夹克。另外一个人穿着长下摆的黑外套、斜纹棉布裤子，白衬衫的竖领子上系着黑领结，看上去像个旅行的牧师。他们的马脏兮兮的，弓背缩颈，脖子周围长着湿疹，屁股后面沾着青色的粪便，头上每个孔窍都淌着黏糊糊的黄色液体。但是，他们的武器却很精良，屁股上挎着笨重的克尔手枪，马鞍边的枪套里插着猎枪和步枪。

老头子伫立着等他们来，灰蒙蒙的光线和细雨下，他看上去像个幽灵。这个灰色的身影两腿叉开，站在两道车辙中间的草垄上。他穿着家纺的羊毛外衣，用核桃外皮的浆液染成褐色，戴着的帽子软得像睡帽，在头顶上好像快要融化，面颊上的肉松弛下来，像猎狗的嘴唇两边一样耷拉着。他把长枪藏在身后，用一条腿挡住。

——站住，他说，骑兵离他还有二十步之遥。

两个壮汉和白发少年不搭理他，脚跟夹紧坐骑，催促马匹缓慢前行。看上去像牧师的人掉转马头，斜向前骑到路边，他膝盖边的枪套里装着一支斯宾塞卡宾枪，这样就能被马身挡住。他的同伴们停下来，在老头面前围拢起来。

一切都是迅雷不及掩耳之势，一个人高声尖叫起来。

原来是老人猛地从身后拿出枪，迅速戳在一个壮汉下颌柔软的地方，随后又把枪收了回去。这是一把式样过时的猎鸟枪，击锤高高翘起，枪管就跟玻璃酒杯一样粗。一道鲜血沿着那个壮汉的脖子流下来，消失在他的衬衫领子里。

另外一个壮汉和白发少年仍旧坐在马上，目光掠过一小块玉米地，靠近树林的地方是去年的旧草料，堆成了一个灰蒙蒙的松散圆锥。他们脸上挂着微笑，仿佛在等待林子里出现什么有趣的东西。

那个老头说，篱笆边上那个人，我知道你是谁，你是蒂格，到这里来。

蒂格一动不动。

老头说，你怎么不过来？

蒂格还是纹丝不动，他咧开嘴笑着，但是眼睛却像灰烬已经铲空的冷炉膛。

——这两个黑鬼是你的奴隶？老头对蒂格说。

——我不知道他们是不是奴隶，蒂格说，但他们不是我的，也没人会白送给我这一对儿。

——那他们是谁的？

——我猜他们属于自己，蒂格说。

——你到我们这里来，老头说。

——我就待在树林边上，蒂格说。

——你可别把我惹毛了，我指不定给谁一枪，老头说。

——你就只有这一把枪，蒂格指出。

——这支枪的子弹飞起来，可是能击倒一大片的，老头说。他向后退了好几步，直到他断定面前的三个人，都在大猎枪的散射范围之内。然后他说，从马上下来，站到一起去。

除了蒂格，所有人都下了马。几匹马的缰绳拖在地上，马耳朵朝前，仿佛自得其乐。受了伤的男人叫拜伦，他用手指去摸伤口，看了看血迹，然后在衬衫下摆上擦了擦手。另外一个人叫艾伦，他脑袋歪在一边，粉色的舌尖从嘴里露出来，小心地留意着周围的丝毫动静。白发少年揉了揉蓝眼睛，前后左右地拉了拉衣襟，仿佛刚穿着这身衣服醒来。随后，他全神贯注地审视着左手食指的指甲，那几乎跟他的手指一样长，就像有些人留了指甲来做切黄油、蘸猪油这类活。

老头站在那里，猎枪对准他们三个人，打量着他们花样百出的各种兵器。

——那两个黑鬼拿骑兵军刀干吗？用来在火上烤肉？他问蒂格。

对方沉默了很长时间，过了半晌，老头说，你们来这里干吗？

——你心里清楚，蒂格说，抓逃兵。

——他们都走了，老头说，走了很久了。要么躲进树林里找不到的地方，要么翻过大山、越过边界，去向联邦政府投诚了。

——噢，蒂格说，假如我相信你的话，我们就不如干脆打道回府。你是这个意思吧？

——这样就省得我们麻烦了，老头说。

——你可小心着点儿，我们会把你这老混蛋也一起吊死的，蒂格说，他们要是走了，你就不会提着枪在路上等我们了。

正在此时，白发少年俯身扑倒在尘土里，大喊一声，万王之王！

趁着老头的注意力集中在少年身上，艾伦突然冲过来，抡起左拳，猛击老头的脑袋，接着一巴掌拍向他的手，把猎枪击飞。老头仰面跌倒在地，帽子掉在旁边的泥地上。艾伦走了过去，捡起猎枪，当成棍子拼命打老头，枪托打断了就用枪管打。片刻之间，老头就躺在路上不动了。他似乎尚有知觉，但眼神却一片茫然，一只耳朵里淌出的液体红得像火腿肉汁一样。

拜伦朝地上吐了口唾沫，擦去了头上的血，随后抽出军刀，刀尖抵住老头下巴的赘肉，刺到一股鲜血流下来，跟他自己的伤口一样。

——用来在火上烤肉，他说。

——随他去吧，艾伦说，他伤不到你了。

两人虽然是彪形大汉，嗓音却很尖细，像鸟叫一样高亢。

拜伦把刀从老头下巴上拔下来，然后，还没等任何人反应过来，他双手紧握刀柄，刺穿了老头的腹部，不比把搅拌器伸进奶油桶更费劲。

拜伦走开了，双手摊开。刀刃已经看不见了，只剩涡卷形的护手和缠有铁丝的刀柄扎在老头的胸膛下方。他挣扎着想起来，但只能抬起头和膝盖，身体被牢牢钉在地上了。

拜伦看了一眼蒂格，说，你想让我结果他的性命吗？

——让他跟上帝战斗一会儿吧，蒂格说。

一直躺在地上的少年站了起来，走过来站在老头身边，直愣愣地看着他。

——他准备好死了，少年说，他的灯在燃烧，正在等待他的新郎降临①。

除了老头和蒂格，所有人都笑了起来。蒂格说，闭嘴，伯奇，我们该上路了。

他们上马向房子骑去，老头咽下了最后一口气，哀号一声死去了。经过老人时，拜伦从马鞍上俯下身，敏捷得像个马戏团的杂技演员，一把拔出军刀，在马鬃上擦了擦血迹，然后插回刀鞘。

---

① 指见上帝，出自《圣经 · 新约 · 马太福音》第25章第1节。

拜伦来到大门口，一脚踢断门闩。他们骑马走了进去，一直到门廊才停下。

——快出来，蒂格喊道，嗓音中透出洋洋喜气。

没有人露面，蒂格看着拜伦和艾伦，下巴朝前门指了指。

两人从马上下来，把缰绳系在门廊的柱子上，拔出手枪，沿相反方向绕房子一圈。他们像饿狼捕猎一样行动，默不作声地向同一个目标进发。他们天生敏捷，尽管身材臃肿，但行动简单流畅。然而，他们主要的优势是近身肉搏，两人似乎能徒手把一个人撕成碎片。

他们绕着空房子转了三圈之后，同时从前门和后门冲了进去。片刻之后，他们走了出来，艾伦抓了一把小蜡烛，烛芯成对连在一起；拜伦拿了半个火腿，像拎鸡腿一样，拎着白色的胫骨。他们把东西放进马背上的驮篮里。蒂格和伯奇一声不吭地下马，连指挥的姿势或暗示都没有，一起向牲口棚走去，撞开了畜栏的门，发现里面只有一头老骡子。他们踩遍了阁楼上的干草，把军刀刺进最深的草堆里。他们走出牲口棚，把注意力转移到草料仓，但没等他们走近，仓门就猛地打开了，三个逃兵撒腿跑了出来。

他们手里拿着七拼八凑的武器，所以跑得不快，那些玩意儿像是黑暗年代的史前兵器——挂在链子上磨尖的犁头，不停地晃悠；一把旧铲子砸平锉窄，做成长矛的样子；一根松木棍，头上钉着很多马蹄钉。

蒂格让那些人跑了一段路，然后把卡宾枪扛到肩头，打中了两个跑在前面的人，他们倒下的时候兵器哗啦作响。最后一个人，就是现在的那个囚犯，停下脚步举起双手，转身面对他们。蒂格朝他瞅了一会儿。那人没有穿靴子，脚趾抠进泥里，仿佛想抓牢地面。蒂格舔了舔大拇指，在斯宾塞枪的瞄准器上擦了一下，然后抬起了枪，准星的珠子对准刻痕。那人站着一动不动，手里紧握着狼牙棒举过头顶，就像书的插页上画的野蛮人。

蒂格放下卡宾枪，枪托碰到地上，一只手漫不经心地抓着枪管。

——把那根棍子扔下，要不然我就让那两个人过去把你撕了，他说。

囚犯看了看两个壮汉，把松木棍扔在脚下。

——很好，蒂格说，站在那儿别动。

那些人都朝囚犯走去，艾伦一把抓住他的脖子，像拎小狗一样拎着他的颈背。随后，他们注意起躺在地上的两个人。一个人死了，流出的血很少，几乎没有沾到衣服上；另一个人挨了一颗枪子，射穿了肚肠。他还活着，但奄奄一息。他用手肘撑起身体，把马裤和内裤褪到膝盖以下，两根手指探进伤口，然后看了看他们，大喊一声： 我被杀死了！

民兵围了过来，但他们闻到空气中的血腥味，不禁后退了。囚犯抽搐着，仿佛想到倒下的同伴那里去，艾伦却用掌根在他的脑袋一侧猛击了三下。伯奇拿出一块黑色的嚼烟，用牙齿咬住一头，拿小刀沿着嘴唇切下来，把剩下的塞进口袋。他把烟渣吐出来的时候，用靴子尖踢着泥土，遮住那块琥珀色的痕迹，仿佛不愿意弄脏土地似的，当心不留下任何渣滓。

中弹的人躺倒在地，朝天空眨着眼，似乎困惑不解。他的嘴在动，好像想说话，但只发出了干涩的嘶哑声。随后，他的眼睛闭上了，要不是隔很长时间手指动弹一下，别人都以为他已经死了。他不停地流血，多得不可思议，周围的草都染红了，衣服被血浸透，像油布一样滑腻，在昏暗的光线下依然显得鲜亮。后来血不流了，他又张开了眼睛，但眼神却一片茫然。

他们猜他已经死了。

伯奇想要朝他眼睛里吐一口烟汁，看他是否会眨眼，但是蒂格说，我们不需要检查，他已经死了。

——这家伙比你先走了一步，跟你家老头一样，伯奇对囚犯说。

那人一声都不吭，蒂格说，伯奇，别废话了，快找东西把他的手捆上，我们得用绳子把他拖回城里。

少年从马背上取回一捆绳子。蒂格弯腰去绑囚犯的手，囚犯却突然失去了理智。他的行为不计后果，仿佛宁死也不想被绑起来。他惊恐地踢了过去，踹到了蒂格大腿的侧边。蒂格和两个壮汉跟他打了起来，而囚犯发疯了似的，一时之间，竟也分不出胜负来。他手脚并用，还用头撞他们，一直不停地尖叫，声音凄惨尖厉，让所有人神经都受不了。但他们最终还是把他按倒在地，将他的手腕和脚踝捆在一起。即便如此，他还弓起身体，头向前一挺，咬住蒂格的手腕，鲜血直流。蒂格用衣服下摆擦了擦手，看着伤口。

——我宁愿被猪咬一口，也不想被人咬，他说。

他让伯奇去房子里拿一张直背椅，然后他们全体上阵把那人绑在上面，将他的胳膊捆在身侧，绳子绕颈项好几圈，直到他除了手指和头什么都动弹不了，就像翻过身的乌龟一样。

——你瞧，蒂格说，看他现在还怎么咬我。

——失心疯，伯奇说，我在书上读到过这种病，这个词就是用来形容丧心病狂的。

他们停下来蹲在地上喘气，那人挣扎着，直到绳子把脖子勒出血来，才安静下来。拜伦和艾伦把胳膊支在粗壮的大腿上。蒂格吮吸着伤口，然后拿出一块手帕，掸掉黑外套上的尘土，擦掉那人留在他浅色裤腿上的脚趾印。伯奇举起左手，看到自己在扭打中把长指甲撕裂了，只剩下一半还连着。他拿出小刀，一边咒骂，一边把指甲削掉。

艾伦说，那边有架爬犁，我们可以把他连椅子固定在上面，让马拉着进城去。

——可以啊，蒂格说，但是，我现在更想把他带到牲口棚的阁楼上，用绳子把他的脖子拴在椽上，然后往门外一推。

——你没法吊死一个坐着的人，伯奇说。

——不行吗？蒂格说，我想知道为什么不行？混蛋，我见过别人这么干。

——好吧，但是，假如我们能偶尔抓个人回去，还是会更好看一点。

那些人站着商量了一会儿，他们显然觉得伯奇的想法有道理，于是，他们朝椅子围拢过去，把它抬到爬犁上绑牢，用挽具套在骡子上，出发去城里。一路上，那人的脑袋不停颠簸，他甚至懒得让头稳住不动。

——这世界不会长久，囚犯结束了故事，大吼一声，上帝不会允许这样下去。

他讲完之后，太阳已经西沉，艾达和鲁比转身离开法院，向家里走去。她们都阴沉着脸默不作声，后来，她们在路上说起囚犯的故事。艾达觉得不过是夸大其词，但鲁比认为应该是真事，因为人们确实能干出这种勾当。关于如何看待这个世界，她们争论了一两英里路，诸如世界是否充满了危险和恐惧，以至于让人只能忧愁沮丧；人们是否应该争取光明和欢乐，即使黑暗的拳头已经高高举起，随时可能落在他们头上。

她们走到鸽子河西岔口，转身沿着河边的小路走，光线越来越暗，蓝岭的几座大山把阴影投在叫做“大跺脚”的山头上。河水看上去又黑又冷，散发的气味弥漫在空气中，土腥味和腐叶味各占一半。尽管从早晨到现在，水位已经退了一些，但是昨天夜里的雨还是让河水涨得厉害，水面上露出的石头又湿又暗。两岸的树木几乎连了起来，树荫一整天都遮住河流。

她们沿着岔口没走多远，鲁比就停了下来，把身体转向水面，看着河里的什么东西，仿佛在瞄准一样。她稍微屈膝蹲下，仿佛斗士准备出击一般压低重心。她说，喂，看那儿，这可不是常见的景象。

河里站着一只巨大的蓝色苍鹭。这鸟本就是高个子，加上她们的视角以及夕阳的映照，使得苍鹭看上去更高大了。斜阳下，它似乎跟人一样高，长长的影子掠过河面。它的腿和翅尖跟河水一样黑，鸟喙上面黑色，下面黄色，身上闪着柔和的光泽，仿佛光滑的缎子或者削平的燧石。苍鹭全神贯注地盯着河水，间隔很长时间才迈动缓慢而优雅的步子，一只脚伸出水面，停着不动，仿佛等着水滴尽，然后重新缩回河底，踩在显然经过深思熟虑的新地方。

鲁比说，它在找青蛙或者鱼。

然而，它如此深情地盯着河水，让艾达想起了那喀索斯①。她给鲁比简短地讲了这个故事，算是继续深入学习希腊神话。

① 希腊神话中爱上自己水中倒影的少年。

——艾达讲完故事后，鲁比说，那只鸟没有想到自己。你看它的喙，能戳穿猎物；那是它的主要天性。它正在想能戳到什么东西，然后吃掉。

她们慢慢朝河边走去，苍鹭转过头，饶有兴趣地看着她们。它精确地调整了几下扁扁的脑袋，仿佛长喙挡住了视线似的。在艾达看来，它的眼睛似乎在搜索她身上的优点，却一无所获。

——你在那里做什么？她大声问苍鹭。可只需看鸟儿的样子就知道，遗世而独立的神秘感才是它的天性，跟所有同类一样，它是特立独行的孤独朝圣者，不受寻常群居鸟类的规矩和信条束缚。艾达不禁怀疑，苍鹭是否能够为了繁衍后代而容忍彼此的亲密。她在生活中只见过少数几只，它们如此孤独，让她心里感到刺痛。被放逐的鸟儿，它们无论在哪里，都似乎背井离乡。

苍鹭朝她们走来，走到河边，站在一块滩涂上，离她们只有十英尺远。它稍微歪了一下脑袋，抬起了一条黑色的腿，上面的鳞片有指甲那么大，脚刚好离开地面。艾达朝下看着烂泥里奇怪的脚印。当她抬起头，鸟儿正盯着她，仿佛很久以前见过她，记忆深处有种模糊的印象。

随后，苍鹭缓慢地张开翅膀，那样子仿佛底下有铰链、杠杆、曲柄和滑轮。在它的羽毛和皮肤之下，纤长的骨骼十分明显，展开的羽翼如此宽阔，艾达难以想象它如何从树丛中飞出去。鸟儿朝艾达走近一步，从地上一跃而起，巨翅缓慢地扑腾一两下，就已凌空而起，从她的头顶飞过，冲破森林的华盖，渐渐远去。艾达感觉到翅膀搅动了空气，感觉到一个冰凉的蓝色阴影掠过地面、掠过她脸上的肌肤。她转过身，遥望苍鹭消失在天空中，她挥手送别，仿佛告别来访的远亲。这意味着什么？她不禁想。一种祝福？一个警告的信号？来自精灵世界的哨兵？

艾达拿出新日记本，用小刀把炭笔削尖，根据记忆画了一幅苍鹭站在泥滩上的粗略速写。画完之后，她对脖子的曲线和喙的角度不太满意，但是苍鹭的腿、嗉囊周围的一圈羽毛，还有它的眼神都画得恰到好处。在纸页下方，她用歪歪扭扭的字体写下“蓝色苍鹭，鸽子河岔口，一八六四年十月九日”。她抬头看着天空，然后问鲁比，你估计现在几点？

鲁比挑起一只眼睛看了看西方说，五点过了一会儿。艾达写下“五点”，然后合上了日记本。

她们沿河边走边谈论那只鸟，鲁比觉得自己跟苍鹭之间有说不清的纠葛。她说自己小时候，斯托布洛德经常不认她这个女儿，说她的父亲不是人类。鲁比母亲怀着她的时候，每逢喝醉酒、满怀怨恨，想故意激怒斯托布洛德的时候，总是说他跟孩子没有半点关系，她是一只高大的蓝色苍鹭的种。她说，有一天早晨苍鹭落在溪边，啄食了一上午螯虾之后，来到她的院子里，当时她正掰开一块老玉米饼的硬壳，撒在地上喂鸡。根据斯托布洛德的叙述，鲁比母亲的故事是，那只苍鹭迈着向后弯的长腿，直盯着她的眼睛，那眼神明白无误，除了一种答案别无解释。她转身就跑，但是苍鹭追逐她进了房子，她四肢着地趴下，想挤进床底下躲起来，苍鹭却从身后向她扑来。在她的描述中，接下去发生的事情就像一阵可怕的鞭打。

——这故事他跟我讲过上百遍，鲁比说，我知道，他多半又是在扯谎，但我只要一看到苍鹭，就有一种奇怪的感觉。

艾达不知道该说什么。树荫下的河水泛着金光，山毛榉和白杨的叶子在微风中颤动。鲁比停了下来，穿上毛衣，艾达把外衣的褶子抖平，像斗篷一样披在肩头。她们继续往前走，在河水的浅滩处碰到一个年轻女人，肩上背着用格子桌布包裹的婴儿。她光着脚跳过河里垫脚的石头，动作优雅得像头鹿在奔跑。经过她们身边时，她一句话都没说，甚至跟她们没有目光接触，那个婴儿却目无表情地盯着她们，棕色的眼眸就像嵌在脸上的两颗橡实。涉水蹚过浅滩不久，从田地里一棵孤零零的苹果树上飞起一群小鸟，贴着地面飞进树林。夕阳照在鲁比的眼睛里，所以她只能依稀分辨它们的种类，但是这不影响判断天气，从它们飞翔的队形可以知道，雨还是会继续下。

她们继续上路，走到河流形成的水潭边，人们有时在那里受洗礼。这时，一棵叶子即将转为鲜红的枫树上，突然惊起一群乌云般黑压压的紫崖燕。夕阳的下沿正好贴着山脊，天空的颜色好像打制的锡镴。紫崖燕整齐地从树上飞起，在天上依然保持着刚才栖息的枫树圆圆的形状。随后，它们斜斜地飞入风中，乘着长风展开翅膀，滑翔了两秒，此时，艾达便能看见一只只燕子纤细的身影，以及空隙之间透出的银色天空。瞬间，仿佛接到了什么信号似的，它们陡直地飞入高空，翅膀对着艾达完全展开，填补了鸟儿之间明亮的空隙，鸟群看上去就像红枫投在天空中的黑色映象。鸟儿的影子在路那头农田里的高草上掠过，不停地摇曳着。

暮色在艾达和鲁比身边升起，仿佛黑暗正从河水中向天空渗透。鲁比关于源与根的离奇的苍鹭故事，让艾达想起门罗在去世前不久讲过的一件事情，其中牵涉到他是如何追求她母亲的。天色越来越黑，还要向河上游走上好几英里，为了打发时间，艾达给鲁比详细地讲了这个故事。

艾达知道，门罗跟她母亲很晚才结婚，他四十五岁，她三十六岁，也知道他们在一起的时光很短暂。但是，她并不知道他们求爱和结婚的具体情况，一直以为是平淡友谊的牵手。类似的古怪老光棍和老处女的联姻，她也见过不少。她一直认为自己不过是他们阴差阳错之间无奈凑合的产物。

那是门罗去世前的一个冬日午后，整天都下着雪，地上湿漉漉的，大片的雪花一落地就融化了。艾达和门罗坐在火炉边，度过漫长的下午。艾达给他读了一本新书《生活的准则》。许多年来，门罗一直怀着热切的兴趣追看爱默生先生的每一部著作。那天他认为，爱默生虽然年事已老，但是跟以往一样，他的精神观念还是有点过于极端了。

窗外天色已晚，艾达把书放在一边。门罗看上去很累，面色苍老，眼窝陷了下去。他坐在那里，凝视着灰烬中缓慢燃烧的余火，那里已经没有多少火苗了。他最后说，我还没有告诉过你，我是怎么跟你母亲结婚的。

——你没有说过，艾达说。

——最近，这件事情不断涌上我的心头。我不知道为什么。你从来不知道，我认识你母亲的时候，她只有十六岁，而我二十五岁。

——我不知道，艾达说。

——哦，是的。我第一次看见她的时候，觉得她是我见过最可爱的人。那是二月份，一个灰暗寒冷的日子，从大洋吹来潮湿的微风。我正外出骑马。当时我刚买了一匹汉诺威骟马，足足有十七掌高，是一匹鸡血石般的栗色马，就是后腿稍微有点内八字，但无关紧要。它慢跑的姿势十分飘逸，简直是个奇迹。我骑着它跑出了查尔斯顿，沿着阿什利河一路向北，经过米德尔顿，然后折返回家，路过哈纳汉。路程很长，尽管天气凉爽，马还是跑出了一身汗。我肚子饿了，着急想吃晚饭。差不多就是现在这个时辰，阴暗的夜晚，我刚刚算是离开了乡野，进入城市的边缘。

我来到一幢房子前，宅子既不朴素也不奢华，有一道宽阔的门廊，两头种着古老的美洲蒲葵。房子离路太近了，不太合我的口味。窗户都很黑，院子里有个水槽。我以为没有人在家，便停下来饮马。从门廊上传来一个女人的声音，她说，你应该先跟主人打声招呼。

她独自坐在窗下的长凳上，我摘下帽子说，很抱歉。她从门廊的阴影中出来，走下台阶，在最后一级台阶上停步。她穿着一件灰色羊毛冬装，黑色围巾裹住双肩，头发黑得好像乌鸦的翅膀。她肯定刚巧在梳头，因为她的头发披散下来，几乎垂到腰际，手里拿着一把玳瑁柄的梳子。她的面容像大理石一样洁白，身上的色彩黑白分明，要不然就只有灰色。

尽管她的打扮十分朴素，我却从未见过哪个人比得上她，没有语言可以形容她在我眼中多么美丽。我在她面前完全丢盔卸甲，只憋出了一句话：小姐，我再次请求你的原谅。我骑上马落荒而逃，心里慌乱不已。那天晚上，我吃完晚饭，上床睡觉后，心里涌上了这样的念头：她就是我要娶的女人。

第二天，我开始追求她，尽最大可能努力而又谨慎地展开计划。首先，我着手收集信息。我发现她名叫克莱尔·德舒茨，她的父亲是位法国人，往返于美国和他的祖国之间做贸易，进口葡萄酒，出口大米。他的日子即使不说是大富大贵，也至少是过得挺充裕。他在库珀河码头附近有一间仓库，我安排跟他在那里见面。那是一个阴暗潮湿的地方，弥漫着河水的气息，里面堆满了木板箱装的红葡萄酒，优质和廉价的都有，还有麻袋装的美国大米。我的朋友阿斯韦尔介绍我们认识，他以前跟德舒茨有过生意上的往来。你的外祖父德舒茨身材矮小，而且很笨重，可以用臃肿来形容，我不太喜欢他的法国腔调，假如你明白我的意思的话。你和你母亲都没有什么明显像他的地方。

我开门见山地表明了自己的来意：我想娶他的女儿，希望得到他的赞同和帮助。我答应向他提供自己的财产证明，以及任何让他相信我能成为乘龙快婿的材料。我看出来他心里在盘算，他拉了拉领结，眼珠转了转，把阿斯韦尔拉到一边，商议了一会儿。他回来的时候，向我伸出了手，说，我会尽力帮助你的。

他唯一的条件是，不希望克莱尔在十八岁生日之前结婚。我同意了。等待两年不算太长，他的要求很合理。几天后，他把我当作客人带到家里吃饭，亲自把我介绍给你母亲。我从她的眼神中看出，她还记得那天晚上在院子里碰到我，但她一个字都没有提起。我从一开始就相信，我对她的感情不是单方面的。

我们约会了几个月，从春天到夏天，然后再到秋天。我们在舞会上见面，给她的请柬都是我安排的。我一次又一次骑着汉诺威马，往北来到德舒茨家的房子。潮湿的夏天，我和克莱尔一晚又一晚坐在宽阔门廊的长凳上，谈论着所有让我们满心喜悦的话题。我没办法骑马外出的日子，我们就通信，这些信件在米廷大街的某个地方交错而过。到了深秋，我打了一枚戒指，蓝宝石像你的小指尖那么大，镶在白金镂花的指环上。我下定决心，在十一月下旬的某个晚上给她一个惊喜。

在选定的日子，我骑着汉诺威马在暮色中向北进发，装着戒指的天鹅绒小袋妥帖地放在背心口袋里。夜晚的空气有一丝凉意，以查尔斯顿的标准来说已经有点凛冬的感觉。这个夜晚从各方面来讲，都和我们第一次相遇的时候很像。

当我抵达德舒茨的房子时，天色已经全黑了。但是，房子里亮着灯火，每一扇窗户都闪耀着欢迎的光芒，依稀可以听见里面传来巴赫的钢琴曲。我在路边坐了一会儿，心想不枉先前几个季度的努力，今晚一定能赢得芳心。我内心渴慕的一切只有一步之遥了。

然而，我听见门廊上传来喃喃低语，有人在动。克莱尔的影子倾身向前，窗户透出的黄光照亮她黑色的轮廓，就是她，丝毫没有弄错。窗户另一侧也探出一张脸来，一个男人的脸。他们凑到一起接吻，我能看出，是一个充满激情的长吻。他们的脸分开了，但她伸出手，把他的脸又拉回来。我的胃绞紧了，不由得捏紧了拳头。我渴望走上门廊，愤怒地叫喊，把别人痛打一顿。但是，遭到背叛的追求者的羞耻角色并不是我喜欢扮演的。

我没有再多想，两腿夹紧马肚，向北方飞奔而去，骑了不知多少英里。胯下的骏马迈开长腿疾驰，我仿佛骑着梦幻一般，在黑暗的世界里驰骋，快得好像插着翅膀飞翔，而不是骑在马背上。我驰过密布着苦栎、湿地松、代茶冬青的平原，驰过长着狗根草和大克拉莎草的宽阔荒地，最后到了一个地方，蜡杨梅从左右两边入侵到路面上，马才放慢了脚步，大口喘着气，头低垂下来。

我不知道自己在哪里。我不记得拐了几个弯，甚至没有注意精确的方向，只知道大体上是往北，因为我没有一头扎进阿什利河或库珀河淹死。在残月的微光下，汗津津的栗色马看上去就像黑檀木一样乌黑而有光泽。现在，除了像个野人般发狂，一路向西，一辈子消失在得克萨斯州无路的荒野中，就只有打道回府了。然而，我正要掉转马头往回走，忽然看见前方蜡杨梅林之上的天空发出黄光，仿佛被篝火照亮了一般。似乎有别的造物跟我一样火冒三丈。我说服自己，一场大火给我提供了暂时的方向。

我向着火光奔去，转了一两道弯，面前出现了一间燃烧的教堂，屋顶和尖塔都着了火，但没有烧到建筑主体。我下了马走向教堂，进门顺着过道往里走，把戒指袋从口袋里拿出来，放在圣坛上，然后站在浓烟和耀眼的火光中。屋顶燃烧的碎片开始落下，掉在我身边。我是等待在圣坛边的新郎，我想，就让自己葬身大火吧。

正在此时，一个男人冲进门来。他的衣服胡乱穿在身上，手里拿着一夸脱装的酒瓶，瓶底只剩下一英寸琥珀色的烈酒。他说，你在这里干吗？快出去。

大概是出于自尊心，我说自己碰巧路过，进来看看能否帮上忙。

——行了，快出去，他说。

我跟着他离开，并且我们下定决心要把教堂从火里救下，尽管他烂醉如泥，而我神思恍惚。我们来到附近的小溪，尽可能用他的酒瓶打水，蹲在溪边，等着水通过细长的瓶颈，咕噜咕噜灌满瓶子，然后，我们一起走到教堂，一次把一夸脱水浇在火上，我们不抱希望能把火扑灭，但是有人问起来，我们就能说已经尽力了。黎明来临的时候，我和那人满脸烟灰地站在那里，周围只剩下一圈黑色的灰烬。

——好吧，就这样了。除了铰链和门把手，一切都烧光了，那人说。

——是啊，我说。

——我们已经尽力了。

——毫无疑问。

——谁也不能怪我们没有努力了。

——对，谁也不能，我说。

他把最后几滴水摇出酒瓶，洒在火场边缘烧焦的草叶上，把酒瓶装进外衣口袋里，然后就上路了。我转身走开，骑上马回到查尔斯顿。

一周以后，我买了船票前往英国，接下去一年，我到处漫游，参观老教堂、欣赏古画，除此以外什么都没有做。当我回来的时候，你母亲已经结婚了，就是跟我在门廊上看见的那个男人，他是个法国的葡萄酒中间商，跟她父亲有生意上的来往。她跟他一起去法国生活。这事就像一扇关上了的门。

我一向受到灵魂的事业吸引，索性离开家族生意的羁绊，担负起了神职，虽是因为心灰意冷，倒也不无快意。我从来没有一刻后悔过自己的决定。

十九年过去了，春季的某一天，我发现克莱尔独自一人从法国回来了。她的丈夫死了，他们婚后没有孩子。假如闲言碎语属实的话，他们的婚姻不算快乐，实际上，是充满痛苦。那个法国小子的表现，完全契合了我最自私的梦想。

听到这个消息后没过几天，我就回到了库珀河上的那间仓库，再次跟德舒茨会面。他现在已经是个老头了，大腹便便，脸颊的肉松弛下来，而我额头两角的头发也已经秃了，两鬓斑白。他看我的眼神，活灵活现地诠释了“傲慢”一词。他说，你有什么要我帮忙的？这语气放在从前能引起一场枪战。

我说，我们继续把事情办完，这次我可不想看见出什么岔子。

那年秋天，我和你母亲结婚了，婚后两年，我过得十分幸福，我认为她也非常快乐。她先前的丈夫，那个法国小子，哪方面都不令人满意。他因为没有孩子而怪罪她，脾气变得尖刻而暴躁。对她受到的每一点冷落和卑劣的对待，我都认为自己有责任使她得到补偿。

知道你即将出生的那几个月，对我们这一对年华已逝、经历坎坷的夫妻来说，似乎是奇迹般的恩赐。当克莱尔死于生产时，我几乎难以相信上帝竟这么快抛弃了我们。接连几个星期，我什么都做不了。好心的邻居给你找了个奶妈之后，我就一病不起了。等我重新爬起来，便下定决心，从今以后只为你而活着。

听完父亲的故事，艾达便站了起来，走到他的椅子背后，把他前额的头发拢到脑后，吻着他的头顶。她不知道该说什么。她被自己诞生的故事震惊了，原来她不是某个古板的错误婚姻的产物，而是一场历经磨难的漫长苦恋的结晶，一时之间，她很难重新定位自己。

艾达的故事讲完后，沉沉的黑夜已经降临。东边的天空中，一轮朦胧的月亮升起在云层之上，一只高飞的鸟的黑影掠过了月亮表面，接着是另一只鸟，然后，鸟越来越多，成群结队地飞过。这是一些夜间飞行的鸟类，也许是鹡鸰或者鹬鸟正在往南迁徙。星星还没有出现，但是西边靛蓝色的天空中，靠近冷山逶迤的山脉处，两颗星星正闪闪发光，仿佛信号灯一样明亮。

——那颗蓝色的更亮一些的，是金星，艾达说。她和鲁比正向通往布莱克谷的路上走去。

像斗鸡一样生活

中午时分，英曼和维齐经过一棵新锯下来的山核桃树，粗壮的树干跟道路平行，旁边放着一把长长的锯子，锯片上涂过油，没有丝毫生锈的痕迹，密密的锯齿刚磨过，闪闪发亮。

——看那里！维齐说，一把被遗弃的锯子，有人会花钱买的。

他走过去捡起锯子。英曼说，伐木工走开去吃午饭了，他们很快就会回来，把山核桃树劈开锯成段。

——我可不管这些事情，我只知道路边有把锯子，被我发现了。

维齐捡起锯子，扛在肩头继续上路，每走一步路，两头的木柄就弹跳一下，宽大的锯片振动着发出嗡鸣，就像单簧口琴一样。

——我会把这个卖给碰到的第一个人，他说。

——你真是自作主张，随便对待别人的财产。我倒想听听，你在布道的时候，怎么用经义为此开脱？英曼说。

——别搞错了，上帝对财产的问题可没那么计较。他视金钱如粪土，而且处处表现出这种偏见，在降天火和发洪水这些事情上尤其如此。你见他降下天灾时顾及过谁的财产吗?

——没有,我几乎没注意到。

——完全正确。我能说的就是,假如一个人打算遵照上帝的教义来生活,就不该太关心某把锯子属于谁,这样的琐事会影响远大的目标。

——远大的目标?英曼说。他看了看牧师结满痂的脑袋,有胖妓女在他眼睛底下割出的细伤疤,还有英曼在迪普河用枪打他留下的伤痕。你满口都是远大目标,身上倒是挨了不少鞭子,他说,你每一次挨打都是活该。

——我不是说自己不该挨打，维齐说，很多比我更好的人被打得更惨呢，但我不打算再轻易挨别人打了。

说到这里，维齐想起了自卫的问题，他说，让我看看你那支威力十足的枪。

——不行，英曼说。

——别这样，我不会弄坏的。

——不行。

——我只是觉得，拿来做枪手的武器挺合适的。

——太大太沉了，英曼说，你需要一把海军手枪，一支柯尔特或一支斯塔尔，重量又轻，拔枪又快。

——最起码，我想把自己的枪要回来。

——我放在身边，分开的时候再给你，英曼说。

——谁能预料到我们什么时候会分开，维齐说，那样的话，我就连武器也没有了。

——那样世界就清净了。

他们说话间走到一棵皂荚树下，遮天蔽日的枝丫斜伸到路面上。两人没什么东西可吃，弯腰捡起铁锈色的长豆荚装满口袋。他们继续上路，用大拇指的指甲剥开豆荚，牙齿刮着里面白色的甜浆。过了一会儿，他们看见下面坡上站着一个人，似乎对眼前的景象陷入了沉思。景象的主体是一头巨大的黑牛，死在了溪水分岔的地方。那人看到他们经过，便打了声招呼，问他俩是否愿意从路上下来，帮忙搭把手。英曼爬下坡去，维齐把锯子放在路边，也跟着下去。

他们站在那人身边，看了看浮肿的公牛。溪水拍打着牛肚子，成群的苍蝇叮在牛的嘴巴和屁股上。他们全都抱着胳膊，眼睛朝下看，姿势就像工人盯着不情愿干的活。

那人不算老，但年纪也不轻了。他的腰身很粗，圆滚滚的，从猿到马的所有雄性哺乳动物，到了成年后期都是这样。他戴着一顶老掉牙的黑羊毛高顶圆帽，尽管天不算太冷，他还是把帽檐放下来裹紧耳朵，用一根剑麻绳系牢，像一顶软帽一样包住他的脑袋。他的下颌长着浓密的络腮胡，帽檐的阴影下，乌黑的眼睛向外瞟着，浮肿的眼睑半开半合，像一只猛禽。他有一张噘起的小嘴，让英曼想起某种长吻巨鱼的鼻孔。战争初期他有一段短暂的时间在海边作战，曾见过这种鱼。

旁边一棵树上斜靠着一支十铅径的单管猎枪，枪管似乎锯短了，以获得更宽的散射面，但既不常见，也不实用。用来锯枪管的工具也很粗陋，因为断面参差不齐，还是斜着切割的，跟枪管不成直角。

——你打算怎么把它弄出来？维齐说。

那人回答前沉默片刻，先把拇指和食指捏在一起，伸进裤子底下，摸索某个在腹股沟作祟的小生物。他捏紧手指凑到眼前，好像是用又厚又黄的指甲啪地掐死了什么东西。他的手掌很宽，皮肤粗糙，上面结了一层白色的皮屑。

他解释说，前几天这头公牛走丢了，不知怎么死了。他说，这条溪流是他们的水源，原本没有味道，现在有股酸臭，因此他沿岸走过来寻找原因。他身上有一根绳子，也许他们可以一起把牛从水里捞上来。

英曼看了看那人和维齐，然后看了看那头庞然大物般的公牛。他估计，起码需要一队驮马，才能把牛拉上来。

——我们可以试试把它拖上来，他说，但是这头牛很大，我们最好想想别的办法。

那人没理会他的话，用绳子捆住了牛脖子。三个人拉住绳子用力拽，但是牛的尸体纹丝不动。

——杠杆，那人说，假如我们能找到木棍，就能把它撬起来。

——用不着去找棍子，我们可以自己锯，维齐说，我有把好使的锯子，我们干完活，也许你会愿意买下来。他跑上岸去找那把横锯，兴奋得像个第一次跟大人一起干活的男孩。

英曼觉得这是个馊主意，他坐在一根倒下的木头上，饶有兴趣地看着两个人起劲地干活，但他们的热情显然用错了地方。他想起军队的工程师和他们手下的士兵，那帮人在建造桥梁或其他设施的时候也是劲头十足，但是，工程的实际价值跟这种热情完全不成比例，结果大量人力物力被浪费，最终只完成一件在英曼看来还不如不做的工作。

当英曼看着的时候，维齐跟那人已经锯好了三根粗棍子。转眼之间，他们已经站在齐小腿肚深的水里，把大石块垒起来当作支点，齐心协力打算把牛翻过身。但是无论他们怎样使劲，木棍只不过稍微让牛身动了几下。英曼下到水里，三个人一起压，这一回牛确实动了。但问题是，即便把木棍的一头压进水里，也只能把牛身抬高一英尺。然后，他们慢慢就使不出劲了，手一松，牛扑通一声掉回了水里。

——我知道了，维齐说，我们可以先把牛撬起来，然后用脚把石头踢到下面撑住，然后找个更高的支点，从那里再继续撬，再垫进去更多石块。我们一遍一遍重复，这样牛就能翻过身了。

英曼目测了一下牛到岸边的距离。

——我们就算把牛翻个身，它也还是在水里，他说。

——那么，我们让它翻两次身，维齐说。

——这样是能滚到岸边了，英曼说，但是，牛还是会腐烂，掉回水里。

——那就翻三次，维齐说。他已经完全被杠杆的神奇和工程作业的男子气概迷住了。

英曼想象得出，他们会在那里一直干到天黑，把牛撬起来、垫进石头，然后，再把牛撬起来，没完没了地重复。一小时又一小时，他们本来可以赶路和休息的大好光阴都流逝了。

英曼来到溪边，捡起维齐扔掉的锯子，回来把锯子架在牛脖子上。

——你们谁拿着另一头，他说。

维齐看上去很失望。那人抓住另一端的锯柄，两人几下就把牛头锯下来了。不一会儿，他们锯下了带着两条前腿的牛胸，接下去又把两条后腿从肚子那儿锯了下来。一大堆内脏和黑色的液体奔涌而出，释放出一股臭气。维齐看着，突然弯腰朝水里呕吐起来，一堆皂荚壳里的果肉泛着泡沫，顺水漂向下游。

那人看着维齐，咯咯笑着，仿佛看见了什么特别好笑的事情。胃太娇气了，他说。

——他是个传道士，英曼说，这活跟他的工作相差太远了。

他们把牛锯开后，小溪里到处都是牛的残肢，他们很快把它们拖到岸上，扔到很远的地方。溪水依然一片血红，英曼不由想起夏普斯堡的那条小溪。

——我几天内都不会喝这里的水，英曼说。

——没错，那人说，我想也是。

那人和英曼在上游的清水里洗干净了双手和前臂。

——来跟我们一起吃饭吧，那人说，我们有个干草棚可以睡觉。

——假如你愿意要那把锯子的话，英曼对那人说。

——我开价两美元联邦币，或者五十块本州代币，维齐说，一下子兴奋起来。

——拿着，英曼说，免费的。

那人拿起锯子，正中间搭在肩头保持平衡，空着的手拿着那支锯得不成样子的猎枪。英曼和维齐跟着他走下坡，沿着溪流一路走去。那人清理了饮用水源之后，似乎心情很愉快，一路插科打诨。他们没走多远，他停了下来，用手摸了摸鼻子，使了个眼色，走到一棵大橡树旁边。树干齐眼睛的地方有个树洞，他抬起胳膊伸进去，拿出一个带瓶塞的棕色瓶子。

——我还秘藏了不少瓶这样的酒，以备不时之需，他说。

他们背靠着树干坐下，轮流传递着酒瓶。那人说他的名字叫朱尼尔，并讲起自己年轻时浪迹各地，靠斗鸡谋生的故事。他讲起一只特别出色的多米尼克大公鸡，它活着只为两件事：战斗和跟母鸡交配。一连几个月，它横扫眼前的一切对手，在史诗般的战斗中所向披靡，赢得了无数惊人的胜利。斗鸡在牲口棚里进行，每逢多米尼克鸡似乎要被击败了，它就一下子飞到棚顶的椽木上歇着，直到所有观看斗鸡的人开始冷嘲热讽，嘲笑声达到顶点时，它就像流星锤一样朝对手俯冲而下，只剩下泥里一摊鲜血和羽毛。

朱尼尔还说起旅途中，女人们纷纷投怀送抱，那劲头就像多米尼克鸡扑向对手一样。他记忆特别深的是个已婚女人，她丈夫邀请他在斗鸡的间歇到家中小住几天。她朝他暗送秋波，只要有机会就揩他的油。有一天，丈夫去耕地了，她去外面井里打水，弯下腰提水桶的时候，朱尼尔走到她身后，把她的裙子掀到背上。照他的说法，那女人裙子底下没有穿内裤，她踮起脚尖、撅起屁股，他就这么按住她，朝井口俯下身去……持续的时间，跟她摇上一桶水差不多，他说。他干完之后，便扬长而去，胳膊里抱着那只公鸡。他让英曼和维齐相信，他年轻时候的生活中充满了无数这样美妙的日子。我的艳遇可真是不少，他说。

维齐的胃里空空如也，喝下去的烈酒已经让他晕头转向。他认为这故事妙极了，听朱尼尔讲完后，他大声喝彩，接着喋喋不休地说，男子汉就应该这样生活。

——像斗鸡一样生活，那就是我的目标，他用充满渴望的嗓音说。

朱尼尔说流浪的生活确实妙不可言，他所有的烦恼都是从娶妻定居开始的。结婚三年以后，她居然给他生了个黑鬼孩子。更气人的是，她拒绝说出生父的名字，剥夺了朱尼尔正当复仇的权利。他打算跟老婆离婚，但是法官没有准许他的请求，理由是他结婚的时候就知道她是个荡妇。

后来，朱尼尔的老婆把两个姐妹带来一起住，她们在淫荡方面跟他老婆不相上下。其中一个生了一对双胞胎男孩，说不清是什么种族，现在长到好几岁了——朱尼尔不知道确切的年龄——但他们受到的教养，比野猪好不了多少。令人费解的是，双胞胎的母亲跟这家里的其他人一样，都嫌给他们起名字麻烦，提起他们中某一个的时候，就朝那男孩的方向伸出大拇指，说，那个小鬼！

朱尼尔说，婚姻的经历让他相信，他应该娶个十三岁的女孩，把她养大成人，以适应自己的需要。他度过了许多不眠之夜，觉得自己直到死去的每一刻都会活得很惨。他觉得自己唯一的解脱，就是趁她们睡着的时候，割断她们的喉咙，然后把枪口对准自己的脑袋，或者逃进树林里，直到最后被狗追赶上树，像浣熊一样被开枪打死。

这些话给维齐的兴奋浇了一盆冷水。过了一会儿，朱尼尔把酒瓶放回原处，又扛起了锯子，带着两人沿路转了一两道弯，到了他家的房子。朱尼尔家在路下方一片潮湿的洼地里，建筑面积很大，墙壁是木板条的。房子没有善加修葺，一面墙已经从河石垒的地基上脱落。因此，整个房子是倾斜的，仿佛正在向地心一头扎去。

院子里堆着锥形的斗鸡笼子，是把没有削皮的树枝用忍冬藤扎在一起做成的。鲜艳的斗鸡从笼子里往外瞪着，眼神冰冷而锐利，仿佛整个世界的存在，不过是为了给它们提供搏斗的机会。烟囱里升起稀薄的白烟，屋后什么地方，却冒出一股浓浓的黑烟，柱子一般冲向天空。

他们从路上下来，走到朱尼尔家的洼地，一只三条腿的癞皮小猎犬从门廊后面跑出来，贴着地面悄无声息地径直奔向英曼。比起狂吠的狗，英曼已经学会更加小心提防不叫的狗，没等它近身就踢过去，一脚踹到狗的下巴。那条狗立刻倒地，一动不动地躺在泥里。

英曼看着朱尼尔说，要不然，我该怎么办呢？

——狗咬的不都是贼，维齐说。

朱尼尔站住，只是看着。

最终，那条狗摇摇晃晃地爬起来，三条腿一瘸一拐地走回门廊下面。

——我很高兴它没有死，英曼说。

——我才不在乎它是死是活呢，朱尼尔说。他们来到房子前，走进厨房兼餐厅，朱尼尔马上从碗橱里拿出另一瓶酒和三个锡杯。屋里的地板就像个斜坡，英曼坐在桌边一把直背椅子上，不得不使劲用脚踩住地板，才不至于在重力作用下滑到矮墙那一头去。有烟囱的角落里放着一张床，英曼看到他们甚至懒得把床脚垫平，只是稍微调了一下方向，让床头朝着高的一边。

墙上挂着从书里和报纸上裁下的画片，有些跟倾斜的地板平行，有些不知道跟什么对齐，也许是用水平仪测过的。壁炉里的火闷烧着，几乎没有火焰，木炭上架着一口炖锅，正在焖煮的肉散发出一股臭味。灶台歪得厉害，冒出的烟直冲一边的墙壁，然后才沿着墙壁进入烟囱。

在这样的房间里，通常的重力线已经不起作用，从瓶里倒一点酒到杯子里都成了一个难题。英曼刚倒酒的时候，完全没倒进杯子里，还弄湿了鞋子；后来，他找到了正确的角度和方向，成功地倒满一杯，喝了一口，就把杯子放在餐桌上。他注意到桌子上到处都钉着桦树枝锯成的横档，这样杯盘才不会滑到地上去。

维齐看看四周，在屋里上坡下坡地走来走去，不时从杯子里啜一口。突然，他想到一个主意。

——我们可以在矮墙那头装上杠杆，很快就能把房子抬平，他说。

杠杆似乎在他的思维中占据了重要位置，他仿佛发现了可以解决一切难题的机械装置，任何事情出了差错，只要把杠杆插在底下，就可以把它纠正过来。

——我估计把房子撬起来没问题，朱尼尔说，但是，我们这样住了很久，已经适应了一切，要是住在没有坡度的房子里，我们反倒会觉得很别扭。

他们又喝了一会儿酒，英曼的酒劲冲上了头，昨天稀薄的晚餐之后，他除了豆荚什么都没有吃。维齐腹中空空如也，醉意来得更是猛烈，他脖子梗着坐在那里，朝下看着酒杯。

没过多久，一个八或十岁的女孩从前门进来。她身材瘦长，脚踝和肩膀的骨骼纤细，皮肤是深奶油色，棕色的鬈发垂到肩膀下面。英曼很少见到这么漂亮的孩子。

——你妈在家吗？朱尼尔问道。

——在，女孩说。

——她在哪里？朱尼尔问。

——从后面出去了，刚刚还在。

维齐的眼睛离开杯子，抬头仔细看着那孩子。他对朱尼尔说，哎呀，我见过有些白人孩子肤色比她更黑，你觉得她是只有八分之一黑人血统，还是更少？

——八分之一还是四分之一，没什么区别，我就知道她是黑鬼混血儿，朱尼尔说。

维齐突然站起来，歪歪扭扭走到床边，躺下昏睡过去。

——你叫什么名字？英曼问那女孩。

——卢拉，她说。

——不对，朱尼尔说，转头朝女孩瞪着眼，说你叫什么名字？

——妈妈说我叫卢拉，女孩说。

——你不叫这个名字，你妈就只会想出这种妓院里的诨名。你叫贞儿，得我说了算。

——我看，这两个名字都不错，英曼说。

——不行，朱尼尔说，我起的名字响亮得多，让人记住她母亲是个婊子。

他一口气喝干了杯子里的酒，说，跟我来吧。也不管英曼是否跟着，他就走了出去，坐进前门廊上的一把摇椅里。

英曼走到院子里，仰起头望着天空。日已西斜，暮色渐浓，东边的天空中，升起一弯月亮和闪亮的金星。空气干燥而凉爽，英曼深吸了一口气，那味道和感觉让他意识到：秋天已经来临。微凉的天气说明，岁月的车轮又向前滚动了一刻。

——莱拉，朱尼尔喊道。

不一会儿，一位年轻女人从房子的角落里走出来，在英曼和朱尼尔中间的门廊台阶上坐下。她的膝盖高高弯起，用挑剔的眼光审视着英曼。她的发色金黄，臀部丰满，穿一件洗得发白的薄棉裙，透过羊皮纸色的布料，几乎可以看见她皮肤的质地。裙子上本来印着一行行碎花，但是颜色黯淡了，看上去更像是竖写的潦草模糊的字迹。

那姑娘全身的线条都是浑圆的。她的裙摆向后滑落，搭在台阶上，两条洁白的大腿完全暴露在外面。她的眼睛像是浅色的风信子花，头发没有梳，赤着的脚上被荆棘刮出伤痕。她身上有种奇异的气质，英曼不得不让头脑清醒一下，开始数她浑圆的脚上泥泞的指头，想证实数量是否是神秘的五个。朱尼尔从口袋里掏出一个玉米穗烟斗，烟嘴是陶土的，还拿出一个皱巴巴的大烟草袋。他装满了烟斗，塞进黑洞洞的嘴里，把烟草袋在英曼面前晃了晃给他看。

——公牛的阴囊，他说。人做烟草袋，不会比上帝做得更好。这类东西是上帝的考验，看我们是否会靠他创造的一切过日子，还是会避开他的全权统治，依靠我们自己设计的不堪一击的发明来改进生活。

然后他朝那个姑娘说，火！

她站起身来，裙裾摇曳之间，豁口洞开。她走进房子，拿回来一片燃烧的玉米壳，弯腰点燃烟斗，臀部正对着英曼。薄薄的裙子打着褶，挤在两瓣屁股的缝隙中间，把臀部裹得紧紧的，他能看见她紧绷的臀部两侧凹进去的地方，还有脊椎和髋骨之间肌肉的小坑。她裙底的风光一览无余，英曼仿佛面对一张陌生奇异的脸，它却并非完全不友好。

此时，姑娘突然扭动身体，像是被猫头鹰扑倒的野兔一般尖叫起来，英曼看见朱尼尔钳子般的手指从她胸口附近缩了回来。

——朱尼尔，该死的，她说。

莱拉回到台阶上坐下，一条手臂紧紧压在胸口。朱尼尔抽了一会儿烟，莱拉挪开胳膊，裙子的前襟上沾了一小块黑色的血迹。

朱尼尔说，让这些母狗给你弄些吃的吧，我要去下坡的草地上看看一匹母马。

他起身走到门廊边上，从裤裆里一掏，撒出一道粗粗的弧线，浇到一丛雪球花灌木上。他抖抖干净，系好裤子，出了院子沿着小路走去。路面渐渐变得昏暗，他一边叼着烟斗、吸着烟，一边哼出一支小曲。英曼听见歌词是：上帝向诺亚展示彩虹的奇迹，并非再也不发洪水，而是下次改用大火。

英曼跟着莱拉绕到屋后，外屋是烟熏屋、储菜屋、冷藏室、鸡舍和玉米仓库，围出一块夯实的空地，好像一个院子，中间大块木头烧着一堆火，蹿起的火舌高到莱拉的头顶，溅起的火花就更高了。夜色逐渐沉淀在远处黑黢黢的树林边缘，林子前头是长满杂草的园子，里面种着玉米和已经摘完的豆角。近处有个围着栅栏的菜园，木桩尖端刺着几只死乌鸦，软弱无力地戳在那里，处在不同的腐烂阶段中。黄色的火光映入黑暗的夜色，摇曳的影子投在没有刷漆的墙壁上。头顶的苍穹却仍然是一片银色，没有星星。

——嗨，莱拉喊道。

烟熏房里出来两个苍白的女人，显然是莱拉的姐妹，她们跟莱拉长得很像，完全有可能是三胞胎。随后，冷藏室里出来一对黑头发的小男孩。他们都聚在火堆边上，莱拉问，晚饭做好了？

没有人说话，姐妹中的一个伸出脏兮兮的食指，探进陶壶颈口处的挂绳，把陶壶从火边的地上提起来。她用臂弯抱住陶壶，咕咚咕咚地喝了一大口。她把陶壶传递下去，轮到英曼的时候，他本以为是某种难喝的家酿劣酒，但味道跟他喝过的任何酒都不一样。饮料有种肥沃土壤的味道，还有其他说不清的滋味，好像混合了树上的菌子和某种药性不明的动物腺体。陶壶在众人手中转了好几圈。

另一个女人倒退着走向火堆，撩起裙子下摆，弯腰撅起后臀。她盯着英曼，蓝眼睛里闪烁着快乐的光彩。她浑圆的乳房垂下来，仿佛要把紧身胸衣胀裂了。英曼疑惑，自己究竟闯进了什么样的淫窝。

第三个女人站了一会儿，一只搭在腹股沟上，目光越过玉米地，随后她走进烟熏房，拿回来一把木齿耙，在火堆边缘的灰烬里耙了几下，翻出几个烧焦的玉米壳包着的东西。两个男孩似乎一下子被吸引住了，他们在旁边看着，其中一个走到火堆旁，用单调的声音说，面团兵。

在英曼看来，除了会说这一句话，两个小孩痴头呆脑的。他们眼窝深陷，在火光照亮的院子里，沿着似乎确定的路线，一言不发地来回踱步。他们反复用脚摩擦地上的泥土，像鬼魂一样。英曼开口跟他们说话，他们既不回答，也不朝他的方向眨一下眼睛表示听见他的声音。他开始猜想，那男孩对着火堆说的话，即是他们懂的全部词汇。

姐妹几个剥开玉米壳，一股蒸汽散入冷冽的空气。她们剥出了六块黑面饼，每个都捏成脑袋奇大的矮人，连下腹的器官都一目了然。姑娘们把玉米壳扔进火堆，火光明亮起来，一瞬间就烧尽了。

——我们知道你会来的，莱拉说。

两姐妹给每个男孩一块面饼，他们撕成自己的拳头大小，一块块地塞进嘴里。他们吃完后，又开始沿着地上踏出来的模糊足迹，不停地走来走去。英曼在一旁看着，想搞清楚他们走的究竟是什么图案，也许是某种他不应该错过的天机。但过了一会儿他放弃了，地上的印迹毫无意义。

两个姑娘拿走了剩下的四块面饼，走到房子里面。莱拉走过来，站在英曼旁边，把手放在他肩上说，你可真健壮啊。

他不知道该怎么回答。最后，他取下挎包，放在脚边的地上，钱和勒马特手枪都在里面。现在，夜色已经变得全黑了，他看见山坡上有一点黄光，似乎在树丛中摇曳地游移，忽而变成散漫的光晕，忽而变成明亮的光点。那光看上去很奇怪，让英曼怀疑没有什么外在的光源，而是他思维错乱产生的幻觉。

——那是什么？英曼问。

莱拉盯着光看了一会儿，说，那不算什么。今天晚上那光很小，它有时候跟天上多出一个月亮一样大。我还是小女孩的时候，朱尼尔在那座山上杀了一个人和他的狗，用板斧劈下他们的脑袋，一个挨着一个扎在山核桃树桩上。我们都跑去围观。那人的脸变得像黑鬼一样乌黑，眼神十分可笑。从此以后，某些夜晚，山里就能看见游荡的光。你现在就可以跑去看，什么都不会看见，但是，也许会有什么东西蹭你，感觉像晒干很久的小母牛皮。

——他为什么杀了那人？英曼问。

——他从来没说过。他脾气很暴躁，动不动就打人。他连自己的母亲都开枪打死了。照他的说法，她把围裙裹在身上，他就把她当成天鹅了。

——我在这个地方没有看见过天鹅。

——天鹅很少见。

山上的光变成蓝色，边缘锐利起来，移动的速度变快，在树丛中忽隐忽现。随后，光就消失了。

——你觉得那光是什么？英曼说。

——全能的上帝在《圣经》里说得很清楚，死人的脑子没有想法，思想都从脑袋里飞走了。所以，这不是那个无头人。我相信是人们说的那样，有时候狗的幽灵头上挂着灯笼。但我也许是错的。老人们说，从前的鬼魂比现在多得多。

莱拉盯着他看了很久，用手摩挲着他的小臂。我相信你一路上打着黑旗①，她说。

我什么旗号都不打，他说。

两姐妹之一跑到后台阶上，说，来吃饭吧。英曼把挎包拿到门廊上，莱拉伸手抓着他肩上背包的带子，从他的双臂上卸下来，放在挎包旁边。英曼低头看了看，心想，这可能是个错误，但他再也无法理清思路。

见莱拉和她的姐妹走进房子，他拿起挎包，塞进门廊上堆放的木材之间的空隙，大约有一肘深。然后，他跟着姑娘们走进房子，屋内不知何故看起来比先前更大了。她们领着他走过一条倾斜的走廊，两边的木板墙没有刷漆，他总觉得双脚似乎要打滑。在黑暗中，这地方看上去像个大杂院，分隔成迷宫般的小房间，两边墙上都有门，房间彼此连接的方式毫无逻辑。最后，英曼和莱拉走进了倾斜的大房间。在钉着保险杠的桌子旁，座位已经摆好了。维齐在有烟囱的角落里，睡得死死的。

桌上的灯正在冒烟，微弱的光线掠过墙上、地面和桌布，像小溪底部石头上的影子一样摇曳。莱拉让英曼坐在桌首，在他脖子上围了一块格子餐巾，桌子中央放着一块从火堆灰烬中拿出来的面饼，用餐巾包裹着。

两姐妹之一从灶台拿来一个大浅盘，里面盛着一大块肉，浸在亮晶晶的油脂里。英曼说不清这是什么肉，猪腿没有这么大，牛肉颜色没有这么浅。这是一整个关节，两端的骨头上都连着厚厚的肉，白色的筋腱和韧带纵横交错。姑娘把盘子放在他的面前，用一把翻过来的烹饪勺子插在底下垫平。英曼面前只放着一把生锈的餐刀，他拿起来看着莱拉。

---

① 见96页注释。

——我们连肉叉也没有，她说。

英曼用左手握紧骨头，拿刀切了又切，但关节上什么痕迹都没有留下。

三姐妹都围在桌边，看着他努力切那块肉。她们身上散发着一股发情的骚味，就像潮湿的银河叶草丛的气味，甚至盖过了那块怪肉的臭味。莱拉腻在英曼身边，柔软的小腹贴着他的肩膀，然后，她踮起两只脚尖，在他身上磨蹭，他能感觉到她两腿之间毛发茂盛的地方，透过薄薄的裙子擦着他的皮肤。

——你长得真帅，她说，我敢打赌，女人见了你都像飞蛾扑火一样。

两姐妹之一盯着英曼看，说，我希望他抱着我，直到我咕哝出声来。

莱拉说，他是我的。你们只能看看他，然后就躲到一边做你们的美梦去吧。

英曼感到疲倦而麻木，他依然在锯那块关节，但胳膊渐渐沉重起来。燃烧的灯芯似乎在昏暗的房间里投下了奇怪的阴影。英曼回想起刚才喝的那壶东西，怀疑自己醉得有点不太对劲。

莱拉拿起他抓着骨头的油腻的左手，拉到她的裙底，放在大腿根上，他感觉到她没有穿内裤。

——出去，她对姐妹们说。她们向大厅走去，其中一个在门口转头说，你就像牧师说的那样，把教会建造在彼得上①。

莱拉用一根大拇指，把装肉的大浅盘推到桌子高的一边。她碰掉了垫在盘子下面的勺子，灰色的肉汁淌了下来，流到桌子低的一边，从桌沿往下滴。莱拉扭动身体，坐在英曼对面的桌子上，两腿分开把他夹在中间，一双赤脚搭在他的椅子扶手上。她把裙子向后拉到腰间，身体朝后仰，肘部支在桌子上，对英曼说，怎么样？像什么？

除了它本身什么都不像，英曼想。但他的脑子里想不出词来，像被施了法术般，一片呆滞混沌。他油亮的掌印还留在她苍白的大腿上，再上面

---

① 该句出自《圣经 · 新约 · 马太福音》，其中彼得（Peter）在俚语中指男性生殖器。

就是张开的洞穴，尽管只是一条肉沟，看来却充满了诱惑。

——来吧，她说，耸耸肩膀把裙子抖落，乳房一下子跳了出来，淡淡的乳晕有品脱杯口那么大。莱拉探身朝前，把英曼的头拉到她的乳沟之间。

此时，门突然被撞开了，朱尼尔站在那里，一只手提着一盏冒烟的灯，另一只手里拿着猎枪。

——见鬼，你们在干什么？他说。

英曼坐回椅子里，看着朱尼尔拿猎枪瞄准他，并扳起尖尖的、足有骡子耳朵那么长的击锤。短枪管参差不齐的枪口像个巨大的黑洞，一旦开枪，射击面积会覆盖整个墙面。莱拉从桌上滚下来，上下左右地拉扯衣裙，把身体基本上遮盖起来。

要是死在这个鬼地方就太糟糕了，英曼想。

他们沉默了很久，朱尼尔站在那里，舔着犬齿，似乎在深思熟虑什么。然后，他说，你得知道，在基列可没有香膏——求神也没有用。

英曼坐在桌边，看着朱尼尔黑洞洞的枪口，心想，我应该做点事情，采取正确的行动。但是，他的身体却不听使唤，像块石头一样动弹不了。他盯着自己放在面前桌布上的双手，徒劳地想：它们开始变得像他父亲的手，尽管不久之前，它们还是另外一副样子。

朱尼尔说，让我满意的办法只有一个，要么办一场婚礼，要么来一场杀戮。

莱拉说，太好啦！

——等等，英曼说。

——等等？朱尼尔说，已经太晚了。

朱尼尔朝维齐躺着的烟囱角落望去，对莱拉说，去把他叫醒。

——等等，英曼又说了一遍，但除了这个词，他连一句完整的话都说不出来，脑子里一片混乱、毫无秩序，思维无法表达他的意图，他又开始怀疑，自己在院子里的火堆边究竟喝了什么。

莱拉走过去，在维齐面前弯下腰，摇了摇他。维齐醒了过来，看见面前的两只乳房，咧开嘴笑了，仿佛到了一个美丽的新世界，直到他看见猎枪的洞口。

——现在你把她们也叫来，朱尼尔对莱拉说。他走到她身边，狠命打了她一个耳光。莱拉用手捂着红肿的掌印，离开了房间。

——我要给你看样东西，朱尼尔对英曼说，起来。

英曼站了起来，但他感到脚下有些不稳。朱尼尔走到里边，一边继续用枪指着英曼，一边一把抓住维齐的衣领，把他拎起来，拖着慢慢走过房间。维齐被猛地一拉，只能脚尖着地往前挪，像个鬼鬼祟祟要干坏事的人。朱尼尔把他俩拉到一起，用猎枪参差不齐的枪管戳着英曼的屁股。

——出去看看我带了什么来，朱尼尔说。

英曼好像在水底一样，缓慢而努力地走到前面的门廊上。他看到黑暗的路上隐约有物体在移动，形状模糊不清、数量不少。他听出了一匹马在喷鼻、一个男人在咳嗽，石头上传来哒哒的马蹄声。有人打火，一盏灯亮了起来，接着是第二盏，第三盏。最后，英曼在明亮的黄光下，看清那是一队骑马的民兵，跟在他们后面的是一群徒步的逃犯，戴着枷锁、垂头丧气，逐渐隐没在黑暗中。

——你不是我设圈套捕获的第一个人，朱尼尔对英曼说，我每抓到一个逃兵，就能获得五美元。

一个骑兵喊道，我们走还是不走?

但是，过了一个小时，他们还是没有离开。民兵把英曼和维齐跟一群囚犯绑在一起，把他们推到烟熏房的墙边上。被绑起来的人没有说一句话，他们像行尸走肉般挪到墙根，所有人都无力地拖着步子、眼神茫然。从士兵沦为逃犯再到囚徒，最近的遭际让他们疲惫不堪，靠着墙根坐下往后一靠，马上张着嘴全无声息地睡着了，身体一动不动，连抽搐都没有。英曼和维齐却整夜坐着，睡意全无，每隔一段时间，他们就扭动一下被绑紧的双手，希望找到绳子松动的迹象。

民兵点起了火堆，火焰一直烧到屋檐那么高，在几间屋子的墙上投下交错的光影。篝火的亮光让星星消隐，一连串的火星纷飞入夜空，然后消失在黑暗中。英曼觉得，真正的星星似乎集体商议决定一起逃走，好把星光洒向一个更美好的世界。山坡上，狗的鬼魂发出南瓜一般橙色的光芒，在树丛中乱窜。英曼转过头盯着火堆，一个个黑色的人影在篝火前走来走去。过了一会儿，一个民兵拿出一把小提琴，拨动了几下琴弦调校音色，满意后便拉起琴弓，奏出一支低沉而单调的曲子。很快人们就听出，他一直周而复始地演奏同一个旋律，不但适合跳舞，而且假如拉的时间够长的话，足以让人头晕目眩。篝火映照着民兵的身影，他们一个个前俯后仰，捧着各种罐子和酒壶痛饮。随后，他们围着火堆跳舞，有时候可以看见他们跟莱拉或者另外一个姐妹成双作对，在暗影中摆出各种不堪入目的造型，尽情发泄着欲望。

——这地方就跟他妈的窑子似的，维齐说，唯一的区别就是还没有收钱。

没有马上轮到跟莱拉和她的姐妹们跳舞的人就自己跳。他们跳了一圈又一圈，痉挛般跳着踢踏舞，又弯腰又踢腿，时而低头看着地上的脚，时而仰面凝望着苍茫的天空。时不时有人对音乐着了魔，厉声尖叫起来，仿佛受了伤。

他们一直跳到所有人不得不停下来喘气。朱尼尔显然已经烂醉如泥，他执意给英曼和莱拉举办一场婚礼。

——我走进房子，那高个子正要跟莱拉做成好事，朱尼尔说，我们应该给他们举行婚礼。

——你可不是牧师，民兵队长说。

——那个头发剃掉的小个子是，朱尼尔看着维齐说。

——该死，队长说，他看上去可不像。

——你愿意做证婚人吗？朱尼尔说。

——只要我们办完能上路就行，队长说。

他们从烟熏房前找到英曼和维齐，解开他们身上的绳索，用枪口指着，把他们带到火堆前。三个姑娘等在那里，那对黑发男孩也跟她们站在一起。民兵们走到一边看热闹，他们巨大的影子摇晃着投在房子的墙上。

——到那边去，朱尼尔说。英曼朝莱拉走近了一步。此刻，一直盘旋在他脑海中的念头一下子清晰起来。他说，可是她已经结婚了。

——在法律上，她是结婚了。但是，无论在我的心里，还是在上帝眼中，她都没有结婚，朱尼尔说，快过来。

英曼不情愿地站在莱拉身边。

——噢，太好了，她说。

她的头发挽成发髻，垂在脖子后面，像用发网束起来的那种，脸颊上涂了胭脂，但左边脸上朱尼尔留下的掌印依然红肿。她握着一把从篱笆围着的玉米地里摘来的一枝黄和紫菀草，垂在腹前，脚趾在泥地上喜洋洋地划着小圈。朱尼尔跟维齐站在一边，猎枪抵在维齐的尾椎骨上。

——该说的都由我来说，你只要说嗯就行了，朱尼尔对维齐说。

朱尼尔解开系在下巴上的带子，摘下帽子放在脚边的地上。他的脑袋上稀稀拉拉长着粗粝的头发，像是一片模糊的污渍，长在屁股上倒是更合适。他把猎枪抱在臂弯里，摆出一副正式的姿势，开始扯着嘶哑的嗓子唱起婚礼歌，听上去低沉阴郁，大致算是有点歌的样子，凄厉颤抖的曲调折磨着别人的耳朵。英曼勉强能听出，歌词的大意是死亡之不可避免，以及生活不愉快的苦果。那一对男孩双脚踏着节拍，仿佛他们熟悉并喜欢这支歌的主旋律。

朱尼尔唱完之后，开始了仪式的讲演部分，最显著的就是义务、死亡和疾病这几个词。英曼朝山坡下望去，鬼火又在树丛中穿行，他真希望那幽灵能过来把自己带走。

婚礼结束后，莱拉把花扔进火里，紧紧地抱住英曼，把一条大腿伸进他两腿之间。她盯着他的眼睛说，再见。

一个民兵走到他身后，用一把柯尔特手枪顶着他的太阳穴说：想想看，这女人刚才还是你的新娘，过一会儿，我要是扣动扳机，她就会微笑着用勺子把丈夫的脑浆从地上舀起来，包在餐巾里面。

我不明白你们这些人，英曼说。他们重新把英曼和维齐跟那些犯人绑在一起，押着他们往东方的路上走去。

他们接连走了好几天。英曼的手腕被绑在一根长绳子末梢，绳子上还绑着另外十五个人，就像一队小马驹一样。维齐就被绑在英曼前面，垂着头艰难地往前走，还没有从自己的不幸中缓过来。队伍开始行进或停下来的时候，他都猛地朝前一冲，绑住的双手被拽到面前，仿佛突然想要祈祷似的。排在队伍前面的人，有的是白发苍苍的老头，有的几乎还是孩子，所有人的罪名都是逃兵或同情敌方，他们大多数都是穿着土布衣服的乡民。英曼猜想大家都会被送进监狱，要么就被送回战场打仗。有些人时不时对民兵喊叫，找出各种理由，解释自己是无辜的，根本不是他们想要抓的那类人。有些人低声咕哝着威胁说，如果他们不是被捆着，手里要是有把斧头，他们就会把民兵从头到裤裆劈成血肉模糊的两半，他们会往尸体上撒尿，然后找回家的路。还有些人抽泣着乞求释放，呼唤想象出来的存乎人心的善念，来解救他们于困厄之中。

像世界上大多数人一样，这些俘虏从土地上消失时，留下的痕迹不会比耕作时的犁沟更持久。你可以埋葬他们，用刀在木板上刻下他们的名字，然后竖在泥土里，然而，他们的一切——他们的恶行或善行，他们的怯懦或勇敢，他们的恐惧或希望，他们的模样和特征——很快会被忘却，甚至等不及凿在木板上的字迹受到风吹雨打的侵蚀而磨灭。他们弯着腰往前赶路，仿佛背负着早已被遗忘的过去生活的重担。

英曼痛恨跟别人拴在一起，痛恨自己手无寸铁，尤为痛恨前进的方向跟自己的心愿南辕北辙。他往东走的每一步都是充满痛苦的倒退，走过了一英里又一英里路，回家的希望变得越来越渺茫。当太阳升起，阳光照耀着他的脸庞，他朝太阳的方向吐了口唾沫，只恨没有其他途径发泄怒火。

那一天和接下去的好几天，囚犯们都在一直赶路，彼此之间几乎一句话都不说。有一天下午，一个民兵为了找点乐子，一溜跑到队伍尽头，用枪管把每个人的帽子撂到地上，谁要是弯腰去捡帽子，就会挨一下枪托。他们继续往前走，十五顶黑色的帽子掉在地上，仿佛路上留下的足迹。

他们没有任何食物果腹，水也只能在涉过溪流的时候弯下腰用手舀起来喝几口。由于克扣口粮，队伍里的老人变得特别虚弱，等到甚至用枪管戳着他们也走不动的时候，民兵就给他们喝掺了玉米饼碎渣的酪乳做的稀粥。他们的神志清醒一点以后，又继续往前走。

每个人都是以惯常的方式落到这个地步的，倒霉事一桩接着一桩，直到落入从未预料到的境地，永无出头之日。英曼经常想着这些糟心事。现在除了被释放，他最渴望的就是看到朱尼尔鲜血直流。

有些日子，民兵们押着囚犯走一整天，晚上睡觉；有些日子，他们白天睡觉，太阳下山的时候起来，整夜赶路。但是，每次他们停下来的时候，周围的景物都没有什么变化：茂密的松树林遮天蔽日，地上照不到阳光。景物如此单调，英曼觉得仿佛在一片黑暗中行走，就像在梦中逃离可怕的东西那样，迈着奇怪而缓慢的步子，无论如何努力，却总是跑不远。

同时，艰辛的跋涉也折磨着他的肉体，他感到虚弱乏力、头晕目眩、饥肠辘辘，脖子上的伤口随着心跳一下下抽痛。他觉得伤口快裂开了，怕是要像在医院里一样吐出东西：望远镜的镜片、开瓶器、血淋淋的小开本《诗篇》①。

英曼眼看自己往西走过的路程开始像松脱的毛线线团一样，在脚下散乱地纠缠。赶了几天路之后，他们在傍晚时分停下，囚犯们依然被绑在一起，没有食物，没有水喝。民兵像前几夜一样，没打算让他们好好睡觉，既没有给他们毯子，也没有生起火堆取暖。精疲力竭的囚犯们挤在赤裸的红土地上，像狗一样紧挨着睡觉。

英曼从书上读到过，一些关押在城堡里的囚徒会在木棍或石头上刻痕记日。这确实是个很有用的办法，因为他已经开始怀疑自己推算的日期是否准确，但是，他甚至连刻下记号的工具都没有。不过，也没有必要继续记日子了。深夜时分，囚犯们被一个民兵从浅睡中唤醒，他提着一盏灯，往他们面前照了照，让他们站起来。另外五六个民兵枪托着地，松松垮垮地站在一起，有些人抽着烟斗。他们当中领头的人说，我们商量下来，你们这帮子废物就是在浪费我们的时间。

---

① 《圣经·旧约》的一卷书。

民兵们举起了步枪。

俘虏中有个男孩，刚过十二岁，他开始跪下来哭泣。一位白发苍苍的老人说，你们难道想在这里把我们全都杀死？

一个民兵放下了武器，朝领头的人看去，说，我来当民兵，可不是为了杀死老头和小孩的。

领头的人对他说，你要么滚回去开枪，要么到下面去跟他们一起。

英曼眺望着黑黢黢的松林。这就是我最后的安眠之地，他在心里暗暗地说。

子弹连声齐发，大人和小孩纷纷倒在四周。维齐朝前冲去，直到给绳子拉住，他在枪声中喊道，现在结束这卑鄙的行径还来得及。然后，他就给打穿了好几个洞。

射中英曼的子弹已经穿过了维齐的肩膀，所以冲击力不是很大。枪弹击中了英曼一边的发际线，穿过他的头皮和头骨之间，划出一道浅浅的沟槽，从他的耳后穿了出来。他倒下了，感到仿佛被一把板斧劈中，但他没有完全失去意识。他丝毫无法移动，连眼睛都眨不了，而他也不想动弹。他能看到世界在周围继续运行，却感到自己身处其外。它似乎是不屑于让人理解。人们在他身边死去，倒下时仍然被绳索捆在一起。

扫射完毕之后，民兵们站在那里，似乎不知道下一步该怎么办。其中一个人中了邪似的开始发作，他一边手舞足蹈地蹦跳，一边唱起《棉眼乔伊》，直到另一个人用枪杆打了他的尾椎骨。最后有一个人说，我们最好把他们埋起来。

他们活干得很马虎，只挖了一个很浅的坑，把尸体横七竖八放进去，上面盖了薄薄一层土，差不多可以用来种土豆。埋完死人之后，他们骑上马扬长而去。

英曼掉下去的时候胳膊肘挡在面前，正好有呼吸的空间。而且盖在他身上的土又松又薄，他躺在那里，怕是会先饿死，而不是窒息而死。他歇了一会儿，时而昏迷，时而清醒。泥土的气息向下牵引着他，他找不到力量可以把自己拉起身来，死去似乎比活着更容易一些。

然而不到黎明时分，野猪就受到空气中血腥味的吸引，从树林里跑了出来。它们用鼻子拱着地面，翻出死人的胳膊、脚和脑袋。英曼很快被拱了出来，他发现自己正瞪着一头大野猪青面獠牙的长脸。他的眼神中充满绝望、敌意和迷惑。

——呀，英曼喊了一声。

野猪往后退了几步，然后停了下来，惊慌失措地看着他，小眼睛闪闪发光。英曼从泥土里坐了起来。重新双脚着地，像个人样，这就是他此刻的心愿。英曼挣扎着站起来后，野猪对他失去了兴趣，回过头继续刨地。

英曼抬头望着无月的天空，发现天上虽然有星星，却十分异常，他分辨不出任何熟悉的星座。看上去仿佛有人用棍子搅过，只剩下一片黑暗中散乱的星光，既没有形状，也没有意义。

头部受伤总是如此，英曼流的血跟伤势完全不成比例，他满脸鲜血，沾满了泥土，因此面孔变成了赭石色的泥塑，像是面部特征尚未定型的早期人类。他找到了头皮上的两个洞，用手指碰了碰，发现伤口已经麻木，血块开始凝结。他用衬衫下摆擦了擦脸，却没有什么效果。随后，他弯腰使劲，拽着手上的绳子往上拉，很快维齐被拉出地面，像是从泥塘里钓起的一条大鲈鱼。维齐的脸上凝固着麻木而困惑的表情，双眼睁开，泥土沾在潮湿的眼眶里。

英曼看着维齐，并不为他的死亡感到过于悲伤，但他也不认为这是恶有恶报、正义得到了伸张。英曼目睹了太多死亡，在他眼中，死亡似乎是完全随机的事件。他已经数不清最近看到多少人死去了，但毫无疑问有成千上万人。你能想象出的五花八门的死法都有，有些你就是花上几天也想不出来。他变得对死亡习以为常，他在死人中行走，在死尸堆里睡觉，平静地把自己归入将死之人，死亡对于他而言，再也没有黑暗与神秘感了。他害怕自己的心灵已然留下太多烈火的烙印，也许再也无法变回一个平常人。

英曼朝四周张望，找到一块锐利的石头。他坐到地上，用石头磨绑住双手的绳子，直到太阳升起，终于把绳子磨断。他又看了一眼维齐，他的一边眼皮开始松弛，现在几乎合上了。英曼想替他料理后事，但他连一把能挖坟的铲子都没有，他唯一能做的，只有把维齐脸朝下翻过身来。

英曼背对着晨曦，开始往西走。那天早晨，他一直沉浸在木然和痛苦中，随着每一次脉搏，他的头开始一阵阵疼痛，脑壳几乎要裂成无数碎片，掉在脚下。他从篱笆边采了一把蓍草，把羽毛状的叶子敷在脑袋上，用剥了表皮的草茎绑一圈固定住。蓍草有镇痛的力量，也确实起了作用。头上的草叶随着他疲惫的步履摆动，一上午时间，他就这样看着自己面前草叶的影子，一路向前走去。

到了中午，他走到十字路口，脑袋里晕头转向，眼前摆着三条路，他不知道该选哪个方向，唯一能做的就是把来路排除在外。他抬头看着天空寻找方向，但太阳高悬在头顶，可能往任何方向沉下去。他用手摸了摸肿起来的头皮，感觉到发际线下血块已经凝结，心想，我很快就会除了伤痕什么也不剩了。他脖子上在彼得斯堡留下的红色伤痕开始作痛，仿佛是在同情它的新兄弟，整个上半身都好像满是溃疡一样难受。他决定坐在铺满松针的路边，等待出现某些迹象或征兆，告诉他走哪条路更好一些。

他半睡半醒了一段时间，看见一个黄皮肤的奴隶从路上走来。他赶着两头不成对的牛，一头红色，一头白色。牛拉着的爬犁上装着一些新木桶，还有许多黑色的小西瓜，像木材一样堆放整齐。那人看见英曼，将牛喝住。

——全能的上帝啊，他说，你看起来像个泥人。

他把手伸向爬犁，捏起拳头敲了敲两三个西瓜，选中一个扔给英曼。英曼在锐利的石头边缘把西瓜砸成参差不齐的两瓣，粉红色的瓜肉质地很密，点缀着黑色的瓜子。他像条饿狗一样，埋头啃起半个西瓜，然后又转向另外一半。

当他抬起头来的时候，就只剩下两瓣薄薄的瓜皮了，粉红色的西瓜汁顺着他的胡子流到路上。英曼盯着滴出的图案看了一会儿，想占卜出某种预兆或启示；他知道自己需要帮助，不管那帮助的来路有多么奇怪。然而，不管他从什么角度看，那些土地上的印迹都没有显示出什么象形文字或图腾。他对自己说，那个看不见的世界抛弃了他，他本就没有吉卜赛的灵魂，只能独自在一个破碎的世界上流浪，既没有向导，也没有地图，除了磨难一无所有。

英曼不再研究地面，他抬起头来，感谢那人给他西瓜。那个黄种人身体各处都很精瘦，但是脖子和小臂肌肉却很结实，穿着灰色的羊毛衬衫，袖子卷到肘部。他的帆布马裤明显是给个子更高的人做的，裤脚管向上挽起了很高一块，下面是一对光脚板。

——快上爬犁，跟我来，他说。

英曼一路坐在爬犁的后板上，背靠一只颜色鲜亮的木桶，刚砍下来的白色橡木散发出清香。他试着入睡，却难以成眠，只好恍惚地向下看着。爬犁宽宽的栲木滑板拖拽出两道痕迹，渐行渐远，消失在满是尘土的路尽头。一对平行线越是延伸到远方，相互之间的距离越是接近，这似乎蕴含着什么道理。他扯下绑在头上的蓍草，一片片扔到滑板轨迹之间的空隙中。

快到主人的农场时，那个黄种人让英曼爬进一只木桶，然后，他继续往前进入农庄，把爬犁上的货物卸到谷仓里。他把英曼藏在阁楼屋檐下的干草中，英曼在饲料堆里休息了好几天，又一次记不清日子。他一直闷头睡觉，奴隶们用猪油煎的玉米饼、青菜和烤得滋滋冒油的猪脊肉喂他。

英曼双脚能站起来的时候，又准备往前赶路。他的衣服已经在水里煮过，洗干净，头上的伤好了一些，用一顶黑色的旧帽子遮盖起来，帽檐浸透了奴隶的汗渍。天上挂着半个月亮，英曼站在谷仓门口，跟那个黄种人道别。

——我得走了，英曼说，路上要先办件小事，然后我就回家。

——你听我说，那黄种人说，上个礼拜，一群联邦军战俘从索尔兹伯里监狱里逃了出来，现在路上到处是巡逻队，日日夜夜搜寻他们。如果你想要往那儿走，一不小心就会被他们抓起来。不过，即便你很小心，他们也有可能抓住你。

——那最好怎么走?

——你要去哪里？

——西面。

——往北走，往威尔克斯的方向去，一路上都会有摩拉维亚教徒和贵格会信徒帮忙。走到蓝岭脚下，再沿着山麓往南走，或者直接跑进山里，顺着山脊往下走，回到你原来的路线。但是，人们说山上很冷，而且崎岖不平。

——我就是从山里来的，英曼说。

那个黄种人给了他一些玉米粉，用纸包起来，外面用麻绳扎好，还有一条咸肉和几块烤肉。然后，他花了一些时间，在纸上用墨水画了一张地图，等他完成之后，呈现在面前的简直是一件艺术品。小房子和奇形怪状的谷仓历历在目，虬曲的树干上画着脸孔，树枝就像手臂和头发；地图的一角画着一个花哨的指南针；注释里用清晰的字迹写着，谁可以信任，谁不能相信。越往西面远处，地图越简略，直至一片空白，只剩下一些连绵的弧线，象征山脉的形状。

——我只走过这么远，他说，就走到过地图的边缘。

——你会读书写字？英曼问。

——我的主人是个疯狂的人，他对那条法律不屑一顾。

英曼把手伸进口袋，想拿钱给那个人。他本打算慷慨大方一些，却发现口袋里空空如也，这才想起剩下的钱都在挎包里，藏在了朱尼尔家的木柴堆里。

——我多希望能给你一些酬劳，英曼说。

——反正我也不会要的，那人说。

好几个晚上之后，英曼站在倾斜的房子前面。那房子就像蹲在沼泽里的蛤蟆，窗户全都黑洞洞的。他轻声把那只三条腿的狗从窝里唤出来，从口袋里拿出梧桐叶包着的肉骨头扔给它。那条狗一路嗅着，悄无声息地跑过来，叼起骨头，消失在前门廊下面。

英曼跟着那条狗，走近房子，绕着屋后兜了一圈。那个大火堆现在不过成了地上一块冰冷的黑色瘢痕。他走向后门廊，背包还摊在地上，他仔细查看了一下，所有的东西都在，除了维齐的柯尔特手枪。他把胳膊伸进柴堆，探到挎包，隔着布摸了摸勒马特的枪柄。他把枪拉了出来，手枪的重量、匀称的手感，还有扳下击锤时发出的声音，都让他的精神振奋起来。

烟熏房的门下面透出亮光，英曼走过去，将门推开一道缝，往里面看。朱尼尔站在那里，在往一条火腿上抹盐。泥地上插着一把刺刀，连接步枪用的插口里插着一支蜡烛，跟银烛台一样好用。烟熏房的地面非常油腻，在烛火映照下闪闪发光。朱尼尔戴着帽子，俯身对着火腿，脸被帽檐的阴影遮住了。英曼一下子打开门，站在光线下。朱尼尔抬起脸看他，但似乎没有认出他来。英曼朝朱尼尔走近一步，抡起勒马特的枪管，猛地打在他的耳根上，然后用枪柄对着他一阵乱打，直到他仰面躺在地上。朱尼尔不再动弹，鲜血不断从鼻子、脑门和眼角的伤口涌出，流到烟熏房黑色的泥地上，积成一摊血水。

英曼停手蹲了下来，小臂放在膝盖上，累得气喘吁吁。他把蜡烛从插孔里拧下来，因为蟑螂啃咬油脂的关系，蜡烛表面很粗糙。他把烛火凑近朱尼尔的脸，躺在眼前的人固然十分可恶，英曼却害怕人心莫非如此，没有什么真正的不同。他吹灭了蜡烛，转头走到外面。东方的地平线上，月亮正在升起，透出一片灰蒙蒙的亮光。山坡上的鬼火十分幽暗，焦躁不安地飘荡着，光芒越来越黯淡，直至说不清什么时候，完全消失在黑暗中。

那天晚上，英曼往北赶了一夜的路，穿过一座人口密集的村镇，各处窗口都亮着光，时不时有狗在吠叫。那个黄种人说得没错；骑兵在黑暗中来回巡逻，但英曼总能听见他们的声音，及时躲进树丛中。早晨雾气弥漫，所以不必担心炊烟会暴露自己，他在林中生起一堆火，煮了两条咸肉，把玉米粉也一起倒进水里，胡乱熬了一锅玉米粥。他在树丛中躺了一整天，迷迷糊糊睡了一会儿，醒着的时候在地上辗转反侧。头顶的树上有三只乌鸦，正在折磨一条树上的锦蛇。它们停在蛇上方的树枝上，喋喋不休地聒噪着，时不时某只乌鸦就飞扑过去，佯装用闪闪发光的喙啄它。蛇用尽同类的老套恶毒伎俩，竖起身子，脖子膨胀起来，发出咝咝的响声，仿佛它有致命的毒性。但是，所有的把戏都只遭到乌鸦的讥讽和嘲笑，那条蛇很快就从树上离开了。下午大部分时间，乌鸦都继续栖息在树上，庆祝它们的胜利。英曼只要睁开眼睛，就看着它们，仔细地观察它们的行为和表达方式。他闭上眼睛，梦见自己生活在另一个世界里，在那里，只要人们愿意，就可以靠意念变成乌鸦的样子，尽管充满了黑暗的错误，他依然有力量从敌人面前飞走，或者用嘲笑让他们退却。这样过了一段时间，英曼看着夜色渐浓，似乎乌鸦无限膨胀起来，把一切都吞噬进了黑暗中。

代替事实

早晨的天空平淡无奇，颜色好像纸上涂了薄薄一层烟灰。拉尔夫垂着头，一动不动站在田里，喘着气。它被套在爬犁上，上面堆满了做栅栏用的洋槐木，跟等量的石头一样重。鲁比打算沿着溪边修一道新的牧场围栏，今天先铺好第一层，但拉尔夫似乎连一步都不想往前迈。艾达拿着赶马车用的鞭子，鞭梢有点卷了，她在拉尔夫的背上抽打了一两下，一点效果都没有。

——它是用来拉马车的，她对鲁比说。

鲁比说，它是匹马。

她走到拉尔夫脑袋边，用手托起它的下巴，看着它的眼睛。它往后收起双耳，眼睛向下一翻，留给她一圈眼白。

鲁比把嘴唇贴在天鹅绒一般的马鼻子上，接着往后退了一些，张大嘴巴，朝它突出的鼻孔深深地吹了一口气。她相信，这样能达成人和马之间的互相理解，这一举动的含义是，她和拉尔夫对手头的事情有着一致的看法。这样做可以让马儿心神安宁，让它们通常紧张的情绪松弛下来，通过这种友好的呼气，便能安抚一匹翻白眼的马。

鲁比对着拉尔夫又吹了一口气，并抓住它肩胛骨旁边的鬃毛往前拽，马终于拉着爬犁走了起来。来到溪边，鲁比把它从爬犁上解了下来，放它去吃长在树荫边的苜蓿。然后，她和艾达一起沿着溪岸，把一根根洋槐木两端相接，连成曲折的之字线。等以后有了时间，她们还要在上面再垒三层交叠的木料，最终做成栅栏。

艾达注意到，鲁比做事通常不会从头到尾一气呵成。她会根据事情的紧要程度来处理，什么着急就先做什么。假如没有特别急迫的事情，她就挑眼下来得及完成的活来做。那天早晨之所以打下第一排木桩，是因为一个小时左右就能做完，然后，她要出发去跟埃斯科做一笔交易：用苹果换卷心菜和芜青。

为了搬动沉重的木桩，艾达戴了一副皮制的劳动手套，但是手套里面十分粗糙，所以干完活，她的手就跟没戴手套一样刺痛。她坐在爬犁上，摸了摸手上的水疱，然后在溪水里洗了洗手，用裙子擦干。

她们把马拉回牲口棚，从它身上除下挽具，然后准备好马勒，好让鲁比骑着去做交易。但是，鲁比突然停了下来，看着牲口棚墙壁木钉上挂着的旧捕猎夹，大小合适捕捉河狸、土拨鼠和体型类似的动物，它还是布莱克一家去得克萨斯州时留下的。捕猎夹已经挂着那里很久，夹口几乎像焊牢了似的，铁锈已经染红了下面的木板。

——我们正好需要这个东西，她说，不如我走之前就把它安装好。

让她们头疼的是玉米仓。最近接连几天早晨都会少掉一些玉米。鲁比注意到之后，给仓门加了一道铁锁，把干裂掉落的地方补起来。但是，第二天早晨，她发现栅栏木头之间的新泥上又挖了一个洞，大到足以伸进一只手或者爬进一只松鼠，也许小型的浣熊、负鼠或土拨鼠也能钻得进去。她接连两次用泥补洞，但第二天早晨总会发现洞又被挖开了。每次偷走的玉米不多，几乎注意不到，但是，如果继续这样下去，损失总会积少成多到令人发愁。

因此，艾达和鲁比开始修理捕兽夹，用钢丝刷清理铁锈，结合处涂上猪油。清理完之后，鲁比用脚踩开夹子，然后用一根棍子去碰触发板，夹子猛然从地上弹跳起来，啪的一声合上了。她们把夹子拿到栅栏边，藏在玉米堆里，从洞口伸手正好够得着。夹子上连着一根铁链，端头有一根木桩，被鲁比用锤子敲进泥地里。考虑到窃贼万一不是野兽而是人，艾达坚持用麻袋布条把夹子的尖齿缠起来，鲁比照做了，而且仔细衡量了布料的厚薄，免得善良过了头。

干完之后，鲁比给拉尔夫装上马勒，把两大袋苹果驮在它的肩胛骨两边，不用马鞍就直接骑上马出发了。半路上，鲁比又停下来，大声提醒艾达别闲着，在冬菜园里弄个稻草人。然后，她两脚夹了一下马肚子，策马哒哒地跑远了。

艾达目送鲁比拐过一道弯，总算松了一口气。她现在有整个中午的时间，除了像个小孩一样愉快地做个大娃娃，没有别的事情要做。

最近，一群乌鸦正在冬菜园里忙活，无精打采地啄食着蔬菜的嫩苗。尽管它们并不穷凶极恶，但要是不把它们赶跑，用不了多久，园里的菜就会被啄个精光。有一只乌鸦两边翅膀都掉了羽毛，形成对称的方形缺口。它似乎是乌鸦的头领，总是第一个从田野或树梢起飞，其余的乌鸦不过是它的跟班。豁翅膀比其他乌鸦更健谈，会说各种乌鸦的方言，从生锈铰链发出的吱吱声，到鸭子被狐狸咬死时发出的嘎嘎声，没有一样它不会的。艾达观察它的行踪已经好几个星期了，有一次，鲁比实在受不了，朝它的方向开了一枪，但由于距离太远，没有起到什么效果，不过是浪费了一颗珍贵的子弹。艾达愉快地想象，或许自己的稻草人会让豁翅膀有所顾忌。

带着五味陈杂的心情，她喃喃自语道，我现在过的这种日子，竟然要关心起某种鸟儿的一举一动。

她走进房子，到楼上打开一只箱子，拿出门罗的一条旧马裤和一件褐红色的羊毛衬衫，以及他的河狸毛皮帽子和一条鲜艳的领巾，用这些也许能做个漂亮时髦的稻草人。然而，她站在那里低头看着手里叠好的衣服，唯一能想象出的场景就是，每天走出门，她就会看见门罗的身影站在田里。黄昏时从门廊上看去，它就会变成一个正在眺望的黑黢黢的影子。她担心乌鸦还没吓跑，自己倒被弄得更加心神不宁。

艾达把衣服放回箱子里，回到自己的房间，翻了一遍抽屉和衣柜。最后，她决定拿出自己在万多河派对最后一晚穿的淡紫色连衣裙。她还找出一顶法国制造的草帽，那是十五年前他们游历欧洲时，门罗给她买的，现在帽子边缘已经有点卷了。她知道，鲁比会反对用这条裙子，倒不是因为多愁善感，而是衣服材料可以派更好的用场，裁开来可以做枕巾、被面、椅背罩布，还有其他各种有用的东西。然而，艾达觉得假如需要丝绸的话，她倒是有其他一些礼裙，一样可以拿来改制。而她想看到站在田里经受日晒雨淋的，却只有这条裙子。

她把裙子拿到外面，用铁丝把两根豆角杆绑成十字作为骨架，插在菜园中间，用一把锤子牢牢敲进泥土里。她把旧枕套一头塞满树叶、草茎，做成稻草人的脑袋，用烟囱灰和灯油混合的颜料，在上面画了一张笑脸，再装到架子上面。她把裙子套在架子上，上身塞满稻草，再给它戴上草帽，在一条手臂末梢挂上一只底部锈出洞来的小铁桶。最后，她到篱笆边摘了些一枝黄和紫菀草，插进桶里。

艾达完成之后，退后了几步审视自己的作品。稻草人眺望着冷山的方向，仿佛正在散步途中采集花朵，准备回家摆放在餐桌上，却被眼前的美景吸引而停下脚步。淡紫色的裙子在微风中拂动，艾达却满脑子想着，经过一年的风吹雨打，它的颜色就会变得像风干的玉米壳。艾达自己穿着一件褪色的印花裙，戴着一顶女式草帽。她想，假如有人站在乔纳斯岭上，远远地俯视山谷，看见两个身影站在田里，不知他是否能选对哪个是稻草人。

她在厨房门廊上的脸盆里洗了手，给自己弄了一顿午饭：从埃斯科家的火腿上刨下的几片棕红色的肉、早晨剩下的冷面饼、昨天晚饭留下的一块烤南瓜。她拿起日记本、端起盘子，走到梨树下的桌子旁。吃过饭以后，她浏览了一下日记——苍鹭的速写、山茱萸的浆果、一簇簇漆树的果实、一对水黾——直到翻到一张空白页。她把稻草人画在了这一页，上方画上了那只豁翅膀的乌鸦，记下了日期、大致的时间和当时的月相，底部注明稻草人拿的铁桶里装的是什么花，在空白的角落里，她还画下了紫菀花的素描图，勾勒出其细节。

艾达画完之后没过多久，鲁比就牵着马从路上回来了。六大袋鼓鼓囊囊的卷心菜两两绑在一起，搭在马背上，比公平交易还多了两袋。但是，鲁比还没有骄傲到会拒绝埃斯科慷慨的冲动。艾达向路上走去，鲁比走到她面前停下脚步，把手伸进裙子口袋，拿出一封信来。

——给你的，她说，我顺路去了磨坊。她的语气透露出，她坚信除了面对面地用声音交流，任何其他讯息都很可能是多余的。信件有折痕，皱巴巴的，脏得像旧的劳动手套，在投递的旅途中曾被打湿过，干燥后留下一片起皱的水渍。信封上没有回信地址，但写着艾达的名字，她认出了是谁的字迹。她把信塞进口袋里，不想在鲁比的眼皮底下读信。

她们一起把麻袋卸到烟熏房旁边，鲁比把马牵走后，艾达来到厨房，做了另外一份跟她自己的午餐差不多的饭。鲁比一边吃，一边滔滔不绝地说起卷心菜，以及用它们烹饪的各种佳肴，在艾达听来却不过是那几样——泡菜、炒卷心菜、煮卷心菜、肉馅卷心菜和卷心菜沙拉。

鲁比吃过饭之后，她们就去处理卷心菜。其中一袋存起来，等星象显示出合适的征兆，再拿来做泡菜，不然它们有可能会在坛子里烂掉。其他的埋起来，等到冬天吃。对艾达来说，这是一件既古怪又麻烦的活，在烟熏房后面挖出墓穴一样的坑，里面垫上稻草，再把苍白的菜头堆放进去，在上面盖更多稻草，然后填上土。她们垒起土堆后，鲁比在这个地方竖起了一块木板，用铁锹打进土里，看上去就像一块墓碑。

——行了，鲁比说，这样省得我们一月份在雪地里到处找了。

艾达却只能想到，深冬腊月乌云密布的某个下午——寒风劲吹，光秃秃的树在摇晃，地上盖了一层结成硬壳的灰色旧雪——这种时候出门挖开坟墓般的深坑，只是为了卷心菜，那样的生活该是多么糟糕。

那天傍晚，她们坐在石头台阶上，艾达坐在鲁比身后，高出一级台阶，鲁比靠着艾达的小腿和双膝，仿佛靠着椅背一般。她们看着夕阳西下，乔纳斯岭蓝色的影子越过小溪，然后掠过牧场。一群家燕在空中横冲直撞地飞。艾达拿一把英国造的猪鬃刷子，梳理着鲁比的黑发，一直梳到光滑整齐，像崭新的枪管一样闪亮。她用手指划过鲁比的头发，分成七股，每一股在她手里都沉甸甸的、富有韧性，她把头发一缕缕分散在鲁比的肩头，仔细地审视着。

艾达和鲁比正在比赛编头发，这是艾达的主意，她看到鲁比心不在焉地把拉尔夫的尾巴编成复杂的辫子，就产生了这个念头。鲁比总是站在马的身后，心里想着事情，眼神游移，手指毫不费力地在长长的马尾间穿过，这样似乎能帮助她思考。拉尔夫总是被弄得昏昏欲睡，站在那里，跷起一只后蹄，眼皮不停地眨动。而之后它走动时，后腿总是微微屈着，看上去既紧张又尴尬，直到她俩中间的一个去把它的尾巴解开，用刷子梳理好。

鲁比在编马尾的时候，动作梦幻般轻柔，不由令人心生羡慕。艾达想象着小时候的她，像个被遗弃的孤儿般在乡野游荡，给一匹孤独的耕地老马的尾巴编辫子，以既亲密又疏远的方式，满足亲近温暖生命的渴望，并不直接触摸生命本身，而是抚弄着从它身上长出来的、美丽而没有血液的毛发。想到这里，艾达便提议她们比赛一下，看谁能把对方的头发编出最复杂、美丽或奇特的式样。她们都不会知道自己的头发变成了什么样，只知道自己给对方编的样子，等她们走进房子里，站在前后对照的两面镜子跟前，才能看得见她们后面的头发，这会让比赛变得更有意思。输了的人就要包揽晚上所有的活，赢家则可以坐在门廊的摇椅上，看着天空慢慢变黑，数着天上出现的星星。

艾达的头发早就编好了，鲁比摆弄了好长时间，又拉又拽，艾达两鬓的头发都给紧紧扯到了后面，连眼角都感觉到绷紧了。她想轻轻拍拍后脑勺，但是鲁比挡开了她的手，防止她事先知道编成了什么样。

艾达拿起鲁比脑后的三缕头发编了个简单的辫子，这是容易的部分。她打算用其余的头发，按照她很喜欢的一只棕榈编结的篮子，编出人字形花纹的复杂样式，罩在原先那根辫子外面。她拿起边上两缕头发，先用带子扎起来。

四只乌鸦，由豁翅膀带头，盘旋着飞进山谷，一看到新的稻草人就惊叫着飞走了，好像挨了子弹的猪。

鲁比说这是它们对艾达手工的肯定。

——尤其是那顶帽子特别棒，她说。

——那是法国货，艾达说。

——法国？鲁比说，我们这里又不是没有帽子。东岔口就有人编织草帽，用来换黄油和鸡蛋。镇上的帽商做河狸皮和羊送毛帽子，但一般得花钱买。

绕过半个地球买帽子，这件事情让鲁比无法理解。在她看来，能想出这种主意的人不正经。鲁比不想要来自法国、纽约或查尔斯顿的任何东西，她甚至也很少需要什么自己无法制造、种植或在冷山上找到的东西。她对旅行抱着怀疑的态度，无论是去欧洲还是去任何地方。她的观点是，一方水土养一方人，在一个丰衣足食的地方，人们既不必要也不会有愿望去旅行。什么驿站马车、铁路或轮船都不需要，这些交通工具都该闲置起来。人们都心满意足地待在家里，因为无论眼下还是历史上，不安分守已正是许多毛病的根源。她想象中的世外桃源里，有些人可以快乐地生活许多年，听着远处邻居家的狗吠，却从来不会走出自家的田地，去看一看到底是猎犬还是塞特犬，是纯色的还是杂毛的。

艾达不想费口舌争辩，反正她想象得到，将来的生活中，旅行和进口帽子都会变得无关紧要了。编好辫子后，她失望地看着它，跟她在艺术上所作的所有努力一样，结果跟想象有着天壤之别。她觉得成品看上去像一个发疯或者喝醉的水手胡乱拧起来的一堆麻绳。

艾达和鲁比从台阶上站起来，互相把对方的散发抚平，或者塞进发髻中。她们走进艾达的卧室，背对着梳妆台上的大镜子，拿一柄银手镜对照着看。艾达的辫子既简单又结实，手指摸上去就像栗树枝，即使干一整天活也不会散开。

鲁比对着镜子看了很长时间，她以前从来没有看过自己的后脑勺。她用手掌摸了摸头发，反复轻轻拍打，说真是美极了，不由分说地宣布艾达获胜。

她们回到门廊上，鲁比走进院子，准备把晚上的活干完，却突然停了下来，先是向四周张望，然后抬头看着天空，又摸了摸脖子和头顶的发髻。站在门廊的阴影之外，她发现还有足够的光线可以读几页《仲夏夜之梦》，就跟艾达说了。她们坐回台阶上，艾达边读边讲解，鲁比对罗宾①

① 莎士比亚戏剧《仲夏夜之梦》中的精灵迫克的别称。

的一句台词特别感兴趣——他说，“我要学马，学猎犬，学猪，学熊，学野火一样”——她一遍又一遍念着这些词，仿佛它们本身就有无穷的含义和乐趣。

很快天色变暗，没法再读下去了。田地和树林里各有一只山齿鹑，你来我往地互相叫唤，每次都是一模一样的三声。鲁比站起来说，我得去干活了。

——看一下我们的捕兽夹，艾达说。

——没必要，白天抓不到任何东西，鲁比说，然后就走开了。

艾达合上书，摘了一片黄杨木树叶当书签。她从裙子口袋里拿出英曼的信，把信纸迎向西方余下的微光。他在信里只是模糊地提到自己受了伤，正准备回家。那天下午她一共读了五遍，但第五遍也并没有比第一遍更清楚。英曼似乎对他们之间的情感关系下了决断，而艾达却不知道如何形容自己的想法。她差不多四年没有看见他了，也已经四个多月没有他的消息了。上次那封从彼得斯堡寄来的信写得仓促又潦草，语气生疏得好像写给远房亲戚。但这也并不奇怪，因为英曼早先就提出，他们永远不要对战后两人之间的发展抱太多期望。没有人知道将来会发生什么，想象出各种可能性——无论是愉快的还是的残酷的——只会在他的心里投下阴影。战争期间，他们的通信时断时续，开始是雪片般的信件，然后沉默的间隔就拉长了。然而，即便按照他们的标准，最近一次的间隔也太久了。

艾达手里拿的信没有日期，也没有提到最近发生的事情，甚至连可以据此判断时日的天气也没有提及。也许是上个星期写的，也可能已经过了三个月，从信件的破损程度看，时间应该更接近后者，但也无从确定。她也不清楚他说回家，意思是现在，还是战争结束后？假如是现在，那也不知道他是在路上已经耽搁了很久，还是刚刚出发。艾达想起她和鲁比听法院铁窗后的那个俘虏讲的故事。她担心每个县都有蒂格这样的民兵头领。

艾达眯起眼睛看信纸，英曼的字迹细小难辨，她在黑暗中只能看清下面短短一段：

假如你还留着我四年前送给你的相片，我请求你，千万不要看它。我如今从外表到灵魂，没有一点跟照片相像了。

艾达自然立刻跑进卧室，点起一盏灯，打开抽屉找到那张肖像照。她之所以把照片收了起来，是因为她从一开始就觉得不太像英曼。照片送来的时候，她拿给门罗看，他对摄影向来没有好感，从来没有照过相，以后也不打算照，虽然他年轻时曾经请人画过两次肖像。他饶有兴趣地研究过英曼的面容，然后啪的一声把盒子关上了。他走到书架边，抽出一卷书，爱默生在里面讲到过银版照相的经历，他读了这几句："为了不让自己的图像模糊，你是否怀着激动的心情，连一根手指都不敢动，使劲握紧拳头，仿佛是要打架，或者陷入了绝望一样？你是否为了保持面部不动，感觉脸绷得越来越僵，眉头皱得像地狱一般，眼神呆滞，好像痉挛、发疯或者死了一样？"

尽管英曼的照片并不完全符合上面的描述，艾达却也不得不承认其实差不了多少。所以，她把照片收了起来，免得原本对英曼的记忆被照片混淆。

艾达手中这样的小照片并不罕见，她见过很多这样的肖像。本地每个有儿子或丈夫上战场的家庭，几乎都有一张，即便只是装在简陋的锡盒里。照片跟《圣经》、蜡烛和银河叶一起摆在壁炉架或桌子上，看上去就像个神龛。在一八六一年，士兵只要花一美元七十五美分，就可以拍一张安布罗法、锡版法、卡罗法或银版法相片。战争刚开始的时候，艾达觉得大部分照片都很滑稽，现在相片上的人纷纷死去，她又感到很阴郁。他们一个接一个手持武器，怒气冲冲地坐在摄影师面前，等待长时间的曝光。他们把手枪挎在胸前，或是把装了刺刀的步枪竖在身侧，在镜头前挥舞着闪亮的新博伊刀①。那些农场上的小伙子们、把军便帽时髦夸张地斜戴在头上，比宰猪的日子还兴高采烈。他们穿着五花八门的服装参军，有耕田

① 一种约12英寸长的猎刀，为美国边境英雄吉姆·博伊（1796—1836）所发明。

时穿的衣服，也有真正的军装，有些人打扮实在滑稽可笑，即便是在和平年代、别人也可能因为他穿成那样就朝他开枪。

英曼的肖像跟大多数人都不一样，因为他在盒子上花了比一般人更多的钱，这是个精工镶嵌的漂亮小银盒。艾达在臀部的裙子上前后反复地摩擦，除去表面的灰尘，然后打开，移到灯下。肖像很模糊，就像一层油浮在水上，她得放在手心里翻来覆去，调整光照的角度，才能看清面容。

英曼的军团着装很随便，他们跟上尉达成一致——穿家常衣服，照样可以杀联邦兵。英曼的穿着正好符合这种理念：宽松的花呢外套，无领衬衫，一顶宽边软帽，帽檐遮住了眉毛。他当时留了一小撮山羊胡，看起来不像士兵，倒像个浪荡公子。他臀部挎着一把柯尔特海军手枪，被外套遮住了，只露出枪柄。他没有碰那把枪，两手只是摊放在大腿上。他努力看向镜头一侧二十度方向的某一点，但是，他在曝光的过程中移动了视线，目光变得模糊而奇怪。他的表情坚定而急切，似乎没有盯着某个确定的东西，好像对照相机、摄影本身都无所谓，甚至连旁观者对他的仪表的看法也不在乎。

说他跟照片不像，艾达感触不深，照片本身就很难让她回忆起英曼上战场前最后一天的样子，当时离他拍这张照片也不过几个星期的时间。那天，他来到艾达家跟她告别。他那时还住在县城的一间房子里，可能过两天就会出发，最多三天。门罗在客厅的壁炉边读书，没有出来说话。艾达和英曼一起走到小溪边，她不记得英曼穿了什么衣服，只记得他戴着宽边软帽，跟照片里一模一样，靴子也是簇新的。那是一个潮湿而寒冷的清晨，前一天刚下过雨，高高的天空满是薄薄的云彩。小溪边上，放牛的草地泛出一片浅绿，去年枯黄的草茬开始冒出新芽。草地被雨水浸得湿透，两人走路时不得不小心翼翼，免得踩进齐小腿深的泥坑里。在溪流两旁和山坡上，紫荆和山茱萸的鲜花在灰色的枝丫间闪耀，树枝上凝着霜花般的绿意，那是刚长出的稀疏叶子。

他们沿着溪岸走下去，一直走到草地尽头，然后在一片混杂着橡树和鹅掌楸的树林中停下。他们说话时，英曼似乎时而欢快，时而忧郁。过了一会儿，他摘下了帽子，艾达明白他是准备来吻她。他摘去粘在她头发上的一片浅绿色的山茱萸花瓣，手落下来抚摸她的肩头，把她拉向自己。但是，他的手碰到了她衣领上的一枚玛瑙珍珠胸针，胸针啪的一声弹开了，掉在一块石头上，弹进小溪中。

英曼把帽子戴回去，走进溪水里，在长满青苔的石头上摸了一会儿，最后找到了胸针。他重新把它别到她的衣领上，但胸针湿漉漉的，他的手也湿漉漉的，她的衣领弄脏了一片。他从艾达跟前退去。他的裤管在滴水，他抬起了一只脚，让水从新靴子上淌下来。他似乎垂头丧气的，温柔的一刻已经搞砸了，他想不出有什么办法可以找回来。

艾达不禁胡思乱想起来：假如他战死沙场，那会怎么样？她当然不能把这个念头说出来。然而，她也不需要开口，因为英曼马上说，假如我被枪弹打死，再过五年，你可能连我的名字都记不起来了。

她不太确定他是在逗弄她、试探她，还是只是说出了真实的想法。

——你知道不会这样的，她说。

然而，她在心里想：有什么事情会被永远记住吗？

英曼掉转视线，似乎被自己的话弄得不好意思。

——看那里！他一边说，一边转头向冷山望去。山上还是一片冬天的景象，像板岩一样毫无生气。英曼抬头眺望大山，给艾达讲了小时候从切罗基老妇人那里听来的一个关于冷山的故事。那老妇人在军队搜遍大山、抓捕印第安人，打算把他们赶上“血泪之路”① 时，成功地躲了起来。她一开始把他吓得不轻，说自己有一百三十五岁了，还记得过去的时代，当时白人还没有来到这片土地。她的语气中，充满了对从那时以来的岁月的憎恶。她粗糙的脸上布满了皱纹，一只眼睛完全没有颜色，安在眼眶里，像剥了壳的白煮鸟蛋一样，又白又光滑。她的面颊上刺了两条蛇，身体舒

① 指美国政府在 19 世纪 30 年代迫使东部的印第安人西迁的路线。

展出波浪般的线条，尾巴盘曲着伸进两鬓的头发里，蛇头对称地探在她的嘴角。当她说话的时候，蛇也张开了大口，仿佛在跟她一起讲那个故事。她说许多年前，鸽子河分岔口有个叫卡努加的小村庄。这个村子早就消失不见了，人们在河边寻找石蚕的时候，偶尔会发现一些陶瓷碎片，除此以外没有留下任何踪迹。

有一天，某个看上去很普通的人来到这座叫卡努加的村子。他似乎是个外乡人，但当地的民风十分慷慨好客，村民对他的到来表示欢迎，并且给他提供食物。他吃饭的时候，别人问他是否来自遥远的西部。

——不是的，他说，我住在附近的一个村庄。实际上，我们全都是你们的亲戚。

他们很迷惑不解，怎么会有亲戚住在附近，他们不知道呢。

——你从哪个村庄来？他们问道。

——哦，你们从来没有见过，他说，尽管村子就在那边。他指向南边“达苏纳拉斯刚伊”的方向。那个有蛇文身的妇人说，他们用这个名字来称呼冷山，但既没有“冷”也没有“山”的意思，完全是另外一回事。

——那里没有什么村庄，人们说。

——哦，有的，那个陌生人说，光明石就是我们的大门。

——可是，我去过很多次光明石，从未见过这样一个村庄，有人说。其他人表示同意，因为大家都对他提到的地方很熟悉。

——你们必须斋戒，陌生人说，否则，只有我们能看见你们，但你们看不见我们。我们的国度跟你们的完全不同。在这里，无论你走到哪儿，总是有战争、疾病和敌人。很快，你们前所未见的更强大的敌人就会来夺走你们的土地，让你们流离失所。但是，我们那里却有永远的和平。尽管我们会像所有人一样死去，也必须为填饱肚子而奋斗，我们却不需要担心危险。我们的头脑中没有恐惧，不会没完没了地互相争执。我是来邀请你们跟我们一起居住的，你们的住所已经准备好了，每个人都有房子。但是，假如你们要来的话，所有人必须先去村会堂斋戒七天，这段时间不能离开，也不能发出战斗的呼号。斋戒之后，你们就爬到光明石那里，它会像大门一样打开，你们就能进入我们的国度，跟我们生活在一起。

说完这番话，陌生人便走了。人们目送他离开，然后就开始争论他的邀请是真是假。有些人认为他是救世主，另一些人认为他是骗子。最后，他们终于决定接受。他们来到村会堂，接连七天都待在那里斋戒，每天只喝一两口水。只有一个人，每天晚上趁其他人睡着的时候，偷偷溜回自己的房子，吃烟熏的鹿肉，在黎明前回到会堂。

第七天早晨，人们爬上达苏纳拉斯刚伊，朝光明石的方向攀登。日落时分，他们刚好抵达那里。岩石白得好像雪堆一样，人们站在石头前，一个洞口像大门一样打开，直通向大山的心脏。但山洞里并不是一团漆黑，而是亮堂堂的，远处能看见一片开阔的土地，还有一条河流，河边的谷地十分肥沃，有一大片玉米田，山谷里有一个村庄，房屋排成长龙，金字塔形的小山上是村会堂，人们在广场上跳舞，远远地传来一阵鼓声。

忽然，轰隆隆的巨大雷声响起，似乎越来越近。天空变得一片漆黑，闪电劈向洞穴外的人们四周。所有人都吓得发抖，但只有那个吃了鹿肉的人因为恐惧而失去理智，他跑到洞口，喊出了战斗的呼号。此时，闪电消失了，雷声向西方隐去，很快就听不见了。人们转身看着雷电远去，而当他们回头看向岩石时，洞口已经不见了，只剩下硬邦邦的白色石头，在夕阳的余晖下闪耀。

他们转身返回卡努加村，仿佛哀悼一般走下黑暗的山路，每个人心中都对山里看到的景象恋恋不舍。陌生人预言的事情很快发生了，他们的土地被夺走，人们被驱逐流放，只有少数人藏身在悬崖峭壁之间继续战斗，像野兽一样生活在被追捕的惊恐之中。

英曼说完之后，艾达不知道该说什么，只好说了一句，那纯粹只是个民间传说。

她说完立刻就后悔了，显然这个故事对英曼来说意味深长，尽管她不完全明白到底意味着什么。

他看着艾达聊了几句，随后一言不发地望着溪水。过了一会儿，他说，那个老妇人看上去比上帝还苍老，她给我讲故事的时候，白色的眼珠流出了泪水。

——但是，你相信这个故事吗？艾达问。

——我相信，她本可以生活在一个更好的世界里，但是，她最终却颠沛流离，在香脂冷杉的丛林里东躲西藏。

接下来，两人都不知道该说什么，于是英曼说，我得走了。他拉起艾达的手，用嘴唇碰了碰她的手背，然后就放开了。

然而，他走了二十几步路，又转头朝后望，正好看见她往房子的方向走。太快了。她甚至没有等他转过路上第一道弯。

艾达回过神来，停下脚步看着英曼。她抬起一条胳膊，向他挥了挥手，然后意识到他离得太近，这个动作不太恰当，于是，她又尴尬地缩回了手，把散乱的一缕头发重新拢回颈后沉甸甸的发髻，假装她本来就打算这样。

英曼转过身面对她说，你继续往家里走吧，不必看着我离开。

——我知道不必，艾达说。

——我的意思是，你不想看着我走。

——我看着你走，并没有什么意义，她说。

——有些人也许会感到好受些。

——你不是这样的人，艾达说，努力让语气轻松些，却收效甚微。

——我不是这样的人，英曼重复了一遍，仿佛想掂量一下这个说法是否站得住脚。

过了一会儿，他摘下了帽子垂在腿边，另一只手梳了梳头发，然后手指碰了一下额头，向她敬了个礼。

——对，我的确不是这样的人，他说，后会有期。

他们各自离去，这一次谁也没有回头看。

可到了晚上，艾达想到战争和英曼将要参战，却不再像白天那么心无挂虑了。那是一个阴郁的夜晚，日落前下了一场骤雨。吃过晚饭，门罗立刻走进书房，接连好几个小时关起门来准备这个礼拜的布道。艾达独自坐在客厅里，只点了一根蜡烛。她读了最新一期的《北美评论》①，却看不进去，就翻了翻门罗的旧杂志《日晷》② 和《南方文学信使》③。然后，她坐下来弹了一会儿钢琴，停下来的时候，屋子里一片寂静。只听见远处轻轻的溪水声，屋檐上时不时落下一滴水珠，一只雨蛙叫了一阵，很快就安静下来。偶尔，门罗低沉的嗓音从书房传来，他正在朗诵一句新布道词，练习韵律和节奏。在查尔斯顿，夜晚这个时候能听见波浪拍打船帮，美洲蒲葵的叶子在风中沙沙作响，马车的铁轮发出隆隆的声音，马蹄的哒哒声就像走得忽快忽慢的大钟。煤气灯照亮的街上会传来行人的说话声，还有他们的皮鞋踩在鹅卵石上的声音。然而，这边的山谷里万籁俱寂，艾达几乎能听见自己的耳鸣，在一片沉闷的寂寥中，她开始感觉这仿佛是眉骨后的一种疼痛。窗外一团漆黑，仿佛玻璃上涂了墨汁。

空荡荡的寂静中，艾达思绪纷乱，上午发生的事有好几点让她不安。不是因为她没有流眼泪，也不是因为她没有说成千上万的妇女，不管已婚还是未婚，送别男人时说的那些话。那些充满离愁别绪的话不外乎一个意思：她们会永远等待男人归来。

真正困扰她的是英曼的问题：假如得知他的死讯，她会如何反应？她不知道。然而，那天晚上，死亡的阴影在她心头笼罩得更深了，这是她始料未及的。她担心自己粗鲁地忽视了英曼的故事，没有及时反应过来，他想说的不是一个老妇人的故事，而是关乎他自己的恐惧和渴望。

总而言之，她怀疑自己表现得太油嘴滑舌，或者太冷若冰霜，拒人于千里之外，这些都不是她真正希望的。确实，这些做派有它们的用处，能让别人退后半步，给自己留下呼吸的空间。但是，她这样做其实是出于习惯，而且发生在一个错误的场合，她感到十分懊悔。她担心假如没有补救的行动，她就会更加铁石心肠，终有一天，她会像一月份的山茱萸花蕾一样，把自己裹得紧紧的。

---

① 美国最早的文学杂志，1815 年创刊于波士顿。

② 美国著名文学评论杂志，创立于 1880 年。

③ 美国文学杂志，1834 年创立于里士满。

那天晚上她辗转难眠，在潮湿寒冷的床上翻来覆去。后来，她点了蜡烛，试着读一会儿《荒凉山庄》①，但她却无法集中精神。她吹灭了蜡烛，蜷起身子躺进被窝，心想要是有一剂鸦片就好了。午夜过去很久，她采取了少女、老姑娘和寡妇舒缓身心的办法。十三岁的时候，她有整整一年为此困惑不已，以为只有自己发现了这种行为，或者只有自己会这样做，也许是因为她有某些生理畸形，或者特别的下贱。所以，比她大几个月的表姐露西对孤独之爱这回事指点迷津之后，艾达感到轻松了很多。露西的观点令人震惊，她说这不过是一种习惯，就跟嚼烟草、吸鼻烟、抽烟斗一样稀松平常，也就是说，每个人都会这样做。艾达声称这种观点太下流，过于愤世嫉俗了。但是，露西对自己的观点毫不让步，对这件事保持近乎轻浮的愉悦，艾达却觉得这是一种见不得人的秘密，产生于无法挣脱的巨大绝望，到了第二天，脸上一定会留有某种看得见的污迹。无论是露西的观点，还是接下来度过的岁月，大体而言都没有改变艾达对这件事的态度。

那个焦躁不安的夜晚，英曼的形象如梦幻般不请自来，在她的脑海中盘桓。由于她对人体的知识从某种程度上只是假想和猜测——来自各种动物、小男孩的身体和令人惊叹的意大利雕塑——所以，英曼的躯体只有手指、腕部和小臂最清晰，其余都是想象出来的，朦朦胧胧，缺乏真实的形象。后来，她一直躺到接近天亮才睡着，心里依然充满了渴念和绝望。

第二天醒来的时候，艾达却觉得神清气爽，她下定决心要纠正自己的错误。天空晴朗而温暖，没有一丝云彩，艾达告诉门罗，她想要乘马车出门转一圈。她心里十分清楚，门罗每次驾车兜风，都会停在同一个地方。门罗让雇工把拉尔夫套上马车，一小时后，他们就策马到了城里。父女俩来到马车行，有人把马从车辕上解下来，牵进马厩，喂了半份谷子。

在街上，门罗拍了拍从裤子、背心到外套的各种口袋，找着皮夹子，拿出一枚二十美元的金币，不假思索地递给艾达，仿佛这不过是一枚五分

---

① 英国作家狄更斯（1812—1870）的著名小说。

镍币。他建议她买些喜欢的东西，比如衣服和书籍之类，两小时后回到马车行碰头。她知道门罗打算去拜访一位年老的医生朋友，他们会谈论起作家、画家以及诸如此类的话题，聊天时，他还会喝上一小杯苏格兰威士忌，或者一大杯红葡萄酒。等他赶回马车行的时候，准会迟到十五分钟。

艾达径直去了文具店，都没有事先浏览一下商品，就买了一些斯蒂芬·福斯特①最新创作的活页乐谱，她和门罗对这位作曲家的意见截然相反。至于书籍，手头拿到的第一本书是特罗洛普②的三卷本小说，厚得几乎像是立方体。她不是特别想读，但书就摆在那里。她让人把买到的东西用纸包起来，送到马车行。然后，她走进一家商店，迅速买了一条围巾、一双浅黄色软皮手套和仿鹿皮低筒短靴，也同样打包送走。她走到街上问了时间，发现自己远不到一小时就成功地买好了东西。

她明白自己的做法很不成体统，便在律师事务所和铁匠铺之间拐进小巷。她走上屋外的木头楼梯，来到英曼门前带顶篷的平台上，敲了敲门。

他正在给靴子上黑色鞋油，开门的时候，左手还伸在靴筒里，握着门把的另一只手里拿着抹布；一只脚穿着袜子，另一只脚穿着没有擦过的靴子。他没穿外套，衬衫袖子一直挽到肘部，头上没戴帽子。

英曼看到艾达，脸上的表情十分诧异，她竟然会出现在此地，两人事先做梦都没有想到过。他似乎笨嘴拙舌，只知道请她进去的话是千万不能说的。他竖起食指，示意她稍微等一会儿。然后，他关上了门，让她站在外面。

艾达从门缝里看见的景况十分简陋，房间很小，对面墙的高处有一扇小窗，从窗口望出去，只能看见小巷对面商店的木瓦墙板和木瓦顶。屋里的家具只有一张很窄的铁床，一个带抽屉的柜子，上面摆着洗脸盆，还有一把椅子和写字桌，桌上堆着一些书。这就是一个小单间，她觉得怎么看都更像修道士的住处。然而，她在心目中却把英曼归为纨绔子弟。

---

① 斯蒂芬·福斯特（1826—1864），美国作曲家，创作了《故乡的亲人》《噢，苏珊娜》《老黑奴》等歌曲。

② 安东尼·特罗洛普（1815—1882），英国作家，著有《巴塞特郡纪事》等小说。

英曼的手势果然不假，门又打开了。他把衬衫袖子放了下来，穿上了外套，头上戴了帽子，两只靴子也都穿上了，尽管一只是脏兮兮的棕色，另外一只黑得像涂了油的炉盖。看得出来，他的思绪没有那么慌乱了。

——我很抱歉，他说，这太意外了。

——我希望没让你不高兴。

——我当然高兴，他说，尽管表情没有流露出高兴的样子。

英曼走到楼梯平台上，背靠着栏杆，双臂在胸口交叉。在屋外的阳光下，英曼的脸被帽檐的阴影遮住，嘴以上的部分全都看不清。两人沉默了很久。他回头看了看门，门留了一条缝。艾达猜想，他一定后悔没有关上门，但是走两步去关门会很尴尬，而虚掩着的门露出狭窄的床架，又暗示了某种强烈的亲密感，不知道两害相权孰轻孰重。

她说，我想告诉你，我认为昨天的告别太糟糕了，不是我希望的那样，让人很不满意。

英曼的嘴巴紧闭，抿成一条线。他说，我不明白你的意思。昨天，我沿河上游去跟埃斯科和萨莉说再见，经过布莱克谷的时候，我想顺便也跟你告别，因此就去找你了。我没觉得有什么不满意的。

艾达还没有道歉被拒绝的经历，她第一个念头是转身走下台阶，永远把英曼甩在身后。但是，她没有这么做。她说，也许我们再也没有机会交谈了，我不想让你的说法代替事实。也许你不会承认，你是带着期盼来的，但你的愿望并没有实现。很大程度上，是由于我违背了自己的心意。我感到很难过。假如我有机会重新来一遍的话，我会表现得很不一样。

——我们都不可能有机会回到过去，抹掉后来觉得不合适的东西，变成我们希望的样子。你只能往前走。

英曼的双臂依然抱在胸前，衬衫袖口从外套袖子里露出来。艾达伸出手，用拇指和食指捏着他的袖口往下拉，直到他的胳膊松开。她拉起他的手，抚摸他的手背，指尖顺着弯曲的血管，从指关节滑到腕部。随后，她紧紧握住他的手腕，手中的感觉不禁让她浮想联翩，不知道他身体的其余部分会是如何。

好一会儿，两人都不敢看对方的脸。英曼把自己的手拿开，摘下帽子，抓住帽檐旋转着抛向空中，然后又接住，手腕迅速一转，帽子穿过门缝，不知道落在哪里。他俩都笑了，英曼一只手搂住艾达的腰，另一只手放在她的脑后。她的头发松散地向上盘起，用一只发卡别住。英曼手指碰到了冰凉的珍珠母贝，他把艾达的头拉过来，补上了昨天从他们身边溜走的那个吻。

当时这个阶层的女性要穿的衣服，艾达几乎都穿上了，身体包裹在好几码重重叠叠、打着褶的死板织物里。英曼的手放在她的腰部，碰到了她紧身褡的鲸骨衬箍，她后退一步看着他，活动和呼吸的时候，鲸骨就吱嘎作响地互相磨蹭。她猜自己给他的感觉，就像缩在壳里的乌龟，几乎没有迹象表明，里面有个赤裸裸的、温暖而鲜活的身体。

他们一起走下台阶，经过门口的时候，那扇门依然开着，仿佛他们之间的承诺。快走到巷口时，艾达转过身，用食指抵着英曼的领扣，让他停下脚步。

——已经够远了，她说，快回去吧。正如你说过的，后会有期。

——但是，我希望很快能再见面。

——我们都希望这样。

那天，他们以为英曼顶多离开几个月。然而，事实证明，这场战争成了一段漫长的经历，这是他们谁都始料未及的。

忙碌起来

英曼跟随黄种人富于艺术的地图引导，穿过当地人所谓的山地。夜晚很凉爽，树叶开始转黄。大半个星期后，他走到了地图边缘空白之处，眼前的蓝岭仿佛天边的青烟一般。他花了三个晚上，穿过一个叫快乐谷的倒霉地方。山脚下有片又长又宽的谷地，都是收割过的农田和牧场。开阔的平地太多，让人不敢白天赶路；到了晚上时常听见枪声，还能看见火把，路上到处都是影影绰绰的骑兵，英曼躲在壕沟和干草垛里的时间，跟赶路的时间一样多。他估计那些骑马的人是民兵，正在搜捕从索尔兹伯里越狱的联邦军士兵。他们就跟迎接黎明的浣熊猎人一样喝得醉醺醺，会毫不犹豫地扣动扳机。

山谷里较为宽阔的地方有白柱子的大宅，周围被许多分散的小屋环绕着，所以山谷似乎被分割成一些封地。英曼看着夜间豪宅里透出的灯光，想到自己打仗就是为住在里面的那种人而战，感到一阵恶心。他只想继续往前走，进入人烟稀少的大山，希望山里的人不会阻拦他。所以，英曼尽快摆脱山谷里危险的大路，往北抄了一条狭窄的小径，越过一道山脊，翻进一条很深的河谷，然后艰难地向蓝岭的顶峰攀登。英曼爬了大半天，第二天又跋涉了一整天，然而，眼前依然是峭壁一样耸立的山梁，盘旋上升的小路似乎没有尽头。很快，周围已是一派深秋的景色，高山上早已进入秋季，落在地上的叶子跟树上的一样多。

快到傍晚的时候，天上下起了冷雨。从黄昏到天黑，英曼都在无精打采地继续赶路。直到午夜过后很久，他几乎筋疲力尽，身上湿得像只水獭，突然发现一棵大栗树根部有个树洞，周围长出的树皮好像厚嘴唇。他爬进树洞，尽管里面狭小得只能蹲下，没法摆出舒服的姿势，但至少他有个干燥的地方。他听着雨声坐了很久，用拇指和食指把枯叶搓成小卷，然后轻轻弹进黑暗中。他藏身在树洞里，感觉自己好像偷偷潜伏在夜色中的湿透的鬼魂、一个土地神或者住在桥下的洞穴巨人；又像一个无家可归、满腹怨恨的人，打算伏击随便什么路过的人，以发泄心头的愤怒。他在半梦半醒中等待着黎明到来，终于蜷缩在栗树的心里沉沉睡去。

他又做起了关于弗雷德里克斯堡的那个梦。天亮后没过多久，他在颤抖中醒来，心情无比糟糕，感觉一切都跟睡着前不一样了。他想从树洞里站起来，却发现下半身全都麻木了，只好挣扎着爬出来，胳膊着地把身体往外拖。他的双腿毫无知觉，好像腰部以下都被锯掉了，下面空荡荡的。他觉得自己正在变成凭空虚构出来的物体，从地面开始逐渐消失，变成一片轻纱、一团迷雾、一缕青烟，继续走完前面的路途。

像影子一样行走，这个想法并非没有吸引力。

英曼躺在地上潮湿的枯叶里舒展四肢，透过树枝和滴水的树叶向上望去。天上乌云密布，一片片淡蓝色的薄雾仿佛粉末一般细腻，从栗树和橡树上层的枝杈间飘过，缭绕在明亮的秋叶之中。一只松鸡在树林间拍着翅膀，发出一阵低沉而激烈的声音，好像英曼的心脏快要在胸膛里爆裂时发出的搏动。他从地上抬起头听着，心想即便这是自己活在世上的最后一天，起码还是应该保持警惕。然而过了一会儿，松鸡猛地扑棱了一阵之后便消失在了树林中。英曼朝下看了一眼，发现身体完好无缺，一时不知是喜是忧。他试着转了一下脚，它们已经听使唤了，他用手掌使劲擦了擦脸，把从里到外都湿透的皱巴巴的衣服拉好。

他爬到树洞前取出背袋，背靠树干坐下来，拧开水瓶的盖子喝了一大口。挎包里仅剩的食物是一杯玉米粉，于是他把树枝拢在一起，点起火堆煮粥。他将火引着，吹了起来，直到眼前全是飞舞的银色火星，但火苗只是闪了一下，冒出一股浓烟，然后就完全熄灭了。

——我要站起身来，一直往前走，英曼自言自语，仿佛有人在听似的。

然而，他说完之后，又坐了很久。

我的力量每一分钟都在增长，他想给自己加油鼓劲，然而却找不到任何依据来支持自己的信心。

英曼跌跌撞撞地像个酒鬼一样，从潮湿的地上爬起来。走了一会儿，他不由自主地弯下了腰，胃里一阵抽搐，猛烈地干呕起来，怕是某些重要的内脏都快呕出来了。他脖子上的旧伤和头上的新伤全都火烧火燎的，一起抽痛着折磨他。他在一块石头上坐了一会儿，然后起身在阴暗的树林里走了一个上午。路况很糟糕，不断地回环盘曲，不知道到底要通往哪里，除了往上走之外，没有确定的目标，路上灌木和蕨类植物长得很密，就好像路是大地的伤口，正在愈合，很快连条疤痕都不会留下。这条小路蜿蜒了好几英里，越过无边无际的铁杉森林，林子里浓重的雾气遮住了绿色的树枝，只能看见黑色的树干伸向低低的天空，仿佛某个被遗忘的史前种族竖立起的巨石纪念碑，来纪念他们历史上最黑暗的事件。

除了这条越过荒野的小径，英曼没有看到任何人类的踪迹，更没有人能回答他到底在哪里。他迷迷糊糊的，感觉失去了方向。小路往高处盘旋着上升，他依然往前挪动着脚步，但也就只是挪动而已。他心中对迈出的每一步都毫无信心，不知自己是否接近目标分毫。

接近中午时分，他转过了一道弯，看见一个骨瘦如柴的人蜷缩着蹲在一棵大铁杉树下，身体被一丛高大的蕨菜挡住，只露出头和肩膀。蕨菜被霜冻得枯萎，每片褐色的叶子尖端都挂着一颗雾气凝结的明亮水珠。从那个人的姿势看，英曼一开始以为撞见了某个正在拉屎的傻老头，靠近才发现是个瘦小的老太婆，正蹲在捕鸟的笼子前，装一块板油当诱饵。

英曼停下脚步说，嗨，大妈。

那个小老太婆抬头看了一眼，但连手都没有挥一下，依然蹲在地上，仔细地调节捕鸟笼，满心欢喜地看着自己的工作。弄好之后，她站起来绕着捕鸟笼兜圈子，从各个角度检查，直到在蕨菜丛里踩出一个完整的圆。她确实年纪很大了，这毫无疑问，她脸上满是皱纹，颌下也有垂肉，然而，脸颊的肌肤却如少女般细腻红润。她戴着一顶男式毡帽，稀疏的白发披散在肩头，宽阔的裙子和罩衫的料子都是鞣过的软皮，看上去像是用一把折刀裁剪后匆忙缝起来的，腰上系着一条油腻的棉布围裙，腰带下露出一把小口径手枪的柄。靴子似乎是一个新手鞋匠做的，脚趾的地方像爬犁的滑板一样翘起来。一棵大鹅掌楸的树干旁，斜靠着一把长枪管的捕鸟猎枪，像是从前某个世纪留下的古董。

英曼看了一会儿那个女人，然后说，假如笼子周围人的气味太重，你连一只鹌鹑都抓不到。

——我身上没什么气味，那女人说。

——随你的意好了，英曼说，我想知道的是这条路是会通向什么地方，还是前面很快就没有路了。

——这条路再过一两英里就会变成羊肠小道，但是，据我所知，它会一直延伸下去。

——向西方吗?

——大体上是向西方，路是顺着山脉的走势，更准确地说是西南方向，这是从前印第安人时代的旧贸易路线。

——多谢，英曼说，他把拇指伸到背包肩带下，准备继续往前赶路。但是，低沉的天空开始下起雨来，沉甸甸的雨点稀疏地落下，好像从射击塔射出的铅弹。

那女人伸出合拢的手，看着雨水积在掌心里。然后，她看了看英曼，他的伤口没有包扎。她观察了一会儿，然后说，看起来像是枪伤。

英曼一言不发。

——你看上去很虚弱，她说，面色苍白。

——我没事，英曼说。

那女人又看了他一会儿。你看来需要吃点东西，她说。

——假如你能给我煎个鸡蛋，我会付钱的，英曼说。

——什么？她问。

——不知道能否花钱请你给我煎几个鸡蛋，英曼说。

——卖给你？她说，算了吧，我还没有穷到那个地步。但是，我也许会给你弄一顿饭吃。不过，我没有鸡蛋。我最受不了跟鸡住在一起，我可没有心情养鸡。

——你住的地方就在附近吗？

——离这里不到一英里，假如你到寒舍过夜，吃顿晚饭，我会很高兴的。

——假如我说不愿意，那一定是个傻瓜。

英曼跟着那个女人，注意到她走路内八字，据说印第安人喜欢这样走路。但是，英曼认识很多切罗基人——斯温莫就是其中之一——他们走路都是外八字，像秋沙鸭一样。他们爬过一道弯路，前面全是平坦的大石头，英曼觉得似乎走在悬崖边上。稀薄的空气说明这里海拔很高，但云雾缭绕，看不清到底有多高。雨点越来越小，后来成了毛毛雨，忽然又下起一阵猛烈的雪珠，落在石头上噼啪作响。他们停下来看雪，但雪只下了一小会儿，接着就起雾了，一片片的云雾随着上升的气流，迅速地飘来飘去。空中云层洞开，露出斑驳的蓝天，英曼仰起脖子望着天空。他估计今天各种天气都会出现一次。

然后，他转头往山下看去，靴尖之间的世界突然展现在眼前，他感到一阵头晕目眩——的确是在悬崖边上，他不禁往后退了一步。下面是一条蓝紫色的河谷，显然他就是从那里爬上来的。他心想，假如自己吐一口唾沫，也许就会落在前天走过的路上。左近峰峦叠翠，英曼环顾四周，不禁大吃一惊：西方雾气散开的地方，出现了一座岩石嶙峋的巍峨大山，在天际若隐若现。阳光透过云层的罅隙射下，仿佛空中突然出现了一道天梯，像薄纱般悬挂在英曼和蓝色的大山之间。山的北崖有一堆岩石，侧面看起来，像是一位巨大的长髯老人斜倚在天边。

——这座大山有名字吗？他问道。

——塔纳瓦，那女人说，印第安人是这么叫的。

英曼看着那座巨大的老人山，随后又眺望远方较小的群山。一片朦胧的烟雾笼罩中，群山向着西南方向的地平线消隐，山峦如波浪起伏，目之所及，无穷无尽，最远处层叠的山峰，颜色只比灰白的空气稍微深一点。

状如鬼魅般的山脉仿佛在向英曼诉说着什么，他却难解其意。远山逐渐淡去，就像他脖子上的伤口愈合时，疼痛慢慢消退。

那女人朝他凝视的地方抬起手，指了一下遥远的天边两座尖利的石峰。

——饭桌岩，她说，鹰嘴岩。有人说，晚上印第安人在上面点起篝火，方圆一百英里之内都能看见。她站起身，继续往前走。营地就在那里，她说。

他们很快离开了大路，走进一个树木丛生的小山沟，这里就像大山一个黑暗的口袋，弥漫着腐烂植物和潮湿泥土的气味。山里有一条小溪流过，树木都很矮小，虬曲的枝干上长满节瘤，地衣像胡须一样垂下来。它们都朝着一个方向倾斜，英曼能想象出，二月份的时候，寒风卷起雪花，咆哮着吹下山去，在光秃秃的树枝中间呼啸而过。来到老太婆的营地，英曼发现主人原本应该过着流浪的生活，此时房屋却已经扎下根来。这是一个铁锈色的小篷车，坐落在倾斜的树林中间一处空地上。拱形屋顶的木瓦上，星星点点长满了黑色的霉斑、绿色的苔藓和灰色的地衣。三只乌鸦在屋顶上走来走去，啄食着瓦缝里的东西，旋花藤缠绕着高高的轮辐。篷车两边画着鲜艳的场景和肖像，写着字迹拙劣的铭文和标语，屋檐下挂着一束束香草、一串串红辣椒，还有各种风干的根茎。屋顶上一根管子里，正冒出一缕细细的青烟。

那女人停了下来，大声喊道，嗨，就是这儿!

听见她的喊声，乌鸦呱呱叫着飞走了，一些漂亮的双色小山羊跑出树林，从篷车边上绕出来，突然之间到处都是山羊，大约有二三十只。它们走过来，伸长脖子凝视着英曼，细长的黄眼睛又明亮又机敏。英曼很疑惑，为何山羊和绵羊外表如此相似，看起来却比绵羊更古灵精怪。山羊围拢在他身边，互相摩肩接踵，走来走去，它们咩咩叫着，脖子上的铃铛摇得叮当作响，后面的山羊举起小巧的蹄子，搭在前面的山羊背上，这样就能看得更清楚一些。

那女人继续往前走，英曼想要跟上去。这时，一头大公羊后退了一两步，把几头较小的山羊挤到一边，然后它两只后腿站起来，向前一扑，头顶在英曼的大腿上。英曼艰苦跋涉了好几天，身体已经很虚弱，又缺乏食物头晕目眩，所以山羊一下子撞得他双膝跪地，然后整个人仰面倒在枯树叶堆里。这头公山羊长着黑棕两色的毛，下巴尖尖的长胡须活像撒旦。它走过来盯着英曼，仿佛想检查一下自己的战果。英曼的头越来越晕，伤口越来越疼，害怕自己快要昏过去了。不过，他还是强打起精神，坐起来脱下帽子，劈头朝山羊扇了过去，把它击退。然后，他摇摇晃晃地站起来，站稳当后，又伸手扇了一下山羊。

那女人没有停下脚步，绕到篷车侧面，消失不见了。英曼和公羊还有其他几只山羊跟上她，发现她蹲在一间松枝顶的披屋下面，正把引火物放在烧饭用的一堆木炭上。她把火点着后，英曼走过去，伸出手在火上烤。她把大块的山核桃木扔进火堆，然后拿起一个白搪瓷盆，走到较远处的地上坐下。一只棕白相间的斑点小山羊走到她身边，她伸手抚摸它，挠着它脖子下面。小羊蜷起腿躺了下来，朝前伸长脖子。那女人接着挠它的下巴，轻抚它的耳朵。英曼正觉得这场面十分安详，却只见那女人继续用左手挠小羊，右手伸进围裙口袋里，猛地拔出一把短刀，深深地切开了颌下的动脉，又把白搪瓷盆推到下面，接住喷涌而出的鲜血。小羊抽搐了一下，然后便只是颤抖着躺着。她继续挠着羊毛，抚弄它的耳朵，盆里慢慢地盛满了。山羊和那女人都凝望着远方，仿佛正在等待某个信号。

山羊慢慢咽气了。英曼打量着篷车和上面的图案，底部边缘画了一些蓝色的小人，手拉手在跳舞，上面画了很多肖像，没有特别的顺序，有些没有完工，显然是画到一半就放弃了。其中有一张脸痛苦地扭曲着，旁边注明是约伯①，下面有一些黑色的字迹，一部分被山羊皮挡住了，所以英曼只能看到半句话：与他的造物主对抗。另一幅画中，一个男人匍匐跪倒

---

① 《圣经·旧约》中记载的人物，在遭遇灾难失去一切后，依然坚持自己的信仰。

在地，抬头看着天上白色的球体。太阳？月亮？还是别的什么？那人脸上一片茫然，他身下写着一个问题：你也是迷失的人吗？还有随意涂抹的半张脸，只画了一双眼睛，旁边的说明是：我们的个体生命实在短暂。

英曼将视线从图画上转开，看着那女人干活。她把小羊从胸骨到肛门劈开，让内脏掉进装血的盆里，然后剥去羊皮。剥了皮的羊看上去很奇怪，脖子伸长，瞪着眼睛。她把羊肉切成一块一块，最嫩的肉抹上香草、胡椒粉、盐和一点糖腌制，然后用绿色的细枝串起来，放到火上烧烤；其他肉块放进铁锅，加水、洋葱、一整个蒜头、五个红辣椒干、鼠尾草和手掌搓过的夏香薄荷。铁锅下面有脚，她用一根棍子把炭火拨到锅底下，让它慢慢炖着。

——过一会儿再加一些白豆子，到了晚饭时我们就能美餐一顿了，她说。

后来，山上又起雾了，雨水落在篷车的屋顶上。英曼坐在昏暗狭小的角落里的小火炉边上，室内充满香草、根茎、泥土和木材燃烧的气味。他是从后面的门进来的，穿过一条算是走廊的狭窄通道，只有三步长，一侧放着一个带橱柜的书桌，另一侧是睡觉用的窄窄的草垫子。再往前走，是一个类似房间的地方，大小不会超过两个墓穴。角落里硬塞进一只小铁炉，体积不比猪油桶大多少，为了防止着火，后面的板壁覆了一层盖屋顶用的马口铁皮。那女人点燃了两盏小油灯，是用有缺口的茶杯做的，里面装了动物油脂，碎布拧成条浸在油里当灯芯。油灯燃烧时冒着烟，闻起来有股淡淡的羊骚味。

桌上高高地堆着书籍纸张，最上面是几本摇摇晃晃的书，大部分打开了，一本本封皮朝上垒起来，纸页边缘由于潮湿变成了褐色。四处散放着动植物的墨水素描，有一些钉在壁板上，笔触十分细长，有些涂上了淡淡的水彩，页边上写满密密麻麻的小字，仿佛非要讲出故事细节，才能解释画面上简略的图案。天花板上挂着一束束晒干的香草和根茎，书本之间和地板上堆着各种棕色的小动物皮毛。书堆上最高的地方，放着一对夜鹰的翅膀，黑羽毛展开着，仿佛正在飞翔。炉子里云杉木正在闷烧，炉门的缝隙间飘出淡淡的烟，悬浮在木板屋顶和拱形的房梁下面。

英曼看着那个女人烧饭，她正在做玉米煎饼。她把煎锅放在炉盖上，玉米糊舀进噼啪作响的热油，煎出一块又一块面饼。等盘子里摞满了一堆饼，她就拿一张煎饼卷上一块烤羊肉，递给英曼。煎饼上油光闪亮，抹了香料的羊肉已经在火上烤成深棕红色。

——谢谢你，英曼说。

他吃得如此之快，那女人干脆给了他一盘子羊肉和面饼，让他自己卷着吃。英曼吃饭的时候，她把煎锅换成罐子，开始用山羊奶做奶酪，她搅拌着不断变得浓稠的羊奶，搅好后用柳条编的筛子过滤，让乳清流进锡壶，把剩下的凝乳倒进一个小橡木桶。她干活的时候，英曼得一直挪动双脚，才不会挡住她的路。他们很少说话，因为她一直在忙碌，而英曼在专心致志地吃东西。她干完活后，递给他一个大口陶杯，里面装着温热的乳清，颜色就像洗碗水。

——你早晨起来的时候，有没有想过太阳下山前，会看到别人做奶酪？她问。

英曼思考了一下这个问题，他早就认定，猜测一天之内会发生什么，并没有什么用处。那会使人充满恐惧或者希望，以他的经验来看，两者都是错误的，都让人心烦意乱。但是，他确实得承认，黎明的时候，自己脑海里连奶酪的影子都没有。

那女人坐进火炉旁的一把椅子，脱下鞋子。她打开炉门，用一根金雀花草点燃石南根做的烟斗，赤着脚把小腿伸向火炉，她的腿像鸡脚一样蜡黄，皮肤呈鱼鳞状。她摘下帽子，用手指梳理了一下稀疏的头发，无论从哪个角度，都能看见粉红色的头皮。

——你刚在彼得斯堡杀完人过来？她问。

——嗯，事情还得从另一方面看，似乎很长一段时间以来，人们一直尽力想要杀死我。

——你是逃兵，还是怎么样？

英曼拉下衣领，给她看了一下脖子上发炎的伤口。我受了伤，暂时休假，他说。

——有什么文件可以证明？

——我丢了。

——哦，我就猜到你丢了，她说着抽了一口烟斗，脚尖翘起来，脏兮兮的脚掌对着火炉取暖。英曼吃掉了最后一块煎饼，喝了一口羊乳清咽下去，乳清的味道果然如他所料。

——我没有奶酪了，所以刚刚才做了一些，她说，否则，我现在就能请你吃点儿。

——你一直住在这里？英曼问。

——没有别处可去，其实我喜欢不断迁徙。一个地方待腻了，我就不想继续待下去。

英曼看着狭小的篷车，还有坚硬的、窄窄的睡铺，想起了缠在轮辐上的藤蔓，就问，你在这里扎营多久了？

那女人掌心朝上伸出双手，看了看自己的手指，英曼以为她要掰着指头数年份，没想到她把手翻了过来，看着布满皱纹的手背。纵横的纹路十分绵密，好像钢版画中的一道道阴影。那女人走向狭窄的橱柜，打开皮铰链的橱门，在架子上皮封面的日记里翻了许久，一直翻到要找的那一本，然后她站起身一页页查看。

——如果今年是一八六三年的话，到现在已经二十五年过去了，她最后说道。

——今年是一八六四年，英曼说。

——那就是二十六年。

——你在这里住了二十六年？

那女人又瞥了一眼日记，然后说，到明年四月份就二十七年了。

——上帝啊，英曼说，又看了一眼那张狭窄的睡铺。

那女人合上日记，用绳子扎好，放在桌上一堆书上面。我随时都可能离开，她说，给山羊套上挽具，把轮子从泥里拉出来，开始漫漫旅途。过去就是山羊拉着我，想去哪儿就去哪儿。我周游过全世界，最北到过里士满，往南到过查尔斯顿附近，中间的所有地方都去过。

——你从来没结过婚吧，我猜？

那女人噘起了嘴巴，鼻子好像在嗅着变酸的牛奶。不，我结过婚，她说，也许现在还得算是已婚的，尽管我猜他很久以前就死了。我当时是个懵懂的小姑娘，他是个老头，前面死了三个老婆，但他有个不错的农场，家里人就差没把我直接卖给他了。我当时有个中意的小伙子，一头黄发，我至今每年都能梦见一次他的笑容。有一次，他在舞会后送我回家，一路上每拐一道弯，就要吻我一下。但是，他们把我给了那个老头，他对待我比田里的雇工好不了多少。他的前三个老婆埋在山上一棵梧桐树下，有时候他一个人爬上山，坐在那里。你一定见过那种六十五岁到七十岁的老头，一辈子起码耗死过五个老婆，让她们干活、生孩子，对她们吝啬得要命，直到把她们折磨死。有一天晚上，我躺在他身边醒来，忽然明白自己的结局：五块墓碑中的第四块。我当即起身，骑上他最好的马，在黎明前策马飞驰而去，一个礼拜后，我把马卖掉，换了这辆车和八只羊。到现在，把曾、高、祖都用上，也算不清这些山羊跟最早的一批隔了几代。这辆车也不知道拆换了多少部件，就像一把用了上百年的斧子，原来的东西全都不见了。

——后来，你一直一个人过？英曼问。

——每天都这样。我很快就学会了靠山羊生活，喝羊奶，吃羊奶酪。一年中有些时候，它们繁殖的数量超过了需要，我还可以吃羊肉。我采摘随便什么当季的野菜，还捕鸟。假如你知道去哪里找的话，世界上到处都有自己长出来的食物。往北走半天路，有一个小镇，我去那里，用奶酪换土豆、面粉、猪油之类。我用植物熬汤药卖，做成药水、药酒、药膏，都是治疣子的秘方。

——这么说，你是个赤脚医生，英曼说。

——是啊，我现在还做些小点心，偶尔还卖小册子。

——什么样的小册子？

——有些是关于罪恶与拯救的，她说，我卖了好多这样的小册子。还有一本是关于合理节食的，讲了人应该放弃肉食，多吃全麦面包和块根作物。还有一本关于颅相的，讲怎样通过颅相去了解一个人。

她伸出手指去摸英曼的头，但他把头扭开说，我想买一本关于食物的，等以后饿了，我就读小册子来充饥。说罢，他从口袋里掏出一叠各种纸币。

——我只收硬币，她说，三美分。

英曼在口袋里叮叮当当翻了一阵，终于找到了一枚。

那女人走向柜子，取下一本泛黄的小册子递给他。

——小册子前面说，假如你遵循它的教导，它就会改变你的生活，她说，但我可不保证这是真的。

英曼翻了一遍小册子，文字被模糊地印在粗糙的灰色纸上，上面的标题有：“土豆：上帝的食物”，“芥蓝：精神的滋补品”，“全麦粉：通往更富足生活的途径”。

最后这句话吸引了英曼的目光，他大声读了起来：通往更富足生活的途径。

——这是许多人追求的，那女人说，但我不能肯定，一袋面粉能让你走上富足之路。

——是啊，英曼说。以他的经验来看，富足似乎是一件难以捉摸的事情，除非你把诸多坎坷一起算进去，那可是够充足的，但是一个人想要的富足，就是另外一回事了。

——匮乏才是人生的常态，我是这么看的，那女人说。

——是啊，英曼说。

那女人俯身靠近火炉，敲出烟斗里的最后一点火星，然后放进嘴里使劲吹，吹得它几乎像口哨一样呜呜作响。她从围裙口袋里拿出一个烟草袋，重新装满烟斗，用结满老茧的拇指把烟草压实。她在火炉里点燃一根稻草，凑近烟斗，一直吸到自己满意为止。

——你怎么会有那道红色的大伤口，还有两道新添的小伤口？她问道。

——去年夏天，在环球酒馆[①]附近，我的脖子受了伤。

——是在酒馆里持刀斗殴？

——是打仗的时候，在彼得斯堡南部。

——那么说，是联邦军开枪打中你的？

——他们打算占领韦尔登铁路线，而我们要阻止他们。那天下午，我们全体上阵，战斗在松林、金雀花草丛、田地等各种各样的场所。那地方糟透了，是个长满矮树林的平原，天气很热，我们全都汗流浃背，伸手拧一下裤腿就能挤出水沫来。

——我猜，你一定想过很多次，假如子弹打偏一根拇指的宽度，你也许早就已经死了？子弹差一点就把你的脑袋掀掉了。

——是的。

——看起来好像还可能会裂开。

——感觉确实如此。

——还有那些新伤，是怎么搞的？

——跟大多数人一样，被枪打的，英曼说。

——联邦军？

——不，是另外一伙人。

老妇人挥手驱走面前的烟，仿佛懒得知道他受伤的细节似的。嗯，她说，这些新伤不算很重，愈合之后，头发会盖住伤痕，只有你和你的心上人才会知道。她的手指穿过你的头发时，能感觉到有个小疤痕。我想知道的是，为了大人物们的黑奴而战，究竟值不值得？

——我不是这样看的。

——那你怎么看？她问道，我到过不少那些南方的县。蓄奴让富人变得傲慢、丑陋，让穷人变得卑鄙、吝啬，这是对土地的诅咒。我们在玩火

① 指美国南北战争期间于1864年8月在弗吉尼亚州彼得斯堡南部发生的战役，联邦军第二次试图切断韦尔登铁路线。

自焚。上帝打算解放黑奴，为奴隶制而战就是反对上帝。你有奴隶吗？

——没有，我认识的人差不多都没有。

——那么，你是如何被煽动，不惜战死沙场呢？

——四年前，也许我能告诉你一个理由。现在，我是真的不知道为什么，不过，我实在是受够了这一切。

——你仍然没有真正地回答。

——我想，许多人打仗是为了赶跑侵略者。我认识的一个人去过一些北方的大城市，他说那里尽是些穷山恶水，我们打仗是为了防止南方变成那样的地方。我只知道，人们以为联邦军为了解放奴隶，真的会不惜牺牲生命，这种看法实在是过于悲天悯人了。

——那我想知道，既然有这么多冠冕堂皇的理由打仗，你为什么要逃跑？

——我是在休假。

——是啊，她说，身体往后一仰，仿佛听到一个笑话一样，咯咯笑起来。她说，有个人在休假，却没有文件，让人给偷走了。

——我弄丢了。

她停止大笑，看着英曼说，听着，我不属于任何一方，对于你是不是逃兵，我并不比往火里吐痰更在乎。

似乎为了证明自己的说法，她熟练地吐了一口黑色的浓痰，化作一道弧线，落入打开的炉门。她回头看了看英曼说，无论如何，你处在危险之中。

他看着她的眼睛，惊奇地发现尽管她语气严厉，眼神中却充满了善意。很久以来，从没有人像这个牧羊婆婆一样，让他敞开心扉，于是，他向她说出了心里话。如今，他想起一八六一年上战场时的狂热，便感到羞愧万分。他们跟联邦军那些受压迫的磨坊工人打仗，那些人是如此无知，经过多少次惨痛教训，他们才学会装弹药的时候弹头朝前。这就是敌人，数量如此之多，即便是他们自己的政府，也不认为他们有多少价值。他们接连好几年冲锋陷阵，仿佛从来不缺人。你可以不断地杀死他们，直到心里充满悲痛，他们依然在不停地列队往南方进发。

然后，他告诉她，今天早晨他发现了一棵晚熟的越橘树，果实向阳的一面呈现出灰蓝色，背阴的一面依然青涩。他摘下果子当早饭吃，看见一群迁徙的旅鸽飞过，去往遥远的南方过冬，一瞬间遮蔽了太阳。他想，起码有些事情没有变化，比如浆果还在成熟，候鸟还在飞翔。他说，四年来，他看够了变化，除此以外，别无他物。他猜想最初的日子里，人们对战争狂热的部分根源就是为了能有变化——新的面孔、新的地方、新的生活，一切都有莫大的吸引力。新的法律之下，你可以随心所欲地杀戮，非但不会被关进监狱，还会受到嘉奖。人们的言谈之下，似乎战争可以维护他们拥有和相信的一切。但是，如今英曼认为，他们拿起武器，不过是厌倦了每天的重复。太阳升起落下，四季轮换，永远没有尽头。战争使人脱离了日常生活的循环，创造了一个自己的季节，不依赖其他任何东西。英曼也无法抵御这样的诱惑。但是，看着人们拿起手头的各种工具，毫无理由地互相杀戮，你迟早会觉得极度厌倦、恶心透顶。所以，那天早晨，他看着浆果和飞鸟，感到心情愉快起来，很高兴它们等待着他恢复理智，尽管他深深地害怕，自己已经无法与如此和谐的大自然相容了。

那女人想了想他说的话，然后朝英曼的头和脖子挥了挥烟斗。你的伤口还疼吗？她问。

——疼，一直都不消停。

——看上去的确如此，红得好像该死的苹果。不过，我可以给你处理一下，这点能耐我还是有的。

她起身走向橱柜，拿出一篮干罂粟花，开始制作鸦片酊。她摘下一颗颗罂粟壳，用一根缝衣针刺破，然后把它们扔进上了釉的小瓦罐，放在火炉旁边，让鸦片蒸发出来。

——过一会儿就好了，我会加一点玉米酒和糖，这样更容易下咽，多泡一会儿，会变得更浓一些。它能止住各种疼痛——关节酸痛、头疼，以及任何损伤。假如你睡不着，就喝上一口，躺在床上，很快你就没有知觉了。

她又回到橱柜那里，拿出一个细口的瓦罐，伸进手指蘸了一下，抹在英曼的脖子和脑袋的伤口上，药膏看上去像黑色的轮轴机油，但闻起来有一股草药和根茎的苦味。她的手指刚碰到他的伤口时，他不禁抽搐了一下。

——一点疼痛而已，她说，终究会消失的。等它消失之后，你就不复记忆，起码不会记得最疼的时候，它会慢慢淡去。在我们心中，痛苦不会像幸福一样长久驻留。这是上帝赐给我们的天赋，是他眷顾我们的迹象。

英曼开始想要争辩，却又认为最好保持沉默，假如能给她带来安慰，不如就让她想当然的好，即便她的逻辑中充满了错误。但是，他的嘴巴却不听使唤地说，我不想花太多时间去想，为什么人们会有痛苦，以及最初制造痛苦的人，脑子究竟是怎么想的？

老太婆看着炉门里的火，随后看了看自己的食指，上面沾着油腻的药膏。她用拇指在食指上迅速搓了三下，在围裙下摆上擦掉。然后，她的注意力从手上移开，把手放在身侧，对英曼说，等你到了我的年纪，单是回忆起很久以前的快乐，就已经够让人痛苦了。

她用玉米穗塞住药罐，放进英曼的衣袋里。拿着吧，她说，涂得厚一点，直到用完为止，但是不要沾到领子，洗不掉的。然后，她把手伸进一只羊皮大口袋，掏出一大把卷好扎起来的草药锭，像一截截很粗的方头雪茄烟。她把草药放进英曼的手里。

——每天吃一块，现在就吃。

英曼把草药塞进口袋，只留下一块放到嘴里，使劲往下咽。草药似乎在膨胀，就像咀嚼烟草一样，大药丸浸透了唾沫以后，散发出一股旧袜子的味道，根本咽不下去。英曼一阵阵反胃，眼泪都快掉下来了，他赶紧喝了一大口杯子里的乳清，把草药冲了下去。

到了晚上，他们吃炖白豆和羔羊肉块。他们在凉棚下并排坐着，听着轻柔的雨水落在树林中。英曼吃了三碗炖羊肉，然后，两人都用小陶杯喝了一点鸦片酊，往火里添了柴，聊了一会儿天。出乎英曼意料的是，他发现自己聊起了艾达，他说起了她的性格和容貌，以及他在医院里作出的决断：自己爱她，并且想要娶她。尽管他明白，婚姻需要对理想未来的信念，需要预设两条平行线随着时间流逝不断往前延伸，互相越靠越近，直到成为一条线。然而，他无法完全相信这样的观念。更何况，他从肉体到精神都已经伤痕累累，也不能肯定艾达是否愿意接受他的求婚。他最后说，尽管艾达的态度有些做作，但是在他的眼中，她长得十分美丽。她眼角下垂，稍微有些不对称，使她总是带着忧郁的表情，在英曼看来，这反倒增添了她的美貌。

那女人的表情仿佛在说，英曼说了她听过的最愚蠢的话，她用烟斗指着他说，你听着，为了美貌跟一个女人结婚，就跟因为鸟儿的歌喉吃掉它差不多。然而，人们通常都会犯这样的错误。

他们坐了一会儿，默默地呷着鸦片酊。它入口有点甜，熬得就像高粱糖浆一样浓稠，流动不快，也不清澈。尝起来有点像蜂蜜酒，只是没有蜜味。它黏黏地挂在杯壁上，英曼只能用舌头舔掉。雨下得更大了，雨水透过凉棚的茅草顶掉下几滴，落在火里发出嗞嗞的声音。这是一种孤独的声音，除了雨水、炉火之外，只有一片空寂。英曼想象自己隐居在冷山上，住在同样荒凉、寂寞的地方。在一块雾气弥漫的石头上，搭一座小木屋，一连几个月见不到同类，活得就像牧羊婆婆一样，单纯而遗世独立。这是一幅十分动人的图景，然而，他在内心深处却明白，生活会日渐受到孤寂和渴望的荼毒，而自己会憎恨这样的每一分钟。

——这里冬天一定很冷，英曼说。

——确实够冷的。最寒冷的几个月，我一直把火炉烧得暖暖的，盖着厚毯子。但是，我最担心的是在书桌边工作的时候，墨水和水彩会冻住。有些天特别冷，我坐在桌边，得把一杯水放在两腿之间保温。然而，我用湿画笔上色的时候，笔尖碰到纸之前，鬃毛就结冰了。

——你拿这些本子做什么？英曼问。

——我用来记事，老妇人说，画画和写字。

——记些什么？

——所有的事情，山羊、植物、天气，我会留心每件事的发展变化。

即便只是记录发生的事情，也会占据你所有的时间。只要错过一天，你就落在后面，也许永远也无法弥补回来了。

——你是怎么学会写字、读书和画画的？英曼问。

——跟你一样，有人教我的。

——你就这样过了一辈子？

——到目前为止是这样，我还没有死呢。

——你生活在这里，不感到孤单寂寞吗？英曼问。

——也许偶尔会。但是，我有很多活要干，忙碌起来，我就不会太忧虑。

——你一个人要是生病怎么办？英曼问。

——我有自己的草药。

——假如你死了呢？

那女人说，隐居的生活确实有一些不方便之处。她知道任何情况下，都不能指望有人帮忙。假如她无法养活自己，也就不想活得更久了，尽管她估计那天还很遥远，日历本得翻一阵子。她明白自己可能独自死去，无法入土为安，但她一点都不烦恼。感觉到死亡即将来临的时候，她打算躺在岩石悬崖顶上，让乌鸦把她的尸体啄碎，带着她离开这里。

——不是乌鸦，就是虫子，她说，两者之间，我情愿让乌鸦展开黑翅膀，尽快带我飞走。

雨仍旧越下越大，从凉棚顶上不断往下滴。他们该休息了，英曼爬到篷车底下，裹紧毯子睡着了。当他醒来时，白天已经过去，夜幕又降临了。一只乌鸦落在轮辐上看着他。英曼爬了起来，把药膏涂在伤口上，吃了一块草药，又喝了一口鸦片酊。那女人又给他准备了豆子炖羊肉，他坐在篷车的台阶上吃饭，她坐在他身边，唠叨着讲起一个冗长的故事。有一次，她不远千里往南跑到首府去贩羊，把六头山羊卖给一个男人。钱拿到手后，她才想起要把铃铛带回去。那个男人拒绝了，说是已经钱货两讫。她说铃铛不是交易的一部分，但他唤出狗来，把她赶走了。那天深夜，她带着一把小刀回去，把羊脖子上的皮项圈割开，拿回了铃铛。然后，用她自己的话说，一边诅咒，一边穿过首府的街巷扬长而去。

她讲故事的时候，英曼觉得迷迷糊糊的，感到药性发作了。但她讲完后，他还是伸出手去，拍了拍她皱纹密布、长满瘢痕的手背，说，你真是个夺羊铃的女英雄！

英曼又睡着了。他醒来时天已经黑了，雨也停了，但天气很冷。山羊围拢在他身边取暖，它们的气味如此刺鼻，他的眼泪都要掉下来了。他不知道这是自己睡着的同一天晚上，还是中间已经隔了一天。油灯的光线透过篷车地板的缝隙漏下来，英曼从车下爬了出来，站在地上湿漉漉的落叶中。一小块月亮升上东方的半空，星星依然在老地方，看上去清冷又闪烁。峡谷上方的山脊后面，有一块巨大的裸露岩石，像矛尖一样黑压压地刺向天空，仿佛哨兵守望着，防止从天而降的袭击。英曼突然迫切地想要上路。他敲了敲篷车的门，等待老太婆让他进去，却没有回音。英曼推门进去，发现里面没有人。他看了看书桌上的纸，拿起一本日记打开，看到一幅山羊的图画。它们长着像人一样的眼睛和脚，下面标注的句子很难理解，似乎比较了山羊在冷天和热天行为上的差异。英曼又翻了几页，看到一些植物的绘图，然后是更多的山羊图画，姿态各异，颜色很少而且黯淡，仿佛是用衣物染料画的。英曼读了配图的文字，讲述了山羊如何吃草，它们彼此如何相处，以及每天情绪的变化。在英曼看来，老妇人似乎想把山羊所有的习性细节都罗列出来。

这也是一种生活的方式，英曼想，做一名白云深处的隐士。喧嚣的世界在记忆中淡去，心中只留下上帝美好的造物。然而，他不断翻着日记，越来越忍不住想，那女人翻看几十年来的日记，数着年轻时的情事过去了多少年，该是一种怎样的心情。那时，她跟一个黄头发的年轻农夫有过一段短暂浪漫，她想嫁给他，而不是那个老头。一个特别灿烂的秋日傍晚，在庆祝丰收的舞会上，他们出来站在门廊上，一轮琥珀色的月亮悬在树梢，她轻启朱唇吻那个小伙子，屋内传出小提琴演奏的一支古老曲子，使她的感情无比热烈奔放起来。从当时到现在，那么多年过去了，即使没有如此美好的回忆，仅仅是流逝的岁月都会令人黯然神伤。

英曼环顾四周，发现篷车里连一块镜片也没有，他猜想那女人平时梳洗肯定只靠双手的感觉。她是否连自己近年来的面容都没有见过？长头发好像蛛丝一样苍白纤细，眼睛周围和下颌的皮肤松弛下垂、密布着皱纹和褶子，额头上长满了褐色斑点，耳朵里长出短毛，只有脸颊依然红润，蓝色的瞳孔依然明亮。假如你在她眼前举起一面镜子，她会不会惊恐地缩回身子，被自己苍老的容颜吓到？也许在她的心里，自己依然是几十年前的模样。一个人住得如此偏远，可能就会产生这样的心理。

英曼等了很长时间，那个牧羊婆婆还没有回来。黎明来临，他吹灭了灯，拗断几根树枝，添进小火炉里。他想要继续上路，但他不想没跟她道谢就走。那女人到将近中午才回来，走进门的时候，手里拎着一对兔子的后腿，任它们软弱无力地倒挂着。

——我得走了，英曼说，我想看看能否付给你一些饭钱和药钱。

——你可以试试，老妇人说，但我不会收的。

——好吧，谢谢你，英曼说。

——听我说，那女人说，假如我有个儿子，我会告诉他同样的话：你要多加小心。

——我会的，英曼说。

他转身向篷车外面走去，但那女人叫住了他。拿着这个，她说着递给他一张正方形的纸，上面细致地画着秋天牛尾菜的一簇球状蓝紫色浆果。

自由自在的野蛮人

天刚蒙蒙亮，鲁比就起身了。她出了门走下山，准备到房子里生炉子，煮上一锅玉米粥，炒几个鸡蛋。外面还很黑，几乎看不清东西，周围浓雾弥漫。一年四季除了冬天之外，在布莱克谷底的大部分早晨，雾气总会聚集一两个小时才散。走到房子附近时，她看见一个穿黑衣服的男人站在玉米仓旁边。鲁比直接走进后门廊的厨房，门框上方钉着两根分叉的树枝，上面放着一支猎枪，子弹已经上了膛。她取下猎枪，把两个击锤都扳到后面，迅速地走向玉米仓。

那男人戴着宽边软帽，帽檐压得很低，遮住前额，头低垂着。他的肩膀靠在玉米仓的墙上，一条腿搁在另一条腿前面，踮着脚尖，十分悠闲，好像等待驿车的旅客，斜倚着路边的树，沉浸在思考中消磨时间。

即使在微弱的光线下，鲁比还是能看见，那人穿的衣服质地和做工都很精良。他的靴子虽然有些磨损，但仍然更像一位地主穿的，而不是一个偷玉米的贼。只有一件事情跟那人悠闲自在的姿态相悖——他的右手臂整个伸在玉米仓的裂缝里。

鲁比径直朝他走去，枪管下垂，但还是瞄准了他的膝盖，准备上前呵斥他偷玉米。但她靠近的时候，那男人抬起了头，目光越过帽檐，看着鲁比咧嘴一笑说，真是该死！

——怎么，你还没死？鲁比说。

——还没有，斯托布洛德说，快把你爹放开。

鲁比把猎枪斜靠在玉米仓边上，打开门走了进去。她从泥地上拔起捕兽夹的桩子，掰开斯托布洛德手上的夹子，然后走回外面。斯托布洛德从裂开的洞口缩回手，尽管夹子上垫了布料，腕部骨节突出皮薄的地方，还是夹出了滴血的伤口，整条小臂上青一块紫一块。他用没有受伤的手揉着，然后摘下帽子，取出一块精美的亚麻布手帕，抹着额头和脖子。

——我被夹住了，站了整整一个晚上，他说。

——那是自然，鲁比说着仔细地看了看斯托布洛德。他的变化不少，站在她面前的已经是个老头了，头发半秃，胡子花白。但他没有变胖，还是个瘦小的男人，晾衣架都比他身上的肉多。

——你现在多大年纪了？她说。

他动了动嘴唇，似乎在心里数着数。

——也许是四十五岁，他最后说。

——四十五岁？鲁比说。

——大约。

——你看上去不像。

——谢谢！

——我的意思恰恰相反。

——哦。

——换作另外一个人，鲁比说，我会问他，你看上去又不缺钱，干吗要顺走我们的玉米？但我实在是看透你了。你就是到处转悠，这里偷一点，那里拿一点，然后酿出一些烈酒来。你那身衣服要么是偷来的，要么就是打牌赢的。

——差不多吧。

——毫无疑问，你从战场上逃跑了。

——作为战斗英雄，他们欠我一次休假。

——你？

——每一场战役中，我都是带头冲锋的，斯托布洛德说。

——我听说，军官往往派最窝囊的人冲在前面，鲁比说，这样就能让他们尽快送命。

她没等斯托布洛德回答就说，你跟我来。她捡起猎枪走进房子，让他坐在门廊的台阶上等着。到了屋内，鲁比生了火，煮了一壶咖啡，揉好面团，开始忙碌地准备早饭：面饼、玉米粥、鸡蛋，还煎了几条腌肉。

艾达下楼，跟平常的清晨一样，坐在窗边的椅子里，闷闷不乐地喝咖啡。

——我们终于用夹子抓住些东西了，鲁比说。

——差不多该是时候了。抓住了什么东西？

——我爸爸。他现在在外面的门廊上，鲁比说。她正在搅一锅用煎肉的油做的白色酱汁。

——你说什么？

——斯托布洛德。他从战场上跑回家了，但是，无论他是死是活，跟我都没什么关系。给他一盘早餐，然后我们就打发他上路。

艾达站起身，看着门外斯托布洛德瘦削的背影。他驼着背坐在最底下的台阶上，左手伸在面前，低声哼哼着，手指轻轻点着掌根，好像一个人在心里默数。

——你也许应该请他进来，艾达回到座位上说。

——让他等在外面好了。

做好早饭后，鲁比把给斯托布洛德的盘子拿到梨树下的桌子上。她和艾达在餐厅吃饭，从窗口看着斯托布洛德狼吞虎咽，帽檐随着咀嚼上下摆动。吃完后，他就差没拿起盘子舔干净上面的油了。

——他可以在这里吃的，艾达说。

——我可不想让他进来，鲁比说。

她走到外面收拾他的盘子。

——你有地方去吗？鲁比问斯托布洛德。

斯托布洛德告诉她，自己确实有个窝，还有一帮子同伙。他碰巧跟一伙武器精良的逃兵混在一起，住在一个很深的山洞里，就像自由自在的野蛮人一样，一味地打猎、吃肉，整个晚上喝酒、奏乐。

——好吧，我觉得这样挺适合你，鲁比说，你的人生目标就是拎着个酒瓶，整晚跳舞。现在，我给你吃过东西了，你可以从这里出去了。我们没有其他东西给你，你要是再来偷我们的玉米，我就给你一颗子弹，我的枪管里装的可不是盐巴。

她像赶牛一样挥手赶他。斯托布洛德双手插在口袋里，悠闲地走开了，一直往冷山的方向走去。

第二天阳光灿烂，天气温暖又干燥。一个月以来，只下过一场小小的晨雨，落叶和留在枝头的树叶又黄又脆，就像放冷的炸猪皮一样。树叶在微风中和脚下沙沙作响，鲁比和艾达走下坡，去谷仓看烟草是否干透。谷仓阁楼底下悬空的地方，挂着一排排横梁，宽阔的烟叶根部扎在一起，一捆一捆的倒挂在横梁上。它们底部展开的形状有点像悬挂着的女人，阴森森的，扎成束的叶子像泛黄了的旧裙子般蓬开。鲁比走在烟叶中间，用手摸了摸，又捻了一下，然后宣布一切井然有序，多亏了天气干燥，烟草的种植和收获都很当心，完全符合星象规律，很快就能把它们浸在糖浆里，拧成烟丝，用来交换货物了。

随后，鲁比提议在谷仓二层的干草棚上歇一会儿，她说，那是个休息的好地方。她爬上梯子，叉开腿坐在宽宽的草棚窗口，两只脚在空中晃悠着，艾达认识的成年女人，没有一个人会这样做。

一开始，艾达犹豫着要不要跟鲁比一样，她坐在干草堆里，两腿压在身下，用裙子遮挡着。鲁比笑嘻嘻地看着她，仿佛在说，我可以这样坐，因为我一直没有规矩，你也可以这样坐，因为你最近开始丢掉规矩了。艾达跟着在窗边坐下，她们懒洋洋地半躺着，咀嚼着一根根干草，像小伙子一样晃动双腿。从高大的窗口看出去，山坡到房子的景色尽收眼底。越过山上的田野，冷山在干燥的空气里显得棱角分明，斑驳的秋色仿佛近在眼前。房子看上去小巧玲珑，白得纤尘不染，黑色的厨房烟囱中，笔直地升起一缕青烟，随即被山谷中吹来的微风卷走了。

——你说你想要了解这块土地？鲁比问。

——是的，艾达说。

鲁比站起身，跪在艾达身后，用手蒙住艾达的眼睛。

——听！鲁比说。蒙在艾达脸上的手温暖又粗糙，闻起来有股干草、烟叶、面粉的味道，还有某种更深沉的干净的动物气味。艾达感觉到她纤细的指骨按着自己跳动的眼皮。

——你听到什么？鲁比问。

艾达听到了树间的风声，干枯叶子的沙沙声。她告诉了鲁比。

——树，鲁比轻蔑地说，仿佛她早就料到艾达会说出这样愚蠢的答案。仅仅是树吗？那你还差得很远呢。

鲁比松开手重新坐下，再也不谈这个话题了。艾达琢磨了一下，鲁比的意思是，这个世界是与众不同的。一年中的这个时候，听出白杨和橡树声音的细微差别是最容易的，假如艾达连这都做不到的话，那她甚至还没有开始了解这个地方。

下午晚些时候，尽管天气依然暖和，微蓝的阳光却倾斜而淡薄，清楚说明一年即将终了，温暖而干燥的日子没有几天了。因此，艾达和鲁比决定在外面梨树下的桌边吃晚饭。她们烤了埃斯科带来的嫩鹿肉，用平底锅煎了土豆和洋葱，把培根油浇在晚生菜上。她俩把桌上的枯叶拂去，正在摆餐盘和椅子的时候，斯托布洛德提着一个麻袋，从树林里走出来，一屁股坐在桌边，仿佛他口袋里装着请帖似的。

——只要你一句话，我就把他赶走，鲁比对艾达说。

艾达说，晚饭够吃的。

吃饭的时候，鲁比一句话都不说，斯托布洛德跟艾达谈起了战争。他说希望战争尽快结束，这样他就能从山上下来，但他担心会越拖越久，艰难的日子会落在每个人身上。艾达心不在焉地表示同意，但她看了看沐浴在淡蓝色阳光下的山谷，觉得艰难似乎还很遥远。

晚饭做好后，斯托布洛德把麻袋放在地上，从里面拿出一把小提琴，横放在膝盖上。小提琴式样新奇，琴头上通常是涡形的地方，雕成了一条盘曲的大蛇，蛇头扭向琴颈，鳞片和狭缝般的蛇眼都栩栩如生。斯托布洛德对这把琴显然得意扬扬，他也确实应该自豪，尽管小提琴远非完美，却是他在逃亡的几个月里自己制作的。他原来的小提琴在回家路上被偷走了，由于没有模型，他就按照记忆中的比例做了一把新琴，因此看上去就像罕见的古董，来自人类制作乐器的早期阶段。

他把小提琴翻来覆去让她们欣赏，然后讲起了制琴的故事。他花了好几个星期，翻山越岭砍伐云杉、枫树和黄杨木。木头晒干后，他连续好几个小时坐着，按照自己设计的式样，拿刀削出小提琴的各个部分。他把侧板的木头煮到柔软，并且弯出形状，这样等晾干后，就会变成光滑的曲线，不会弹回来。他徒手雕出拉弦板、琴桥和指板，把鹿蹄煮化了做胶水，钻孔装上调音弦轴，主要部件组装在一起后晾干，再用一根铁丝装好音柱，用商陆汁把黄杨木指板染黑，接着坐了好几个小时雕刻扭曲的蛇头。最后，他趁着夜色，从一户人家的工具房里偷了一小罐清漆，给小提琴上漆。随后，他装上弦，调了一下音。有一天晚上，他还出去割下马尾的长毛，用来做琴弓的弓毛。

当时他看着自己的杰作，心想，现在只差一件事，就能获得我心目中的音乐了，我得杀死一条蛇。有一段时间，他认为把响尾蛇的尾节放进乐器，能使音色大大改善，发出不同寻常的丧钟般的回响和嘶嘶声。而且他觉得响尾的节数越多越好，在他心目中这是一场真正的探索。寻找响尾的过程本身就是一种神秘的苦修，它起到改善音效的作用，可能不亚于响尾在琴箱里的实际功能。

为了这个目的，他在冷山上四处游荡。他知道秋天刚开始转凉的时候，蛇类觉察到冬天来临，就会四处游动寻找洞穴。他杀死了好几条响尾蛇，可是蛇死了以后，他才发现它们的尾巴太短小，根本不合用。最后，他爬到山上高处长着黑香脂树的地方，碰到一条森林响尾蛇躺在平整的板岩上晒太阳。蛇的长度不算惊人，因为这类蛇通常长不了太长，但它却比男人的手臂最粗的地方还要粗，背上的斑纹几乎都连在一起了，看上去就像一条黑蛇。蛇的响尾就跟斯托布洛德的食指一样长。他说到这里，向艾达伸出食指，然后用另一只手的拇指指甲在第三节指关节上划了一下说，响尾有这么长。他说着，用指甲在干燥的皮肤上划了一遍又一遍。

斯托布洛德走近石头，对蛇说，嗨，我打算要你的响尾。那条大蛇的脑袋像拳头一样，它从石头上抬起头，狭缝般的黄眼睛打量着斯托布洛德。蛇半盘起身子，表示宁愿战斗，绝不逃跑。蛇尾一阵颤抖，热热身，接着振动骤然加快，发出一种可怕的尖利响声，摄人心魄。

斯托布洛德往后退了一步，这是自然而然的反应，但他想要那条响尾。他掏出随身小刀，砍下一根四英尺长的分叉树枝，回到那条蛇身边。蛇待在原地没动，仿佛期待着一场恶战。斯托布洛德站在估计蛇所能攻击的范围一肘开外，那条蛇竖起身体，把头昂得更高了，斯托布洛德逗引它发起攻击。

呜！他喊道，在蛇面前挥舞着树枝。

蛇泰然自若，继续振动着尾巴。

哇！斯托布洛德喊，用树枝刺向它。蛇盘起来的身体动了一下，振动的响声轻了一些，然后就悄无声息了，仿佛它已经感到厌倦。

显然得来点真格的，斯托布洛德慢慢往前挪着，然后蹲伏下来，用牙齿咬住小刀，右手拿着枝条，高高举起，左手迅速地挥动着，已经在蛇攻击的范围内了。蛇猛地一跃，身体跟地面平行，张开巴掌大小的血盆大口，毒牙往下垂着。它没有咬中目标。

斯托布洛德用树枝猛地一戳，把蛇头卡在石头上，迅速用脚踩住蛇头，用力抓住甩动的蛇尾。他从嘴里取下小刀，干净利落地齐根割下响尾。然后，他像受惊的猫一样跳了回来。蛇扭动着身体，重新摆出一副攻击的姿势，努力地想要振动尾巴，尽管现在只剩一段滴血的残根。

——想活着就继续活吧，斯托布洛德说罢摇着响尾走开了。他相信从今往后，拉出的音符会有一种新的调子，在旋律深处的某个地方，潜藏着毒蛇凄厉可怕的警告。

斯托布洛德跟鲁比和艾达讲完制作的过程后，坐在那里看着小提琴，仿佛它是个奇迹一般。他举起小提琴，像展品一样举到她们面前，仿佛要说明在某些方面，他已经不是当初那个奔赴战场的人了。他宣称，这场战争已经使他和他的音乐变成了完全不同的东西。

鲁比照旧持怀疑的态度，她说，战争开始前，除非为了在舞会上演奏换酒喝，你对拉小提琴的兴趣可没那么大。

——现在，有人说我拉起琴来好像发烧一样狂热，斯托布洛德替自己辩解说。

他的转变是出乎意料的，斯托布洛德说，那是一八六二年一月，他所在的部队在里士满附近筑起营房过冬。有一天，有人到军营里找一名小提琴手，别人带他来见斯托布洛德。那人说，他有个十五岁的女儿，每天早晨生火的时候，她都把煤油倒在新添的引火柴上。然而，今天早上，煤油却流到了烧红的炭上，她刚把炉盖放回去，炉子就在她面前爆炸了。铸铁的圆形炉盖重重地撞在她的脑门上，裂缝里蹿出的火舌舔舐着皮肉，几乎把她的骨头烧焦了。她快要死了，这是确定无疑的。但是过了一两个小时，她苏醒了过来，家人问怎样可以让她走得平静一点，她回答说想听小提琴。

斯托布洛德拿起琴，跟着那个人走了一个小时，来到他家里。进了卧室，他发现一家人沿墙根团团围坐，烧伤的姑娘靠在几个枕头上，头发已经烧得焦煳一片，脸看上去就像剥了皮的浣熊。她头下的枕套湿漉漉的，是擦破的皮肤渗出的液体。耳朵上面被炉盖砸伤的地方有一道很深的裂口，伤口已经停止流血，但还没有变成褐色。她上下打量了一下斯托布洛德，在烧焦的皮肤衬托下，她的眼白显得特别吓人。给我拉支曲子吧，她说。

斯托布洛德坐在床边一把直背椅上，调音的时候拧了很久弦轴，那姑娘说，假如你想让我在琴声中死去，最好现在就开始。

斯托布洛德先拉了一段《锅中豆》，然后开始拉《萨莉·安》，很快拉完了他全部的六支曲子。这些都是舞曲，斯托布洛德自己也知道跟眼下的场合很不搭调，所以他尽量拉得很慢，但不管怎么拖慢节拍，曲子还是不怎么忧伤。他拉完之后，姑娘还没有死去。

——给我拉一支另外的曲子吧，她说。

——我不会别的了，斯托布洛德说。

——那太遗憾了，那姑娘说。你是个怎么样的小提琴手？

——整天寻欢作乐的流浪汉，滥竽充数的赝品，他说。

姑娘脸上浮现出一丝微笑，但她的眼睛里立刻显示出痛苦，嘴角很快垂了下去。

——那就给我编一个曲子吧，她说。

斯托布洛德对这样奇怪的要求吃了一惊，他从来没有想过尝试作曲。

——我恐怕不行，他说。

——为什么呢？你从来没试过吗？

——没有。

——最好试试，她说，时间不多了。

他坐下想了一会儿，拨了拨琴弦，重新调了音，把小提琴架在脖子上拉了起来，发出的声音连他自己都感到惊讶。他的琴弓下流出的旋律缓慢而犹疑，主要由持续的低音和双音传递情绪。他不知道该怎么命名，曲子似乎是惊惶凄厉的弗里吉亚调式，姑娘的母亲听到便哭了起来，从椅子上站起来，跑到外面门厅里。

斯托布洛德演奏结束之后，那姑娘看着他说，这样就很好。

——不好，他谦虚地说。

——挺好的，那姑娘说，她转过头去，呼吸变得湿润，气喘吁吁起来。

姑娘的父亲走了过来，拉着斯托布洛德的胳膊把他带进厨房，让他坐在桌边，倒了一杯牛奶。随后，那人转身走上台阶，等斯托布洛德喝完牛奶后，他又回到厨房。

——她已经走了，那人从口袋里掏出一联邦美元纸币，塞进斯托布洛德的手里。因为你的缘故，她走得很平静，他说。

斯托布洛德把钱放进衬衫口袋就离开了。走回兵营的路上，他不时停下来看看小提琴，仿佛生平头一回看见这种乐器。他以前从未想过提高自己的演奏水平，但现在听力所及的一切，都使他燃起了极大的热情，每种曲调都值得试一试。

从此以后，他每天都会演奏给那个姑娘编的曲子，从来也不会感到厌倦。事实上，他相信这支曲子是无穷无尽的，他余生的每一天都可以拉一遍，每次都会有新的领悟。迄今为止，他的手指按动过无数次琴弦，手臂拉过无数次琴弓，因此，这支旋律响起的时候，他的演奏已是不假思索的了。音乐从琴弦上轻松地流泻，旋律已经成为自觉的个体，成为给每一天带来秩序和意义的习惯，就像夜幕降临时，有些人会祈祷，另一些人会检查两次门闩，还有些人会喝上一杯酒。

从姑娘烧伤的那天开始，他的心里越来越被音乐充满，战争好像已经与他无关。他经常从兵营里缺席，也很少有人想得起他。他情愿把时间花在里士满昏暗的小酒馆地区，那里混合着没有洗澡的身体、泼出的烈酒、廉价香水、没有倒的夜壶的气味。事实上，整个战争期间，他一直把时间消磨在这些地方，但现在跟以往不同，他的兴趣主要在经常为顾客演奏的黑人乐手身上。许多夜晚，斯托布洛德从一个地方游荡到另一个地方，直到发现某个天才的吉他手或班卓琴手煞有介事地拉着乐器，然后，他就会拿出小提琴，跟着一起演奏到黎明，每一次这样做，他都能学到新的东西。

一开始，他的注意力集中在调音、指法和分节上。后来，他开始聆听黑人的唱词和曲调，对他们能清晰而骄傲地唱出生活中所有的渴望和恐惧钦佩不已。很快，他觉得越来越了解以前从未思考过的自我。他大为惊讶地发现，音乐对他来说不仅是快乐，还是一种精神的享受。各种声音的组合，乐音在空气中响起和消失的过程，都对他诉说着万物创造的法则，使他心里感到安慰。音乐告诉他，世间的一切需要正确的秩序，生活中不应该只有混乱和漂泊，而是需要有形状和目标。它有力地反驳了一切事件都是随机发生的观点。现在，他会拉九百首小提琴曲子，其中大约一百首曲子是他自己创作的。

鲁比对这个数字表示怀疑，指出他从前生活中的各个方面，只需要十个手指就数得过来了。

——他从来没有什么东西数目能超过十，她说。

——九百首曲子，斯托布洛德说。

——好吧，那就演奏一首，鲁比说。

斯托布洛德坐下想了一会儿，然后用拇指捋了一下琴弦，拧了一下弦轴，再试了一次，又调了另外几个弦轴，最终把E弦调低了三个半音，跟A弦上的第三个音位一样音高，形成一种奇异的音调。

——我一直没给这首曲子起名，他说，我想就叫它《碧眼女孩》好了。

他举起琴弓在崭新的小提琴上舞动起来，曲子清澈、锐利、纯净得令人吃惊，调低的音准形成一种奇特而和谐的效果。音乐缓慢，采用了典型的调式，但节奏却复杂多变，音域相当宽广。非但如此，旋律还不断提醒你一个忧伤的事实： 音乐是转瞬即逝的，马上就会消失，难以挽留。渴望，是它的主题。

艾达和鲁比吃惊地看着斯托布洛德拉出旋律。在演奏这首凄凉的曲子时，他显然摒弃了所有已知的小提琴手短促而起伏的运弓法，而是运用长弓，拉出充满甜蜜与哀伤的曲调。鲁比从未听过类似的音乐，连艾达也没有听到过。他的演奏轻松自如，好像人在呼吸一样，但其中无疑包含着对有价值的人生的坚定信念。

斯托布洛德拉完之后，把小提琴从胡茬花白的颌下移开，大家都陷入了长久的沉默。小溪中青蛙的鸣声显得尤为哀伤，却又在即将来临的冬季面前透出了希望。他看着鲁比，似乎在期待苛刻的评价。艾达也看着她。鲁比脸上冷若冰霜，仿佛在说，仅仅一个故事和一首小提琴曲，是无法让她的心变得柔软的。她没有跟斯托布洛德说话，而是转头向着艾达说，真奇怪，他这辈子都没本事精通什么干活的工具，到了这把年纪倒是终于会了一样乐器。他真是个可怜虫，还是因为偷火腿被抓住给木棍打了个半死，才得了这么个诨名①。

---

① 斯托布洛德（Stobrod）的名字含有木条（stob）和棍子（rod）的意思。

然而，在艾达眼中，这近乎一个奇迹——在芸芸众生中，斯托布洛德竟也会成为正面例子：无论一个人怎样浪费一生的光阴，他总会找到拯救自己的途径，哪怕只是有限的救赎。

新娘的床上流满鲜血

英曼在山里游荡了很多天，天气很糟糕，他被困在山里迷了路。月亮从亏到盈的这段时间，天上一直在下雨，然而天空乌云密布，根本看不见月光，若非从第一滴雨开始计数，肯定记不住过去了多少日子。起码有一个星期，英曼看不见太阳、月亮和星星，他觉得自己很有可能一直在兜圈子，或者胡乱走出了一些更复杂的几何图形。行路时为了保持直线，他使劲分辨正前方的目标，比如一棵树或一块岩石。他一直这样往前走，最后他觉得自己选择的所有目标，大概都连成了一个大圈。也许兜大圈子，还不如兜小圈子呢。所以他开始在迷雾里瞎闯，凭着感觉往西边走，努力让自己满足于不断前进。

他坚持把牧羊婆婆的药用完，头上的伤很快只剩下起皱的细疤，脖子上留下了一道苍白的坚硬凹痕。伤口隐约尚有些痛，好像遥远河边的水流潺潺，声音轻微却也不会消逝。但是他心里的伤口却没有那么快痊愈。

他的挎包逐渐空了。他最初想打猎，然而，高高的香脂树林中，野兽却不见踪迹。随后，他打算摸小龙虾来煮，但他摸了几个小时，却只抓到一帽兜小龙虾，吃完后他感觉得不偿失。他剥下幼嫩的榆树皮放在嘴里嚼，然后吃了一棵深红色牛肝菌像煎锅一样大的伞盖。十五分钟后，他又变得饥肠辘辘。很快，他便只有双手捧溪水喝，从溪边拔起野水芥吃。

一天下午，他爬行在溪边长满苔藓的地上，像头野兽一样在水边吃草，耳畔的头发浸湿了，嘴里满是水芥辛辣的味道，脑子里毫无头绪。他低头向水塘里望去，看见自己的倒影抬头看着自己，阴沉的脸随水波晃动。他立刻把手指伸进水里，搅乱了影子，因为他根本不想看见自己的模样。

上帝啊，要是我能长出翅膀就好了，他想，巨大的翅膀会带我飞向空中，离开这个地方。长长的羽毛迎风呼啸，整个世界在下方展开，犹如打开一幅鲜明的画卷，没有什么能把我困在地上。山川河流在身下远去，轻松而自在，我飞得越来越高，直到成为澄明的天空中的一个黑点。我要飞向另一个世界，居住在树枝之间和悬崖的岩石上。来自人类社会的力量时不时像信使一样试图把我拉回去，但每一次都不成功。我要飞到高山顶上，观赏每一天的明媚阳光。

他坐起身来，聆听了一会儿圆石上溪水的声音，还有落叶间的雨声。一只淋湿的乌鸦落在栗树的树枝上，抖动羽毛把水甩干，然后缩成一团，一副病恹恹的样子。英曼站起来，别无选择地迈开双腿往前走，直到走上一条荒僻的小路。

第二天，英曼开始感觉有人跟着他，他转过身，看见一个长着猪眼的矮个子男人，穿一条褪色的工装裤和一件黑外套，悄无声息地走在他的正后方。他几乎一伸手就能掐住那人的脖子。

——你他妈是谁？英曼说。

那人一溜烟跑进树林，躲到一棵粗大的鹅掌楸后面。英曼走到树旁往后看，后面却空无一物。

英曼继续往前走，不停往身后看。他时而猛地转身，想让那个影子般跟踪的人措手不及，有几次他看到那人就躲在树丛中。他想知道我前进的方向，然后就跑去报告民兵队，英曼想。于是，他拔出勒马特手枪，在空中挥舞着。

——我会一枪崩了你，英曼朝树林里喊道，你瞧着吧，我不会犹豫不决的。我会把你的肚子打出一个窟窿，连狗都能钻过去。

那个猪眼男人犹豫了一下，但依然跟着他在树丛中走动。

最后，英曼在路上拐了一道弯，那人从一块石头后面走出来，堵在他面前。

——你到底想干吗？英曼问。

矮个子男人伸出两根手指，在嘴上放了一会儿，英曼想起来这是红线帮或美国英雄会的接头手势，但他不记得究竟是哪个了。医院里的一名义工曾说起过这些支持联邦的组织，他们的暗号和共济会①的一样愚蠢。英曼回了一个对应的手势，用一根手指在右眼上比画了一下。

矮个子男人笑了，说，真是些黑暗的日子啊。英曼知道这又是一句暗号，正确的回答是这样的：是啊，但我们期待更好的日子。然后那人就会问，为什么？英曼会回答，因为我们正在寻找拯救自己的方法。

然而英曼却说，你可以到此为止了。我既不是美国英雄会的人，也不是其他什么组织的人，我跟任何组织都没有瓜葛。

——你是个逃兵？

——假如这里没人抓逃兵的话，我倒情愿是个逃兵。

——打开天窗说亮话吧，我跟你一样独来独往，我儿子在夏普斯堡给人打死了，从此以后，无论哪一方都让他们见鬼去吧。

——我参加了夏普斯堡的战斗，英曼说。

那人伸出手说，波茨。

英曼握了握他的手，报了自己的名字。

——夏普斯堡战役的情形怎么样？波茨问。

——跟平常一样，只不过规模更大一些。起初，他们往我们中间扔炸弹，我们也向他们扔。然后，我们就冲锋、开火，葡萄弹和滑膛枪弹都用上了，死了很多人。

他们站了一会儿，看着附近的森林。波茨说，你看上去累坏了。

——没有东西吃，我拼命地赶路，但依然走得不快。

——可惜手头没有粮食，否则我就能给你点吃的。沿路往前走三四英里，那里有个好心的姑娘，她会给你东西吃，而且不会问任何问题。

寒风吹拂下，雨斜斜地落下，冰冷刺骨。英曼用防潮布把自己裹起

① 共济会起源于18世纪英国带宗教色彩的兄弟会，是目前世界上最庞大的秘密组织。

来，继续往前走，步子一点都没有变慢。他像古代朝圣的僧侣，为了拯救自己的灵魂免遭这个世界污染，披着黑色的斗篷和长袍四处游荡。雨水顺着他的鼻尖滴落，濡湿了他的胡须。

一个小时之内，他就抵达了波茨说起过的房子。一幢方木搭建的孤零零的小木屋，坐落在潮湿的山坳口上，只有一个房间，窗户上糊着油纸。烂泥和树枝做的烟囱里，冒出淡淡的褐色的炊烟，在风中飘散。一头猪在山上的围栏里转来转去。房子和烟囱之间的角落里放着几个方形的鸡窝。英曼走上台阶，来到栅栏门口，朝里面喊了一声。

雨中开始夹杂着纷飞的冰粒。英曼两边的脸颊深陷进空空如也的嘴里，仿佛要贴在一起了。他在等待的时候，看见篱笆内侧长着一枝山胡椒，红色的浆果挂上了冰锥。他又喊了一嗓子，门吱呀一声打开了，一个女人——实际上还是个年轻姑娘——探出棕色头发的脑袋，然后又缩了回去，门啪嗒一声上了闩。她有充分的理由感到害怕，英曼想。

他又喊了一声，这回补充说，是波茨让他来的，想在这里吃顿饭。门开了，那姑娘走到门廊上。

——你刚才怎么没说？她问。

她长得很漂亮，身材小巧又苗条，皮肤紧致，头发是棕色的，尽管天气寒冷，仍然穿着一件印花棉裙子。英曼摘下挂在门柱钉子上的长铁链，一边走到门廊前，一边脱下裹在身上的防潮布，抖了抖，搭在门廊边上沥干；接着放下背包和挎包，搁在门廊上雨淋不到的地方，然后站在冰雨里等着。

——快点过来吧，她说。

——我会付饭钱的，英曼说着走上门廊，站在那个女人身旁。

——我虽然很穷，给不了你很多东西吃，只有一个玉米饼和一些豆子，但还不至于要你付钱。

她转身走进房子，英曼跟了进去。房间里很暗，只靠炉火照亮，屋外的微光透过纸糊的窗户变得昏黄，洒在擦洗干净的木地板上。英曼看见，房间里家具很少，只有一张桌子、两把椅子、一个碗橱和一张绳床，尽管跟谷仓一样简陋，却很干净整洁。

除了床上的被子，这个地方没有任何装饰。墙上没有挂着心上人或者耶稣的画像，甚至连杂志上剪下来的图片都没有，仿佛偶像崇拜会受到责难。甚至壁炉上也没有小雕像，炉边的扫帚上也没有系丝带。目之所及，被子是唯一色彩斑斓的东西。被面上拼贴缝制的图案，跟本地的风格迥然不同，没有星状花、飞鸟、搅乳棒或杨树叶，而是一些天马行空的飞禽走兽和幻想中的黄道十二宫动物，颜色是从树皮、花朵或坚果壳里提炼出来的黯淡的红色、绿色、黄色。除此以外，房间里只有棕色，没有一点其他色彩，唯一的例外是一张粉嘟嘟的新生儿的脸蛋。婴儿紧裹在襁褓中，躺在一把松木搭成的简陋摇篮里，木料的树皮都没有剥下。

英曼环顾着房间，突然意识到自己身上脏兮兮的，他的衣服在干净、封闭的空间里，散发出一股长途跋涉后强烈的汗臭味。他的靴子和裤腿上糊了厚厚的烂泥，走过的地方留下一道脏脚印。他想把靴子脱下来，但害怕袜子会臭得像腐肉。他已经有一段时间没脱过鞋子了。小屋不算旧，依然散发出刨光的栗木和山核桃木的淡淡清香，英曼感到自己身上的臭味在香气的衬托下越发刺鼻。

那女人拖了一把椅子到炉火边，做了个手势让他坐下。没过多久，他湿透的衣服便升腾起一股淡淡的水汽，泥水顺着他的袖口滴落在地板上，形成一摊摊水渍。他低头看了看双脚，注意到灶台前面半圈木地板磨得发白，好像是一条被绳子拴住的狗在活动半径内踩出来的。

一锅杂色的豆子挂在火炉边的铁杆上来回摆动。灶台上的炖烤锅里搁着一张新摊的玉米饼。那女人递给他一个盘子，里面盛满了豆子和面饼，还有一颗剥了皮的大洋葱。她在英曼身边放了一桶泉水，桶里有一把长柄勺。

——你可以在桌子上吃，也可以在这里吃，这边暖和一些，她说。

英曼把盘子放在膝盖上，拿起刀和勺子就吃了起来。他也希望自己显得斯文些，但脑子里进食的本能却占了上风，所以，他大声地狼吞虎咽，除非不得已，决不停下来咀嚼。他没有把洋葱切开，而是像吃苹果一样吃下去。他用勺子把热豆子舀进嘴里，大口咬着油滋滋的面饼，快得连他自己都惊呆了，豆子的汤汁顺着胡须流下来，滴在他肮脏的衬衫前襟上。他吃得有点喘不上气，鼻子里呼哧呼哧的。

经过一番努力，他总算细嚼慢咽起来，喝了一勺冰冷的泉水。那女人已经把椅子拉到灶台另一边，坐在那里看着他，仿佛在看一头野猪啃食腐肉，又是好奇，又是厌恶。

——我很抱歉，我好几天没吃真正的食物了。只有野水芥和溪水，他说。

——没有必要说抱歉，她的语气如此平静，英曼听不出到底是原谅还是责备。

英曼第一次仔细地看她。这个苍白瘦弱的姑娘，独自居住在幽暗的山谷里，在这里阳光从来不会停留很久。她的生活赤贫到连纽扣也没有，他注意到她裙子的上部是用构棘的长刺别住的。

——你多大年纪？英曼问。

——十八岁，她说。

——我叫英曼，你叫什么名字？

——萨拉。

——你怎么会一个人住在这里？

——前一阵子，我的男人约翰出门打仗去了，战死在弗吉尼亚州。他从来没有见过孩子，现在只剩下我们娘儿俩。

英曼沉默地坐了一会儿，想起双方在战争中死去的每一个人。他们也许还不如自己用手枪抵住柔软的上颚，一枪打穿后脑勺。那又有什么分别？

——这里有人帮忙吗？他问。

——没有。

——那你是怎么生活的？

——我用一把手推犁尽我所能开了一小块玉米田，还在山坡上种了一片菜园，尽管今年两样收成都不好。我有一个碾磨机，可以磨玉米粉，还有几只鸡会下蛋。我们本来有一头牛，但是，夏天有一帮偷袭的联邦军翻过大山，他们把牛抢走了，放火烧了小谷仓，掠夺了蜂巢，还抢了一把短柄斧子。他们为了吓唬我，在门廊上把我们的蓝斑猎狗开膛破肚。能用来过冬的，就只有围栏里那头大肥猪了，我很快得宰了它，但又害怕，因为我还从来没有自己杀过猪。

——你得有个帮手，英曼说。她看上去弱不禁风，怎么能干杀猪的活呢。

——需要帮手也不见得能找到，短期之内是没有指望了。我的家里人都死了，除了波茨，也没有什么邻居可以喊得上。但是要干活的时候，他也不会帮什么忙。该干的活还是得我自己干。

这样辛苦劳作，她用不了五年就老了。英曼意识到这一点，希望自己从来没有踏进这间屋子，希望自己继续往前走，哪怕他会摔倒在路边，再也爬不起来。他悲哀地发现，自己本可以从此踏入她的生活，从今夜开始不停地努力干活，直到死去的那一天。假如他允许自己考虑一分钟，他就会发现那姑娘周围的世界仿佛陷阱上方的滚木，随时会砸落下来，粉碎一切。

现在外面已经近乎全黑了，房间里阴暗得好像熊窝，只有炉火投下一片黄光。那姑娘伸出双腿取暖，她穿着一双男式灰色厚袜子，褪到脚踝处，裙摆提了起来，他能看见她纤长的小腿侧面，柔软平顺的金色汗毛在炉火映照下闪光。长期的饥饿使他脑子里一团乱麻，竟然想要去抚摸她的小腿，就像安抚一匹受惊的马的脖子，让它安静下来。他无论从哪个角度看，都觉得她身体的轮廓透出彻底的绝望。

——我能帮忙，英曼不由自主地说，现在时间有点早，但也勉强算是适合杀猪的天气。

——我没法求你帮忙。

——你没有求，是我自愿的。

——我不能让你白干活。我可以把你的衣服洗干净、缝补好，它们也确实该洗洗了，外套裂开的那个大口子，可以垫一块布缝上。你可以先穿我男人留下的衣服，他的身高跟你差不多。

英曼又低头吃了点东西，他用最后一点玉米饼抹掉剩下的汤汁，很快吃得一干二净。萨拉问也没问，又给他用勺子舀了一堆豆子，用叉子叉了一块面饼。他正在吃第二盘食物时，孩子哭了起来。她回到昏暗的房间里，把裙子解到腰间，坐在床上给孩子喂奶，侧身对着英曼。

英曼不想看，却仍然瞥见了她浑圆的乳房，它在微光下显得丰满而洁白。过了一会儿，她放下孩子，湿漉漉的乳头上映照着一点火光。

她回到灶台边，捧着一堆叠好的衣服，上面有一双干净的靴子。他把空盘子递给她，她把衣服和靴子放在他的膝头。

——你可以到外面门廊上换衣服，给你这个。

她递给他一盆清水，还有一块灰色的肥皂和一块布，盆是用葫芦的底做的。

他出了门，走进夜色中。门廊尽头有一块搓衣板，上方的柱子上挂着一面小圆镜子，抛光的金属上面锈迹斑斑。这里是年轻的约翰刮胡子的地方。冰碴依然敲打着黑色的橡树枝头仅余的枯叶，但他看见山谷开口的地方，在一片片掠过天空的乌云背后，月亮已经在时隐时现。英曼想象着那条狗被入侵者杀死在门廊上，那姑娘在一旁看着。他在寒风中脱得赤条条的，脱下的衣服就像剥下的皮，又湿又重，软塌塌的。他没有朝镜子里看，只是使劲用肥皂和布搓洗身体，然后把葫芦瓢里剩下的水从头浇下来，穿上衣服。死者留下的衣服很合身，因为洗过很多遍变得又软又薄，靴子像定做的一样合脚。不过，他觉得自己好像披上了另一个生命的躯壳。他重新回到小屋里，感觉自己像个鬼魂，占据着过去的形体，却是虚幻的。萨拉点起了一根蜡烛，在桌上的一个盆里洗盘子。烛光周围的空气似乎很混浊，附近所有明亮的物体都笼着一圈光晕，烛光范围之外的一切都隐没在黑暗中，仿佛再也不会重现。看着那姑娘俯身在桌上，英曼觉得，自己恐怕这辈子再也无缘目睹她后背的曲线了。这一幕应该永志不忘，当他老去时，记忆虽不能挽回逝去的光阴，却也是岁月中的一个安慰。

他再次坐在灶台边的椅子上。没过多久，那姑娘也过来陪他，他们安静地坐着，盯着通红的炉火。她抬起头看着他，脸上毫无表情，却非常可爱。

——假如我有个谷仓，你就可以睡在里面了，她说，但我眼下没有。

——我可以睡玉米仓。

她回头看了看炉火，仿佛示意他可以走了。英曼又走到外面的门廊上，拿起他的包裹和湿透的垫被，走向屋后的玉米仓。云迅速地散开，月亮洒下光辉，近处的景物开始显露出轮廓。外面天寒地冻，冰冷刺骨。英曼爬进玉米仓，尽可能裹着毯子，把自己塞进玉米穗中间。山坳里，一只猫头鹰叫了几声，声调一声比一声低。那头猪惊醒过来，哼哼了一会儿，然后又是一片沉寂。

英曼估计这一晚会睡得又阴冷又硌得疼，但还是比躺在荒地上舒服多了。一道道蓝色的月光从玉米仓的板条缝隙间透过来，英曼借着月光从挎包里取出勒马特手枪，检查了装载的十发子弹，用那位去世的丈夫的衬衫下摆擦了擦枪身，拨到半待击状态。他拿出小刀，在靴子干净的皮底上磨了磨刀刃，然后裹紧毯子准备睡觉。

但是，他没睡多长时间，就被脚踩落叶的声音吵醒了。他慢慢地伸出手放在枪上，尽量不碰到玉米穗发出响声，脚步声在离玉米仓十几步路的地方停住了。

——请你到里面来吧，萨拉说完便转身走开了。

英曼爬出玉米仓，把手枪塞进裤腰，抬头看着山谷上方狭窄的天空。猎户座已经升上天空，横跨在山谷两头靠近的山脊线上，举止间仿佛对何去何从胸有成竹。英曼走回房子时，看见纸糊的窗户像日本灯笼一样闪闪发光。进了屋内，他发现那姑娘往炉火里添了山核桃木，火焰蹿得很高，室内也许从未如此明亮又温暖过。

她躺在床上，解开了发辫，浓密的头发披在肩头，在火光下熠熠闪光。英曼走到壁炉边，把手枪放在炉架上。儿童床拖到了火炉边，孩子脸朝下睡着，只从被子下面露出苍白的、长满绒毛的后脑勺。

——你拿着那把大手枪，看上去像个逃犯，她说。

——我也说不清自己现在究竟是什么样的人。

——假如我要求你做一件事情，你会答应吗？

英曼想说句话搪塞过去，比如“也许”、“假如我能做到”，以及诸如此类模棱两可的话。

他的回答却是：好的。

——假如我要求你跟我一起躺在床上，但其他什么都不做，你能答应吗？

英曼看着她，心想：她眼前看到的是什么呢？一个可怕的幽灵穿着她丈夫的衣服？一个让她既渴望又害怕的鬼魂？他的目光停留在她身上盖的被子上，拼贴的被面上画着粗壮的野兽，大眼睛、小短腿，样子笨拙，却好似纹章上的异兽。它们似乎是梦中怪兽的残留记忆拼凑起来的，肩部大块的肌肉隆起，足上利爪倒竖，张开咆哮的血盆大口，露出长长的獠牙。

——你能吗？

——我能。

——我相信你能，不然我就不会开口了。

他走到床边，脱下靴子，穿着全部衣服爬进被子，仰面平躺在被窝里。床垫里塞满了新鲜的干草，散发出干爽的清香，令人想起秋天的气息。被窝里还有姑娘自己的气味，闻着像一丛湿漉漉的月桂树，落花满地。

他们静静地躺着不动，仿佛两人之间有一把装满火药、上了膛的猎枪。过了一会儿，英曼听见她突然大声抽泣起来。

——我还是走掉好些，他说。

——别说话。

过了一会儿，她停止哭泣，坐起来用被角擦了擦眼睛，开始说起自己的丈夫。她只要求英曼耐心听她的故事。每次他要开口的时候，她都说：

别说话。她的故事平淡无奇，却是她的生活。她讲了自己和约翰是怎样相识、相恋的，他们如何建造这座小木屋，她像个男人一样跟他一起干活，伐树、搭起削平的木头、修补裂缝。他们在这个世外桃源所筹划的幸福生活，在英曼看来是难以维持下去的。她讲到过去四年的艰苦生活，约翰的死，粮食的匮乏。约翰休过一次假，那是他们唯一快乐的日子，就是在这段时间里，她怀上了睡在炉边的那个孩子。假如没有她，萨拉说，我也就不再留恋尘世了。

她说的最后一句话是，外面那头猪长得不错，一直放在树林里吃栗子。我把它赶回来后，喂了两个星期的玉米，这样出来的猪油会很清，它肥得连眼睛都睁不开了。

萨拉说完后，伸手抚摸英曼脖子上的伤疤，一开始用指尖，然后用手掌。她把手在那儿搭了一会儿后拿开，翻过身背朝英曼躺下，很快呼吸变得沉重而均匀。英曼想，也许把故事诉说给另一个人听，可以让茕茕孑立的她感到一丝安慰。仿佛她的生活就像装满悲哀的坛子，只靠一头猪塞住。

尽管十分疲倦，英曼却无法安眠。萨拉睡着了，他躺着看屋顶映照的火光，看着它随着木头烧尽渐渐暗下去。很长时间以来，没有任何一个女人带着哪怕一点点柔情抚摸过他，他早就把自己看作跟过去完全不同的另一种生物。他命中注定要忍受惩罚、得不到救赎，温柔乡永远离他而去，他的生命就是一个黑暗的错误。他的思绪纷乱，心里充满悲哀，甚至无法想象伸手揽住萨拉的纤腰，紧紧拥抱着她直到天亮。

英曼那一夜睡得很少，还做了很多混乱的梦。他梦见了被子上的野兽，它们在黑暗的树林里追赶他，不管他往哪里跑，都没有任何一个地方可以躲避。整个黑暗的世界既悲惨又可怕，似乎要向孤身一人的他扑过来。周围的一切都阴森漆黑，只有利齿和尖爪像月亮一样白。

英曼醒来时，萨拉正在摇着他的肩膀，急迫地说，快起来，赶紧出门。

天刚蒙蒙亮，小木屋里冰冷彻骨，路上传来轻微的马蹄声，正朝房子奔驰而来。

——快起来，萨拉说，不管是民兵还是侵略者，你都最好别待在这里，这样对我俩都好。

萨拉跑去打开后门。英曼蹬上靴子，取下壁炉架上的勒马特手枪，冲了出去。他向树林里飞奔而去，躲进泉水后面的灌木丛，藏在民兵的视线之外。他在四周兜了一圈，直到发现一丛茂盛的虬枝盘曲的月桂，躲在树后能看清房子正面。他爬到月桂树下的阴影里，从两根树杈中望出去，正好树干遮住了他的脸。他脚下的土地冻成了吱嘎作响的冰坨。

他看见萨拉穿着睡袍，赤脚跑过霜冻的地面奔向猪栏。她把围栏门口立柱上的横杆拿下来，想把猪哄出来，但它就是不肯起身。她走进泥泞的猪栏，踢了那头猪一脚。她的双脚踏碎了冰壳踩进淤泥，抬起脚的时候，上面沾满了黑色的泥泞和猪粪。那头猪站起来开始走动，但它身体庞大，肚子拖到地面，几乎没法抬腿跨过围栏的门槛。它好不容易离开猪栏，在萨拉的驱赶下开始朝树林的方向冲过去，就听见路上传来一声大喝。

——站住别动。

英曼看见三个穿蓝色军装的联邦军士兵从几匹羸马上下来，走进前门。其中两人左胳膊肘抱着斯普林菲尔德步枪，枪口斜对着地面，但手指插在扳机的护弓里。另外一个人拿着一把海军左轮手枪，枪口朝天，仿佛在瞄准高空的飞鸟，但他的眼睛却直盯着萨拉。

那人拿着手枪走向她，命令她坐在地上。萨拉照办了，猪也在她身边躺了下来。两个拿步枪的人踏上门廊，一个人掩护，另一个人开门，随后两人走进房子。他们在里面待了一会儿，那个拿着手枪的人站在萨拉身边，既不看她一眼，也不跟她说话。房子里传来乒乒乓乓砸东西的声音，随后，两人从房子里出来，其中一人像拎包裹一样，抓着婴儿襁褓的布角。孩子哭了起来，萨拉挺起身想要赶过去，拿手枪的那人却将她一把推倒在冰冷的地上。

三名联邦军士兵在院子里商议什么，但孩子在哭闹，萨拉在乞求他们把孩子还给她，因此，英曼根本听不清他们在说什么。他们的口音就像锤击一样，又单调又急促，激起了他猛烈反击的欲望。然而他们在勒马特手枪的可靠射程之外，即便在射程内，他也想不出怎样射击，才不至于伤及萨拉和孩子以及他本人的性命。

随后，英曼听见他们向萨拉要钱、问她把钱藏在了哪里。英曼想，钱可真是他们的命根子。萨拉能说的只有实话，他们眼前的那一点东西，就是她全部值钱的家当了。他们问了一遍又一遍，最后把她拉到门廊上，拿手枪的人把她的手扭到背后，拿步枪的人走到马跟前，从帆布鞍囊里取出一根旧牵犁绳一样的破绳子。拿手枪的人用绳子把她绑在柱子上，然后用一根手指指向孩子。另一个人解开襁褓，把孩子放在冰冷的地上。英曼听见拿手枪的人说，我们能耗上一整天。然后，他听见萨拉尖叫起来。

那些人坐在门廊边上闲聊，双脚不停晃来晃去。他们卷了香烟，抽到只剩下烟蒂。那两个打下手的从马背上取下军刀，在院子里走来走去，刺着冰冷的地面，希望挖到财宝。他们四下寻找着，孩子不停地啼哭，萨拉一直在哀求。拿手枪的人从门廊口站起来，走到萨拉面前，把枪管往她两腿之间一插说，你确实是连个屁玩意儿都没有，对吗？另外两个人走过来，站在边上看着。

英曼开始穿过树林，绕到房子后面，这样起码他拐过屋角的时候，能趁他们不注意开枪打死其中一个人。这是个糟糕的计划，可他别无良策，否则就要穿过一块空地才能跑到他们面前。他担心自己和那女人还有孩子都可能被杀死，但也没有其他办法逃脱。

然而他没走多远，那些人就从萨拉身边走开了。英曼停下来观察，希望出现什么有利的局面。拿手枪的人走向他的马，拿了一条绳子朝猪走去，把绳子系在它的脖子上。一个拿步枪的人把萨拉从柱子上解下来，另一个人走向孩子，抓起孩子的胳膊拎着，塞给萨拉。他们开始满院子追鸡，最后抓了三只母鸡，用麻绳扎牢鸡腿，倒挂在马鞍后面。

萨拉抱紧孩子。当她看见拿手枪的人把猪拉了出去，便喊道，我只剩下这头猪了。你们把猪牵走，还不如现在就照我们娘俩的脑袋开枪，把我们杀了算了，反正结果都是一样的。但是那些人骑上马，头也不回地走了。拿手枪的人用绳子牵着猪，猪被拉着吃力地一路小跑。他们拐过一道弯，就消失不见了。

英曼跑到门廊跟前，抬头看着萨拉说，先让孩子暖和一下，然后点一个火堆，火要烧得跟你人一样高，煮一大锅开水。他说完便沿路跑了下去。

他藏身在树林边缘，一路跟踪那几个联邦军士兵，心里也不清楚自己打算怎么做，只能等待时机出现。

他们只走了两三英里就离开大路，进入小山坳口的一片沼泽地，那里怪石嶙峋的。他们走了一段路，把猪拴在一棵小洋槐树上，在湍急的溪边一块石矶旁燃起一堆篝火。英曼猜测，他们打算在那里扎营过夜，好好美餐一顿，哪怕得把猪腿活活割下来。他在树林里转了一圈，绕到石矶上方，藏身在乱石堆中，看着他们拧断两只鸡的脖子，拔光鸡毛，掏出内脏，用青树枝叉起来，放在火上烤。

他们背靠岩石坐着，看着鸡慢慢烤熟。英曼听见他们聊起家乡，原来有两个人来自费城，另外一个拿手枪的是从纽约来的。他们诉说着如何思念家乡，如何希望还待在家里。英曼也同样希望他们待在家里，因为，他对接下去要实施的行动，并没有什么迫切的渴望。

他蹑手蹑脚地，慢慢在石矶上走了很长一段路，从另一边下到地面。此时，他发现石矶边缘有一个很浅的山洞，他探进头去，发现只有十英尺左右深。这里从前是浣熊猎人之流歇脚的地方，洞口有一圈黑色的篝火痕迹。在更为久远的年代，这个洞里肯定也住过其他人，他们在洞壁上留下了潦草的涂鸦。有些是早已失传的棱角分明的古怪字迹，现在活着的人没有一个能分辨出这些字母的含义。还有一些涂鸦画了早已从世界上消失或者从未存在的野兽，而把它们虚构出来的脑瓜，也早已变成空洞的头骨。

英曼离开山洞，继续绕着石矶前行，沿着穿过峡谷的溪流，往山下走到那些人的营地边上。他在那些人正好看不见的地方，找到一棵枝丫低垂的大铁杉树，往树上爬了大约十英尺，紧贴着漆黑的树干，站在高高的树枝上，就像他曾经见过长耳朵的猫头鹰白天躲藏起来睡觉一样。他学着野火鸡的声音咕咕叫了三遍，随后便安静地等待着。

他能听见那些人在交谈，却听不清他们在说什么。过了一会儿，拿手枪的人端着海军左轮溜达过来，径直走到铁杉树下停步，英曼往下正好看见他的帽顶。那人把左轮手枪夹在腋下，摘下帽子，用手理了理头发。他的后脑勺已经微秃，露出扑克筹码大小的一块白色头皮，英曼瞄准了那里。

他说，嗨。

拿手枪的人抬头看了看，英曼没有打中那块头皮，子弹射进了肩部靠近脖子的地方，在腹部爆炸，一堆鲜艳的东西喷涌而出，好像猛烈的呕吐一般。那人倒在地上，仿佛腿骨突然融化了，他用胳膊撑住地面，拖着身体往前爬，却似乎连泥土也抓不住。他翻过身，想看看上面是什么沉重的猛兽扑倒了他。当他们四目相对，英曼把两根手指放在帽檐，向他敬了个礼，然后，那人就一脸困惑地死了。

——你打中了？其中一个拿步枪的人从山下喊道。

接下去的事情就简单了。英曼从树上下来，倒着往回走，迅速从侧面绕过石矶，摸到了溪边的营地。他在一丛杜鹃花旁边停了下来，等待着。

火堆旁的两个拿步枪的人一遍遍呼唤，英曼得知自己杀死的人叫埃本。两人最终停止了呼喊，拿起斯普林菲尔德步枪，往上游去找人。英曼隐身在树丛里，紧随其后，直到他们发现埃本已经不太完整的尸体。他们站在稍远的地方商量该怎么办，从语气中可以听出，他们其实只想忘记眼前的一切，转身回到家乡。但是正如英曼所料，他们决定继续往上游搜寻，他们以为凶手总归往那个方向逃跑了。

英曼跟在他们后面往上走。他们沿着溪岸边浓密的大树行走，担心离开溪水太远会迷路。他们都是城里的小伙子，对森林心存畏惧，他们自以为准备好进行杀戮，脸上却又思虑重重。这里，对他们来说是一片无路的荒野，每走一步都心惊胆战，然而，在英曼看来，他们其实就走在通衢大道上。他们装模作样地寻找着杀手的行踪，但除非是泥地里深深的大脚印，他们什么痕迹都发现不了。

英曼越靠越近，他用勒马特开枪时，近到几乎伸手能碰到他们的衣领。第一个人脊柱和后脑壳交汇的地方被击中，子弹穿出来的时候，掀掉了大半个额头。不用说，他马上瘫倒在地上。还有一个人半转过身，英曼一枪击中他的腋窝。让英曼大为沮丧的是，那一枪没有打死他。那人跪倒在地，手里紧握步枪。

——假如你待在家里，就不会发生这种事情了，英曼说。那人想把斯普林菲尔德长步枪掉转过来瞄准英曼，但英曼一枪射穿了那人的胸膛，距离如此之近，枪火把他外套的前襟都烧着了。

那两个费城人丧命的地方离山洞不远，英曼把他们拖了进去，让他们坐着靠在一起。他回去拿来斯普林菲尔德步枪，倚在他们身边的洞壁上。随后他下了山谷，走到铁杉树下，发现仅存的那只母鸡逃了出来，正把头伸进纽约佬埃本敞开的肚子里，啄食他被炸成肉酱的色彩斑斓的内脏。

英曼从那人的口袋里摸出烟纸和烟叶，然后蹲在地上看母鸡忙活。他卷了一支烟，抽完后用靴子后跟踩灭，忽然想起了一首圣歌。这首曲子通常是复调，但他还是哼了一会儿，琢磨着歌词：

再也没有对坟墓的恐惧，
当我死去，我又将重生，
在清澈的河边，我的灵魂欢欣，
当我死去，我又将重生，
哈利路亚，我又将重生。

英曼决定这样看待眼前的事情：跟弗雷德里克斯堡那条小路前方的战场，或者那个炸出的弹坑底部堆积如山的尸体相比，此番景象根本算不了什么。他在那两个地方杀过的人，不知有多少各方面都比埃本强。然而，他想今天发生的故事，自己是永远不会说起的。

他起身抓住鸡脚，把它从纽约佬身上拎起来，带到溪边用水冲洗干净，直到鸡毛重新变白。他用联邦军士兵的一段麻绳绑住鸡脚，把它扔到地上。鸡四处扭动脖子，黑眼睛盯着这个世界，在英曼看来似乎流露出了一种新的兴趣和热情。

他抓着纽约佬的脚拖进山洞里，让他坐在同伴们旁边，洞内空间太小，三个人几乎坐成一圈，姿势好像准备玩一把牌的醉汉。他们看上去一脸震惊和茫然，死亡如同哀伤笼罩他们的面容，仿佛是灵魂的沉沦。英曼从洞口火堆的灰烬里取出一根木炭，把昨晚梦里追逐他的萨拉被面上的野兽画在洞壁上，它们棱角分明的外形提醒他，人类的躯体在一切锐利和坚硬的物体面前是多么脆弱。这些动物跟切罗基人或者其他前人原先在洞壁上的古老涂鸦简直异曲同工。

英曼返回山坳口的那片空地，检查了一下马匹，看到马身上烙着军马的火印，不禁黯然神伤。他把马背上的东西卸下来，把联邦军士兵的装备分三次搬到洞里，全都放在他们身边，只留下一个挎包，把两只烤熟的鸡放进去。他把马牵到离开山洞很远的山坡上，开枪射中它们的脑袋。这不是一桩愉快的事情，但它们身上有烙印，除此之外别无他法，不然就会给他或者萨拉招来不测。他又回到营地，把活鸡跟熟鸡一起放进挎包，甩在肩头，然后把猪从树干上解下，牵着它离开了那个地方。

等英曼回到小屋，萨拉已经在院子里生起一堆熊熊大火，上面架了一口黑色的大铁锅，沸水遇到寒冷的空气，形成一片氤氲的水汽云雾。她已经给他洗好衣服，摊开在灌木上面晾干。英曼仰起头看太阳，发现仍然是上午，简直不可思议。

他们吃了烤鸡当作提前的午饭，然后开始干活。不到两小时猪就杀好了，并且用开水烫过，刮净了猪毛，用铁钩穿过后蹄的筋腱，挂在一棵大树的枝杈上。各种内脏和下水装在地上的盆里，冒着热气。那姑娘正在猪油桶旁边忙碌，她拿起一片猪网油，仿佛拿着一条蕾丝围巾，透过它看了一眼，然后揉成一团，放进桶里准备熬油。英曼用一把短柄小斧把猪肉沿着脊椎骨割下来，直到两侧的猪肉分别垂下来，然后再沿着关节切开各个部件的肉。

他们一直干到将近天黑，熬好全部猪油，洗干净猪大肠，把猪肉的边角料磨碎、灌成香肠，用盐腌好猪腿和肋条肉，把猪头里的血沥干，准备腌猪头肉。

他们洗干净手后，走进屋内。萨拉开始做晚饭，英曼先吃了一盘她准备放进玉米饼的猪油渣。她炖了一锅肝和肺，因为内脏放不久，里面放了很多洋葱和辣椒。他们吃了一会儿，停下来休息，又接着吃了起来。

吃完饭，萨拉说，我觉得你刮了胡子会更好看点。

——如果你有剃刀的话，我就刮一下，英曼说。

她去箱子里找了找，拿回一把剃刀，还有一根沉甸甸上过油的磨刀皮带，放在英曼的膝头。

——那也是约翰的，她说。

她从水桶里舀了够刮胡子的水，倒进一个黑色的水壶，放在火上加热。过了一会儿，她把冒着热气的水倒进葫芦瓢，点亮了一根插在锡架上的蜡烛，英曼把这些东西都拿出去，摆在门廊一头的搓衣板上。

英曼用皮带磨了磨刀，打湿了络腮胡子。他举起剃刀，注意到约翰的衬衫袖口上有一块棕色的血迹，不是人血就是猪血。他朝金属镜子里望去，剃刀的锋刃对准脸庞，在摇曳的烛光下刮起胡子。

从战争第二年开始，他就没有刮过胡子，隔了这么长时间重新看到自己的面容，他心里百味杂陈。他不停在脸上刮着，剃刀钝掉就用皮带磨一下。他不喜欢盯着自己太久，这就是他过去两年不刮胡子的缘故，再加上保存剃刀和烧热水都很困难，留络腮胡就少了一桩麻烦事情。

他花了很长时间，终于脸上刮得光溜溜的。镜子上布满了棕色的锈迹，英曼看着其中苍白的脸庞，那些锈迹仿佛是结痂的伤口。镜中人眯起眼睛斜视着他，英曼不记得自己有这样的眼神，他的面容痛苦而枯槁，并不仅仅是因为缺乏食物造成的饥饿。

如今，那个从镜子里朝外看的人，跟她稚气的丈夫毫无相似之处，英曼心想。镜子中年轻的约翰曾经向外看的地方，如今站着一个杀人犯。假如你冬日坐在火炉边，从漆黑的窗口望出去，看见这样一张脸盯着你，你会有什么反应？他心里嘀咕，那会引发一阵怎样的恐慌？

不过好在英曼努力说服自己，这张脸并不是他真实的样子，随着时间流逝会变得好看一点。

当他回到屋内，萨拉笑着对他说，你现在看上去像个人样了。

他们坐下来看着炉火，萨拉把孩子抱在臂弯里摇着，孩子咳嗽中带着喘息。英曼估计她怕是活不过这个冬天。孩子难以入睡，在萨拉的怀中焦躁不安，她便给孩子唱了一首歌。

她似乎为自己的嗓音感到羞涩，因为那是她的生命本身在嘶吼。她开始唱的时候，好像有什么东西堵住了喉咙，歌声得费很大的劲才能挤出来。她胸腔里的空气需要找到出路，却发现她咬紧牙关，下巴合拢，只能绕道而行，发出尖细的鼻音，在孤寂中听来，平添了一份哀伤。

歌声刺破了薄暮，旋律中充满了绝望、憎恨和潜藏的惊恐。在英曼看来，她如此费力地歌唱，几乎是他目睹过最勇敢的事情，他仿佛在观看一场不分胜负的艰苦战斗。萨拉看上去还是个年轻的孩子，声音却苍老而疲惫，像是已经活了一个世纪。假如她是一个年轻时歌声美妙的老太婆，别人可能会说，她将自己衰弱的嗓子发挥出了最好的效果，教会人们面对灾难怎样生活下去，怎样平静地接受它，合理地利用它。但是，她并不是个老太婆，歌声听起来怪异，令人不安。你也许会以为，孩子听到妈妈唱这样的歌，一定会悲伤地哭起来，但恰恰相反，她像听着摇篮曲一样，在妈妈的怀里睡着了。

然而，歌词却不是摇篮曲，它讲述了一个可怕的故事，是一支关于谋杀的歌谣，名字叫《美丽的玛格丽特和温柔的威廉》。这是一支古老的歌谣，但英曼以前没有听过，歌词是这样的：

> 我梦见我的卧房挤满了红色的猪，
> 我新娘的床上流满鲜血。

唱完那首歌，她接着唱《徒步旅行的陌生人》，一开始只是轻声哼着，用脚踏着节拍，最后，她终于放声唱了起来，这歌声根本不像音乐，而是某种灵魂苦难的悲伤宣泄，是沉闷孤独中的一声尖叫，就像鼻子被猛击一拳的疼痛一样纯粹。她唱完后，一切陷入了长久的沉默，只有一只猫头鹰在黑暗的树林里发出叫声，打破了寂静。对于这样一首有着死亡和孤寂的沉重主题、带有鬼怪世界气息的歌曲，倒是个合适的尾声。

萨拉献上的歌声，似乎给不了别人任何安慰，对孩子是如此，英曼就更不用说了。这份沉重的礼物，本身就充满了凄凉，又怎能减轻别人的悲伤？然而歌谣确实带来了慰藉。那天晚上，尽管他们话说得很少，因为生活的劳作而疲惫万分，却心满意足地并肩坐在炉火前，心情愉快地放松下来。后来他们再次一起躺在床上睡去。

第二天早晨上路之前，英曼吃了猪脑当早餐。猪脑先煮到断生，再跟鸡蛋一起炒。下蛋的母鸡，昨天啄食过那个纽约来的侵略者的内脏。

心满意足

秋天大部分时间，艾达和鲁比都忙着收获苹果。苹果全都沉甸甸的，需要采摘、削皮、切片、榨汁。在外面的树林里处理果实，是一件干净而愉快的工作。蔚蓝的晴空万里无云，空气干燥。即便是中午，阳光也稀疏倾斜，单从光线角度来看，人们也知道年末将近了。每个清晨，野茅草叶上白露未晞，她们就扛着梯子来到苹果园。她们把梯子架到树枝上，爬到树枝间，往麻袋里装苹果，梯子随着被她们压弯的树枝摇晃。装满所有的麻袋后，她们就把马牵进果园，让马拉着爬犁拖走麻袋，倒空后重新开始采摘。

摘苹果的活不像割干草那么累，艾达晚上躺在床上的时候，脑海中只浮现出一幅宁静的画面——一只红苹果或黄苹果挂在低垂的树梢，背后是深蓝色的天空，她掌心向上伸出手，却没有碰到苹果。

很长一段时间，艾达和鲁比每顿饭都吃苹果，或油炸、或炖煮，或者做成馅饼、沙司。她们还把苹果切片晒成果干，放进布袋里之后挂在厨房的天花板下面。一天，她们在院子里点起火，架上一口黑锅煮苹果酱。当她们站着用铲子搅苹果糊的时候，艾达看着巨大的锅子，脑海中出现了《麦克白》里女巫搅拌魔汤的情景。煮好的苹果酱十分浓稠，因为添加了香料和红糖而呈现出旧马具的颜色，她们用瓦罐将苹果酱密封起来，足够吃上一年。她们挑出略微腐烂和落在地上的苹果，榨出已经在发酵的苹果汁，剩下的苹果渣用来喂猪，鲁比说这样猪肉会更香。

苹果汁已经变成了多少值点钱的苹果酒，因此鲁比特地找了一天下午出门去做交易。她听说河下游一个叫亚当斯的男人宰了一头牛，就带上两壶苹果酒，想看看能换多少牛肉。她给艾达留下两件任务：她们先前清理了下坡一块荒废的田地，现在要把清理出的树枝烧掉；此外还要按照鲁比教她的方法，把六段老旧的黑橡木树干劈成柴火，树干是她们在田边的高草丛中发现的。这是上手伐木工作的好办法，她们很快就要上山，砍伐一棵山核桃木或者橡树，把树枝斫去，绑上链条让马拉回家，然后截成段、劈成柴。艾达怀疑她们是否有力气干这样的活，但是，鲁比详细地论证这不需要使用蛮力，只要不紧不慢、有耐心、掌握节奏，拉锯、放手，等待锯子另一头的人拉过去，然后再拉回来，避免卡住。主要是别强迫自己，鲁比说，要掌握一种节奏，能够持续地做下去，完成自己力所能及的工作，保证第二天能从床上爬起来，继续干下去，既不要多，也不要少。

艾达目送鲁比一路走去，决定先劈柴，下午冷的时候再烤火。她从花园走向工具房，找到一把大槌和一把楔子，拿着它们来到下坡的田地里，绕着橡木在齐腰高的草丛中踩出一圈空地，好有地方可以干活。那几段原木卧倒在地，每段的长度超过两英尺。两三年前雇工把树伐下来之后，这些木头就被人遗忘在了这里，颜色已经发灰。鲁比提醒过她，干木头可没有新鲜的湿木头那么容易劈开。

艾达试着把圆柱形的木头竖起来，它们沉重得像是被大地攥着似的。等木头都立了起来，艾达发现，像她拇指那么大的亮闪闪的黑色鹿角虫正在腐烂的树皮上挖洞。她按照鲁比教的方法干活，首先检查一下截面有没有裂缝，接着把楔子插进去，慢慢移动，不用蛮力，再抡起七磅重的大槌，让它落下来，在重量、地心引力和角度神奇的综合作用下，一下子劈开原木。她喜欢把楔子砸进去一半，然后停下来倾听爆裂之前、缝隙持续扩大的几秒钟里裂帛般的响声。除了锤击的声音，工作的过程很平静。木头坚硬的质地加上大槌的重量使工作节奏变得缓慢。艾达花了一个多小时劈好了所有的木头，只有一根木头因为长过粗大的树枝，纹理复杂难以处理。她把每截木头都劈成八大片柴火，地上总共堆了大概四十片柴，等着运到房子里烧火。她产生了很大的成就感，却马上意识到这些柴爿只够烧四五天。于是，她开始计算整个冬天大致需要多少柴火，但她很快停了下来，因为数量实在高得吓人。

艾达肩膀和后背的衣服全部被汗水浸透了，头发湿答答地黏在脖子上。她走到房子边上，用长柄勺喝了两口泉水，随后摘下帽子，往头发上浇了两勺水，再把头发拧干。她打湿了脸颊，用手抹了一下，然后用衣袖把脸擦干。她走进屋里，拿起便携书桌和笔记本，出来坐在太阳下的门廊边缘，把身上晒干。

艾达用钢笔蘸了蘸墨水，开始给查尔斯顿的表姐露西写信。周围几乎一片寂静，只有她写字时笔尖在纸上划过的沙沙声。

我相信，假如我们在市场街碰到，你肯定认不出我了；况且，我现在外表欠缺优雅、衣着寒酸，你就算看见我，也未必愿意搭理我。

我现在坐在门廊的台阶上，在膝头写着这封信。身上穿的一件旧印花女衬衫因为劈橡木被汗水湿透了，我的草帽边沿和顶部已经散掉了，所以每一根稻草都竖了起来，就像我们很久以前躲在里面等待暴雨停歇的草垛一样（你还记得吗？）。我握着钢笔的手指黑得好像马镫的皮带，是剥掉核桃难闻的外层果肉时染黑的，我食指的指甲像斧刃一样参差不齐，需要锉一下。雕着山茱萸花的银手镯在我腕部黑色皮肤的衬托下显得亮闪闪的。秋意已浓，无论写什么都像是一曲挽歌。我现在正在休息，等着衣服干透，然后再去烧掉那一堆树枝。

自从爸爸去世后，我已经无法尽述干过多少这样的粗活了。这一切改变了我。仅仅几个月的劳动竟然能造成身体上这样大的变化，实在是令人惊异。整天待在户外，使我变成铜币一样的棕色，手腕和前臂变得强健。在镜子里，我看见一张比以往更坚毅的脸，颧骨也更瘦削了。我觉得，这张脸上时而还会浮现出一种新的表情。田里劳作的时候，有一些短暂的时光，我的脑子里一片空白，任何想法都不会掠过脑海，尽管我能敏锐地感知周围的一切。假如有乌鸦飞过，我会注意到它所有的细节，却不会为它的黑色寻找类比。我知道它不属于任何类别，不是什么隐喻。任何事物都是独一无二、无与伦比的。我相信那些时刻是我新面貌的根源，你从未在我身上看到过这样的情绪，因为我猜想这是近似满足的表现。

她又浏览了一遍信件，觉得挺古怪的，而且她没有提起鲁比，留下只有她一个人的印象未免有些虚伪。她打算晚些时候再润色一下，就把没写完的信放进书桌的盖子里。她拿了一把长柄草耙、几根火柴、一条披巾、《亚当·比德》第三卷和一把椅腿锯短的直背小椅子，然后带着这些东西走到那堆树枝旁边。

前一个月，每天的大部分时间，她和鲁比都在用长柄镰刀、钩刀和弓锯干活，砍下来的树枝随处掉在地上。铺在地上的黑莓藤、高草、大块的短叶松木和漆树枝在太阳底下晒了好几个星期，现在已经十分干燥。艾达用耙子把树枝拢在一起，等她干完之后，堆起来的树枝就像一个玉米垛，空气中充满了枯枝败叶的气味。她把一些枯叶球和烂树枝踢到柴堆边缘，并将它们点燃。大火燃烧起来的时候，她拉过那把矮椅子，坐在暖和的火堆边，读起了《亚当·比德》，但书看得并不顺畅。她无法集中注意力，不得不时常站起来，用耙子背面扑灭蹿出来点燃了田里残余根茎的火舌。每当火堆烧平，她又得耙拢树枝往高处堆，每次的直径都比先前减少一点。天色将晚的时候，柴垛在野地里堆成高耸的圆锥形，火焰升腾而起，好像她在一本关于南美洲的书里看到的火山爆发画面的微型模型。

所以，她认为工作是自己不能专心看书的理由。不过她也已经对亚当、赫蒂还有其他人失去了耐心，要不是这套书花了很多钱，早就打算扔到一边了。她希望故事里所有人都更豪爽豁达，不要受到周围环境的束缚。他们需要更广阔的视野和更大的活动范围。去印度吧，她指点着他们，或者去安第斯山脉。

她用一根蓍草茎当作书签，合上书放在膝头。她怀疑，当自己到了一定的年龄，或者有了某种心态，人生便已经有了确定的路线，她读的东西也就不再强大到能改变自己生活的方向，那时，文学也许会失去某些兴味。

艾达身边有一棵翼蓟。她记得自己挥起镰刀时绕过了它，因为她十分喜爱这朵拳头大小的紫花，但是它现在已经干枯，变成了银白色。艾达伸手掰开花冠，想着，既然世界上每个细小的地方似乎都是某种生灵的栖身之所，那她倒要看看蓟花里面居住着什么。微风很快吹散了冠毛，粘在她被烟熏黑的衣服和头发上。她找到一只螃蟹似的凶巴巴的小东西，比针尖大不了多少，孤独地居住在干枯的花冠中。它用几条后腿抓住一根细小的冠毛，在面前挥舞着一对小钳子，似乎打算恐吓别人。她呼地一下吹走了蓟花闪亮的冠毛和无名的小生物，看着它们随风飞腾而起，就像死者的灵魂那样消失在天空中。

艾达刚生好火开始读书时，阳光还很明亮温和，天空从白色的地平线到蓝色的穹顶均匀渐变，让她联想起某些水平欠佳的风景画。可是现在，夜色已经笼罩了树木繁茂的山坡和草地。天空呈现出色彩柔和的条状和旋涡，整个西天看上去就像她日记本的大理石纹衬页。加拿大雁排成“人”字形，鸣叫着往南飞过天空，寻找过夜的地方。一阵微风吹过，拂动着菜园里稻草人的裙子。

沃尔多已经在牲口棚门口等待着，并且很快就会大声叫唤，让人来给它挤奶。于是艾伦离开椅子，把母牛牵进畜栏，给它挤奶。空气潮湿且无风，随着天色渐晚而转凉。母牛扭过头看人挤奶，呼吸间哈出雾气，闻起来好像湿草。艾达拉着它的乳头，看着牛奶挤出来，听着牛奶注入提桶时声音的变化，一开始尖声冲到桶壁和桶底，然后是淅淅沥沥的低音。奶牛粉红色的乳头越发衬托出她的手指黝黑。

艾达把牛奶放进冷藏室后回到了田地上，火堆还在缓慢地燃烧，渐渐化为灰烬。尽管随它烧一个晚上也不会有什么危险，但艾达不想这样做。她希望鲁比从路上回来的时候，能看到她忙了一个下午之后依然浑身烟灰地坚守岗位。

空气中有一丝凉意，艾达披上了围巾。她估计过不了几天，傍晚就会变得很冷，日落时分即便裹着毯子也没法坐在外面。草地里满是露水，她弯下腰从扔下书的地方捡起《亚当·比德》，在裙子上擦了擦封面，走过去用耙子拨了拨火堆，顿时火星四射飞向天空。在田野边缘，她捡起掉下来的山核桃枝和干枯的短叶松枝，将它们扔进火里，火堆很快旺了起来，温暖了更大范围的空气。艾达把椅子拉近，伸出手烤火。她眺望着山脊线深浅不一的黑影，看着它们如墨色渐淡隐入远方。她谛视天空，等待着天色渐深至靛蓝，在西方低低的天际，两颗行星会先亮起来——一颗是金星，另一颗她猜是木星或土星——迎接繁星闪烁、令人头晕目眩的夜空。

傍晚时分，她记下了太阳沉入地平线的地方，接连好几个星期，她一直在记录山脊上的日落点。她看着太阳往南偏移，白昼消逝得越来越早。假如她决定在布莱克谷住到老死，可能就会在山脊上竖起两座塔，标志出太阳落山点一年之中来回移动的南端和北端。她拥有太阳全年落山点的整段山脊，这是一件饶有趣味的事情。人们只需要在十二月和六月记录下太阳两端的落点，这时候太阳刚走完一段路线，即将折返进行又一轮季节交替。可是转念一想，她觉得根本不需要高塔，只需要清除折返点的一些树木，就能在山脊上作出标记了。年复一年带着期盼看见太阳落到标记附近，到了特定的某一天正好落进凹槽，然后又从那里升起，沿着它原来的路线折回，这将带来不少乐趣。随着时光流逝，看着这一切反复发生，岁月便似乎不是一个糟糕的线性进程，而是循环往复的。这样的跟踪记录能确定一个人的位置，仿佛在说：此时，你在此地，就在这个地方。如果你的问题是：我在哪里？也许这就是答案。

太阳下山后很久，艾达仍然坐在火堆旁等鲁比回来。金星和土星的光芒照亮了西方的天空，随后便隐没在地平线之下，接着，一轮圆月升了起来。艾达听见树林里一阵响动，是踏在落叶上的脚步声，还有人在窃窃私语。出于本能，她从泥地上拿起耙子，走到火光之外观望着。田地边上有影子在移动，艾达退到了黑暗更深处，将耙子举在面前，五根锐利的耙齿对准发出响动的地方。然后，她听见有人喊自己的名字。

——嗨，艾达·门罗小姐，那声音很柔和。

无论她的姓还是名，都是以她父亲很讨厌的发音方式喊出来的。他曾经不厌其烦地纠正过别人，“艾”的发音要饱满，“门罗”的重音在第二个音节，他总是这么说。但经过这个夏天，艾达放弃了强迫别人改变自然而然的语言习惯，学会成为那个声音所称呼的“艾达·门罗”——拖长的“艾”，重读“门”。

——你们是谁？她说。

——是我们。

斯托布洛德跟一个伙伴走了出来，火光照亮了他们。斯托布洛德的左臂弯里夹着小提琴和琴弓，另一个人肩上扛着一把做工粗糙的班卓琴，并且像人们经过边境时出示身份证明一样，把琴向前挺出。两个人对着熊熊的火焰，都眯起了眼睛。

——门罗小姐，斯托布洛德又叫了一声，只有我俩。

艾达走得离他们近了一些，一只手搭在前额，挡住火光。

——鲁比不在，她说。

——我们就是随便来看一下，斯托布洛德说，假如你不介意有人陪伴的话。

他和另外那个男人放下乐器。斯托布洛德在艾达椅子旁边的地上坐下，她把椅子拉远一些，保持适当的距离，然后也坐了下来。

——再给我们找些木头，把火烧得旺一些，斯托布洛德对拿班卓琴的男人说。

那人一言不发地走到黑暗的树林边缘，艾达听见他捡起树枝，把它们拗成能烧火的长度。斯托布洛德在外套底下摸索了一阵，拿出放在口袋里的一品脱小酒瓶，里面装满了棕色的烈酒。玻璃瓶上满是刮痕和指印，磨损得几乎不透明了。他拔掉瓶塞，把瓶口放在鼻子底下，然后将瓶子对着篝火，透过威士忌酒液看着火光，再呷上一小口。他轻轻吹了两声口哨，一声高，一声低。

——这酒对我来说好得有点过分，但我还是会把它喝掉，他说。

他喝了一大口酒，然后用大拇指把瓶塞按回去，把瓶子放到一边。

——我们有一段时间没看见你了，艾达说，你还好吗？

——一般吧，他说，像逃犯一样生活在大山里可没多少乐趣。

艾达想起那个囚犯隔着监狱的铁栏讲的故事。她给斯托布洛德复述了一遍，想要警告他等待亡命之徒的将是什么，但他已经知道这个故事了。它已经在这个县流传了好几遍，一开始是新闻，后来变成了轶事，最后就成了传奇。

——蒂格那伙人就是刽子手，斯托布洛德说，尤其是当他们人多势众的时候。

那个拾柴火的人回到火光里，把一些折断的树枝扔进火堆，又跑进树林好几趟，捡来更多柴火堆起来备用。那个人干完活，便在斯托布洛德身边的地上坐下。他既不说一句话，也不看艾达一眼，而是身体稍稍偏离火堆，这样他就能盯着斯托布洛德。

——你的同伴是谁？艾达问。

——他是斯万戈家的儿子，或者是潘哥儿家的。他有时这么说，有时又那么说。无论哪一家人都不认他，因为他头脑有点痴呆，但在我看来，他长得有点像潘哥儿家的人。

那人长着一颗与身材极不相称的大圆脑袋，上帝把里面的脑子造得那么小，仿佛是在开玩笑。尽管据斯托布洛德说，他已经年近三十，但人们依然叫他男孩，因为他连最简单的问题也无法理解。对他来说，这个世界没有先后次序、前因后果，也没有先例可循。他看到的一切都是新鲜的，因此每一天都充满了奇迹。

他是个肥胖柔软的家伙，臀部宽阔，仿佛是用玉米粉和肥肉喂养长大的。他有母猪一样的乳房，从衬衫敞开的前襟耷拉下来，在他走路时不停地摇摆着。他的裤管塞进了靴子，松松垮垮地盖在上面，他的小脚几乎撑不住自己的体重。他的头发近乎白色，皮肤稍微发灰，所以他给人的整体印象，就像一只装满饼干和香肠肉汁的瓷盘。他在世上没有别的本领，最近才被发现有演奏班卓琴的才能，除此之外，他唯有温和善良的秉性，只会睁着柔和的大眼睛看着面前发生的一切，假如这也算是一种天赋的话。

斯托布洛德讲述了他们凑到一起去的经过，男孩毫不关心他说了些什么，似乎既不知道也不在乎自己成为讨论的话题。据斯托布洛德的说法，潘哥儿长大的过程有点随意。大家都觉得他是个废物，因为他脑子稀里糊涂，也没有人能强迫他劳动。差遣他干的活太累，他就一屁股坐下。用鞭子抽他，他也毫不畏惧，仍然一动不动。因此，他早早就被赶出家门，一直在冷山里东游西荡，熟悉了山上每一道罅隙、沟壑。他有啥就吃啥，无论蛆虫还是野味，他都不挑食。他不在乎白天黑夜，若是夜里有皎洁的月光，他就干脆只在晚上出来活动。夏天，他睡在铁杉和香脂树下芬芳的枯叶堆里；阴雨绵绵下个不停的时候，他就在突出的岩石底下躲雨。冬天，他学着蟾蜍、土拨鼠和熊的方法，找一个山洞做窝，寒冷的月份几乎不再活动。

结果潘哥儿十分惊奇地发现，逃兵们在他的山洞里住了下来，于是他就跟他们混在了一起。他很喜欢小提琴曲，因此跟斯托布洛德特别要好。在他的眼里，斯托布洛德学识高深，是一位天才和先知。有时，斯托布洛德拉起弓弦演奏，潘哥儿就会跟着一道唱起来，但他的嗓音好像在吹鸭哨。被别人喝止之后，他便爬起来，跺足跳起一支神秘的舞蹈，古代凯尔特人跟罗马人、朱特人、撒克逊人、盎格鲁人和不列颠人打了几次败仗后，也许就会表演这样的痉挛抽搐式舞蹈。男孩手舞足蹈地跳着，直到筋疲力尽、汗珠四溅，然后他便跌坐在山洞布满尘土的紧实地面上，仔细聆听小提琴曲，鼻子随着空中的音乐旋律起伏，好像看着一只苍蝇在盘旋。

斯托布洛德会拉出一串音符，一遍又一遍重复这个旋律，过了一段时间，音乐就会像符咒一样迷住潘哥儿的心灵。潘哥儿喜欢斯托布洛德的演奏给他的感觉，因此痴迷着小提琴和小提琴手。他开始跟着斯托布洛德四处转悠，就像摇尾乞食的猎犬一样忠诚。晚上，在逃兵们的山洞里，他会醒着躺在那里，等待斯托布洛德睡着后就爬过去，紧靠他弓起的后背躺下。斯托布洛德在黎明醒来时，会用帽子抽打男孩，把他赶到适当的距离以外。接着，男孩会盘腿坐在火边凝视着斯托布洛德，仿佛随时都会发生奇迹。

斯托布洛德是在一次“突袭”中弄到潘哥儿的班卓琴的。“突袭”是山洞里的逃兵们给最近养成的习惯遮羞的专用语，富裕的农民只要稍微得罪过他们中间某个人，就会遭到他们的抢劫。十年前的怠慢也会成为借口：你走在泥泞的路上，有人跑过去时，泥水溅到了你；有人从店铺出来，擦肩而过时撞到了你的胳膊，却没有一句道歉；有人雇你干活，却克扣你的酬金，或者对你颐指气使，让你觉得低人一等。任何斥责、诽谤、讥讽，无论年代有多久远，都可以作为借口。现在正是算账的最好时机。

他们洗劫了一个姓沃克的人家里。他是本县少数几个绅士之一，一个领头的大奴隶主，而单单这一点就惹到了山洞里的那群人。他们的基本观念最近发生了转变，开始谴责是黑人奴隶主导致了战争，带来了各种麻烦。再加上很久以来，沃克一直目空一切，自认高出所有人一等，是个飞扬跋扈的混蛋，那些住在山洞里的人决定让他得到应有的惩罚。

傍晚，他们下山来到农场，把沃克和他老婆绑在楼梯栏杆上，轮流扇沃克的耳光。他们搜索了外面的库房，洗劫了所有能轻易找到的食物——火腿、猪中段肉、大量腌制食品、一袋袋面粉和粗玉米粉。他们从房子里抢走了一张红木桌子、银餐具和银烛台、蜂蜡制的蜡烛、一幅从餐厅墙上拿下来的华盛顿将军油画肖像、英国制造的瓷器、田纳西的窖藏烈酒。后来，他们就用这些战利品把山洞装饰起来。华盛顿的肖像放在壁龛里，蜡烛插在银烛台上。餐桌上放着韦奇伍德①瓷器和银质餐具，尽管他们中间很多人这辈子都只用葫芦和牛角做的瓢盆吃过饭。

然而，不知为何，斯托布洛德在沃克家抢劫的时候有些心不在焉，潘哥儿的班卓琴是他唯一的战利品。琴是他从沃克家一间工具房的钩子上取下来的，看上去有点丑陋，圆形的琴身不是很对称，但琴面是猫皮做的，琴弦是羊肠线做的，音调优美圆润。他只扇了沃克一记耳光作为报复，多年以前他喝醉酒坐在路边一根木头上，徒劳地想用小提琴拉出曲子来，却无意中听到沃克说他是傻瓜。我现在小提琴拉得可好啦，斯托布洛德打完沃克已经通红的脸颊后说道。回想起来，那次对沃克的洗劫令他不安。生平第一次，他觉得自己的行为会遭到报应。

---

① 英国皇室御用瓷器供应商，以精良骨瓷闻名，创立于 1759 年。

回到山洞里，斯托布洛德把班卓琴给了潘哥儿男孩，教给他自己所知道的一点技法：怎样拧动琴栓调音，怎样用拇指和食指弹奏，有时扫弦，有时像横斑猫头鹰抓野兔一样，猛地勾弦。男孩显然有惊人的天赋，并且衷心渴望给斯托布洛德的小提琴提供适当的伴奏，他毫不费劲就学会了弹奏，就好像学习打鼓一样轻松。

那次突袭之后，他和潘哥儿除了沉迷音乐，几乎无所事事。他们有沃克的好酒喝，除了偷来的果冻什么都不吃。他们只有喝醉了无法演奏时才肯睡觉，连洞口都很少去，甚至不知道白天黑夜何时降临。正因为如此，潘哥儿男孩对斯托布洛德的所有曲目了如指掌，他们成了二重奏组合。

鲁比终于回来了，她只带了一小块包在纸里的血淋淋的牛腩，还有一壶苹果酒，因为亚当斯愿意给的牛肉比她想要的少得多。鲁比站在那里，看着她父亲和男孩，一言不发。她的眼圈发黑，赶路时扎起来的头发松了，披散在肩头。她穿着墨绿和乳白相间的羊毛裙、灰色的毛衣，戴着一顶灰色男式毡帽，缎带上插着一根小小的主红雀羽毛。她把那个纸包托在手上，轻轻掂了掂重量。

——还不到四磅重，她说着把牛腩和酒壶放在地上，走进房子拿来四个小玻璃杯，还有一个装着盐、糖、黑胡椒粉和红辣椒粉混合物的杯子。她打开纸包，把混合物涂在牛肉上腌制，然后把牛肉埋在篝火的灰烬里，忙完之后，她坐到艾达身边的地上。裙子早就脏兮兮的了，就算她坐在尘土里也不会再脏到哪里去。

牛肉在烧烤的时候，他们都喝了一点苹果酒。随后，斯托布洛德拿出小提琴，摇了摇听里面响尾蛇的声音，然后用下巴夹住，运弓拉出一个音符，拧了一下琴栓。他这样做的时候，男孩坐了起来，抓起琴演奏出一连串悦耳的乐句。斯托布洛德拉了一个小调，但曲调依然轻快活泼。

等他调好音后，艾达说，哀伤的小提琴。

鲁比不明所以地看着她。

——我父亲是这么叫的，总是充满讽刺的口气，艾达解释道。她接着说，跟一般的牧师不同——他们是把小提琴曲视作罪恶来反对，认为这种乐器本身就是魔鬼的盒子——门罗是从审美出发轻视小提琴的。他的评价是，所有的小提琴曲调听起来都差不多，而且都有一些古怪的名称。

——这就是我喜欢小提琴的原因，斯托布洛德说。他又调了一会儿音，然后说，这是我的一支曲子，名字叫《醉黑奴》。曲调迅疾不稳，充满回旋和切分音，左手的动作很少，但运弓的胳膊疯狂地运动，好像一个人用力赶走绕着脑袋飞的鹿虻。

斯托布洛德演奏了好几首自己创作的曲子。总体而言，它们都是古怪的乐曲，节奏倒也激烈，但很多都不适合跳舞，而就鲁比所知，小提琴曲只有这一种用途。艾达和鲁比坐在一起听，鲁比拉起艾达的手握着，心不在焉地褪下艾达的银手镯给自己戴上，过了一会儿又戴回到艾达手腕上。

斯托布洛德改变了调子，并在演奏前大声报出曲名。艾达和鲁比渐渐开始怀疑，她们听到的所有曲子集合起来形成了他在战争年代的某种自传。曲子有以下这些：《触摸大象》《我以枪杆为枕》《推弹杆》《烂醉六夜》《酒馆之战》《别卖掉它，送掉它》《剃刀伤痕》《里士满的女士们》《别了，李将军》。

这一系列曲子的结尾，他演奏了一首名叫《以石为床》的小提琴曲，旋律中主要是擦刮声，速度中等、韵律迂回曲折，小节之间充满徘徊、犹疑。除了某一刻，斯托布洛德扬起头唱了三遍曲名，全曲没有歌词。潘哥儿男孩知趣地只伴以微妙的和弦和琶音，用拇指和食指肉最多的部分拨动琴弦降低音量。

尽管曲子很粗鄙，艾达却被感动了。她相信，这比她从船坞街到米兰的歌剧院里听过的所有歌剧都更动人，因为斯托布洛德演奏时完全相信音乐是实在的，能够引导一个人走向更好的生活，让人有朝一日感到心满意足。艾达希望能像玻璃干版照相一样拍摄下听到的音乐，这样就可以保存下来，以备未来有人再度需要它所代表的一切时能够聆听。

琴曲接近尾声的时候，斯托布洛德抬起头仿佛看着星星，然而他的眼睛却紧闭着。小提琴底部抵着他的胸口，琴弓急促地、仿佛抽搐般地跃动着。最终那一刻，他的嘴巴突然张开，但他没有像艾达预料的那样大喊或尖叫，而是浮现出一个意味深长、带着无声喜悦的微笑。

他结束了演奏，琴弓举在空中，停留在最后一次上弓终止的地方。然后，他睁开眼看了看火光映照下的其他人，想看看自己的演奏效果。那一刻，他的脸上显出圣徒似的愉快，松弛而微含笑意，慷慨大方地施展天赋，对自己的才能持客观的态度，仿佛他早就愉快地承认，无论他的作品演奏得有多好，他总是可以做得更好。假如全世界都有这样的笑容，战争就只会成为一个苦涩的回忆。

——他拉的曲子对你有好处，潘哥儿对艾达说。说完，他似乎因为自己竟然直接跟她说话吓了一跳，便低下头，又朝树林里望去。

——我们将演奏最后一曲，斯托布洛德说。

他和潘哥儿放下乐器，脱下帽子，表示下面将是一首圣歌——一首福音赞美诗。斯托布洛德开始唱了起来，潘哥儿跟他一起唱。男孩天生嗓子含糊不清，斯托布洛德勉强把他训练成男高音。所以，潘哥儿磕磕绊绊地重复着斯托布洛德的乐句，换一种思路来看，风格就好像唱滑稽戏一样。他们的声音大部分时间互相冲突，慢慢才形成合奏，然后他们配合起来，找到了深深的和谐。这首歌讲述了我们的生活是多么黑暗，多么寒冷而狂暴，多么缺乏理解，最终不免走向死亡。这就是一切了。一曲终了时，令人觉得阻塞和不完整，跟对这类风格的歌曲预期不同，最后一刻没有出现光辉的段落，将人引向充满希望的未来。它似乎缺少了一段关键的歌词。然而，两人的合唱却充满亲昵和谐的兄弟之谊，其中的甜美多少冲淡了歌声中的阴郁。

他们把帽子戴回头上，斯托布洛德拿出酒杯，鲁比给他倒了一点苹果酒就停了下来，他用食指碰了碰她的手背。艾达看着他们，以为这是一个温柔的动作，后来却意识到他只不过是催她多倒一些酒罢了。

红色的火星从乔纳斯岭背后升起，篝火已经烧到只剩下一堆焦炭，鲁比宣布肉烤好了，然后用耙子把它从灰堆里拨出来。牛腩外面的调料结成了一层焦脆的外皮，鲁比把它放在一根树桩上，用小刀逆着纹理切成薄片，里面的肉粉嫩多汁。他们不用盘子，就用手指抓着吃，此外再也没有别的晚餐。他们吃完后，从田野边上拔起干莎草，把手擦干净。

然后，斯托布洛德扣上了衬衫最上面的扣子，抓着大衣领来回扯了扯，把大衣拉平整。他摘下帽子，用手掌把鬓角的两缕头发捋到耳后，又重新把帽子戴回去。

鲁比看着他，仿佛自言自语地说，他快要托别人帮他做事情了。

斯托布洛德说，我只想跟你说说话。想问你些事情。

——怎么？她问。

——是这样，我需要照顾，斯托布洛德说。

——你的酒都喝光了吗？

——酒是应有尽有。事实上，他说，我感到害怕。

他解释说，自己害怕的是抢劫会使他们受到法律的惩罚。逃兵们推举出了一个首领——一个穿熊皮大衣的人。他是个能说会道的人，赋予了他们一个基本的信念：他们在战争中所经历的战斗，并不像他们曾经以为的那样纯粹。它已经被玷污了，因为他们愚蠢地为大人物对黑人的所有权而战，是仇恨这个人类的弱点在驱使他们战斗。他们以前是一群傻瓜，但现在醒悟了。他们整天都在说这些，聚在火堆旁边议论纷纷。他们一致同意，接下来只为自己的利益而战斗。他们不会轻易被抓住，再送回军队里去。

——他想让我们都立下血誓，今后要像狗一样死去，斯托布洛德说，要用我们的利齿咬住敌人的喉咙。但是，我离开军队，可不是为了加入另外一支队伍。

斯托布洛德打算跟潘哥儿尽快撤出那里，另找其他的避难所，离开那队好勇斗狠的人。他需要食物的保障，天气恶劣时有干燥的谷仓躲避，最好时不时还有点闲钱，最起码等到战争结束，他可以自由地出来活动为止。

——吃草根吧，鲁比说，喝泥浆，睡在树洞里。

——你对你爹就这么点感情？斯托布洛德说。

——我不过是教你点野外生存技能，这是经验之谈。你跑出去鬼混的时候，我可没少吃过草根，我睡过的地方比树洞糟糕多了。

——你知道我已经尽力照料你了，那时候世道艰难啊。

——现在更艰难。而且千万别说你已经尽力了。除了顺手的事情，你什么都没有为我做过。我可受不了你在这儿假装我们之间有很深的感情。对你来说，我从来什么都不是。你来去自由，等你回来，我也许在那里，也许不在，都无关紧要。假如我死在山里，你也许会以为我过一两个星期就会重现。就好像黎明到来、号角吹响时，一大群浣熊猎犬里面有一只走散了，顶多有些遗憾罢了。所以，别指望你现在一声招呼，我就会挺身而出。

——但我是个老年人，斯托布洛德说。

——你说你还不到五十岁。

——我感觉自己老了。

——我也一样，但那又怎么样？还有一点，假如关于蒂格的传闻有一半是真的，那么我们就得为窝藏你的事提心吊胆。这里不是我的地盘，不由我说了算。但是如果我有发言权，我会说不行。

他俩都看着艾达。她围着披肩坐着，双手放在膝盖之间的裙子里取暖。她可以从他们的脸上看出，他们把她当作裁决者，也许因为她是地主，或者因为她受过教育、有文化。尽管她确实对土地有某种直接的所有权，但她发现自己对主人的角色感到不舒服。她只能想到鲁比的父亲刚刚死里逃生，很少有人能像他这样得到第二次机会。

她说，有种观点是，鉴于他是你的父亲，你在某些时候有责任照顾他。

——阿门，斯托布洛德说。

鲁比摇了摇头。我们对父亲有两种不同的概念，她说，我可以告诉你我经历的事情。我不知道自己当时多大，只记得还在换牙齿，他出门去酿酒了。

她转向斯托布洛德说，你还记得吗？你、普兹勒和冷山？那使你想起什么了吗？

——我记得，斯托布洛德说。

——好吧，讲讲你记得的那部分，鲁比说。

斯托布洛德就讲起了他的故事。他和一个同伙打算酿酒卖钱，他们跑去住在山里树皮搭的棚屋里。在他看来，鲁比似乎可以自食其力了，所以他离开了她三个月，当时她还没有满八岁。他和普兹勒并不精通酿酒这个行当。他们每一批快速酿出的酒都几乎装不满一壶，而且因为觉得太麻烦，他们也没有把洗干净的木炭放进第一次蒸馏的酒液里过滤，因此流出来的每一滴酒几乎都呈混浊的绿色或黄色。但是酒很烈，他们不愿把酒稀释到七十五度以下。这跟他们的凯尔特人祖先酿造的威士忌和土豆酒差不了多少，但是，他们的顾客发现它过于刺激肠胃了。生意失败了，他们没挣到钱，因为倒出他们自己要喝的酒之后，剩下的酒只够用来交换下次酿酒的原料。斯托布洛德一直待在那里，直到悲惨的经济状况和十一月寒冷的天气将他从山里赶出来。

等他讲完后，鲁比叙述了她那部分故事，他走以后那几个月她都做了些什么事情。她到野外觅食，掘草根、用柳枝编的网罗捕鱼、用类似的圈套逮住飞鸟。她抓住什么鸟就吃什么鸟，但从来不吃食腐鸟类，也尽可能避开吃鱼的鸟。只有通过试错，她才知道哪些鸟的内脏能吃，哪些不能吃。她忘不了有一个星期，她运气差到什么都捉不到，只能把栗子和山核桃磨成粉，在火炉边的一块石板上烤成面饼吃了。有一天，鲁比外出采集坚果的时候，碰巧发现了他们的蒸馏室。斯托布洛德正在棚屋里睡觉。他的同伙说，他整天都躺在床上，只有偶尔动一下脚指头时，你才知道他还活着。在那一刻以及后来很多时候，她都宁愿跟随便哪个狼孩交换命运。在鲁比看来，艾达给她读过的故事里的罗慕路斯与雷穆斯①是幸运的男孩，因为他们起码拥有凶猛的守护者。

---

① 传说中罗马城的缔造者，他们是孪生兄弟，父亲是战神玛尔斯，由母狼哺育长大。

然而，除了这些艰难和孤独的时候，关于斯托布洛德，鲁比不得不公平地说，他从未在生气的时候扇过她一巴掌。她从来不记得挨过打。当然，他也从未有一刻亲切地拍过她的脑袋，或者用手抚摸她的脸颊。

她看着艾达说，怎么样，那符合你对责任的概念吗？

没等艾达来得及想好，哪怕只是说一句“噢，我的天”，鲁比就站起来，大步走进了黑暗之中。

斯托布洛德什么都没有说。潘哥儿仿佛自言自语地轻声说道，她现在一定非常生气。

晚些时候，艾达送走了斯托布洛德和潘哥儿，他们都只抱了微弱的和解希望。然后她沿着小路走向库房。夜晚越来越寒冷了，她猜想黎明时路上会起一层白霜。一轮满月高高升起，银辉洒落，每一根树枝都在地上投下蓝色的阴影。假如艾达愿意的话，可以从口袋里拿出《亚当·比德》在月光下打开阅读。灰色的天空中只有最亮的星星在闪烁。艾达观察了一会儿，注意到猎户座从东方的天空升起，然后她看到月亮缺了一角，好像被挖走了一小勺，原来是月食出现了。

她回到房子里，拿出三条被子和门罗的小型望远镜。这个望远镜是意大利制造的，从光学角度来看没有德国制造的精良，但看上去很漂亮，黄铜镜身上雕刻了蔓叶花纹。她走进棚屋，从四把折叠躺椅中拿出一把，心下怀疑是否就是门罗去世时坐的那把。她在前院打开折叠椅，把自己紧紧裹在被子里，然后伸出手，抬头仰望着天空。她透过望远镜看着，旋转镜身调准焦距。在她眼中，月亮发出耀眼的光芒，被阴影笼罩的一角呈红铜色，但依然清晰可辨，顶部有个硕石坑，中间有一座山。

艾达看着阴影扩张到整个明亮的圆盘，月食完成后，月亮仍然依稀可见，颜色好像深棕的一美分旧硬币，大小也差不多如此。月亮整个隐去后，银河亮了起来，仿佛闪闪发光的河水流淌过天空，又如路上吹起的尘土形成的带子。艾达拿着望远镜掠过银河，然后停下来凝视着星空深处。透过望远镜，密密匝匝的繁星好像一团纷乱的亮光，似乎无穷无尽，直到她感到自己好像一动不动躺在峡谷的边缘。仿佛她悬挂在自己星球辐射的光线下缘，正在往下看而不是往上看。有一瞬间，她感受到在埃斯科家的水井边体验到的那种眩晕，仿佛她一松手就会无助地坠入那些光芒之中。

她睁开另一只眼睛，把望远镜放在一边。布莱克谷四周黑黢黢的山壁向上升起，把她拢在山谷中间。她心满意足地躺下看着天空，月亮慢慢从地球的阴影背后出现。她想起了斯托布洛德晚上唱的一支曲子的副歌，那是一首粗犷的情歌，最后一句歌词是：请求你回到我的身边。斯托布洛德唱的时候充满自信，仿佛这句堪比《恩底弥翁》① 中更加复杂的诗句。艾达不得不承认，率直、浅白、不设防地流露心声，可能比四千行约翰·济慈的诗更动人——起码偶尔如此。她一辈子都没有这样做过，但她想学习如何去做。

她走进房子里，拿起便携式书桌和一盏蜡烛灯，回到椅子旁。她用笔蘸了蘸墨水，然后坐下凝视着纸，直到笔尖干涸。她想到的每一句话，似乎都矫揉造作、充满讽刺。她用一张吸墨纸把笔擦干净，又蘸了一下墨水写道，请求你回到我的身边。她签上自己的名字，把信纸折叠起来，写上州首府医院的地址。她裹紧被子很快就睡着了，霜凝结起来，在她的被子外面结了白蒙蒙的一层。

---

① 英国诗人济慈（1795—1821）的长诗，恩底弥翁是希腊神话中的牧羊人。

对熊发过誓

英曼沿着小路穿过山地，一路上没看见什么人。他用天来计算行走的距离——一整天走的路，半天走的路，小半天走的路。任何小于这个时间的距离，都只是一小段路程。英里和小时已经成为他不屑使用的概念，因为这两者他都没有办法衡量。

半路上，他看见一个瘦小的女人蜷着身子坐在围栏上，为她死去的女儿哭泣，他的脚步慢了下来。那个女人的软帽遮住了她的脸，所以英曼只能看见她的鼻尖，其余都隐在黑暗中。当她的脸转向英曼时，眼泪顺着脸颊流下来，在晨光中闪闪发亮。她的嘴巴痛苦地张开一条缝，在英曼的脑海中，它就像剑鞘上的开口。太阳还没有完全升起，而她正要把孩子裹在一条旧棉被里直接埋掉，因为她不知道怎么做一具棺材。

英曼主动帮忙，在她家后院里度过了一整天。他从一间旧的熏肉房里拆下木板，打造了一口小棺材。木头闻上去有股猪油和山核桃烟的气味，熏了多年火腿之后，木板背面已经变得漆黑而光滑。那女人时不时从后门进来察看他的进度，每一次她都会说，我家闺女去世前两个星期，一直在拉肚子。

英曼做完木工活之后，在棺材底下铺了一层干松针。他走进房子去抬那女孩。她裹在被子里，躺在楼下的一张床上。他抬起女孩，她的身体已经僵硬，被紧紧包成一团，好像一片豆荚或者一块虫瘿。他抱着她穿过后门，她的母亲坐在厨房桌边，用失神的眼睛看着他。他打开被子，把女孩放在棺材盖上，努力不让自己的思绪停留在她皱缩的灰色脸颊和尖鼻子上。他用小刀割开被子，塞进棺材里作为衬垫，抬起女孩放入棺内，随后拿着榔头走回屋内。

——我最好把它钉上，他说。

那女人走出来，吻了女孩凹陷的双颊和额头，然后坐在门廊边上看着英曼用榔头把棺材盖钉牢。

他们把她埋葬在附近的一座小山上，那里有四座坟茔，各有一块磨平的河石做墓碑。前三个都是婴儿，出生日期分别相隔十一个月，死亡日期跟出生日期只差几天。第四座是母亲的坟墓，英曼注意到她死于最后一个孩子的生日。他很快心算了一下，发现她只活了二十岁。英曼在这一小排石碑后面为新坟挖出了墓穴，他挖好之后说，你想说些什么吗？

——没有，那女人说，我满肚子只有苦水。

等英曼往坑里重新填上土，天色已经渐黑了。他和那女人回到了房子里。

她说，我应该招待你吃饭，但我没什么心情生火，更别说做饭了。

她走进屋内，拿出一些食物。先是两个小布包裹，一包是粗玉米粉，另一包是面粉。然后是一大块猪油，包在被油脂浸得发黑的纸里；一块棕色的烟熏猪颈骨肉；一些炒过的玉米粒；大约一杯汤豆，包在一张正方形的纸里；一根大葱、一根白萝卜和三根胡萝卜；一块肥皂。英曼拿了那些东西，跟那个女人道了谢，然后转身离去。但是，他还没走到栅栏门口，那女人就喊住了他。

——假如我不给你烧顿饭，我回忆起这一天就无法心安理得，她说。

英曼点起了火，那女人坐在炉边一把矮凳子上，给他煎了一大块牛排，那是邻居一头小母牛的肉，它失足陷入了泥沼，等到有人发现它失踪前就已经死了。那女人把黄色的玉米粥倒进棕色的陶土盘子，玉米粥很稀，漫到了盘子的边沿。牛排煎的时候边缘卷了起来，好像一只要零钱的手，她把碗状的牛排倒扣在玉米粥上，然后把两个煎鸡蛋放在牛排的穹顶上。作为最后的配料，她挖了一勺松鼠脑袋大小的黄油，加在鸡蛋上面。

她把这些东西放在英曼面前的桌子上，他低头看着盘子，融化的黄油流过蛋黄和蛋白、棕色的牛肉和黄色的玉米粥，整个盘子在烛光下闪闪发光，他几乎哭了起来。他紧握刀叉坐在那里，却无法下口。这些食物似乎需要特别的感谢作为回报，他却找不到合适的言辞。外面的黑暗中，一只山齿鹑叫了一声并等待回应，接着又叫了一声，一丝轻风刮了起来，一阵短暂的雨敲打着树叶和屋顶的木瓦，然后又停了。

——这顿饭需要感恩祷告，英曼说。

——那就祷告吧，那女人说。

英曼想了一会儿说，我一句都想不起来。

——为我即将得到的一切，感谢上帝。这是一句，她说。

英曼重复了她的话，掂量着每个字词。然后他说，你不知道我有多长时间没吃过这样一顿饭了。

当他吃饭的时候，那女人从架子上取下一张照片，仔细端详着。

——我们也曾经照过相，她说，拍照的人带着全部设备乘坐马车四处旅行。现在，我是唯一活着的人。

她用袖子擦去上面的灰尘，然后把这个镶着相框的小物件递给英曼欣赏。

英曼拿起照片，向着烛光微倾。这是一张银版相片。照片里有一位父亲、年轻几岁的那个女人、一位老奶奶、六个孩子，几个大的男孩已经能戴上宽边帽，小的还是戴着软帽的婴儿。所有人都穿着黑衣服，缩着肩膀坐在那里，看上去要么疑云密布，要么不知所措，仿佛他们刚得知自己的死讯。

——我很难过，英曼说。

他吃完饭以后，那女人送他上了路。他走进黑暗中，直到繁星变换了新的图案。后来，他在一条浅浅的溪边露营，没有生火。他在高高的枯草中踩出一块睡觉的地方，裹起毯子沉沉地睡去。

接下去好几天还是阴雨连绵，他尽可能长时间赶路，在鸟类的栖息地睡觉。某一天晚上，他在木制的鸽舍里找到了落脚处，鸽子们几乎没注意到他，直到他翻了个身，它们才全体惊飞起来，发出温柔的咕咕声，然后又重新落下来。第二天晚上，他睡在另一个有尖塔的鸽舍底下一块干燥的地上，架空的鸽子屋似乎是一座供奉无名小神的庙宇。他睡觉时只能蜷缩成一团，假如他的身体舒展开来，他的头部或者双脚就会被顺着陡峭的屋顶滴下的雨淋湿。还有一天晚上，他睡在荒废的鸡舍里，把防潮布铺在积满厚厚一层白垩色的陈年鸡粪的地上，稍微挪动一下，身下的鸡粪便沙沙作响，闻起来就像古代死人积满灰尘的遗体。天亮前很久他就醒来了，再也无法重新入睡。他在包裹里摸了摸，找到一截蜡烛并把它点亮。他展开卷起来的巴特拉姆的书，凑近黄色的烛光翻动书页，直到目光落到一个引起他注意的段落上。上面写道：

> 我最近穿过的崇山峻岭就像暴风雨后的大洋一般均匀地起伏；山峦的起伏渐趋平缓，然而就像鱼鳞或者屋顶上的瓦片一样极为规则：在我眼中，最近的地面是一片碧绿；接下去一层是蓝绿色的；最后一层几乎像天空一样蓝，似乎跟最远处地平线的波浪混合在一起。凝视着这片壮丽的山川，我的思绪完全沉浸其中，这片山河千变万化、无边无际，相比之下，我对近在眼前的迷人景象反倒无动于衷、漠不关心了。

巴特拉姆详细描绘的风景生动地跃入英曼的头脑，绵延的山川与河谷无边无垠。那片粗犷、畸形、曲折的地貌浑然天成，仿佛人类是多余的元素。英曼曾经许多次眺望巴特拉姆描绘的景色，那是从冷山的山坡开始，向北方和西方无尽延展的边界地区。他曾经走过那里的每一个角落，经历过它所有的季节，记录过它所有的色彩，闻到过它所有的气息。巴特拉姆只是一个旅行者，只了解他逗留期间的那个季节，以及那几天碰巧遇到的天气。但是，呈现在英曼心中的并不是他一生所看到、所了解的那片土地，而是巴特拉姆总结出来的风景。此时，山峰变得比实际上更加高耸，河谷变得更加幽深。英曼想象着逶迤远山渐淡的影子，仿佛云堤一般苍白而高耸，他描画出它们的轮廓线，给它们涂抹上色彩，一层比一层更淡、更蓝，直到假想的山脊线消失在天际，他睡着了。

第二天，英曼转头往西南行走，沿着一条穿越群山的泥泞的旧马车道跋涉。那是秋高气爽的一天，地上已经落满了枯叶。他甚至不知道自己在哪个县。也许是布拉迪·麦迪逊县。他来到一个路标旁，一边写着“距离BO 55英里”，另一边写着“距离AV 65英里”。他能得出的唯一结论就是，无论他去哪个小镇，都要走很长一段路。

他转过一道弯，来到一个小池塘边，池里一汪泉水，周围的石头上长满绿色的苔藓。池底铺满了橡树和白杨的腐叶，浸泡着叶子的泉水变成了琥珀色，仿佛一池淡淡的茶水。英曼弯下腰，往水壶里灌水。风刮了起来，他听见一种奇怪的噼里啪啦的声音，好像是用干树枝做的乐器演奏出的音乐。英曼循着声音向池边的树林里望去，看到一幅奇异的景象。他发现自己凝视着三具悬挂的骷髅，它们在微风中摆动，互相撞击着。

水壶咕噜噜地灌满了。英曼站起来拧上塞子，走到那几具骨架下面。那排骷髅悬挂在一棵大铁杉树较低的枝杈上，吊起它们的甚至不是绳子，而是小山核桃树皮编的藤条。一具骷髅的骨盆和腿骨掉在地上堆成一堆，顶上是一只脚的脚趾。还有一具完整的骷髅，藤条被拉得很长，它的脚趾都碰到了地面。英曼把树叶扫开，想在泥土中找到那人垂死挣扎时四处乱舞踩结实的地面。他的头发从头盖骨上脱落，掉在脚趾骨周围的树叶中间。是金发。所有的骨头都是雪白的，而松弛的下巴上的牙齿是蜡黄的。英曼用手摸着那个只剩一半的人的臂骨，上面还有纹理。堆在地上的腿骨和脚骨好像引火的柴堆。他没办法砍断藤条把自己放下来，英曼心想，但是假如他有足够的耐心，他总会掉下来的。

几天后，英曼某天整个上午都在爬山，不知道自己到底身处何方。雾气在他前面移动，仿佛穿过树林的鹿。下午，他沿着山脊上的小路行走，山路在香脂树生长的高地和小块空旷的峡谷之间蜿蜒，峡谷中长着山毛榉树林和稀疏的阔叶林，它们已经到达能够存活的最高处。他一路走着，开始怀疑自己大概认识这个地方。这是一条古道，这一点确凿无疑。他路过一个石堆——很久以前切罗基人习惯在路边堆石头作为标记——但不知道这是路标、纪念碑还是圣地。英曼捡起一块新石头，顺便把它放在石堆上，以纪念某种古老的向上的渴望。

这天较晚的时候，他来到山顶由一块岩石构成的悬崖上，周围是灌木丛生的荒地，一大簇齐腰高的杜鹃花、月桂和桃金娘就长在岩石边上。小径延伸至此，仿佛旅人习惯于在此停下来欣赏风景。然后，小路经由杜鹃花丛中一条似有若无的通道重新转入林子，离开英曼钻出树林的地方不到四十英尺。

夕阳正在西下，英曼想自己又要在不生火、没有水的情况下露营了。在靠近悬崖边缘的空地上，他收集了一些腐叶，以便有个柔软的睡处。他用手掌捧着吃了炒过的玉米粒，然后在被褥里伸开手脚准备睡觉，心中希望夜空中能有更大的月亮，能照亮他面前的景物。

天刚蒙蒙亮的时候，他就被灌木丛中的脚步声惊醒了。他坐起身，让勒马特手枪处于待击状态，瞄准声音的来源。过了一会儿，离开英曼不到二十英尺的地方，一头黑母熊从树叶中探出头来。它直立着，仰起棕色的口鼻，脖子伸得老长，在微风中嗅着，眨着小眼睛。

它并不喜欢自己闻到的气味。它拖着步子往前走，喉咙里发出呼噜声，身后一棵弗雷泽冷杉幼树上，有一只比人头大不了多少的幼崽在往上爬。英曼知道熊的视力很差，在微弱的光线下，它能闻到他，却看不见他。实际上它已经离他很近，连他那不灵便的人类鼻子也能闻到它的气息。那是比湿漉漉的狗更浓重的味道。

熊呼哧了两声，试探着往前挪动。英曼翻身站起，熊竖起了耳朵。它眨着眼睛，再次伸直了脖子，嗅了嗅又往前走了一步。

英曼把手枪放在铺盖上，他年轻时杀死过很多熊，也吃过很多熊肉，他也知道自己依然强烈地喜欢熊油的滋味，但是，他曾经对熊发过誓，再也不会射杀任何一头熊。他在彼得斯堡泥泞的战壕里连续做了一个星期的梦后，就下定了决心。在第一个梦里，英曼开头是一个男人。他生病了，喝着熊果叶泡的药茶，慢慢地变成了一头黑熊。夜间，他幻化成熊形后，独自在梦中的青山间徜徉，四肢着地，避开所有的同类和其他动物。他在泥土里挖掘白色的蛆虫，捣烂蜂箱偷蜜，吃着灌木丛中的越橘果，既快乐又强壮。他想，那种生活方式也许能教会我们如何寻求和平、治疗战争的创伤，使之愈合成泛白的疤痕。

然而在最后一个梦里，他却在奔逃了很久之后被猎人们射杀了。他的脖子上套着绳索，被吊在树上剥了皮，他仿佛从上面看着这个过程。他滴血的尸骸就像他所熟悉的、真正被剥皮的熊一样，也就是说像是人形，比人们想象中更瘦，毛皮底下的熊掌像人手一样狭长。随着他被杀，梦境就发展到了尽头。最后那个早晨，他醒来时感到熊是一种对他特别重要的动物，他可以观察学习它们，对他来说，无论出于什么理由，杀死一头熊都是一种罪恶，因为在熊身上，他看到了某种希望。

然而，他并不喜欢当前的处境，身后是悬崖，眼前是一片丛生的灌木，母熊因为反季节出生的幼崽而紧张不安。对他有利的是，他知道熊更可能逃跑，而不是攻击，它顶多做出佯攻的样子，往前冲十五英尺左右，然后抬起前爪扑过来，向空中喷着响鼻。它的目的只是把他吓跑，而不是要伤害他。但是，他无处可逃。他想让它知道他的处境，便对它说，我不想给你找麻烦，我会继续上路，永远不会回来，我只想请你让出一条道来。他说得平静而坦率，尽力使自己的声音带有敬意。

熊又嗅了一会儿。它的重心在两只脚之间轮换，身体左右摇晃。英曼慢慢卷起铺盖，把行囊背了起来。

——我上路了，他说。

他挪动了两步，熊佯装扑过来。

英曼此时自知再怎么测算距离也无计可施，就像做木工时所有板材的尺寸都对不上。他只有三英尺可以后退，它整个身躯扑了上来，离开悬崖边缘只有十英尺远。

英曼往旁边闪了一步，熊从他身边冲了过去，跳过了它在昏暗中没有看见的高高的悬崖。熊经过的时候，他闻到了一股浓烈的气味，像湿漉漉的狗、黑色的泥土。

他向下望去，看到它在很远处的岩石上摔得粉身碎骨，在晨曦中仿佛一朵盛开的红花。它黑色的毛皮在那堆乱石上撒得到处都是。

见鬼，他想，我的一番好意终究没起什么作用，希望本身就是一道障碍。

冷杉树上的熊崽痛苦地嚎叫着。它甚至还没有断奶，失去了母亲就会虚弱、死亡。它会哀嚎好几天，直到饿死，或者被豺狼、豹子吃掉。

英曼走向那棵树，看着小熊的面孔。它朝他眨了眨黑眼睛，张开嘴，像人类的婴儿一样啼哭起来。

英曼想象着自己善良地伸出手，抓住熊崽的后颈说，我们是亲人了。而后他会取下行囊，把熊崽塞进去，只露出它的脑袋。然后，他重新背起行囊上路，小熊从新的视角张望着周围，眼睛像印第安小孩一样亮闪闪的。他会把它给艾达当宠物。假如她拒绝的话，他就把它养成半驯化的熊。等它长成大熊后，或许会不时到他在冷山隐居的小屋，来跟他做伴。它会带来自己的妻子和孩子，多年之后，英曼起码能有一个动物家庭。这一回大熊惨死的灾难，就能如此得到补偿。

然而，英曼却做了他唯一能做的事情——他捡起勒马特手枪，击中了熊崽的脑袋，看着它僵滞了一下，松开扒在树上的熊爪，坠落在地。

为了不浪费熊肉，英曼生起了火堆，剥掉熊崽的皮，把它切块煮成半熟。他把黑色的熊皮铺在一块石头上，它跟浣熊差不多大。煮熊肉的时候，他坐在悬崖上等待清晨到来。薄雾散开，他看见群山和河流延伸向世界遥远的边缘。阴影从最近山脊的斜坡滑了下去，落入山谷，仿佛消失在地下巨大的黑暗池塘里。飘絮般的云雾缭绕在英曼脚下的山谷里，但一览整个远景，却不见任何屋顶、炊烟或者开垦过的田地来显示有人居住的痕迹。远眺层峦叠翠的景色，只能感到整个世界就在这里了。

山里刮起了风，煮熊肉的香味被吹散了，只剩下潮湿的石头气味。英曼可以往西眺望十几英里远，山峰、悬崖和峭壁层叠着呈现出灰色，一直延伸到地平线。切罗基语中有个词叫“卡塔卢奇”，意思是“逐渐淡去的连绵的群山”。而今天，山峦跟冬季阴冷的天空几乎难以分辨。两者都有同样的灰色线条和纹理，所以自上往下铺开的景色就好像一大块带有条纹的肉排。若要隐身于世间，英曼的穿着再合适不过了，因为他身上只有灰色、黑色和脏兮兮的白色。

然而，尽管景色十分凄凉，英曼心里却充盈着喜悦。他离家乡越来越近了；他可以从轻拂着皮肤的微风中感觉到。他渴望见到自己一生所熟悉的人家冒出的袅袅炊烟，这些人不会让他憎恨或害怕。他站起来，在岩石上找到一块开阔的地方，伫立在那里，眯起眼睛聚焦到广袤的景象以外的一座远山。它跟天空几乎分不清边界，就像是一支墨水匮乏的钢笔迅速而潦草地画的一道细线，但它的形状渐渐变得清晰而确切。他眺望的正是冷山，他已经远远地看到了自己的家乡。

他仔细端详着，认出了远处每一道山脊和山谷，他并非仅仅记得而已。似乎很久以前，早已有一把锐利的工具将它们难以磨灭地铭刻在了他的角膜上。他眺望着这片高原，他知道所有地方和风物的名称。他大声念了出来：小熊尾岭、车道峡、瑞普辛、饥饿溪、榔头峰、石头崖。没有一座山、一道水缺少名字；没有一只飞鸟、一丛灌木寂寂无名。这是他的家乡。

他左右摇晃着脑袋，感觉它在脖子上获得了新的平衡。他愉快地想到自己从前很少这样正对着地平线。他有一瞬间觉得，也许自己不会永远感到空虚。如此崎岖的山区一定可以容纳一个人隐身其间。当他赶路的时候，风会吹起黄叶，掩盖住他的足迹，他能够安全地隐藏起来，躲开这个虎视眈眈的世界。

英曼坐下欣赏着故乡的景色，直到熊肉煮好。他捞起肉块撒上面粉，用那女人几天前给的纸包里的最后一块猪油，把熊肉煎到熟透。然后，他坐在悬崖顶上吃起来。他从前没有吃过这么幼小的熊，尽管没有老熊肉黑且多油，可尝起来依然有种罪恶感。他把“七宗罪”① 历数了一遍，却不知道哪一条罪名合适，于是，他决定加上一宗罪——懊悔。

---

① 天主教教义中罪恶的来源有七种，分别为：傲慢、嫉妒、暴怒、懒惰、贪婪、色欲、暴食。

徒劳而悲伤

即便他们正在攀爬的那座山有名字，斯托布洛德也不知道它叫什么。他跟两个同伙弓起背走着，朝下的脸因为寒冷而紧绷，帽檐压到鼻子附近，双手缩进外套袖子里。他们长长的影子投到面前，因此三人正踩着自己的影像前进。他们没注意到周围远去的树林，光秃秃的七叶树、银钟花木、鹅掌楸、椴树在微风中摇曳，脚下堆积数千年的湿叶消除了他们的足音。

潘哥儿男孩紧跟着斯托布洛德的脚步，第三个人落后了六步。斯托布洛德把小提琴装进麻袋夹在胳膊底下，潘哥儿用皮带捆好班卓琴倒过来背在肩头。第三个人没有乐器，但他背上的背包里装了这伙人仅有的一些家当。他身上裹着一条被蛀得千疮百孔的浅棕色毛毯，毯子拖在地上，在落叶里拽出一条痕迹。

他们的肠胃全都因前一天的晚饭闹腾个不休，他们吃的是死在地上的一头母鹿，它当时冻僵了。由于对肉食的渴念，他们决定不顾这玩意儿躺在那里多久了，也不管它究竟是怎么死的。他们用潮湿的白杨木生起了冒着浓烟的微弱篝火，把死鹿的大腿肉仅仅烤到稍微解冻为止。他们都吃了很多肉，但现在后悔不迭。他们一声不吭，时不时会有人突然闪进月桂树丛，过一会儿再赶上来。

没有飒飒风声，也没有鸟鸣，只听见他们经过铁杉树下时针叶落下的细微声响。黎明已经把东方的天空染成赭石色，薄云轻快地飘过苍白的太阳。阔叶树对称的黑树枝仿佛蚀刻着微弱的光线。有一段时间，除了阴郁的褐色和灰色，地上便没有其他色彩。后来，他们经过一座结冰的石崖，看见上面长了一些松软的黄色地衣或苔藓，十分鲜艳刺目。潘哥儿伸手扯下一片，这是一种圆齿形的皮革样植物，他小心翼翼地冒险吃了一点，既没有吐出来，也没有摘更多，所以很难说清他对滋味的评价。然而，他后来走路轻快多了，继续留意着这个世界能馈赠的其他礼物。

最后，他们登上一块平地，这里出现了三条岔路：一条是他们下来的路，另外两条更难分辨的路往上攀爬。岔路中较宽的一条，起初是水牛迁徙的道路，后来是印第安人的小路，树丛之间的路依旧太窄，甚至都算不上马车道。猎人们曾在此露营，留下了一圈篝火的痕迹，他们砍下树木当作柴火，因此在三岔道口后面五十步以内，树木都很稀疏。然而，两条向上的小径之间有一棵巨大的白杨树，伸入地面的树干足有玉米仓库那么大。它没有遭到砍伐的命运，并非出于对其美丽、粗壮或年轮的敬意，而是附近居民区根本没有足够长的锯子能把它拦腰截断。

斯托布洛德觉得自己依稀记得这个地方，便停下来环顾四周，他这样做的时候，潘哥儿踩到了他的靴后跟。斯托布洛德的脚整个从靴子里拔了出来，只穿着袜子站在冰冷、发霉的落叶里。他转过身，用手指戳着男孩的胸骨，把他推到一步开外，然后弯下腰，把装小提琴的袋子放在地上，重新穿上靴子。

三个人站在那里，由于爬山而气喘吁吁，一起看着眼前的两条小路。他们呼出的水汽似乎十分关切地在周围盘旋，随后这些模糊的形状便失去了兴趣，消失不见了。耳力所及之处，只听见一条小溪潺潺地流过，除此之外，这里便是一片寂静。

——天真冷，第三个人说。

斯托布洛德看着他，然后清了清嗓子，吐了口唾沫，仿佛是对眼前萧瑟的景象和毫无深度的观察作出评价。

潘哥儿把一只手伸出袖子，手掌朝上感受着空气，然后他再次攥紧拳头，把它像只乌龟脑袋一样缩了回去。

——啊，上帝，真是冻得够呛，他说。

——我就是这个意思，第三个人说。

他们是从逃兵们的山洞里把那人带出来的，他没有说自己的名字，斯托布洛德也不想知道。他是个佐治亚小伙子，不到十七岁，黑头发，棕色皮肤，颌下一缕漂亮的胡须，脸颊却像少女般光滑。他有切罗基血统，也许是克里克血统。他跟所有人一样，有一些参战的经历。他和他的堂兄都是可怜的小兵，是一八六三年应征入伍的。他们在同一个军团打了一年仗，但是都没有立什么军功，因为他们加上帽子还没有来复枪高。他们每晚都在同一条毯子下睡觉，还一起逃了出来。他们认为，没有一场战争会永远持续下去，尽管人终有一死，但在和平前夕死去是极其愚蠢的。所以他们离开了。但是，回家的路既漫长又艰辛，他们没有料想脚下竟踏遍了诸多风景。两人花了三个月才到达冷山，甚至不知道它在哪一个州。他们完全迷失了方向，他的堂兄得了某种肺积水，发烧而且咳嗽得厉害，最后在一个荒凉的山坳里死去。

几天后，那个小伙子正在漫无目的地游荡时，被住在洞里的一个人发现。他被交给了斯托布洛德和潘哥儿，他们正准备出发去光明石附近某个地方，建立他们两个人自己的地盘。尽管斯托布洛德看不起佐治亚州，但他还是同意，等他们爬到足够高的地方，能看到广阔的南方景色时，就给那小伙子指路。

然而他们首先要从山洞往山下走，到一个藏有食物的地方去。他们一路上跟小伙子讲起了艾达，以及她最终怎样说服鲁比帮助他们。但是，鲁比为她的善行提出了条件。她和艾达自食其力，准备过冬的物资也很紧张，所以只能施舍一点点，两个男人没法完全靠这些过活。而且，她认为斯托布洛德和潘哥儿前来造访十分危险，她再也不想在农场里见到他们的影子。食物必须藏在安全而隐蔽的地方，她提议小时候游荡时在山上发现的一个地方，那里有一块平坦的圆石，上面刻满了各种各样古怪的文字。此外，她不想被任何时间表束缚，她高兴的时候就送些食物来，不高兴的时候就不送，斯托布洛德得自行查看。

一行人到了那个地方，斯托布洛德先是四处张望，然后跪下用手指在枯叶中摸索。然后，他开始用靴子边缘翻动落叶，很快暴露出一块嵌在地上的平滑圆石。这块石头有洗衣盆那么大，上面的标记丝毫没有切罗基文字的风格特征。这些文字的勾画太突兀生硬，像平底锅里的蜘蛛一样紧张不安地爬过石头，也许是人类出现之前的某个种族留下的。他们在石头边上找到一锡盒玉米粉、一包由报纸包着的苹果干、一些零碎的腊肉、一陶罐腌豆子，他们把这些东西跟自己的烈酒、烟草和嚼烟放在一起。

——我们该走哪条路？那个佐治亚小伙子问斯托布洛德。他用肘部指向岔路时，裹着的毯子鼓起一块，拖在地上的部分折叠起来，好像石头雕刻的帷幔。

斯托布洛德朝他指的方向望去，但他既不能确定他们在哪里，也不知道要走哪条路。他只知道要爬得更高，走得更远。这是一座很大的山，要是沿着山脚绕一圈，你得走将近一百英里。即使它像地图一样平坦，而不是高耸入云、层峦叠翠，有各种山坳、山谷和溪谷，也有够多的路要走。而且，即使斯托布洛德以前来过冷山，也是喝得醉醺醺的时候。所以，在他的脑海中，这里的小路错综复杂，可能通往任何地方。

斯托布洛德迷惘地研究着地形，潘哥儿看着他。最后，他终于迟疑地开腔了，仿佛为自己比他的导师知道更多而感到歉疚似的。他确切知道自己的所在地，而且知道右边的岔路很快会变得难以辨认，但是最终会一直越过大山，延伸到他从未踏足的地方，沿着那些印第安人去往的方向。左边的岔路开始比较宽，却只是绕来绕去，很快消失在一个阴湿的水塘附近。

——那我们先做饭，然后继续前行，斯托布洛德说。

三个人把柴火拢到一起，在一圈陈旧的黑石头中间勉强点起火，用溪水煮了一些玉米浓粥，他们认为清淡的粥能调理好翻江倒海的肠胃。他们把原木拉过来坐在上面，点燃黏土烟斗喷着烟，在衣服和靴子不着火的前提下，围着微弱的火焰尽量挤得更近。他们传递着酒瓶痛饮起来。寒冷的天气侵入了骨头，把他们的骨髓冻得像冷猪油一样凝固。他们安静地坐着，等待篝火和烈酒让他们的身子变暖，使他们放松下来。

过了一会儿，斯托布洛德开始用刀刃戳着面前的那罐腌豆子，深深地沉浸在其中。他戳起一颗豆子，从刀尖上咬下，接着在裤腿上擦去沾在刀刃上的醋汁，然后再戳一颗豆子。潘哥儿吃了一点皱缩的苹果干。他用手掌把苹果圈压平后举到眼前，像望远镜一样从中间的洞里看出去，仿佛这样世间万物都呈现出新的景象。那个佐治亚小伙子弯腰向前坐着，伸手烤着火。他把毯子像斗篷一样裹在头上，除了火光映着黑眼睛闪烁，整张脸孔都笼罩在阴影里。他把一只手放在肚子上，动作僵硬，仿佛有人用尖锐的棍子戳着他的内脏。

——早知道腹泻会这么厉害，我肯定一口鹿肉都不会吃了，他说。

他站起身来，小心翼翼地慢慢走到离空地较远的杜鹃花丛中。斯托布洛德看着他离开。

——我替那个小伙子感到难过，他说。他希望自己从未离开家乡，但他甚至不知道自己来自一个多么恶劣的州。假如我有一个弟弟在监狱里，另一个在佐治亚州，我肯定先帮那个在佐治亚的弟弟逃出来。

——我从来没去过佐治亚州这么远的地方，潘哥儿说。

——我只去过一次，斯托布洛德说，也只待了一小会儿。看到那是个多么蹩脚的地方，我就转身回来了。

一阵风吹过，篝火旺了起来，两人伸出手去取暖。斯托布洛德打起了瞌睡，脑袋一颠一颠，直到下巴碰到胸口。当他的头猛地向后抬起时，看到小路上有一伙骑马的人，他们刚刚到达山顶。那是一小队看起来可怜兮兮的民兵，领头的是一个花花公子模样的人和一个瘦长的少年。可那些人带着军刀、手枪和步枪，而且好些枪支都瞄准了斯托布洛德。民兵们穿着臃肿的外套，身上裹着毯子，马在寒冷的空气中散发着热气，杂种狗般的鼻子里喷着白雾。路上结了一层薄冰，他们前行的时候，马蹄踏在上面就像杵捣进研钵里。

民兵沿着小路进入空地，向两个人靠近，把影子投在他们身上。斯托布洛德打算站起来，蒂格说，坐着别动。他懒散地坐在马鞍上，拿着一支短枪管的斯宾塞卡宾枪，枪托底板弯曲的弧度正贴合他的大腿。他戴着羊毛手套，露出右手的拇指和食指，这样他可以灵活地扳下击锤并扣动扳机，另一只手戴着完整的手套，食指和拇指牢牢握住编结的缰绳。他盯着面前的两人看了好一会儿。他们的皮肤灰暗，眼圈发黑，眼睛好像被面上烧出来的洞。那个胖小伙油腻的棕色头发一边像蛋白霜一样竖起一个小尖，另一边乱蓬蓬地贴着头皮。斯托布洛德的光头粗糙而暗淡，皮肤松弛地附在头骨上，完全不像一般的秃头紧绷而有光泽。他的脸好像从鼻子向四周塌陷了似的，看上去就像一个漏斗。

蒂格说，我甚至都不想问你们有没有证件，各种瞎话我都听过了。我们正在追捕一群据说住在山洞里的逃兵，他们一直都在抢劫乡民。假如有人知道那个山洞在哪个地方，那他最好老实交代。

——我不太清楚，斯托布洛德说，他的声音干脆又响亮，然而他的内心却十分沮丧，他猜想自己不出一个月就会回到血腥的弗吉尼亚州，把推弹杆装进滑膛枪。假如我知道的话一定会说的，他说，我只听到过别人议论这件事，有人说是在山的背面，靠近熊笔支流、光明溪或者其他类似的地方。

潘哥儿奇怪地看着斯托布洛德，脸上的困惑像一团黑色的阴影。

——关于这件事情，你有什么话要说？蒂格对潘哥儿说。

男孩身体后仰坐着，重量压在宽阔的臀骨上。他伸手遮挡住从面前的一群骑兵背后照射过来的朦胧阳光，那双小眼睛困惑地盯着他们，不知道最好怎样回答甩在他面前的问题。各种想法从他柔和的脸上掠过。

——为什么差得那么远，潘哥儿最终看着斯托布洛德说，是在山这边，你知道的。在大踪脚山上面，往尼克溪上游走不到三英里，有块地方像火鸡脚一样突出，右边山坡上长了一丛山核桃树。秋天，还能看见松鼠在树下的地上忙活。地上有很多松鼠，你用石头就能把它们打死。你沿着穿过山核桃树的小路，爬到一块石坡上，山顶上就是那个地方。在一处绝壁上就是那个山洞，跟谷仓的阁楼一样大。

——太感谢了，蒂格说。他转向两名高大黝黑的骑兵，嘴角微微扭曲，发出了一个暗号。他把重心移到马镫上，皮靴发出咯吱的声音，而后他飞起一条腿下马。

其他人也跟着下马。

——假如不介意的话，我们就跟你们一起烤火，蒂格对斯托布洛德说，然后一块儿吃点早餐。先做饭再一起吃。过一会儿，还要听你们两个小子演奏些什么曲子。看你们是否真有两下子。

他们把火烧旺，仿佛伙伴一般围坐在火堆旁。民兵们有很多系在一起的香肠，它们被从鞍囊里拿出来的时候已经冻得硬邦邦的，像肠子一样盘起来。他们不得不用一把小手斧把香肠切成能烹饪的片状。他们把香肠片放在篝火边平坦的石头上解冻，然后用削尖的树枝串起来放在火上烤。

篝火很快蹿起高高的火焰，木炭变得通红，底部一片白灰。火烤得热腾腾的，潘哥儿解开了外套的纽扣，又解开衬衫，露出一片苍白的胸脯和肚子，完全放松下来。此刻，他只感觉到温暖、友谊和烹饪食物的香味。他端详了一会儿自己的班卓琴，似乎在欣赏其形状和良好的材质，好像以前从未见过它一样，仿佛他对其几何构造的喜好不亚于演奏。很快，他的眼神变得蒙眬起来，闭起眼睛瘫坐在那里，整个躯体的重量都压在宽阔的屁股上，他的前胸仿佛一堆倾泻而下的白色肉卷，简直像一座猪油雕刻的塑像。

——大梦不醒了，斯托布洛德说，他累坏了。

蒂格从外套口袋里拿出一瓶酒，伸手递给斯托布洛德。

——对你来说，现在喝酒不算太早吧？他说。

——我刚才就开始喝了，斯托布洛德说，假如你几天不睡觉，只打一两个盹，就很难说什么是太早。

他拿起递过来的酒瓶，拔掉瓶塞，举起瓶子喝了一口，尽管酒的品质一般，他还是礼貌地咂了咂嘴唇，呼了口气，点头称赞酒的味道。

——你为什么不睡觉呢？蒂格问。

斯托布洛德解释说，他们几天几夜演奏音乐、跟一些骗子赌博，但他没提起是在逃兵们的山洞里。打牌、斗鸡、斗狗、掷骰子……他们想到的一切竞技活动都用来赌博。那些大赌棍热衷于下赌注。有些人非常狂热，他们会赢走你头上的帽子，再下注赌你的头发。没有更有趣的事情时，他们会押钱赌一群鸟里哪只先飞离枝头。斯托布洛德吹嘘说自己的输赢正好相平，在那伙人中间，这简直算是个奇迹。

蒂格把指关节并拢，做了个用拇指把整副牌摊开的动作。

——职业赌徒，他说。

香肠膨胀起来，油脂慢慢冒出，在肠衣里轻微地滋滋作响，油滴在炭上时，发出喷溅的声音。最后，它们烤成了棕色。大家都吃着串在树枝上的香肠，只有潘哥儿还在睡觉。等他们把肉吃完了，蒂格看着小提琴和班卓琴说，你们能演奏那些玩意儿吗？

——会一点，斯托布洛德说。

——给我演奏几支曲子吧，蒂格说。

斯托布洛德不太想演奏，他很累了。而且，他认为他的听众不会欣赏音乐，完全缺乏热爱音乐所需要的修养。然而，他依然拿起了小提琴，用干燥的手掌抚过琴弦，从它们发出的轻微声响判断应该调哪一根弦。

——你想听什么？他说。

——随便什么，你决定吧。

斯托布洛德伸出手去，捅了捅潘哥儿的肩膀。男孩醒了过来，小眼睛眯成一条缝，显然在努力理清思绪，弄清楚他们想干吗。

——他们想听我们演奏一支曲子，斯托布洛德说。

潘哥儿一言不发，烤着火活动了一会儿指关节。他拿起班卓琴，摆弄着琴栓，然后不等斯托布洛德，就开始弹奏《辛迪退步舞》的几个音符。他演奏的时候，胸前褶皱的肥肉随着他的动作颤动着。但他弹了一遍回到曲子开头时，这些音符杂乱地纠缠在一起，他放慢速度，停了下来。

——这样只会徒劳而悲伤，他对斯托布洛德说，假如你一起加入，也许我们能演奏出点名堂来。

斯托布洛德拉了一两个《辛迪》的音符，又随意拉了其他几个互不相干的音符。他一遍又一遍拉着那些音符，听清楚之后会发觉，它们其实根本不成曲调。但他突然连贯起来，并演奏出一个变调，然后又拉了一个更准确的调子，最后出乎意料地构成了一支曲子。他形成了自己的旋律，跟随着音符发展的轨迹，找到音乐的逻辑，像大笑一样活泼、清脆、毫不费力。他又拉了一两遍，直到潘哥儿掌握了和弦变换，并且弹出一串欢快而刺耳的音符来呼应。然后，他们又一起演奏起来，看自己能创作出怎样的曲子。

尽管它的形式既不是吉格舞曲，也不是里尔舞曲，却很适合跳舞。他们的肠胃依然闹腾得厉害，所以连一步舞也跳不起来。潘哥儿单脚按节拍在地面上轻轻踏着，脑袋不停地点着，双目微闭，颤动的睫毛之间只能看见一线眼白。斯托布洛德演奏了一串音符之后，便把小提琴从胡子拉碴的脖子往下移，使琴身尾部抵着胸口。他用琴弓在弦上打出节拍，潘哥儿领会了他的意思，同样用手掌拍着土拨鼠毛皮的班卓琴面，瞬间让人觉得他们弹奏的乐器只是更加精巧的鼓。斯托布洛德跟着强劲的拍子，昂起头唱了一首即兴创作的歌曲。歌词跟肚子硬得像骡脖子的女人有关，称这样的女人比一般女性更冷酷无情。

当他唱完之后，他们又演奏了一遍，然后停了下来。他们商量了一下，又拧了一下琴栓，调到安魂曲的调式，然后开始演奏一首以华盛顿将军命名的曲子，多少让人想起拿破仑·波拿巴的撤退。这首曲子更柔和、深沉，却充满了死亡的冷酷，其中的小调如同树下的影子般若隐若现，整首曲子使人想起黑森林和灯笼的光。这是一支极为古老的曲子，调式古雅，它书写了某个时代的文明，并流露出它真正的内涵。

伯奇说，我的天呐，他们已经陷进去了。

那些民兵从未听过小提琴和班卓琴如此默契地合奏，他们也从未听过如此悲怆哀伤的音乐主题，能被演奏得这样充满力量和节奏感。潘哥儿用拇指从第五根弦滑向第二根弦的演奏是一个惊人的奇迹，好像晚餐的铃声，却庄重肃穆。他的另外两根手指以艰涩、摸索的方式演奏，却达到了某种粗野的完美。斯托布洛德的手指扣在琴颈上的架势，仿佛严格遵循着自然法则，他从容、审慎地按着琴弦，完全不理会右手疯狂鲁莽的运弓。斯托布洛德唱的那首歌讲述了一个梦境——他自己的梦，或者某个虚构的叙述者的梦——他躺在铁杉木床上，梦见了逝去的爱情的幻象，那是一段可怕的时光，还有一位穿绿斗篷的姑娘。没有音乐的话，歌词似乎并不比电报更详细，但是，两者结合起来，它们便构筑了一个完整的世界。

歌声停止后，伯奇对蒂格说，上帝啊，这都是些神人。他们的精神世界，你我之辈是无法了解的。

蒂格舔着一颗牙齿望着远方，仿佛努力回想着什么事情。他站了起来，正了正外衣的翻领，拉了拉裤腰带，整理到自己满意为止。他从地上捡起斯宾塞步枪，枪口瞄准斯托布洛德和潘哥儿之间的空隙。他把枪托靠在左手腕的背面，手平静地垂着。

——站起来背靠那棵大白杨树，他看着斯托布洛德说，让那个小伙子跟着你。

没有更好的主意，斯托布洛德只好走过去站在树旁。那棵白杨树的树干笔直、光滑而粗壮，在他头顶上方将近一百英尺的地方才有两根枝杈，都有通常的树干那么粗，像大烛台的分支一般虬曲延展。树冠在上个世纪某个时候折断了，那段又粗又圆的木头躺在附近，上面长满了苔藓，慢慢地融入泥土里。它因为腐烂而变得松软，似乎你一脚就能把它像陈年粪堆般踢得粉碎，看着阎魔虫①四散逃走。

斯托布洛德把小提琴抱在臂弯里，一根手指上挂着琴弓，弓身随着他的心跳微微颤动。潘哥儿站在他的身旁，他们的姿势就像战争开始时，人们在照相机面前摆出的那种自豪而紧张的姿势，尽管斯托布洛德和潘哥儿举在面前的装备是小提琴和班卓琴，而不是来复枪、柯尔特手枪和博伊刀。

潘哥儿像小学里的孩子那样，用空着的胳膊搂住斯托布洛德的肩膀。民兵们抬起步枪，潘哥儿咧嘴朝他们笑着。他的笑容里没有一丝嘲讽，也没有故作勇敢之态，而是纯粹友好的微笑。

---

① 一种通常为黑色的甲虫，幼虫在树皮下生活，成虫多为腐食性，很容易在粪便和动物腐尸堆中发现。

——我无法向一个朝我微笑的人开枪，其中一人说，他的步枪半垂下来。

——别笑了，蒂格对潘哥儿说。

潘哥儿抿紧嘴唇，努力合拢嘴巴，可嘴唇颤动了一下，又笑了起来。

——这里没什么可笑的，蒂格说，一点都不好笑，死的时候镇静点。

潘哥儿用双手从发际线到下巴抹了一下脸。他将自己的嘴角用两个拇指往下拉，可放开之后嘴角又翘了回去，于是，他的脸上又绽开了花朵般的微笑。

——把你的帽子摘下来，蒂格说。

潘哥儿摘下帽子，依然咧嘴笑着，两手抓着帽檐，托在齐腰高的地方，把帽子来回转动，仿佛在演示世界是如何运转的。

——用帽子遮住你的脸，蒂格说。

潘哥儿举起帽子，挡住了自己的脸，这时，民兵们扣动了扳机，子弹穿过两人的躯体后，击中那棵巨大的白杨树干，木屑四散飞扬开来。

冬天的黑色枝干

——他们扣动扳机后，那些马全都受到惊吓跳了起来，领头的人过去咒骂它们，并且脱下帽子抽打它们的脸。那些人没把他们遮盖起来，甚至没有走到他们身边说些什么，除了其中一个人说，既然刚才开了枪，或许称得上发生了一场枪战。有一个人笑了起来，还有一个人往火里撒了尿，然后他们就骑上马离开了。我真不知道这是个什么样的地方，人们竟然这样对待别人。

佐治亚小伙子的举止好像刚刚受过惊吓，他仍然紧张不安，迫切地要把他所经历的惊险而真实的故事讲述出来。

——我看见了，他说，全都看见了。

——假如你近得能看清的话，那为何你没有被杀死或抓起来？艾达说。

小伙子想了想，转头看着旁边，张开手指捋开额前垂下的头发，然后用拇指拨动门闩。他站在院子篱笆外的路边，艾达和鲁比在篱笆的另一边。三个人透过大门的木栅说话，她们能闻到他汗水湿透的衣服和肮脏的湿发上的烟火味。

——不管怎么说，我听见了，他回答说。虽然看不见，但我听得清清楚楚。我那时在树林里，躲在一丛月桂树背后，因为有点要事。

——哦，艾达说。

——也可以说，是有点私事。

——我们明白你的意思，鲁比说，后来结局怎么样？

——我想告诉你的正是这个，我没去管他们血淋淋地堆在大白杨树下的死尸，直接一路跑到了这里。我记得那个小提琴手说过你们住在什么地方。我找到了昨天我们停下来取食物的那块有图案的石头。然后，我从那里跑下山来，直到找到这座房子。

——你跑了多久？鲁比说。

小伙子看了看周围，仔细看着单调的灰色云彩和蓝色的山脊线，仿佛在努力辨认方向。但是，他分不清哪里是西方，天空也很难提示他现在是几点钟，因为天上没有亮光，只有几抹旧斧头的颜色。

——三点吧，艾达告诉他，起码两点半了。

——三点？小伙子说，似乎略有些惊讶。他低头仔细看着院门口踏平的地面，嘴唇抿紧，嘴巴嚅动着往回倒数时间。他举起手来，握拳抓紧两根木栅，嘴唇之间吁出一口气，但又并不像是吹口哨。

——七个小时，他最后说，六小时或七小时，我觉得。

——你一路都在跑吗？鲁比问。

——跑了一段路，他说，我很害怕。我记不清了，但我一直跑到筋疲力尽。然后，我跑一会儿，走一会儿。先是跑，然后走。

——你得带我们回到那里，艾达说。

但是，小伙子不想回到山上，他说自己情愿被就地打死，也不想再去那里了。他看到了能看到的一切。现在，他在那里所有的同伴都死在树林中了。他想要回家，这是他唯一渴望的事情。按照他打的小算盘，他带回来的消息本身就足够换一些食物、一条毯子，还有他路上或许用得着的一两样东西。

——很多人会任由他们躺在倒下的地方，哪怕狼很快就会把他们啃得只剩骨头，他说。他告诉两个女人，估计狼已经把他死去的堂兄吃掉了。由于没有挖掘工具，他能做到的最好的埋葬方式，就是把尸体放在一处溪流中的小瀑布下方。那里的石矶下面有一处干燥的地方，溪水倾泻下来形成一道水帘，就像地面和水流之间的一处幽室。他讲述了自己怎样让堂兄盘腿靠在一块石头上，对着他平静的脸说了一些话，仿佛除了这个世界之外还有另一个世界，他们将在那里重逢。他说自己走开了以后又回头望去，阳光在瀑布的水雾间闪耀，上面出现了一道彩虹。所以，不行。他不愿意再踏进大山一步了。

——冷山就拦在你想去的路上，鲁比说，但是随你的便。我们不需要你。我知道你说的是哪个地方，我们可以牵着马，不出五个小时就能到达，一路走着去。不过，我们会请你吃饭的。反正随便什么路过的流浪汉，我们都会招待的。

鲁比打开大门，让那小伙子进了院子。他走过去坐在屋前几丛大黄杨中间的台阶上，搓着手往上面呵气。鲁比站在大门口，伸手搭在野苹果树光秃虬曲的枝条上，眺望着那条路。

艾达走到她身旁，看着她的侧脸。以艾达的经验来说，女人们在这样悲痛的时刻，通常会哭泣、互相拥抱，说些安慰和诚恳的话。尽管她不再完全相信那些套路，但她准备为鲁比做这些事情中的任何一件，只要能安慰到她。事实上，艾达已经伸手去抚摸鲁比颈后用一根兽皮扎起来的黑发。

然而，鲁比似乎连这样的一点点安慰都不欢迎。她扭过头去，既没有哭泣，也没有用双手攥紧围裙边，更没有流露出对斯托布洛德的死感到痛苦。她只是把手放在野苹果树枝上，朝路上望去，大声说出一件她关心的事：她们该把两人埋在山上，还是把他们带回布莱克谷，跟布莱克家的先人们一起安葬在小墓园里？两种选择各有利弊。但是，既然斯托布洛德和布莱克家素昧平生，她想，死后还是把他们分开为好。

——我们现在就得决定，因为这关系到带什么工具，鲁比说，比如铁锹之类。

艾达感到有些犹豫，不把两个人带回来听上去太随便了，就像埋掉一条狗。

——我们不能只是上山挖个坑，把他们放进去后就回家，她说。

——假如我们把他们拖到这里来，又有什么区别呢？鲁比说。如果是我的话，我情愿在大山里安息，也不愿意被埋葬在其他任何地方。

听她这么说，艾达无言以对。她得进屋去给那小伙子做饭，但进去之前，她伸出手臂抱了一下鲁比，仿佛是为了让自己好受点。艾达意识到这是她们第一次拥抱，鲁比两手垂在身侧，在艾达的臂弯里像个木头疙瘩。

在厨房里，艾达弄了一盘晚餐剩下来的冷菜——炸苹果、玉米饼，还有一些白芸豆，煮了太长时间，已经变成了糊状。那些豆子冷却时凝结在锅里，颜色和浓稠度都让她想起肉酱。她一时兴起，把整块豆子从锅里倒出来切成片。

她走到外面，把盘子递给小伙子，他仔细看了一会儿豆子。他脸上的表情仿佛在说，他找到了更多迹象来证明这是个什么样的地方。

——那是豆子，艾达说。

小伙子又看了一会儿，叉起一小块尝了一下，来验证她的话。

——在我的家乡，我们根本不会这样吃豆子，他说。

小伙子坐在台阶上吃饭的时候，鲁比坐在他上面一级台阶上，口头跟他描绘了一条绕过冷山的漫漫长路的地图。艾达坐在门廊上一把摇椅里看着他们，这两个又矮又黑的人如此相像，人们也许会把他们当作姐弟俩。鲁比告诉小伙子如何沿着高高的山脊走，避开溪谷里可能会碰到人的大路。她跟他讲了一路上需要经过的地标，从冷泉峰到双泉峡，然后前往熊笔峡、马骨峡和山毛榉峡，从那里往山下走，碰到任何岔路或溪流的分支，一律往西南方向转。沿着这条路线，不超过两周就可以走到那小伙子位于平原上的粗鄙的家乡。

——晚上赶路，白天睡觉，不要生火，鲁比说，即使你不是一路奔跑，也能赶到那里过圣诞节。人们都说，你一眼就能认出佐治亚，那里除了红土和简陋的道路什么都没有。

然后，鲁比把小伙子抛在脑后，转向艾达开始计划她们的行程。时间很难安排。鲁比的推断是，现在将近一年中白昼最短的时候，无论走哪条路，算上来回的路程，她们都得在树林里过一夜。照她的想法，是在去的路上还是回来的路上过夜无关紧要，所以不如现在就上路。于是，她和艾达走进屋内，任由那个小伙子独自用最后一块玉米饼抹净盘子。她们封起炉火，按照鲁比的要求很快收拾好露营用品：铺盖、炊具、食物、蜡烛，锡盒装的黄磷火柴和划燃它们用的砂纸，一捆干燥多脂的引火柴，一卷盘起来的绳子，一柄手斧，一把带火药、子弹和药垫的猎枪，喂马的谷物，鹤嘴锄和铁锹。她们把这堆装备塞进两个麻袋，并把袋口扎在一起，然后把它们扔到拉尔夫背上，看起来像两个粗糙笨重的驮篮。

鲁比看着天空，寻找任何能预示天气的迹象。无论是云彩、空气还是光线，都表明即将下雪，天气会变冷。

她说，屋里有马裤吗？

——裤子吗？艾达说。

——羊毛或帆布的都行。两条。

——有，我父亲的。

——我们得穿上，鲁比说。

——男人的裤子？艾达说。

——你愿意穿啥就穿啥，但我可不觉得寒风吹起裙摆的滋味好受。而且，那里有谁会看见？

她们找到了两条打猎时穿的厚毛裤，一条是黑色的，另一条是灰色的。她们穿了长衬裤，然后套上了毛裤，卷起裤脚，扎紧腰带，多余的布料叠成了大褶子。她们穿上羊毛衬衫和毛衣，鲁比注意到门罗的宽边帽，她说能挡雪，不让雪花落在脸上。于是，她们从架子上取下两顶帽子戴上。艾达想，假如情况更令人愉快些的话，这就会像一场换装比赛——一种打赌看谁穿得更像个男人的游戏。用灯灰在脸上画络腮胡子，拿着没有点燃的雪茄转悠，模仿男人抽雪茄时的愚蠢姿势。然而，她们穿衣服的时候几乎一言不发，对接下去的两天充满了忧惧。

出发前，她们在靴子上涂了蜂蜡，打开鸡舍和牛棚的门，把干草铺在地上。鲁比估计等她们回来时，沃尔多会哞哞叫着要求挤奶。她们给了小伙子食物和铺盖，告诉他先睡在干草棚里，等到天黑安全了再赶路。她们牵着马离开时，那小伙子依然坐在黄杨树丛之间，像主人告别宾客一样向她们挥别。

傍晚时分，林中雾间雪花纷飞。艾达和鲁比走在冷杉树下昏暗的光线里，她们只是两个模糊的黑影，穿过一片除了深浅之外没有任何色彩的土地。离她们最近的树看上去十分真切，但稍远一些的树木就像素描一般，只是树形的写意勾勒。对艾达来说，那里似乎没有风景可言，她只是在一片云雾中漫步，能隐约看见一臂之内的景物，除此之外便茫然无知了。这让拉尔夫感到紧张，它扭动着脖子，耳朵来回摆动，搜寻任何有危险的声响。

她们在黑暗的铁杉树下走了很长一段时间，随后翻过一道低矮的山脊，往下走到一个溪谷里，她们离开艾达熟悉的地带已经很远了。层层的针形落叶踩在脚下十分柔软，树枝间落下的雪片像筛过的面粉一样干燥，它们划着弧线、盘旋着，仿佛不愿落到地上。

过了一会儿，她们穿过一条黑色的小溪，小心翼翼地踏在隆起的石头上。艾达看着这条小溪被沿岸和石头周围闪亮的薄冰、倒下的树木、一团团苔藓，以及其他各种东西所阻碍。然而，溪水中央湍急的水流却一路勇往直前。

而溪流变得清浅而缓慢的地方，正是快要结冰的地方。门罗会用这样的事情来讲道，艾达想，他会说这条溪流象征一个人的生活，上帝的意旨决定了它的特点。上帝创造的一切都是精心构思的隐喻。这个可见的世界里所有明亮的形象，都只是神圣之物的影子，因此尘世和天堂一个低一个高，却在形式和意义上奇妙地契合，因为它们实际上是相同的。

在门罗的一本书里，你可以查看各种象征的含义：玫瑰——它的刺和花朵——象征着通往灵魂觉醒的艰难而危险的道路；婴儿——在疼痛和鲜血中哭泣着降临世间——象征着我们悲惨的尘世生活充满了暴力；乌鸦——它的黑暗，它的亡命之徒的本性，它贪恋着腐肉的飨宴——象征着等待攫取人类灵魂的黑暗力量。

因此，艾达很自然地认为，溪流和冰凌会给灵魂提供武器，或者也可能是一种警告。但她拒绝相信一本书能告诉你应该怎样理解它，或者应该怎样利用它。无论书里说什么，都会因为缺乏精髓而毫无用处，就像没有枢轴的门铰链上的洞眼一样。

马在溪流对岸停了下来，抖了抖身上的毛皮，弄得麻袋里的锅盆叮当响，然后它伸长了脖子，柔和、深长地将鼻息呼向这个世界，希望有个令人安心的同伴报以同样的呼吸。艾达用手罩住它天鹅绒般的鼻子，它伸出舌头，她用拇指和食指捏住，轻轻摇了摇，然后她们就继续上路了。

有一段时间，她们一直沿着山里翻腾的小溪走，随后小路上出现了一条模糊的岔路，通向一片阔叶林。橡树枝头还有几片未落的枯叶，它们是一些羸弱的老树，枝条上挂着一丛丛的槲寄生。雪下得越来越大，开始堆积在地上，小路变成了树林里一条凹陷的细线，夜幕降临时很容易迷路。路上连野猪的脚印也没有，似乎是一条荒废的印第安人小径，很久没有人走过了，连接着几处早已不复存在的地点。

她们继续走着，直到黄昏之后，雪依然在下着。浓密的乌云遮住了蛾眉月，然而黑色的树干下堆积的雪上还是有反光。

艾达首先想到的是栖身之地，每看到一处岩石壁架她都会说，我们可以在那个地方睡觉。但鲁比说她知道——或者起码认为自己记得——附近有个更好的地方，于是她们便继续前行。

过了一会儿，她们遇到了一堆平坦的巨石。鲁比四处张望，直到发现自己要找的地方：三块石头搭在一起形成的一间披屋。这是一个鬼斧神工般的石棚，有平直的墙壁和紧压在上面的顶石，角度正好可以让雨水流下来，下面的空间并不比阁楼更大，但足够坐下和转身了。它的建筑形状让艾达想起符号“π”，里面的地上有厚厚一层干燥的树叶。离这里不到二十码的地方，有泉水涌出地面，周围长满了栗树和橡树，从长出来起那一天起就没有被砍伐过。这样的露营地是人们期待能找到的最好的地方。鲁比说，尽管她很多年没有来过了，但这里跟她记忆中一模一样，她童年出来觅食的时候，曾在这个地方度过许多夜晚。

鲁比打发艾达去拾一捆能找到的最干的干柴，不到半个小时工夫，她们就在石棚口生起了一堆温暖的篝火。她们煮了一壶水泡茶，泡好后坐下来喝，并且吃了一些饼干和苹果干。苹果圈小得一口能吞下去，味道却浓缩了过去那个温暖季节最美好的一切。

她们吃的时候没说几句话。艾达说那个佐治亚小伙跟一般人不太一样，鲁比说，她觉得他跟普通人没有多大的区别，他们醒着的每一分钟，都得让别人在背后踢一脚才能有所长进。

她们吃完之后，鲁比用掌根拂开石棚地面上的落叶，挖出一些泥土，透过手指的缝隙筛了一下，把掌心凑近火光给艾达看——木炭的裂片和燧石的碎屑，那是古老篝火的痕迹和坏掉的被遗弃的箭头。无论多么微小，它们都是古人留下的带着希冀的零星遗物。

她俩都没有说什么，艾达从碎片中挑拣了一下，留下一个最完整的箭头。令她感到安慰的是，在过去某些暗淡的岁月里，有人做了跟她们一样的事情——在这个乱石堆里找到了庇护所，并在此吃饭、睡觉。

雪沙沙地下着，气温骤然下降，但篝火很快烤热了石头。艾达和鲁比把自己裹在毯子里，蜷缩在干树叶中间，把更多的落叶堆在被子上，暖和得好像躺在自家床上。这样不错，艾达躺在那里想，荒径杳无人迹，穿越山川河流；石屋温暖又干燥，好像小矮人的住处一样稀奇古怪。也许别人只是把它当作空荡荡的避难所，它却特别满足她的期许，她甚至完全可以搬到这里来住。

篝火把光影投在倾斜的石头屋顶上，艾达发现如果她盯着看的时间够长，火焰就会显出世间很多东西的形状：一只鸟、一头熊、一条蛇、一只狐狸，或者一头狼。不过除了动物，篝火似乎别无兴趣。

这些画面使艾达想起一首歌，那是斯托布洛德的一支曲子，曾经深深地印入她的脑海。她记得这支曲子是因为歌词古怪，而且，斯托布洛德唱得十分激昂，艾达觉得表达了深切的个人情感。它的主题是叙述者想象中的行为，假如他能够变成各种野生动物，他会做些什么：春天的蜥蜴——听他心爱的人歌唱；有翅膀可以飞翔的鸟——回到他心爱的人身边，哭泣哀鸣直到死去；土地里的鼹鼠——挖翻一座大山。

这首歌让艾达感到不安，这些动物的愿望既奇妙又可怕，尤其是鼹鼠，这种弱小、隐居的瞎子受到孤独和怨恨的驱使，竟会让整个世界在他周围崩塌。然而，更奇妙、更可怕的是唱出这些歌词的人，希望通过抛弃人性，来舒缓失去的爱、遭背叛的爱、无法表达的爱和徒劳的爱所带来的痛苦。

听着鲁比的呼吸，艾达知道她还醒着，于是说，你还记得你父亲那首关于地里的鼹鼠的歌吗?

鲁比说她记得，艾达问鲁比是否认为是斯托布洛德写了这首歌，鲁比说有许多歌很难说是某个特定的人创作的。一首歌从一个小提琴手流传给另一个小提琴手，每个人都增加了一些东西，又丢掉了一些东西，最后这首歌变成跟过去不同的东西，旋律和歌词都难以辨认。但是，你不能说歌曲变得更好了，因为事实上人类的一切努力都是永远不会进步的。每增加一些都意味着失去另一些，增加的东西还往往不如失去的东西，因此，随着时间流逝，即便只是得失相当，我们也应该感到幸运。除此以外的任何念头都是空洞的虚荣。

艾达躺着看火光映出的影子，听着雪落在树叶上的声音，很快迷迷糊糊地睡去，没有做梦，甚至鲁比起身往火里添木头时，她也没有醒来。艾达醒来时天已破晓，雪下得慢了，却没有停下来。地上的积雪已经深至脚踝。鲁比和艾达都不急着进入在她们面前展开的新的一天。她们把毯子裹在肩头坐着，鲁比吹了吹木炭，把火烧得更旺一些，煎了一块腌肉，从油脂里把它叉出来，放在一块平坦的石头上。随后，她往油脂里加水煮了一锅玉米粥，从石头上拿起腌肉弄碎后放进锅子，搅进玉米粥里。艾达用小罐子烧水泡茶，她们呷着茶水的时候，鲁比说起第一次喝茶时——茶叶是斯万戈太太给的——她特别喜欢，所以斯托布洛德外出打浣熊的时候，她就用一块方布包了一把茶叶让他带着。几个星期后，她再次看见斯托布洛德时，便问他是否喜欢。斯托布洛德说味道一般，他并不觉得比别的蔬菜更合胃口。鲁比后来发现他把茶叶跟一块肥肉一起烧，并像水芥一样吃了下去。

她们抵达岔路口的时候，发现潘哥儿男孩独自仰面躺在白杨树下。他身上盖了一层白雪，比旁边地面上的积雪薄一些，显然雪花起初在他身上融化，后来落下的雪就不再融化了。鲁比拂去雪花看着他的脸，发现他依然在微笑，而眼神却充满了困惑，也许这就是死亡的神情。鲁比把手拢在他胖乎乎的脸上，用指尖碰了碰他的额头，仿佛给他盖上同为弃儿的徽记。

艾达转身离开他，开始用靴尖踢着积雪。她踢着的时候，翻出了一些班卓琴的碎片。然后是折断的琴弓，马尾库①悬挂在一根马毛上。她又踢了踢周围，想要寻找小提琴，但是她没有找到。小提琴和斯托布洛德都不见了。

——他在哪儿？艾达问。

——佐治亚人说的话连一半都不会是真的，鲁比说，无论是死是活，他们把他带走了。

她们决定将潘哥儿埋葬在小路上方一棵栗树附近的一小片高地上。这里的土地很容易挖，她们几乎不需要鹤嘴锄，因为只有薄薄一层泥土冻成硬壳，下面的表层土是松软的黑土，一直往下挖都是如此。她们轮流用铲子挖，很快她们就觉得穿着外套热了，便脱下衣服挂在树枝上。随后，她们又觉得太冷了，然而挨冻还是比衣服被汗湿透好一点。开始碰到大量石头时，她们已经挖了一个大坑，尽管它比六英尺——艾达认为这是墓穴的常规深度——还浅了两英尺。但鲁比说，这样可以凑合了。

她们走到潘哥儿身边，每个人拎着一条腿，将他拖过积雪的地面来到墓穴边上，慢慢把他放进去。她们没有棺木，甚至连一条把他裹在里面的多余毯子也没有，于是在铲土之前，艾达把方头巾盖在他的脸上。她们往他身上盖满土，仅剩一只靴尖露在外面时，艾达开始哭泣起来，尽管她这辈子只见过潘哥儿男孩一次，那还是在篝火边上，他们之间所有的交谈，只是他说斯托布洛德的演奏对她有好处。

---

① 弦乐器的弓的零部件，用于握持，同时起到固定弓毛及调整弓毛松紧度的作用。

艾达还记得她们埋冬天的卷心菜时自己的想法，以及当时作过的比喻。但是她发现埋葬死人完全是另外一回事，除了在地上挖洞这样赤裸裸的事实，两者毫无相似之处。

她们把墓穴填成土馒头后，还剩下很多泥土，鲁比注意到了，她说是因为现在时间正接近满月。假如月由盈转亏的那个星期挖坟的话，填满土仍然会是一块洼地。她们把由于月亮多出来的泥土添在潘哥儿的坟头，用铲子背面压实。然后，艾达拿出一把折刀，从一棵山核桃树苗上剥下树皮，又找到一棵黑色的洋槐，用一柄手斧砍下两根树枝，用山核桃的树皮捆在一起，做成一个十字架。她把十字架立在潘哥儿头顶松软的土地上，尽管她没有出声，但心里替他默默祈祷着。她曾听鲁比说，洋槐的生存意志如此强烈，假如你砍下树干做栅栏木，有时候它们会在坑里扎根生长。这正是艾达的希望——有朝一日，一棵高大的洋槐树将矗立在那里，标志着潘哥儿的坟地，年复一年，直至下一个世纪，它会简单讲述一个珀耳塞福涅①式的故事。冬天的黑色枝干，到春天会开出白色花朵。

她们的手很脏，鲁比捧起雪用手掌搓着，然后抖落脏水；艾达则穿过树林来到溪边，跪下洗了洗手，把冰冷的水洒在脸上。她站起来摇了摇头并四下张望，目光落在溪边远处一块低矮的石矶上。这块岩石突出，悬空的地方形成了一个庇护所，棕色的泥土映着积雪显得黑白分明。斯托布洛德就坐在石矶下面，艾达看了半天才发现他，因为他衣服的颜色跟裸露的泥土一样深。他纹丝不动，双目紧闭，盘腿而坐，头转向一边，双手安详地抱着放在膝盖上的小提琴。一阵微风吹起，橡树上仅剩的几片叶子沙沙作响，积雪从光秃秃的树枝上抖落。雪花落在艾达的头发上，也落到小溪里，一碰到水面就融化了。

——鲁比，艾达喊道，鲁比，快到这儿来。

她们站在他身边，他的脸苍白得像雪一样，看上去骨瘦如柴。他是个

---

① 古希腊神话里冥界的王后，众神之王宙斯和农业女神德墨忒尔的女儿，被冥王哈迪斯绑架到冥界成为冥后。她每年春天回到人间，冬季待在冥界。

如此瘦小的人。他从伤口处流了很多血，咳出的血就更多了，以至于衬衣前襟上沾满了血。鲁比从他腿上拿起小提琴递给艾达，响尾蛇在琴箱里晃动，发出干涩的咯咯声。鲁比解开他的扣子，衬衫上的血迹已经干透了，变成了黑色。他的胸膛孱弱而苍白。鲁比把耳朵贴上去，离远一些，然后又听了一下。

——他还活着，她说。

她拉开他的衣服，并前前后后寻找伤口，发现他被打中了三枪。子弹穿透了他挡在前面握琴弓的手，穿透了他的大腿根到髋骨的肌肉，最严重的是，有一颗子弹穿过了他胸部的乳头，打断了他的肋骨，刮伤了肺的上方，嵌入肩胛骨上面的背部肌肉。他的皮肤下面鼓起了一个野苹果大小的瘀青肿块。搬动他的时候，他既没有清醒过来，也没有发出痛苦的呻吟。

鲁比收集起引火柴，从一根松枝上削下些刨花，用火柴把它们点燃。火生起来后，她把自制小刀的刀刃放到火焰中。她割开了斯托布洛德的后背，他依然不出声，眼皮也不颤动。切口处只流出一点点血，仿佛除了汗水般的几滴红色血液之外，他已经没有足够的血留给新伤口了。鲁比把手指探进他的后背，在切口里摸索了一下，把子弹掏了出来。她伸手把子弹放在艾达手里，那就像一小块生肉。

——去洗一下，鲁比说，也许有一天他会想要的。

艾达来到溪边，把手放进溪水，让水流过她合拢的手指。她把子弹拿出来，看着这颗干净的灰色铅弹，它在穿透斯托布洛德的身体时被挤压成了蘑菇状，弹头爆裂变形。但是，弹丸末端却完好无损，上面有制造时刻上的三圈精确的凹槽，使它能够充分利用枪管的膛线。

艾达回到石矶旁，把子弹放在小提琴边上。鲁比把斯托布洛德裹在毯子里，篝火烧到了齐膝盖高。

——你待在这里，给我烧一些水，鲁比对艾达说。

艾达看着她走进了树林，铁铲扛在肩头，低头寻找能疗伤的草根，她只能靠雪地里冒出的干枯的草茎和荚壳辨认它们。艾达把石头垒在火堆周围，准备架锅子，然后她朝马走去，从麻袋里取出一只锅子，往里面盛满溪水，放到石头上加热。她坐下看着斯托布洛德，他躺在那里像个死人，除了呼吸时胸前的上衣轻微起伏，没有迹象表明他还活着。艾达想着他那几百支曲子，它们如今在哪里，假如他死去，它们又会去往何处。

过了一个小时，鲁比回来了，衣袋里塞满了能找到的一切可能稍微有点用的草根——毛蕊花、蓍草、牛蒡、人参。但是，她没有找到最需要的白毛茛，这种草药近来十分罕见，很难找到。她疑心是因为人类证明自己无药可救，白毛茛已经厌恶地离开了。她把捣碎的毛蕊花、蓍草根和牛蒡敷在斯托布洛德的伤口上，用从毯子上割下的布条包扎起来。她用毛蕊花和人参泡了茶滴进他嘴里，但他的喉咙似乎紧闭着，她不知道茶有没有咽下去。

过了一会儿她说，这里离家太远了，他没法活着到达那里。也许得过几天他才能上路，而且我估计还会下雪。我们需要一个比这里更好的庇护所。

——回到石棚里去？艾达说。

——我们没法所有人都住进去，而且没有地方烧饭和照料他。我知道一个不错的地方，假如还在那里的话。

她们把斯托布洛德留在那儿躺着，砍下长长的木杆做成爬犁的杠轴。她们用绳子把木杆捆在一起，并将更多绳子编织成吊网，拴在马的挽具上。她们抬着裹在毯子里的斯托布洛德，穿过小溪把他放在爬犁上，但是，马拖着他沿左边的岔路前行时，碰到每块石头和草根都会震动一下，她们发现自己的想法错了，颠簸会把他的伤口撕裂。于是她们把爬犁拆掉，卷起绳子，把斯托布洛德放在马背上，缓慢前行。

天空呈现出单调的灰色，笼罩在她们头顶，近得仿佛触手可及。过了一小会儿，天空又开始出现雪花，随着凛冽的寒风飘舞。开始的时候是鹅毛大雪，后来是灰尘般干燥细小的雪粒。雪停了以后，浓雾包围了她们，唯一能确切感受到的是白昼正在逝去。

她们走了一段时间，都没有说话，除了鲁比有时会说朝这里走，然后她们就在岔路口转弯。艾达不知道她们走了哪条路，因为她早就辨不清东南西北了。

当她们停下来休息，马疲惫而痛苦地低头站着，因为海拔高度和背上的重负而精疲力竭。艾达和鲁比拂去一段木头上面的积雪，坐了下来。在大雾里，她们除了附近的树木什么都看不清。然而，通过气流她们感觉到自己正在山脊上，周围很空旷。艾达在外套底下缩成一团，尽力不去想还要这样再过一天，也不去想她们晚上会在哪里过夜，只想着走完下一英里路。斯托布洛德一动不动地趴在马背上，跟艾达和鲁比刚把他放上去时一样。

她们坐着的时候，两只游隼猛地冲出浓雾。它们飞进变幻不定的疾风，翅膀短促地拍动着，艰难地跟空气搏击。它们飞得如此之近，艾达甚至能听见风穿过羽毛的嘶嘶声。斯托布洛德醒来了，鸟飞过的时候他抬了一下头，茫然地目送它们重新消失在雾中。一缕鲜血从他的嘴角流到下巴上，细得好像剃刀的划痕。

——灰背隼，他说，仿佛叫出鸟儿的名字能帮助他重新站起来。

他开始挣扎，似乎想要在马背上坐直，鲁比上前扶起了他。但是她一放手，他就往前倒下，头靠在马肩隆上。他的双目紧闭，手臂伸过头顶，两手抓住马鬃，他的腿无力地在拉尔夫浑圆的肚子下面晃荡。鲁比用衣袖擦了擦他的嘴，他们继续往前走。

花将近一个小时走下陡峭的山坡后，艾达认为他们正在山谷里，但是任何方向都看不清远处的东西，所以她无法证实自己的感觉。他们穿过了一片湿地，小径两边是齐头高的越橘树丛。到了谷底，他们经过一片黑色的死水潭。它从大雾中冒出来，仿佛是这个世界敞开了一个洞口。水潭周围环绕着灰褐色带状的枯萎禾草，边缘结了一层裙边状的冰，好像正在变小的相机镜头光圈。三只黑鸭子一动不动地浮在池塘中央，头缩在胸前。假如她在写象征和含义的书，艾达心想，这里就象征了恐惧。

浓雾变淡了一些。他们再次爬坡，那只是一座低矮的小山，山脊上长满了铁杉，许多树被风吹倒了，根部像植物标本一样裸露在空气中。他们穿过这片树林，走进另一片栗树林，接近一条听得见，却看不见的小溪。

小径崎岖不平，根本算不上真正的路，仅仅是在乔木、参差的灌木和矮树中有一条勉强够宽的通道。当他们从山上下来，走向一个狭窄的河谷时，尽管天上的光线没有变化，这一天却好像已经过去了。

透过树丛，艾达开始辨认出一些长方形的物体：茅舍和木屋。这是一个切罗基小村庄，一个鬼镇，村民很久以前被驱赶上了“血泪之路”，被放逐到一片贫瘠的土地上。除了一间已经腐朽的古旧草屋，所有小屋都是用栗木造的，木头剥掉树皮，通过榫卯搭建在一起。一棵白色的大橡树倒在了一间棚屋上，但其余的房子经过三十年的光阴依然大致完好无损。由于栗木有强大的防潮功能，它们或许还要过至少一百年才会融入泥土。木屋上生长着灰色的地衣，门口的雪堆里冒出小蓬草、藜和飞蓬干枯的草茎。那里没有多少平地可以种庄稼，所以可能是一个季节性的狩猎营地。或许有几个只爱吃肉的流浪者，曾经近乎隐居般生活在这个庇护所。总而言之，这里只有六七间没有窗户的小屋，它们坐落在小溪岸边，互相间隔，错落有致。深深的溪水湍急而黑暗，水流击打在长着青苔的光溜溜的巨石上。

艾达疲惫不堪，竟觉得弄清楚木屋在溪岸的哪一边无疑是头等大事。北面、南面、东面还是西面？她认为这样能使她理清思路，弄明白自己在哪里。鲁比似乎总是能辨清方位，并且认为它们很有意义，她不仅指路时是这样，她讲故事描述事情发生的地点也是如此，比如：小东岔口的西岸、西岔口的东岸，诸如此类。会讲这种语言需要头脑中有居住地的图画。艾达知道山脉、峡谷和河流是框架，是它的骨骼。你要记住它们和它们的相对位置，然后根据已知的标记来填充细节。从梗概到具体。一切都有自己的名字。想要一辈子充实地生活在某个地方，你就得不断去关注越来越小的细节。

艾达只不过刚开始形成这样的图画，她仰望天空期盼借此寻找方向。但天上没有什么迹象，因为天空如此之近，她觉得似乎快把脑袋撞上去了。没有任何其他暗示可以遵循。这样无常的气候下，苔藓随心所欲长在树的各个侧面，有苔藓的地方并不意味着北面。所以，据艾达所知，村庄可能在小溪岸边的任何一个方位，没有哪个方向可以排除在外。

他们四周的木屋似乎在荒废中显得肃穆，被河道和悬在上空的云雾缭绕的山峦夹在中间。有些村民也许还活着，艾达不知道他们是否会经常想起这个荒凉的地方。这里如今仿佛屏住呼吸一般寂静，无论他们起的名字是什么，它很快就会被列入那些未及遗留给我们就被从记忆中驱逐的事物的名单。她怀疑——即便在最后的日子里——村民们也从未预测过未来，想象到如此彻底又如此迅速的衰败。他们未曾料到不久的将来，他们的家园会变成另一个世界，住满了另一些人——他们的嘴里说着别的语言，他们的睡眠被其他的梦境抚慰或困扰，他们的祈祷奉献给别的神祇。

鲁比选了一间最好的木屋。她们在门前停下，把斯托布洛德从马上扶下来，在地上用防水帆布和毯子给他搭了一个铺盖。随后，她们走进小屋里一个没有窗户的房间，门是用粗木板做的，连接它的皮铰链早就断了。门倒在地面上，合上门的唯一办法是把它支在门洞上。夯实的泥地上散落着褐色的树叶，她们用一根松枝把树叶扫走。屋里有一个石头灶台，还有泥巴和树枝垒的烟囱。鲁比把头伸进去朝上看，一眼看见了天空。但是，排烟显然并不通畅，栗木的房梁由于多年累积的烟灰变得乌黑发亮。除了灰尘的气味，房子里依然弥漫着上千堆古老篝火的浓厚味道。沿着一面墙有个睡觉用的木头平台，上面还铺着一层灰色的稻草。她们把斯托布洛德抬进来，把他放在床上。

鲁比在灶台里生起火，艾达出去砍下一根笔直的长树枝，用短柄小斧削尖后，用锤子将其砸入地下，为马在雪松下立了一个拴马桩。然而，它湿淋淋的、浑身发抖，头下垂着，雪水濡湿了它冬季的皮毛，一绺绺地紧贴在皮肤上。艾达看了看它，随后望着天空，根据脸颊的刺痛判断着寒冷的程度。也许到了早晨拉尔夫就会死在地上。

她把马从木桩上解下来，努力把它拉进一间木屋，但它不愿意低头钻进门。她使劲拉着缰绳，它蹲下后腿往回一退，她朝前一扑跌进雪地里。她站起来，找到手腕粗细的一根棍子，走到马屁股后面，用尽剩下的全部力气不停地打它，反正她也没多大力气了。最后，它仿佛冲向死亡般冲进了那个黑暗的门洞。

然而，拉尔夫一进去立刻感到十分满意，因为木屋的大小和材质跟牲口棚几乎没有区别。几分钟之后，它就放松下来了。它抖了抖毛皮，叉开后腿，心满意足地撒了一泡长长的尿。艾达用煮饭的锅子喂它谷物，然后拿起锅子在溪水里洗干净。

天几乎已经黑了，艾达站在那里，看着水面上最后一缕闪耀的阳光。她又累又冷，并且感到害怕。这里大概是世界上最荒凉的地方。她畏惧黑夜，害怕就寝时刻，她将不得不把自己裹在毯子里，躺在黑暗中鬼屋冰冷的泥地上等待清晨到来。她疲惫不堪，感觉双腿瘫软无力。但是，她相信只要自己每次做好一件事，想着剩下的事情是一件接着一件的，而非一股脑堆在一起的，她就一定能挨过去。

艾达进了屋，发现鲁比已经做好一顿晚饭，就像她们的早餐一样。但是，艾达把第一勺油腻的玉米粥放进嘴里，却怎么也咽不下去。她直反胃，便站起来走到外面，在雪地里吐了起来，尽管可供她呕出来的只有黑色的胆汁。然后她用雪擦干净嘴巴，走进屋内又吃了起来，把碗里的东西都吃光了。她把碗放在膝盖上，精疲力竭地呆坐在灶台前一声不吭。

她几乎一整天都忘记喝水了，再加上寒冷、跋涉、埋葬和治疗的工作，让她脑子里充满古怪的念头，以至于她唯一的愿望是从炭火中寻找更令人愉快的幻象。她看了又看，但无论从明亮的火焰变幻的形状，还是从柴火边缘烧焦的刻痕线条里，都找不到任何迹象。然而，燃烧的木头发出了吱吱的声音，就像踩在干燥的雪里的脚步声，连艾达都知道那预示着什么——更多的厄运将要降临了。

雪地上的足迹

英曼到达三岔路口的时候，夕阳已被乌云遮挡，让他无法探究地上的踪迹所讲述的故事了。雪地上的足迹向岔路口的平地延伸，然后又上了左边的小径。一棵大白杨树下的地上有黑色的血迹，那里一定发生过屠杀。周围的雪地被人和马踩得乱糟糟的。离开白杨树较远的地方，一圈石头里新近有篝火燃烧过，冷却的灰烬中依然有猪油的香味。脚印和拖拽的痕迹一直延伸到插着树枝十字架的新坟。英曼蹲下看着它，心想，假如像赞美诗所说的那样，坟墓之内有另一个世界，这样一个洞穴真是冷酷而孤寂的入口。

他有些迷惑，那里本来应该有两座坟茔。尽管英曼见过人们为了节省挖掘的劳力，把一具尸体堆在另一具上面，但他猜想这里发生的事情并非如此。他站起身来，走回去研究那些痕迹，跟着那些痕迹穿过小溪来到石矶下面，在那里他发现地上有更多血迹，一个熄灭的小火堆里的木炭依旧温暖。一堆湿草根和煮药的水一起倒在地上，他捡起一些草根用手搓了搓又闻了闻，能分辨出人参和毛蕊花的气味。

他把草根放在一块石头上，来到溪边掬起一捧水喝。一只有鲜艳斑点的蝾螈在石头间游动，它的花纹在这条小溪里很罕见。英曼把它捉起来，捧在手心里，看着那只蝾螈的脸。它的嘴弯曲的弧度仿佛安详的笑容，让英曼觉得既羡慕又悲伤。也许生活在一块溪石下面是保持这样的表情的唯一方法，英曼心想。他把蝾螈放回原来的地方，又走回来站在岔路口，遥望小径通向的地方。他只能看见不到十英尺远之处，其余的一切都隐没在迅速沉淀的黑暗中。他想艾达也许会永远从他面前消失，留下他像个孤独的朝圣者一般继续前行。

乌云又低又浓密。今晚不会有月亮，夜色很快就会黑得像冷炉膛一般。他扭回头，嗅了嗅空气，闻起来好像雪的气味。问题是哪种情况更糟糕，在夜里迷路，还是等雪把路遮盖起来。

两者之中，黑暗一定会来而且近在咫尺。于是，英曼回到石矶旁坐下，看着最后一缕光线慢慢消失。他聆听着溪水潺潺，尽力根据地上的痕迹，拼凑起一个故事来解释为何只有一座坟墓，以及为何两个女人翻过了大山，而不是沿着自己的足迹回家。

但是以他现在的状态很难进行清晰的推理。无论是自愿还是无奈，英曼腹中空空如也，他的思维很难正常活动。自从煮了小熊肉之后，他已经好几天没吃过一口食物了。湍急的溪水中似乎有低语的声音，河床上的石头互相撞击着，他想假如听得足够仔细的话，它们也许会告诉他那里发生过的一切。然而，声音变得飘忽、含混起来，无论他如何努力分辨，那些词语对他来说都毫无意义。接着，他猜想自己压根没听到任何声音，一切只是他自己的脑海形成的想法，但即便如此，他也搞不清楚它们的意思。他饥肠辘辘，已经没有任何感觉了。

他的包里能吃的只有几个核桃，那是他两天前在一座烧毁的小木屋的地上捡到的。那里没剩下什么东西，只有原来泥烟囱的位置留下了一堆圆锥形的焦土，还有曾经的房子前面较远处有一棵大核桃树，树下还有几个核桃。黑色的核桃壳躺在草丛中，周围的草长得很长，果皮已经腐烂了。英曼把能找到的坚果都放进了背袋，但还没有机会吃掉它们，他越想越觉得，每个果肉还没有食指指尖那么大，能获得的养分还抵不上把它们砸开花费的力气呢。然而，他也没有扔掉它们，因为他担心，假如以得失来衡量生活，那么人生也就毫无意义了。另外他也发现，走路时它们的声音让他深感安慰。它们互相撞击着，发出的干脆声音就像挂在树上的那几具老骷髅。

他看着自己放在石头上的苦草根。他本来想要尝一尝，但后来还是把它们扔进了溪水。他从背袋里取出一颗核桃，也扔进了溪水，它发出的声音像受惊的青蛙扑通一声跳进水里。尽管在找到艾达之前，他不打算吃任何东西，但他还是把其他坚果留在背袋里。假如她不接受他，他就继续前往高地，看光明石的大门是否会向他敞开，就像那个有蛇文身的女人所说的，那里会接纳一个持有斋戒之心、万念俱灰的人。英曼想不出任何退缩的理由。他怀疑世界上没有人比现在的他更加腹中空空。他情愿就这样离开这个世界，一路前往她所描述的那个快乐谷。

英曼折断树枝，在烧剩下的木炭上燃起一堆熊熊烈火。他把两块大石头滚进火里加热。他裹在毯子里躺了很久，双脚对着篝火，想着那两行远去的足迹。

当他这天早上醒来的时候，并没有想到天黑以后，自己又会躺在冰冷的地上。他认为，一旦回到家乡，自己各方面——无论是他对生活的计划，还是他的人生观，甚至他走路和站立的姿势——都会跟最近一段时间完全不同。那天早晨，他觉得自己到了傍晚肯定会向艾达表白，并且会得到某种答复。“好的”，“不行”，或者“也许”。几天以来，他在赶路的时候，在荒郊野外露宿准备入睡的时候，一直在心里设想这样的情景。他将一路走进布莱克谷，看起来精疲力竭。他所经历的一切沧桑，将会反映在他的脸庞和形体上，刚好表现出他的英雄气概。他会洗个澡，换上一身干净的衣服。艾达将走出房门来到门廊上，浑然不知他会到来，只是忙着自己的事情。她会穿着一件漂亮的衣服。她会看见他，并认出他的音容笑貌。她会奔向他，走下台阶时，拎着裙子露出短靴。她会匆匆跑过院子，穿过院门时，衣裙发出沙沙的声音，院门砰的一声关上之前，他们就会在大路上拥抱起来。他已经在心里一遍又一遍地看到了这个场景，除非他在回乡路上被杀死，似乎没有其他可能的会面方式。

正午之前，当他向布莱克谷走去时，这样一幅归家的画面使他心里充满了希望。为了实现它，他已经尽力了，尽管疲惫不堪，却干净整洁——前一天，他意识到自己看上去比最卑贱的赶骡人更粗野，便停下来在溪水里洗了个澡，并且把衣服洗干净。天气十分寒冷，但他燃起一堆干木头，火焰蹿到了齐肩高。他烧了一壶又一壶水，烧到快要沸腾为止，然后打开包在被油脂浸透了的棕色纸张里的肥皂。他把热水倒在衣服上，用肥皂搓揉后拧干，放在石头上摔打，然后在溪水里漂洗干净。他把衣服摊在火堆旁边的灌木上烘干，然后开始洗自己的身体。肥皂是棕色的，含有很多颗粒和大量碱水，使用起来好像要搓下一层皮。他用自己能忍受的最烫的热水洗澡，用肥皂搓到皮肤感觉生疼。然后，他摸了摸脸和头发。自从在那个姑娘的木屋里刮过脸之后，他的脸上又长出了新的络腮胡，头发乱蓬蓬地堆在头上。他没有剃刀，所以只能留着胡子。他估计即使有剪刀和镜子，自己也是个糟糕的理发师。他只有一把带鞘的小刀和溪边一个静止的池塘，恐怕没办法改善自己的发型。他能做的只是烧更多热水，打过肥皂后把头发冲洗干净，用手指梳理整齐，这样头发不会竖起来，使他看上去凶巴巴的。

他洗完澡之后，赤裸而干净地披着毯子蹲坐着，熬过剩下的寒冷白昼。他光着身子睡觉，裹在毯子里，衣服放在火边上烘干。在他露营的地方，雪花只飘洒了一会儿就停了。当他早晨穿衣服的时候，衣服起码没有汗臭，闻起来有皂碱、溪水的气味和栗木的烟味。

随后，他走小径前往布莱克谷，直到距离艾达的房子只有一两个路口才敢走上大路。当他来到房子前，烟囱里正冒着烟，但此外没有人生活的迹象。院子里薄薄的雪也没有脚印。他打开院门，来到屋门前敲了敲。没有人出来，他又敲了敲。他绕到屋后，发现房子和厕所之间的雪地上，有一个男人的靴子脚印。一件睡衣挂在晒衣绳上，冻得硬邦邦的。鸡舍里的鸡拍着翅膀咯咯叫了几声，随后安静下来。他走到后门用力敲着门，过了一会儿，楼上的窗户打开了，一个黑发小伙子探出头来，问他究竟是谁，这样闹哄哄的究竟想干吗。

后来，佐治亚小伙子打开门让英曼进去。他们坐在火炉边，英曼听他讲了屠杀的经过。小伙子在脑海里重塑了那个故事，添油加醋地讲述了一场激烈的枪战，小伙子杀出一条生路，但斯托布洛德和潘哥儿被俘获并杀害了。在小伙子最新的故事中，斯托布洛德创作出最后一曲，并且预感到自己很快将要死去。斯托布洛德给曲子取名为《小提琴手的诀别》，这是世上最悲伤的歌曲，所有在场的人都流下了眼泪，甚至刽子手也不例外。不过小伙子不是音乐家，无法重新演奏那支曲子，甚至连口哨都吹不准，因此很不幸，这支曲子永远失传了。他一路跑过来，把这个故事告诉两个女人，她们出于感激坚持让他多住几天，在这所房子里吃喝休息，直到他不顾一切飞奔下山时得的疟疾痊愈为止。这是一种奇怪的、有可能致命的疾病，让人备受折磨却没有什么外部症状。

英曼问了那小伙子几个问题，但发现他不知道门罗是谁，也不知道他可能去了哪里，对艾达女伴的情况也无法提供帮助，只是认为她是小提琴手的女儿。小伙子对路线提供了尽可能详细的指点，于是，英曼再次出发上路了。

如此这般，他发现自己又睡在了地上。他躺在火堆旁边，脑子里一片混沌，各种念头来了又去，他无法控制自己的思绪。英曼很担心自己在逆境时崩溃，然而他又疑惑究竟何时有过顺境。他想不出来。他努力调整自己不顺畅的呼吸，使它变得平稳。他认为，要掌控自己的思想，先要掌控自己的肺。然而，他甚至连胸腔的起伏都无法控制，因此他的呼吸和头脑都不由自主地混乱起来。

他认为，艾达会把他从烦恼中拯救出来，洗刷他过去四年经历的一切，她今后有足够的时间完成这一使命。他猜想，想象未来把孙儿抱在膝头的快乐，也许有助于让你的头脑平静下来。然而相信这样的事情当真会发生，却需要对正确秩序的深切信仰。在希望如此匮乏的时代，你将如何实现它？英曼脑海中一个黑暗的声音说，无论你如何渴望它，如何为它祈祷，你永远都不会得到它。你已经被完全摧毁了。恐惧和仇恨像心丝虫①一样，把你的心脏蛀得千疮百孔。在这种时刻，信仰和希望都毫无意义。你已经准备好被埋入地下的墓穴。世间有很多像维齐那样的牧师发誓说，

① 寄生在猫狗心脏中的一种寄生虫。

他们能拯救最为罪孽深重的人的灵魂。他们向杀人犯、盗贼、通奸者，甚至那些被绝望折磨的人提供灵魂的救赎。但是英曼内心黑暗的声音认为，如此大言不惭的吹嘘都是一派谎言。那些人甚至无法将自己从邪恶的生活中拯救出来，他们提供的虚假希望就像所有的毒液一样有毒。人们所能期待的复活只能是像维齐一般，尸体被绳子拖着从坟墓中拉起来。

黑暗的声音所说的也有些是事实。你会在痛苦和愤怒中迷失自己，以至于找不到归来的路。这样的旅程既没有地图，也没有行动指南。英曼心里知道这一点。然而他也知道雪地上有脚印，只要他第二天再次醒来，只要他的脚还迈得动步子，他就会沿着雪地上的足迹前行，无论它们通往何处。

火光渐渐熄灭，他把烧烫的石头滚到地面上，在它们旁边舒展身体沉沉睡去。他被冻醒的时候，天还没有亮，他搂抱着其中较大的那块石头，仿佛这是他的心上人。

天蒙蒙亮他就出发了，目光所及几乎没有任何路径，他只是迎着一片虚空前进。若非跟着原来雪地上的足迹，英曼根本就找不到路。他已经对自己的方向感失去信心，在过去几个月里，他在各种地方都曾迷过路，哪怕两道篱笆把他夹在中间，他都能走错方向。乌云越发低垂。山坡上吹下一阵微风，夹杂的雪珠干燥又细小，几乎称不上是雪花。它们一会儿猛地刮来，刺痛脸颊，一会儿又消失得无影无踪。英曼看着凹下去的足迹，上面的新雪好像被风吹来的沙砾。

他来到一个黑色的池塘边，圆圆的好像地上的坛子盖。池塘边缘结了一圈冰，中央有一只孤独的公鸭在游水，它对周围的动静漠不关心，甚至没有转头看一眼英曼，似乎茫然地目空一切。英曼猜想那只公鸭周围的世界正在缩小，它会一直浮在那里，直到冰牢牢抓住它的蹼。然后，不管它怎样拍打翅膀，还是会被拖向死亡。英曼一开始打算射杀它，起码能在细枝末节上改变它的命运，但假如他这么做了，就非得蹚过水去捉到它不可，因为他痛恨杀死一只动物而不吃掉它的行为。假如他捉住了它，他的禁食行动就会陷入窘境。所以，他留下鸭子独自跟造物主斗争，继续上路了。

那些足迹转而上山时，又开始下雪了。这次是真正的雪花，如蓟花花瓣一般斜斜地飘落，如此密集，让英曼感到头晕目眩。地上的足迹被雪填充，如同曙光一般逐渐消隐。他快步疾走，爬上一道山脊，当足迹开始消失时，他猛地跑了起来。他一路往山下跑啊跑，穿过黑暗的铁杉树林。他看着足迹被填满，边缘变得模糊起来。无论他跑得多快，脚印还是在他眼前消失了，只剩下淡淡的印迹，好像旧伤的疤痕。接着又像是透过窗前的亮光看纸上的水印。最后，大雪铺天盖地，周围一片平坦，没有留下任何痕迹。

大雪依然纷飞，英曼甚至感觉不到小径的走向，但是他继续一路飞奔，等他终于停了下来，黑魆魆的铁杉矗立在他周围，形成了一个无差别的世界。这里没有方向的差异，除了雪落在雪上的声音，一切悄无声息。他估计假如自己躺下，大雪会将他埋葬，当雪融化时，它会洗去他眼中的泪水，终有一日，他的眼睛也会从头颅上消融，皮肤也会从头盖骨上脱落，统统被雪水冲刷而去。

艾达和鲁比睡着了，直到斯托布洛德痛苦的咳嗽把她们吵醒。艾达和衣而眠，醒来时有种奇怪的被马裤缠住双腿的感觉。小木屋寒冷昏暗，炉火烧得只剩下阴燃的木炭。屋外透进来的光线奇怪而刺眼，说明天上还在下雪。鲁比走到斯托布洛德身边，他的嘴角又有一缕鲜血流到衣领上。他的眼睛睁开了，但似乎并不认识她。她把手放在他的额头上，看着艾达说，他在发烧。鲁比走到木屋的角落扯下蜘蛛网，攒了整整一团；然后她在草药袋里翻了翻，拿出两块草根说，快弄些水来，我要熬制一帖新鲜的膏药，敷在他胸口的枪眼上。她走过去把一些木头扔在炭火上，弯腰把火吹得旺起来。

艾达拢起头发，戴上帽子把头发包起来。她拿着罐子来到泉水边，装满水后拿去饮马。它咕咚一声喝干了罐子里的水。然后她在小溪边重新装满一罐水，开始往回走。天空低沉沉的，雪下得很猛烈，她伸出手端着罐子，雪花染白了她的衣袖。一阵风刮了起来，她的衣领被风吹得直拍打着脸颊。

当她快要到达木屋时，山坡上发出一阵轻微的动静，将她的目光引到她们昨天下午进入村庄的地方。是一群野火鸡在雪地里行走，大约十只或十二只，就在山坡上那片光秃秃的树林里。领头的是一只大雄火鸡，羽毛像鸽子一样是银灰色的。它每走一两步，都会停下把喙探进雪里，然后再继续前进。火鸡们朝山上走的时候，身体朝前倾斜，后背几乎跟地面成一条平行线。它们走路的样子很吃力，就像用宽背带运送货物的老年人。野火鸡是纤细瘦长的鸟儿，一点都不像家养的火鸡。

艾达慢慢地从另一边绕回木屋。然后她走进屋内，把水罐放在炉火边上。斯托布洛德安静地躺着，双目紧闭，脸色蜡黄得像冷猪油一般。坐在他身旁的鲁比站起来，忙着去烧水熬制草药。

——山坡上有火鸡。鲁比弯下腰干活的时候，艾达对她说，她正在把草根剥皮切碎。

鲁比抬头看着她说，要是有流油的火鸡腿吃倒也不错。那支双筒猎枪已经装满火药，两根枪管都是。去给我们打一只来。

——我从来都没有开过枪，艾达说。

——这太容易了。扳下击锤，举起枪，把准星对准凹槽，扣动随便哪个扳机，开枪的时候不要眨眼。假如你没打中目标，就扣动另外一个扳机。把枪托抵在肩膀上，否则后坐力会震断你的锁骨。接近它们时要缓慢，因为野火鸡很擅长在你眼前消失。假如你没办法摸近到二十步以内，就不要浪费子弹了。

鲁比开始用刀背在石头上把草根碾碎。但是，艾达一动也没有动，鲁比再次抬起头，看见艾达脸上犹疑的表情。

鲁比说，不要胡思乱想了。最糟糕的结果就是一只火鸡也没打中，世界上没有哪个猎人从未失败过。去吧。

艾达小心翼翼地爬上山坡，她看见那些火鸡在她面前和上方的栗树林里活动，它们顺着风前进，跟雪花飘落的倾斜方向一致。它们似乎不紧不慢地穿过山坡。每当那只灰色的雄火鸡找到一些吃的，它们就一群簇拥过去，在地上啄食起来，然后继续往前跑。

鲁比说最糟糕的情况是打不中，艾达知道那是胡扯。当地很多人都听说过一个故事，关于河下游的一个在战争中死了丈夫的女人。去年冬天，那个女人爬上一棵树，进入狩猎用的树屋时，她的枪掉下去落到地上走了火，把她自己打下树去了。她很幸运还活着，却也从此成了别人的笑柄。那女人掉下来时摔伤了一条腿，后来一直无法正常行走，她的脸颊上留下了两道鹿弹的伤疤，像痘痕一般。

想起那些人笨拙的打猎技术和引起的后果，艾达忧心忡忡地爬上山坡。举在面前的猎枪又长又重，感觉难以保持平衡，好像在她手里颤抖着。她按照火鸡的路线，绕了个圈子走到它们前面等着，但是，它们改变了方向，径直向山顶走去。她跟着它们走了一段时间，亦步亦趋，尽可能蹑手蹑脚，动作和缓。每一步都慢慢落地，让雪掩盖住脚步声。她很庆幸穿着马裤，因为穿着长裙和里面的衬裙，就像拖着棉被穿过树林，根本不可能做到悄无声息。

艾达尽管小心翼翼，却仍担心这些鸟儿会像鲁比所说的那样消失。她的眼睛一直盯着它们，耐心地向它们靠近，最终达到了鲁比指定的距离。火鸡们停下脚步，转动脑袋四处张望着。她站着一动不动，它们没有发现她，只顾在雪地里啄寻食物。艾达心想这是她能等到的最好的射击时机，于是，她慢慢举起枪瞄准那些落在后面的鸟。她开枪了，令她惊异的是有两只火鸡倒下了。其他的火鸡低空飞起，乱作一团，惊恐地扑向山下，向她直冲过来。刹那间，几百磅重的鸟儿们搅乱了她头顶的空气。

它们躲进月桂树丛藏了起来，艾达终于站起来喘了口气。她回想了一下，虽然肩膀感到麻木，但不记得枪托的后坐力了。尽管她此生从未使用过任何一种枪炮，只射出过这一发子弹，但她确实了解了猎枪的动作很轻微，扳机扣动的过程很长，会发出爆裂声，在这个行程中，你很难确定何时会感受到压力和释放。她低头看着枪上的蔓叶雕饰以及同样风格的精致击锤，慢慢松开了还在待击状态的那一个。

艾达走向倒在地上的火鸡，发现是一只母鸡和一只小公鸡。它们的羽毛有金属的色泽，母鸡的一只覆有灰色鳞片的爪子还在雪地里抽搐着。

英曼听见离他不远的地方传来一声枪响。他把勒马特手枪的主击锤拉满，往前走去。他从浓密的铁杉树荫下出来，来到山坡上的一片栗树林，一条湍急的小溪从下面流过。光线幽暗而斑驳，雪花落在栗树之间，使树枝上挂满了冰霜。他往下走进林间，树丛中有一条空隙，两旁是成排的黑色树干，白色的树枝在头顶交错，形成了一个隧道。尽管没有路通往那里，但“隧道”下面依稀有一条小径。然而大雪纷飞，抹去了一切细节。尽管一片昏暗中，英曼只能看清前面的三棵树，但小径的尽头似乎有一个朦胧的光圈，周围环绕着积雪的树枝。他略微松开了紧握着的手枪，枪口对着前方，但没有瞄准特定的地方。他的手指钩住扳机，它跟击锤之间相连的所有金属零件都相碰并且绷紧了，仿佛有一道火花从一处传递到下一处。

他向前走去，很快看见树枝的穹顶下有一个黑影，在一片光亮中朦胧地浮现出来。那人叉开腿站在栗树“隧道”的尽头，发现他以后，用一杆长枪瞄准了他。这个地方如此安静，英曼能听见击锤往后扳时金属的碰撞声。

一名猎人，英曼猜测着。于是，他喊了起来，我迷路了。另外，我们还不了解对方，还没有到互相杀戮的地步。

他慢慢向前走去，首先看见地上并排放着两只火鸡。然后，他认出了艾达美丽的脸庞。她穿着一条古怪的裤子，像个刚成年的男孩。

——艾达·门罗？英曼问道，艾达？

她没有回答，只是望着他。

根据以往的经验，他已经到了不敢相信自己感官的地步。他相信自己的生活已经误入歧途，毫无方向感可言，就像盒盖里的一窝睁不开眼的小狗。他看见的也许不过是光在混乱的大脑中引起的错觉，或者是邪灵附体使他神魂颠倒。甚至那些饱着肚子、思维清晰的人，也会在森林里看见鬼怪。灯火在不可能有火的地方移动；死去很久的人的鬼影在树丛中走动，用逝者的声音说话；骗人的精灵会变化出你最渴望的形象，引诱你不停地走啊走，直到你困在某片地狱般的月桂林中死去。英曼扳动了勒马特手枪的第二个射击霰弹的小击锤。

听见有人喊自己的名字，艾达迷惑起来，把原本对准他胸膛的枪口放低了几英寸。她端详着他，却没有认出来。他像是一个穿着捡来的衣服的乞丐，一个披着破布的十字架。他脸色憔悴，胡子拉碴的脸颊凹陷，帽檐阴影下深陷的眼窝里，黑色的眼睛闪着奇异的光彩，紧紧地盯着她。

他们警惕地站着，间距大约是为决斗者设定的步数。没有英曼想象中的紧紧拥抱，而是全副武装的对峙，武器在他们之间闪着寒光。

英曼仔细看着艾达，想知道这究竟是他自欺欺人，还是鬼怪世界的诡计。她的脸庞比他记忆中更坚毅、更冷酷。他越看越相信这是真的艾达，尽管她的衣装让人出乎意料。假如在过去，他肯定不计后果地开枪了，但现在他决定不计后果地放下武器。他把击锤扳回去，翻开外套，把手枪插在皮带上。他看着她的眼睛，知道那就是她，他被灵魂深处涌起的爱情淹没了。

他不知道该说什么，于是，他就说了在吉卜赛人营地做的那个梦里的话：我一路跋山涉水，就是为了来找你，我再也不会让你离开了。

但是他心里的某些东西阻止他上前把她抱在怀里。让他后退的不只是猎枪。死亡并不是关键。他无法向前走一步。他向上伸出两只空空的手掌，举了起来。

艾达仍然没有认出他。在她的眼里，他似乎是个在暴风雪中迷失的疯子，肩上背着行囊，胡子和帽檐上落满雪花，对眼前出现的任何东西——石头、树木和小溪——都说着狂野而温柔的话语。多半是想割断谁的喉咙，鲁比会这么判断。艾达再次抬起猎枪，假如她扣动扳机，子弹就会把他打开花。

——我不认识你，她说。

英曼听见了，这句话似乎很正确。合情合理，某种程度上也在预料之中。他想，四年来征战在外，现在回到了家乡却不过是一个陌生人。一个流浪汉徘徊在自己的土地上。这就是我为过去四年付出的代价。我和自己渴望得到的一切之间都隔着枪炮。

——是我认错人了，他说。

他转身走开了。前往光明石，看他们是否会接纳他。如果不行，就按照维齐的计划去得克萨斯州，或是更蛮荒的地方——假如真有这样的地方的话。但是，地上没有路可以走。前方只有树木和雪地，和他自己快被大雪覆盖的脚印。

他转向她，再次伸出空空的双手说，要是我知道该往哪里去，我就走了。

也许是他的嗓音、轮廓的角度，又或者是他前臂骨骼的长度、双手皮肤下指关节骨的形状……艾达突然认出了他，或者她以为如此。她放低了枪口，对准只会打断他膝盖的地方。她说出了英曼的名字，他说，是我。

然后，艾达看着他憔悴的脸，认出他不是疯子，而是英曼。他形容枯槁、备受蹂躏、衣衫褴褛、疲惫羸弱，然而，他确实是英曼。他的额头刻着饥饿的印痕，像笼罩着他的一道阴影。他渴望食物、温暖和关怀。从他深陷的眼睛中，她能看到漫长战争的摧残，归乡之路的艰辛跋涉将他的大脑涤荡一空，将他的心灵囚禁在肋骨的牢房中。她眼中涌出了泪水，但她眨了一下眼睛，泪水便不见了。她把枪口垂向地面，放松了击锤。

——你跟我来，她说。

她抓住两只火鸡的脚，胸对胸拎了起来，火鸡的翅膀张开，鸡头扑通一声落下，长脖子缠绕在一起，仿佛某种奇怪而颠倒的求爱方式。她把枪扛在肩头走开了，枪托朝后，举起的左手松散地抓住枪管。英曼跟在她后面，他疲惫不堪，甚至没想到替她分担一些重负。

他们迂回地穿过栗树林走下山坡，很快看见小溪和长满青苔的巨石，还有下面远处的村庄，鲁比的木屋烟囱中升起袅袅炊烟。烟的味道在树林中弥漫。

他们走路时，艾达跟英曼说话的语气，就像她曾听到鲁比在马受惊时跟马说话的声音。言辞并不重要，你可以说任何话。以最寻常的方式推测天气，或背诵《古舟子咏》① 中的诗句，这些都没有什么区别。所需要的只是平静的语气，使人放松的同伴的声音。

因此，艾达聊起了最先进入脑海的事情。她描述了眼前的景物特征。她自己穿着黑色的猎人服，带着野味穿过树林下山，回到青山环绕的村庄里炊烟袅袅的临时营地。

——只差地上的篝火和几个人就能构成《雪中猎人》② 了，艾达说。她不停地说着，回忆起多年前她跟门罗在欧洲旅行时看到这幅画的感想。他不喜欢这幅画的任何一点，认为它过于朴实无华，色彩过于素净，除了这个世界，没有描绘出更多的东西。门罗的观点是，没有一个意大利人会有兴趣画这样一幅画。然而艾达却被深深吸引，并绕着画逗留了良久，但她最终还是缺乏勇气说出自己的感受，因为她喜欢这幅画的理由，恰恰跟门罗表达不欣赏的理由完全相同。

英曼的思绪太混乱，以至于无法完全理解她的话，只知道她提起门罗时，语气仿佛他已经不在人世了，而且她的头脑中似乎有明确的归宿，她的语气仿佛在说：现在我知道的比你多，并且我知道一切都会好起来的。

---

① 英国诗人柯勒律治（1772—1834）的著名诗作，讲述了一位古代水手在航海中故意杀死一只信天翁后受到诅咒的故事。

② 荷兰画家勃鲁盖尔（1525—1569）创作于 1565 年的作品，描绘了冬季大雪中的农民生活场景。

脱离困境

跳跃的炉火使木屋温暖而明亮，门紧闭着，不知道外面是早晨还是夜晚。鲁比煮了咖啡。艾达和英曼坐在那里喝着，靠得离炉火很近，外套上融化的雪在他们周围蒸发成一团雾气。大家都沉默寡言，这里有四个人，显得地方很小。鲁比盛了一碗玉米粥，当早餐放在英曼旁边的地上，此外几乎对他视而不见。

斯托布洛德恢复了部分知觉，起身把脑袋摇来摇去。他睁开眼睛，眸子里有种困惑和痛苦的神情。然后就又躺下不动了。

——他不知道自己在哪里，艾达说。

——他哪会知道？鲁比说。

斯托布洛德闭着眼睛，自言自语地说，那时候有那么多音乐。

他低下头再次昏睡过去。鲁比走到他身边，卷起袖子把手腕放在他的额头上。

——又湿又冷，她说，或许是好事，或许是坏事。

英曼看着那碗玉米粥，犹豫是否要把它端起来。他把咖啡杯放在旁边，使劲想接下去该做些什么。但他太疲倦了，加上炉火的温暖，让他几乎无法睁开眼睛。他的脑袋垂下去又抬起来，要很努力才能把目光集中在一点上。他想要做的事情太多了，但他首先需要的是睡眠。

——那人看上去精疲力竭了，鲁比说。

艾达折起一条毯子，给他搭了一个地铺。她把他拉到那里，想帮他解开靴子的系带和外套，但他不愿意。他伸开手脚，穿着衣服睡着了。

艾达和鲁比烧旺了火，让两个男人躺在那里睡觉。英曼和斯托布洛德入眠后，雪不停地落啊落，女人们在寒冷中花了一个小时，几乎一言不发地拾柴火，清理出另外一间木屋，砍下冷杉树枝修补旧树皮屋瓦上的小缺口。这幢木屋的地板上到处都是死虫子，膨胀后干掉了，它们在脚下爆裂、吱嘎作响，都是一些很久以前生活在木屋里的虫子。艾达用一根雪松枝把它们扫出门去。

在地板上零乱的杂物中，她发现了一个旧的木质大口杯，或者更像一只碗，说不清是什么形状。木头干裂了一道豁口，缝隙用蜂蜡补上了，修补处又脆又硬。她看着木头的纹理，心想，这是山茱萸。她在脑海中勾勒着木碗的制作、使用和修补的过程，决定把它留作纪念品以怀念逝去的一切。

木屋的墙上有个小壁龛，是一个在木墙上凿出来的架子。她把木碗放在那里，就像世界上其他地方的人把神像或动物图腾小木雕供奉起来。

木屋打扫干净，屋顶也修好后，她们便把门靠在原来的地方，用雪地里找到的各种树枝在炉子里烧起炽热的火。炉火燃烧的时候，她们用铁杉的树枝搭了一个很厚的床铺，把被子铺在上面。然后，她们清理干净火鸡，拔去鸡毛，把内脏堆在一大块弯曲的树皮里，那是从一棵倒下的栗树上剥下来的。艾达把树皮连同里面的东西一起扔在溪边的一棵树后，在雪地里形成丑陋的粉色和灰色的一堆。

后来，炉火烧成了一堆木炭，她们添上青色的山核桃树枝，让它冒出烟来，把拾掇好的火鸡穿在削尖的木棍上，用慢火烤了一整天，看着鸡皮慢慢变成红褐色。木屋里温暖又昏暗，充满了山核桃木的烟味和烤火鸡的香味。风刮起来，雪透过屋顶上修补的地方洒下来，落在她们身边融化了。很长一段时间，她们就在火边坐着，两个人都不说话，也很少走动，只有鲁比有时走出去，给男人们的火炉里添柴，再把手腕放在斯托布洛德的额头上。

天色开始暗下来，鲁比挺直身体坐在火炉边上，两个膝盖分开，双手放在膝头。她把一条毯子裹在身上，大腿的地方裹得紧紧的，平整得好像床单一样。她用小刀把一根山核桃木嫩枝削得很尖，然后急躁地用这根木棍戳着火鸡，直到刺破的鸡皮里流出汤汁，滴落在木炭上发出嗞嗞的声音。

——怎么啦？艾达问。

鲁比说，我今天早晨看见你跟他在一起，我就一直在想着这件事。

——关于他？艾达问。

——是你。

——我怎么啦？

——我一直想知道你在想什么，但我想不出来。所以我就有话直说。没有他，我们也一样能过日子。你也许会认为我们不行，但我们可以。我们才刚刚开始。这个山谷要变成什么样子，我心里有谱。我也知道需要做些什么才能实现这个愿景。无论是庄稼和牲畜，还是土地和建筑，都要花费很长时间经营。但是，我知道该怎样才能做好。无论战争还是和平，没有我们自己不能做完的事情。你不需要他。

艾达看着炉火。她拍了拍鲁比的手背，然后从鲁比的膝头拉起她的手，使劲用拇指搓着她的手掌，直到能感觉到皮肤下的筋脉。她取下自己的一枚戒指，戴在鲁比手上，侧向炉火凝视着它。白金底座上镶嵌着一大颗祖母绿宝石，周围镶着一圈小红宝石。这是几年前门罗给她的圣诞节礼物。艾达示意把戒指留在那里，但鲁比把它摘了下来，生硬地套回艾达的手指上。

——你不需要他，鲁比说。

——我知道我不需要他，艾达说，但我认为我想要他。

——哦，那就是另外一回事了。

艾达停顿了一下，不知道接下去该说什么，心里却翻江倒海起来。从前她的生活中难以想象的事情，突然似乎可能实现了，而且似乎变成了必需的。她想，英曼已经孤独很久了，一个流浪汉。没有人类的爱抚，没有充满爱的手轻柔而温暖地放在他的肩头、后背和腿上。她自己也同样如此。

——我肯定不想要的是，她最后大声说，在新世纪的某一天，发现自已成了一个痛苦的老太婆，回首往事时，后悔自己当初没有鼓起勇气。

英曼醒来时，天已经黑了。炉火烧成了灰烬，在小屋内发出微弱的光。他没办法知道夜有多深，有一会儿甚至不记得自己身处何方。他很久没有两次睡在同一个地方了，因此不得不静静地躺在那里，努力回忆几天来发生了什么事情，以及自己如何睡到了这张床上。他坐了起来，拗断几根树枝扔在木炭上，吹到火焰重新明亮起来，把影子投在墙壁上。这时，他才能确定自己所处的地理位置。

英曼听见吸气的声音，带着痰涎的喉音。他扭过头去，看见斯托布洛德躺在床上，睁着的眼睛在火光中乌黑发亮。英曼努力回想这个男人是谁。有人告诉过他，但他想不起来了。

斯托布洛德动了动嘴，发出了咕噜噜的声音。他看着英曼说，有水吗？

英曼四处张望，没有看见提桶或者水壶。他站起来，用手搓了搓脸，捋了捋头发。

——我去给你弄点喝的，他说。

他走到自己的背包那里，拿出水瓶晃了晃，发现里面是空的。他把手枪放进挎包，把包的背带挎在肩头。

——我马上就回来，他说。

他把门从过道里挪走。外面是黑夜，雪被风刮了进来。

英曼转身说，她们去哪里了？

斯托布洛德双目紧闭躺着。他没有费神回答，露在毯子外面的一只手的食指和中指轻微地抽搐了两下。

英曼走出去，把门放回原来的地方，站着等眼睛适应黑暗。空气中弥漫着寒冷和雪的味道，就像削成碎屑的金属。还有木材燃烧的烟味和湿漉漉的溪石的潮气。当他能看清道路的时候，英曼便向水流走去。在他走过的地方积雪已经到膝盖那么深。溪水看上去一片漆黑，一眼望不到底，仿佛一条直通地心深处的裂缝。他蹲下来将瓶子灌满，溪水流过他的手和手腕，感觉比空气温暖许多。

他开始往回走，看见黄色的火光从他刚才睡觉的木屋的缝隙中透出来。小溪下游较远处的另一间木屋也有火光。他闻到了烤肉的香味，一阵强烈的饥饿感突然向他袭来。

英曼回到屋内，扶起斯托布洛德，把水滴进他的嘴里。斯托布洛德用胳膊撑起身体，从英曼拿着的瓶子里喝着，直到呛了一口并咳嗽起来，咳完后又继续喝水。他昂起头，张开嘴巴，脖子伸长，食道蠕动着把水咽下去。他的头发竖起，胡须蓬乱，眼神茫然，这模样让英曼想起刚破壳的雏鸟，它们同样有种脆弱而惊人的求生意愿。

他以前曾见过这种渴望，也曾见过相反的对死的渴望。人们受伤的方式各不相同。最近几年，英曼见到过的挨枪子的人如此之多，似乎中弹与不中弹一样正常，仿佛这是世间的一种自然现象。他见过人体的各种部位被枪弹击中，也见过中弹后的众生相，有人立刻死亡，也有人痛苦地号叫，在莫尔文希尔还有个右手被打得粉碎的人，一边满手滴血，一边站着狂笑，他知道自己不会死，然而从此不能扣动扳机了。

英曼不知道斯托布洛德的命运会怎样，从他的脸色和伤口的情况都无法判断——据他观察，伤口干燥并且用蜘蛛网和草根屑包扎了起来。斯托布洛德摸上去滚烫，但是英曼早就不再试图预测中枪的人是否会活下来了。以他的经验，重伤有时会痊愈，小伤倒有时会溃烂，任何伤口都可能表皮愈合，却继续侵蚀一个人的内脏，直到将他吞噬。跟生活中大部分事情一样，其中的缘故毫无逻辑可言。

英曼把火烧旺，待木屋变得明亮温暖起来，他便留下斯托布洛德在屋里睡觉，自己走到屋外。他沿着自己的足迹再次走到小溪边，掬起一捧水洗了洗脸。他从山毛榉树上折下一根枝条，用拇指指甲把它的末梢磨软后刷了牙齿。随后，他走向另外那座有亮光的木屋。他站在门外听着，但听不见任何说话的声音。空气中弥漫着烤火鸡的香味。

英曼问道，有人吗？

他等待着，没有人回答，他便又问了一声。然后，他敲了敲门。鲁比把门挪开手掌宽的一条缝，向外张望着。

——哦，她说，仿佛她以为门外还能有其他什么人。

——我醒了，他说，我不知道自己睡了多久。屋里的那个人想要喝水，我给他弄了一些。

——你睡了十二小时，或者更久，鲁比说。她把门移开，让他进来。

艾达盘腿坐在火边的地上，英曼进来时，她抬起头看他。黄色的火光映照在她的脸庞上，她的黑发披散在肩头。英曼觉得，她是世上所能见到的最标致的女人，他一瞬间被震慑住了。她看上去如此美丽，他觉得脸开始发烧，便用指关节按在眼睛下方。他有些不知所措，除了摘下帽子，他不知道如今还有什么礼节是适宜的。在暴风雪中的印第安人木屋内，似乎不该拘泥什么繁文缛节。他想自己也许该走过去坐在她的身边。

但是在他打定主意并把挎包放在角落里之前，她便站起来走到他的面前，做了一件他知道自己永远无法忘怀的事。她把一只手伸到他的背后，掌心贴在他的腰部，另一只手按在他裤腰上面的腹部。

——你摸起来感觉那么瘦，她说。

英曼不知该如何作答，无论如何他今后都会懊悔词不达意的。

艾达把手放开说，你最后一次吃东西是什么时候?

英曼往回数了一下。三天，他说，或者四天。我想是四天。

——哦，那么你肯定很饿，顾不上讲究烹饪了。

鲁比已经把一只火鸡的肉撕了下来，骨架放在火上的大锅里，给斯托布洛德熬汤。艾达让英曼在炉边坐下，递给他一盘撕下来的火鸡肉，让他先慢慢啃着。鲁比跪在地上，专心致志地照管着那口锅。她拿着搅粥棒从汤上撇去灰色的浮沫，那是她下午用一根白杨树枝削的，由于缺少她需要的山茱萸，所以只能将就一下。她把浮沫甩进火里，发出滋滋的声音。

英曼吃火鸡肉时，艾达着手做一顿真正的晚餐。她把晒干的苹果圈放进水里，在浸泡它们的同时，用一条肥肉熬出猪油，把吃剩的玉米糊炸成楔形的面饼。等面饼炸脆、边缘变成褐色，她便把玉米饼盛出来，把苹果放进煎锅翻炒一下。她盘腿而坐，俯身专心烹饪食物。然后她侧过身来，一条腿伸直，另一条腿弯曲着。英曼饶有兴趣地看着，他还不习惯她穿马裤的样子，而她因此可以自由摆出的各种姿势，仿佛在撩拨他的心弦。

艾达做出了一盘油汪汪的棕色的食物，散发着柴火和猪油的香味，正是即将到来的冬至所需要的那种食物，给稍纵即逝的白昼和漫漫长夜带来安慰。英曼狼吞虎咽起来，正是他那样饥肠辘辘的人应有的样子，然后他停下来说，你们不吃一些吗?

——我们刚才吃过晚饭了，艾达说。

英曼不再说话，继续吃东西。不一会儿，鲁比估计火鸡骨架所有的精华都已熬进溪水里了。她用较小的罐子盛了半罐汤。肉汤里含有野鸟的生命，油腻而浓郁，颜色就像在干锅里烤过的坚果。

——我去看看能否让他喝点汤，她说。

她拎着罐子的把手向门口走去。她出门前停下说，是时候给伤口换药了，而且我要陪他坐一会儿。也就是说，我会离开一阵子。

鲁比走后，木屋显得更小了，四壁似乎有压迫感。两人都想不出太多话来，所有针对年轻男女独处一室的古老非议纷至沓来，让他们感到颇为尴尬。艾达告诉自己，查尔斯顿这种总有一群老妇人要煞费苦心地履行监护职责的地方，也许是虚构出来的，跟她现在生活的世界只有微乎其微的关系，就像阿卡迪亚①或者普洛斯彼罗②的小岛。

英曼为了避免沉默，开始称赞起这些食物来，仿佛正在参加礼拜天的晚宴。但是他刚开始赞美火鸡就闭嘴了，感到自己有些愚蠢。刹那间，各种渴望涌上他的心头，他担心假如自己不闭嘴，并将思维引向更好的方向，一大堆吓人的话就要喷薄而出了。

他站起来走向背袋，拿出巴特拉姆的书给艾达看，仿佛这能证明什么。书是卷起来的，外边用脏绳子扎了个蝴蝶结，经过好几个月来反复的日晒雨淋，看上去污秽古旧得足以包含一个失落文明的所有知识。他告诉她，这本书如何支撑他走完这段旅途，以及在许多个夜晚，他如何孤独地

① 古希腊神话中的世外桃源，位于伯罗奔尼撒半岛。
② 莎士比亚戏剧《暴风雨》中的人物，被篡位后漂流到一个岛上。

在露营地的火光下读它。艾达没有看过，英曼便向她描述这本书，称其关注了他们身处的这部分世界，以及其中所有重要的东西。他告诉她自己认为这本书近乎神圣，它的内涵如此丰富，哪怕只是随意翻看，并且仅读书中某一句话，也肯定会获益匪浅、心生愉悦。

为了证明自己的观点，他拉开了蝴蝶结的一端，打开那本没有封面的柔软的书。他用手指着一句话，这句话跟往常一样从描述爬山开始，然后洋洋洒洒写了大半页纸。他一大声念出来，就迫不及待地盼着快点念到句号，因为文字似乎都与性有关，他的嗓音变得嘶哑，脸差点涨得通红。句子是这样的：

> 到达顶峰后，我们欣赏了最令人陶醉的景色；一大片碧绿的草地和草莓田；蜿蜒的小河回环曲折地流淌，在每个转弯处向长满绿草的鼓起的小山丘致意，山丘上装点着姿态各异的鲜花和果实累累的草莓地；一队队的火鸡在上面漫步；一群群的鹿在草地上欢腾，在山丘间跳跃；年轻、天真的切罗基少女们结伴而行，有些忙着采集芬芳馥郁的果实，有些篮子已经装满，便斜倚在木兰、杜鹃、山梅、芳香的夏蜡梅、甜美的黄茉莉和天蓝色的紫藤的天然凉亭下，繁花盛开吐着芬芳，少女们在微风吹拂下展露着她们的美丽，在冰凉的湍急的溪流中沐浴她们的手足；与此同时，那些更欢快、更放荡不羁的姑娘还在采摘草莓，或者嬉闹地追逐她们的伙伴，挑逗着她们，用馥郁的果实染红她们的嘴唇和脸颊。

他读完后，安静地坐着。

艾达说，都是这样的描写吗？

——绝对不是，英曼说。

他所希望的是，跟艾达一起躺在铁杉床上，紧紧地拥抱着她，就像巴特拉姆显然渴望跟少女们一起躺在她们的凉亭下。然而，英曼却卷起了书，放到墙上的壁龛里，跟那只木碗放在一起。他开始把炊具收拾起来。

他站在那里，臂弯抱着一堆互相碰撞的碗碟。

——我去把这些洗干净，他说。

他走到门口后回头看了一眼，艾达坐在那里没有动，双目凝视着炭火。英曼顺着山坡走向黑色的小溪，蹲下身，从河床上捞起沙子擦洗每件炊具。降雪的速度一点都没有减缓。雪不停地落下，甚至溪水里的石头都戴上了高高的顶髻。英曼呼出的白雾漫过了雪花，他使劲想该做些什么。他还需要超过十二个小时的睡眠和一顿丰盛的晚餐才能恢复精力，但他现在起码能够理清思路了。他知道自己最需要的是摆脱孤独。他已经不再为踽踽独行、孤独寂寥感到自豪了。

他的腹背依然能感受到艾达手掌的重量。当他蹲在冷山的黑影下，这深情的触摸似乎就是尘世生活的关键。无论他有些什么话要说，跟放在他身上那双手相比，都微不足道。

英曼重新回到木屋，他打定主意要走到艾达身边，把一只手放在她的脖子上，另一只手放在她的腰部，把她拉向自己，清楚表达出自己所有的渴望。但是当他把门放回原来的地方，火炉的暖意向他袭来，他的手指便不由得蜷了起来。它们被沙子擦得生疼，被冷水冻得僵硬，姿势就像他在海岸边服役时看到的蓝蟹钳子。那些噩梦般的生物冲着整个世界挥舞着粗砺的武器，甚至连同类也不放过。他低头看着盘子、刀叉、罐子和煎锅，看见上面依然有一层白色的凝脂。所以他算是白费工夫了，还不如待在屋里，把炊具朝下放在炭火上烤干净。

艾达抬头看着他，他看到她深吸了两口气，然后移开了视线。他可以从她脸上的神情猜出，她鼓起了全部的勇气才伸手抚摸他，把他放在她的两手之间。她从前不会做出这样亲密的举动。他知道这一点。她进入了一个新的境地，这里盛行的规矩跟她从前所熟悉的完全不同。但他是那个在八月份写下那些话的人，现在他背负着将该说的话说出来的重担。

英曼放下手中的东西，向她走去。他坐在她的身后，手掌互相摩擦着，然后摩擦着他的大腿。他叉起胳膊，紧抱双手，然后把手紧贴在身侧。然后他伸出手绕过她，向着火焰张开双手，把手腕和前臂内侧压在她的肩头。

——我在医院的时候，你给我写过信吗？他说。

——写过几封，她说。夏天写过两封信，秋天写过一张便条。但是你走了以后，我才知道你在那里。所以开头两封信寄到了弗吉尼亚州。

——我都没收到，他说，告诉我信里写了什么。

艾达概括了一下这些信，不过跟原来的信件不完全一样，她根据目前的状况对它们进行了修改。生活中很少有机会改写哪怕一点点过去的事情，所以她尽量抓住这个机会。经过修改之后，这些信件比原件更令他们满意。它们更详尽地展示了她的生活细节，情感更充沛，表达更确切、更直接。总的来说，内容更丰富了。然而她没有提起那张便条。

——我真希望自己收到了它们，她说完后英曼说。他想说那会使他更容易熬过那些糟糕的日子，但他此刻不想说起那家医院。

他把手伸向温暖的火炉，想着它被弃置在黑暗和寒冷中度过了多少个冬天。他说，这个炉子有二十六年没有生过火了。

这给了他们一个话题。有一段时间，他们轻松地坐在一起聊天，如同其他身处昔日遗迹中的人们那样，不可避免地有一种漫长的光阴已逝、我们的时光却短暂的感觉。他们想象着往日的火焰在炉中燃烧的情景，给想象中坐在前面的人物分派角色。一个切罗基家庭，母亲、父亲、孩子们，还有一位老奶奶。他们赋予这些人物或悲或喜的独特个性，以适应他们编造的故事。英曼杜撰出来的一个男孩颇像斯温莫，古怪又神秘。给想象中的家庭虚构出他们就算拼命努力也无法企及的完美生活，这令他们感到十分满足。在他们的家庭故事中，艾达和英曼让他们预感到自己的世界末日来临。尽管每个时代的人都认为世界处于危险之中，临近黑暗的边缘，然而艾达和英曼却怀疑，历史上任何时期的末日感都不像当时那样迫在眉睫。那些人的恐惧是明白无疑的。即使他们躲藏在这里，那个更广阔的世界还是发现了他们，将其全部的重量倾倒在他们身上。

他们讲完后，便安静地坐了一会儿。其他人曾在此展开生活又消失不见，他们对占据着这个空间感到有些心神不宁。

过了一会儿，英曼告诉她，他在归家的途中一直盼望着她能接纳并且嫁给他。这一切占据了他的头脑，并出现在他的梦境里。但此刻，他说道，他无法要求她对自己作出这样的承诺，因为他知道自己内心混乱不堪。

——我无可救药，这就是我所害怕的，他说。假如真是这样的话，我们很快就会变得不幸而痛苦。

艾达扭过头向他望去。他已经热得解开了领扣，在他的脖子上有一道泛白的伤疤。其他的伤痛在他的面容和眼神中，他似乎也不愿与她四目相对。

她又把头转回去。她的想法是，自然界存在各种各样的疗法。它的每一个角落和裂隙似乎都充满了药物和滋补品，可以用来包扎外部的创伤，连最隐蔽的草根和蛛网都能派上用场。还有内在的精神可以从伤口的背面愈合顽固的血痂。然而无论如何你都要努力，如果你对它们过多怀疑的话，那么两者都会失败。至少，她从鲁比那里得出了这个结论。

最后，她没有看他，只是说，我知道人们是可以痊愈的。并不是所有人，有些人比其他人康复得更快。既然有些人可以痊愈，我看不出来你为什么不能。

——我为什么不能？英曼说，仿佛在思考这个想法。

他缩回正在烤火取暖的手，用指尖触摸着脸颊，看它们是否仍像冰锥一样冷。他发现手指出乎意料地温暖，根本不像武器的一个部件。他伸向艾达松散地披在背后的黑发，用手拢起粗粗的一把。他用一只手把头发撩起来，另一只手的指尖抚摸着她脖子到肩部之间窝下去的地方细小的卷发。他俯下身去，把嘴唇印在她脖子的浅窝处。他放开头发让它落回原处，亲吻着她的头顶，嗅着记忆中熟悉的她头发的气味。他重新直起身体，把她拉到怀里，她的腰贴着他的腹部，她的肩膀挨着他的胸膛。

她把头依偎在他的颔下，他能感觉到她的重量落在了他身上。他紧紧拥抱她，心里话几乎语无伦次地涌出。这一次，他没有努力闭上嘴，把话咽回去。他告诉她，当年她坐在教堂长凳上时，他第一次望着她的脖子后面。从此之后，那种感觉一直缠绕着他。他告诉她，从那时到现在有多少年华已经虚掷了。漫长的光阴早已流逝。他说，去想这些年本可以过得多好是毫无意义的。这些年他过得再糟糕不过了，如今再也无法挽回。你可以没完没了地哀悼逝去的岁月，懊恼遭到的损失。凭吊死去的人，悲叹失去的自我。然而名言古训告诉我们不要继续沉溺于悲伤。那些老人家通达世情，能告诉我们一些真理，英曼说，你可以悲伤到心都碎了，到头来却依然待在原地不动。你的悲伤改变不了任何事情，你失去的一切不会回到你身边，它们就是永远失去了，你只会留下标志着虚空的伤痕。你能选择的只有继续前行，还是放弃。但是假如你继续前行，你要清楚地认识到伤疤会一直跟随着你。话虽如此，在那些虚度的岁月中，他在心里一直希望能亲吻她的后颈，现在他实现了这个愿望。延迟了如此之久的渴望，如今完全得到了满足，他相信这意味着某种救赎。

艾达不太记得那个礼拜天了，那只是许多礼拜天中的一个。她没有什么可以补充他那一天的回忆，从而使之成为一段共同的记忆。但她知道英曼这么说是以自己的方式回报他进入木屋时她的抚摸。她把手伸到脑后，从肩头拢起秀发露出脖子，用手腕把头发抵在后脑勺上。她把头稍微前倾。

——再来一次，她说。

但是在英曼准备行动之前，门口响了一声。等鲁比把门从门框挪开，把脑袋探进来时，艾达已经重新坐好，她的头发也落下来重新披在肩头。鲁比打量着两人，他俩显得很尴尬，他坐在她身后的姿势十分古怪。

——你想让我回到外面去咳嗽一声吗？她说。

没有人回答。鲁比关上门，把罐子放在地上。她掸落外套上的雪，在腿上拍打着帽子。

——他现在烧退了一些，鲁比说。但这说明不了什么问题，总是退了又烧，烧了又退。

鲁比看着英曼。她说，我砍了一些树枝，搭了一张更像样的床，比用毯子搭的地铺强多了。她停顿了一下补充道，我猜有人会需要它的。

艾达捡起了一根木棍，伸进火里把木棍点着。你去吧，她对英曼说，我知道你累了。

然而，英曼尽管很累，却仍辗转难眠。斯托布洛德打着鼾，咕哝着哼一首愚蠢的小提琴曲的副歌，英曼努力分辨，歌词就是这样几句：猴子爬得越高，就会露出越多它的呀—嗒—哒哒—啦—嗒—嘀—哒。英曼听过人们受重伤陷入昏迷时说的各种各样的呓语，从祈祷到诅咒无奇不有。但这应该是愚蠢之最。

偶尔安静的间隙，英曼努力想夜晚的哪个部分更令人愉快。是艾达的手放在他腹部，还是鲁比开门前她提的那个要求。他还没有想出答案，就已经迷迷糊糊睡去。

艾达也很长时间难以入眠，思绪万千。区区四年，英曼看上去老了太多，而且他如此瘦削、阴郁和内敛。她随即想起，自己现在又黑又瘦，皮糙肉厚的，应该担心从此失去美貌。然后她想到，你日复一日地生活下去，最后你终将变成另外一个人，你从前的自己就像一个近亲，一个兄弟姐妹，和你分享同一个过去。然而，那是一个不同的人，一种不同的人生。她和英曼肯定已不再是上一次在一起的他俩。她相信，也许她更喜欢彼此现在的样子。

鲁比在她的床上折腾着，翻了个身，安静一会儿，又翻个身。她坐起来，沮丧地吁了口气。我睡不着，她说，我知道你也醒着，在那里想谈恋爱的事。

——我醒着，艾达说。

——我睡不着是因为我在想，假如他活下来，我该跟他怎么相处，鲁比说。

——跟英曼？艾达困惑地问。

——跟爸爸。像这样的伤口痊愈起来很慢。据我对他的了解，他会长期赖在床上。我想不出该拿他怎么办。

——我们把他带回家，好好照顾就行了，艾达说。他伤成那样，没有人会来找他的。至少他们不会很快就找上门来，而这场战争总有一天会结束的。

——我欠你的情，鲁比说。

——你以前从来没有欠过谁的情，艾达说，我不在乎成为第一个。只要说声谢谢就可以了。

——谢谢，鲁比说。

她沉默了一会儿，然后说，我小的时候，在很多个独自待在木屋里的夜晚，我都希望自己能把他的那把小提琴带到山顶扔掉，让风把它刮走。在我的脑海中，我会看着它远去，直到变成一粒灰尘，然后，我会想象它落在河里的石头上摔得粉碎时发出的甜美的声音。

第二天黎明，天灰蒙蒙的，更加寒冷了。雪下得没那么大了，空中飘落的不再是大片的雪花，雪柔软而细腻，仿佛磨盘间落下的玉米粉。他们都睡到很晚，英曼在女人们的木屋里吃了早饭，是里面有碎肉的火鸡汤。

上午晚些时候，艾达和英曼给马喂了食物和水，然后一起去打猎。他们希望打到更多的鸟，假如运气特别好的话，或许能够打到一头鹿。他们走上山去，却发现林中没有什么动静，甚至厚厚的雪上也没有动物的足迹。他们穿过栗树林，往上进入冷杉林，再爬上山梁。他们沿着弯曲的山脊线走着。山上依然没有猎物，只有几只松鼠在高高的冷杉枝头吱吱叫着。即使能打中一只，也不过是一口灰色的肉，所以他们便不去浪费子弹了。

他们最后来到山崖上一块平坦的石头旁，英曼把上面的雪拂去，他们盘腿坐着，脸对脸，膝碰膝，英曼把背包里的防潮布披在两人的头顶，像帐篷一样遮住他们的身体。透过布料的光线是昏暗的棕色。英曼从背袋里拿出核桃，用一块拳头大的石头敲碎，他们取出核桃肉吃了起来。他们吃完后，他把手放在艾达的肩膀上，身体前倾，用自己的额头去碰她的额头。有一段时间，只有雪落在防潮布上的声音打破寂静，但是过了一会儿，艾达开始说起话来。

她想要告诉他，自己是如何变成现在这个样子。她跟过去判若两人了，他应该知道。她诉说着门罗的去世，他在雨中的面容和潮湿的山茱萸花瓣。她告诉英曼，她为何决定不再回到查尔斯顿，她诉说着那个夏天，还有关于鲁比的一切。她讲述了天气、动植物，以及所有她开始了解的事情。生命的一切形态。你能通过观察它们构建自己的生活。她对门罗的思念依然难以言表，她给英曼讲了他的许多辉煌事迹。但她也讲了一件糟糕的事，那就是他一直试图把她当成孩子，不让她长大，而她从没有反抗，因此他在很大程度上是成功的。

——你需要知道一些关于鲁比的事情，艾达说。无论你我之间处得怎么样，我希望她待在布莱克谷，她愿意待多久都行。假如她永远不离开，我会很高兴的，假如她走了的话，我会为她的离去感到悲伤。

——问题是她能不能学会容忍我的存在呢，英曼说。

——我想她可以的，艾达说，只要你能理解她既不是仆人，也不是雇工。她是我的朋友。她不接受差遣，只倒自己的夜壶。

他们离开那块石头继续打猎，向下走进一片潮湿的沼泽地，那里充满了银河叶的气味，然后穿过星罗棋布的纠缠在一起的月桂树丛，往下走到一条窄窄的溪流边。他们绕过一棵被风吹倒后横亘在林地上的铁杉，裸露在空气中的树根就像房子的山墙那样高，离地好几英尺高的地方，树根紧紧抓着比威士忌酒桶还大的石块。在那个山谷里，艾达发现了一丛白毛茛，鸭蹼状的叶子枯萎了，但仍可以辨认出来，它们长在一棵白杨的背风处，从薄薄的积雪中探出来。那棵白杨如此巨大，树干需要五个人手拉手围成一圈才能合抱。

——鲁比需要给她父亲用白毛茛，艾达说。

她跪在那棵树前，用手挖出那些植物。英曼站在旁边看着。这个场面十分朴素，只有一个女人跪着在地里挖掘，一个高个子男人站在那里观望着，等待着。要不是他们的服装，这可能发生在任何时间和地点，几乎没有什么特征可以标志时代。艾达敲掉苍白的草根上的泥土，把它们放进口袋里。

她站起来的时候发现了白杨上的那支箭。艾达的眼睛差点碰到它，本来以为是一根折断的细枝，因为露在外面的不是箭羽，而是一截箭杆。箭杆的木头部分腐烂了，但蹄筋依然把它牢牢地绑在箭头上。灰色的燧石箭头被凿成光滑的铲形，是手工制品所能达到的最完美的对称形状。箭头有一英寸多深埋入树干，部分是因为树木贴着它长出了伤疤。但从裸露在外面的部分足以看出这个箭头又宽又长，不是那种射鸟的小箭。艾达伸手指着它，以引起英曼的注意。

——这是射鹿的箭，英曼说，或者是杀人用的。

他用舌头舔湿了拇指尖，摸了一下露在外面的箭头锋利的边缘，就像检查折刀有没有磨好一样。

——还能用来切肉呢，他说。

夏末耕作的时候，艾达和鲁比翻出过无数射鸟箭头和石刀，但这个对她来说似乎有些特别，所处的位置使它仿佛仍有生命力。艾达后退了几步，从远处观察它。总而言之，它依然是个小物件。一支一百年前没有射中目标的箭。也许是更多年前；很久以前；或者假如人们换一种角度来看，也可以说是不久以前。艾达走到树前，把一根手指放在箭杆末梢，试着晃了一下。纹丝不动。

这支箭完全可以被当作历史遗迹摆进相框，它是另一个世界的碎片。艾达做了类似的事情，她把它看作已经消逝的事物之一。

但是，在英曼看来并不完全是这么回事。他说，某个人饿了。然后他开始猜测，箭没射中目标是因为缺乏技巧？出于绝望？风向偏移？光线太暗？

——你记住这个地方，他对艾达说。

英曼接着提议，他们此生要不时重访这个地方，观察箭杆腐烂的程度，燧石箭尖周围青色白杨木的生长情况。他描绘了未来的情景：他和艾达弯腰驼背、头发灰白，在某个光辉灿烂的未来世界——他甚至无法想象出这个世界的主要特征——把孩子们带到这棵树前。到那时，箭杆已经掉落下来消失了。这棵白杨会变得更加粗壮，并把那块燧石整个裹了起来。

除了树皮上一条伤疤的裂痕，什么都看不见。

英曼想象不出他们会是谁的孩子，但那些孩子会站在那里，入迷地看着两位老人用小刀割开柔软的白杨木，挖出一小块新木头，然后突然之间，孩子们看见那块燧石锋刃，仿佛它是被魔法召唤出来的。在英曼的想象中，它是一件用途明确的小艺术品。尽管艾达无法充分想象如此遥远的未来，但她还是能想象出那些小脸蛋上惊异的神情。

——印第安人，沉浸在英曼编织的故事中的艾达说，那对老夫妇会说，印第安人。

那天下午，他们回到村里时没有打到任何猎物，外出的所有收获就是白毛莨和柴火。他们把柴火拖在身后，在雪地里拽出带状和线条的痕迹。大树枝是一棵栗树上的，较小的枝条是一棵雪松上的。他们发现鲁比坐在斯托布洛德身边。他有些清醒了，似乎认识鲁比和艾达，但他对英曼充满恐惧。

——那个黑大个汉子是谁？他说。

英曼走过去蹲在斯托布洛德旁边，这样没有居高临下的感觉。他说，我给你弄过水喝。我不是来抓你的。

斯托布洛德说，那好。

鲁比打湿了一块布，给他擦了擦脸，他像个小孩一样抗拒着。她捣烂几根白毛莨敷在伤口上，把另外几根白毛莨煎成茶，让斯托布洛德喝下去。她忙完后，他马上就睡着了。

艾达看着英曼，他脸上满是倦容。她说，我认为你也应该去睡了。

——别让我睡到天黑，英曼说。他走了出去，门打开的时候，艾达和鲁比看见他背后的雪在空中飘落。她们听见他折断树枝的声音，过了一会儿门又开了，他抱了一捆栗木柴放在屋内就离开了。她们把火烧旺，背靠着木屋的墙，把毯子围在身上，在一起坐了很长时间。

艾达说，告诉我，等天气暖和起来我们要做什么。怎样才能让这地方井然有序？

鲁比捡起一根树枝，在泥地上画了一张布莱克谷的地图。她画上了大路、房子和牲口棚，画出一些线条表示现在的田地、林地和果园。然后她讲了起来，描绘了一番繁荣的愿景以及实现它的办法：购进一队骡子；开垦长满豚草和漆树的荒地；建造新的菜园；开辟一些新的农田；种植足够的玉米和小麦，满足她们做面包的需要；扩大果园；建造一间合适的腌菜房和苹果房。她们要年复一年地劳作，但是终有一天，她们会看到夏天的田地里长满高高的庄稼，鸡在院子里啄食，牛在草地上吃草，猪在山坡上觅食。猪多得可以分成两群：做腌肉的猪，腿细、身体长；做火腿的猪，身子短、粗壮结实，肚子贴着地面摇晃。火腿和腌肉挂满了烟熏房；炉子上总是放着一口精良而油腻的煮锅。苹果堆在苹果房里，一坛又一坛蔬菜排列在腌菜房的架子上。丰衣足食。

——那样一定很壮观，艾达说。

鲁比用手掌把地图抹去。两人安静地坐着，过了一会儿，鲁比倒向一边，把肩膀靠在艾达肩头打起了瞌睡，想象耗费了不少精力，她感到疲倦了。艾达坐着凝视炉火，聆听火焰发出的爆裂和嘶嘶声，以及后来余火未尽时木炭崩裂掉落的清脆声音。她闻着柴烟带着甜味的香气，心想假如一个人能通过柴火的烟味来辨认树木，那可能是衡量他是否成功注意到这个世界的细节的一种方法。那将是人们带着愉快心情渴望掌握的一种技能。要知道这个世界上还有许多更糟糕的事情，那些损害别人、最终危害自己的事情。

鲁比醒来时已经是傍晚，天几乎要黑了。她坐了起来，眨了眨眼睛，揉了揉脸，打了个呵欠。她去照看了一下斯托布洛德，摸了摸他的脸颊和额头，把被子拉开查看了他的伤口。

——他又发高烧了，她说，我认为晚上会是紧要关头。他可能活下来，也可能离去，但是今晚将决定他的命运。我最好不要离开他。

艾达走过去，把手腕放在斯托布洛德的额头。她感觉不到跟之前的情况有什么不同。她看着鲁比，但是鲁比没有看她。

——我觉得今晚不应该离开他，鲁比说。

艾达走到小溪下游另一间木屋时，天已经黑了。落下来的雪花十分细小。地上的积雪已经深得使人步履艰难，尽管她踩着先前的脚印，还是需要抬高膝盖走路。雪反射着透过云层的所有光线，地球似乎是从内部被均匀地照亮，像一盏云母灯笼一样发光。她轻轻地打开门进去。英曼睡在那里，没有动静。火焰已经很微弱了。在火炉前，艾达看见他的物品正摆开烘干，就像博物馆里的陈列品，仿佛每一件周围都要留出空间，来展示它真实的价值并得到重视。他的衣服、靴子、帽子、背包、挎包、炊具、带鞘的小刀，还有那把丑陋的手枪及其附件：推弹杆、锡火帽、引火嘴针和弹药筒，还有用于猎枪的药垫、火药和鹿弹。想要使这个展览完整，只要把巴特拉姆的书从壁龛里取下，放在手枪旁边，再加上一张白色的印刷标签，上面写着：逃兵的全套装备。

艾达脱下外套，把三根雪松树枝放进火中并吹旺炭火。然后她走向英曼并跪在他的身边，他正面朝墙壁躺着。床是铁杉树枝搭的，上面的针状叶被他压在身下，散发出浓烈却清新的味道。她抚摸着他的额头，把他的头发往后捋，指尖滑过他的眼睑、颧骨、鼻子、嘴唇和长着胡茬的下巴。她掀开毯子，发现他已经脱掉衬衫，她把手掌放在他的脖子侧面，按着紧绷的新伤疤。她将手滑到他的肩头，紧紧地握着不动。

他慢慢醒来，在床上翻了个身，转过去看着她，似乎明白了她的意图，但后来他的眼睛又显然不情愿地闭上了，重新进入梦乡。

这个世界是个如此孤独的地方，似乎只有肌肤贴着肌肤在他的身边躺下，才是唯一的疗法。这个愿望掠过艾达的脑海。然后某种类似于惊慌的感觉让她的内心一阵颤动，就像被风搅乱的树叶。但她很快驱走这种感觉，站起来解开腰部的纽扣以及她的马裤上一长排古怪的扣子。

她发现这并不是一件能优雅地脱去的衣物。第一条腿很容易脱出来了，但后来她把重心从一只脚移到另一只脚时失去了平衡，只能跳了两下才站稳。她朝英曼望去，发现他睁开了眼睛，正凝视着她。她感到自己很愚蠢，真希望自己待在黑暗中，而不是站在冒着烟的雪松所燃起的低低的黄色火焰之前。或者如果她穿的是一件睡袍，就可以让它像瀑布一样顺滑地落下，在她脚边形成一个池塘，迈一步就能够离开。但此时，她站在这里，门罗的马裤依然缠着她的一条腿。

——转过身去，她说。

——把联邦金库里的所有金币都给我，我也不转，英曼说。

她转开身去，又紧张又尴尬。她脱下衣服后，把它们抱在胸前，朝他半转过身来。

英曼坐了起来，把毯子围在腰间。他曾经像个死人一样活着，现在生活在他的面前展开，触手可及。他朝前探过身去，把衣服从她手里拉开，并把她揽向自己。他把掌心贴在她大腿的前面，然后他的双手移向她的腰间，前臂搁在她的髋骨上，指尖触摸着她后腰的浅窝。他的手指往上游走，依次触碰着她脊椎的骨节。他抚摸着她的手臂内侧，双手顺着她身侧向下滑去，直到停留在她丰满的臀部。他将额头俯向她柔软的腹部。然后，他亲吻了她那里，她闻起来有股山核桃木的烟味。他把她拉向自己，紧紧地拥抱她。她把一只手放在他颈后，把他拉得更近一些，然后她用洁白的手臂抱着他，仿佛永远不会松开。

外面的雪越积越深，在大山环抱中，这间温暖干燥的木屋确实像是一个安全的港湾，尽管对于曾经生活在这里的人们来说并非如此。士兵们发现了这个木屋，使它成为通往流放、失意和死亡之路的起点。但是那晚有一段时间，它的四壁之内，却成为毫无痛苦，甚至没有一丝模糊的痛苦记忆的地方。

后来，艾达和英曼搂抱着躺在他们的铁杉床上。旧木屋里已经很暗了，雪松枝在炉子里冒着烟，滚烫的松香闻起来好像有人晃着香炉走过。炉火发出了爆裂的响声。雪沙沙地落下，仿佛在叹息。想到无限的未来展现在面前，仿佛创世之日的正午般光辉灿烂，他们做了恋人们经常做的事情：不停地谈论着过去，似乎必须了解对方以前的行为，然后才能成双作对共同前行。

他们大半个晚上都在交谈，仿佛法律规定必须详述自己童年和青年时代的各种细节。他们两人都把它描绘成了田园牧歌。在艾达的叙述中，甚至查尔斯顿夏天的酷热都呈现出一种戏剧性。然而，英曼讲起战争岁月时，他的叙述却粗略得好像报纸上的报道——指挥他的将军的名字、军队的重要行动、各种战略的成败，哪方获胜常由盲目的运气所决定。他希望艾达知道的是，你可以不断地说这样的事情，却仍无法完全了解战争的真相，就像你在树林里追踪一头老母熊却无法知道它的生活真相一样。一棵蜜蜂筑巢的空心树上的爪痕和带着黄色浆果籽的一大堆油腻的粪便，这些只能透露大黑熊本身神秘行踪的两个信息，两者都过于简单且可能使人误入歧途。没有人——哪怕你求助于李将军——能准确地描述一头熊，除了它那只粗钝的前掌——钩状的黑爪、丰满的瓣状肉垫、盖住爪尖的粗糙而闪亮的熊毛。英曼估计自己只知道像它呼吸的气味这类转瞬即逝的东西。没有人可以了解全局，就像我们无法了解任何动物的生活，因为它们栖息的世界只属于它们，并不属于我们。

英曼透露的所有个人生活就是一些小故事，比如一八六二年冬季露营时，他的木屋里泥巴和树枝搭的烟囱着火了，长满苔藓的树皮屋顶燃烧着坍塌，砸在他和同屋睡觉的伙伴们身上，他们尖叫着、笑着跑到屋外，身上只穿着内裤，在寒冷中看着木屋燃烧，互相扔雪球，然后当火快熄灭的时候，他们就往里面扔篱笆上的木条，来保持温暖以度过这个夜晚。

艾达问他是否见过那些声名卓著的人物：被奉若神明的李将军、冷酷的杰克逊、华而不实的斯图尔特、冷漠的朗斯特里特。或者那些较为次要的人物：悲剧性的佩勒姆、可怜的皮克特。

除了佩勒姆，英曼全都见过，但他告诉艾达，关于他们他没什么可以说的，不管是活着的还是死去的。他也不愿意评价联邦领袖，尽管他曾经远远地看到过几位，也知道其他人的一些事迹。他希望过着对一帮子独裁者攻击另一帮独裁者丝毫不感兴趣的生活。他也不想进一步列举自己的所作所为，因为他希望有朝一日——当人们不再纷纷死去——能以另外一个标准来裁判自己。

——那么告诉我，你是如何长途跋涉回家的，艾达说。

英曼考虑了一下，但想到自己终于脱离困境了，根本不想重新回忆起这些事情，于是他仅仅讲述了自己如何在夜间赶路时看着月亮，数到二十八又重新开始；他如何一夜又一夜看着猎户座在天空中爬得更高；他又是如何努力既不抱着希望，也没有恐惧地走下去，却悲惨地失败了，因为他两者都未能避免。但是，他在旅途中最好的几天时光里，心情成功地跟天气的阴晴圆缺相一致——这样就跟上帝的喜怒无常相协调了——无论他送来的是乌云还是月光。

然后他补充道，我在路上遇到了几个人。有个牧羊女人给过我食物，她说上帝显示了他的仁慈，因为他不会让我们记住痛苦中最悲惨的细节。他知道我们无法忍受哪些部分，便不让我们的头脑中再出现这些。只要不再想起，它们就会随着时间流逝而被淡忘。至少她是这样想的。上帝让你承担无法忍受的痛苦，然后再收回一些。

艾达不完全同意牧羊女人的观点。她说，我认为你必须帮助上帝实施忘却。你必须努力不要唤回这些记忆，因为假如你使劲召唤，它们就会重新归来。

他们暂时说尽了往事，话题便转向了未来。他们谈论着可以展望的各种事情。在弗吉尼亚州，英曼见过一种锯木机，它携带方便，可以用水力驱动。即便在大山里，木板房也在取代原木屋，所以他认为拥有这样一台锯木机是不错的。他可以把它拖到别人的土地上，搭建好后，用那人自己的木材锯出造房子需要的材料。这样能赚点钱，也能让对方满意，因为他可以坐在造好的房内，很高兴各个部件都是自家土地产出的。英曼的报酬可以是现金，假如没有的话，也可以用木材支付，他可以把这些木材锯成木板出售。他可以向自己的亲属借钱购买设备。这是一个不错的计划，很多人都是靠更少的资本致富的。

还有一些其他的计划。他们将购买各种题材的书籍：农业、艺术、植物学、旅行。他们可以演奏乐器，小提琴、吉他，或者曼陀林。假如斯托布洛德活下来，他就可以教他们。英曼渴望学会希腊语，这可是门很深的学问，他可以通过希腊语继续巴利斯的研究。他给她讲了医院里那个人的故事，讲他失去的一条腿，以及他在悲惨去世后留下的一捆纸张。他们称它为“死亡的语言”并非毫无道理，英曼总结道。

他们继续聊着，时间成为他们谈论的话题。他们想象出婚姻生活的细节，如何度过幸福而宁静的岁月。按照鲁比的规划，布莱克谷运作得井然有序。艾达描述了方案的细节，英曼希望添加的只有山羊，因为他想养上几只。他们一致同意，现在两人都不必在乎寻常的婚姻生活是如何过的。他们应该随心所欲，按照季节的轮回来安排生活。秋天，苹果树上挂满鲜艳的沉甸甸的苹果时，他们将一起去打鸟，因为艾达证明自己能成功地打到火鸡。他们不会用门罗的华而不实的意大利枪，而是从英国订购简单而精良的猎枪。夏天，他们将去捕捉鳟鱼，用具同样来自那个喜爱运动的国家。他们将白头偕老，根据一代代斑点猎鸟犬的寿命来衡量时间。到了某个时期，他们已过中年，开始学习绘画，同样从英国购买小锡盒装的水彩颜料。到乡间散步时，看到令人愉快的景色就停下脚步，从小溪里舀起几杯水，在纸上画下一些线条和色彩，将来一起回顾。他们将互相竞赛，看谁能更成功地描绘那片风景。他们可以画出在变化莫测的北大西洋航行数十载、给他们带来各种精良的消遣用具的轮船。哦，他们有那么多事情可以做。

他们都到了进入另一阶段的年纪。他们一方面认为，自己的整个人生在面前延伸，没有边界，也没有尽头。同时他们也觉得，自己的青春年华将尽，眼前是一个完全不同的国度，随着时间的一点点流逝，人生的机会只会越来越少。

乌鸦的鬼魂，舞蹈

第三天早晨，村里的乌云终于散去，露出阳光灿烂的晴空。雪开始融化，一团团从压弯的枝头落下。雪下的地面传来的流水声整天不绝。那天晚上，山脊后面升起一轮满月，明亮的月光将树干和树枝的影子清晰地投在雪地上。珍珠般的夜色似乎并不是白昼的对立面，而是它的新变体，它的替代品。

有一段时间，艾达和英曼双双躺在被子底下聊天，炉火微弱地烧着，他们木屋的门敞开，冷月将一块梯形的亮光照在他们的床上。他们花了大半个晚上，商量着给自己制订计划。那块月光在地面上移动着，它的角度在慢慢变化。后来英曼把门放回了原处，把火烧旺了。尽管花了很长时间讨论，他们的计划却很简单，并没有什么独特之处。战争最后的岁月中，很多对情侣都得出了同样的结论，因为只有三条路可以选择，每一条都充满危险，以各自的方式令人苦恼。

他们遵循的逻辑十分简单。这场战争必输无疑，不会再继续多少个月。战争也许春天就会结束，也许不会。但是无论如何，它都不可能延续到夏末。他们有如下一些选择：英曼可以回到军队，他们如此缺乏兵力，也许会张开双臂欢迎他，随后马上把他送回彼得斯堡泥泞的战壕里，在那里，他可以努力避开危险，盼望战争早日结束；或者，他可以作为逃兵躲藏在深山或布莱克谷，像熊、狼和美洲豹一样被追捕；再或者，他可以翻过大山去北方，向联邦军那些朝他放了四年枪的杂种投降。他们会让他在效忠的誓约上签名，然后他可以一等战斗结束就回家。

他们试图想出其他计划，但那不过是浪费时间的幻想。英曼给艾达讲了维齐的得克萨斯之梦，那里的蛮荒、自由和机遇。他们可以再弄一匹马、一套露营用具，骑马出发去西部。假如得克萨斯过于荒凉，还有科罗拉多地区、怀俄明、广阔的哥伦比亚河流域。但是那里也有战争。假如他们有钱的话，可以远航去某个遥远的阳光灿烂的地方，去西班牙或者意大利。但他们没有钱，而且道路被封锁了。最后一条路，他们可以禁食规定的天数，等待光明石的大门打开，迎接他们进入和平之乡。

最后，他们不得不为形势所迫。最初的三个残酷的方案，是战争所允许的仅有选择。英曼认为第一个方案无法接受。艾达否定了第二个方案，根据她的估计那是最危险的。所以，别无选择，他们只剩下第三个方案。翻过蓝岭，沿着荒野小径，不停地走上三四天，他就能越过州界。举起双手，低下头，说他被打败了。向他们不惜一切与之作战的星条旗致敬。与各种宗教的教义不同的是，从敌人的表情可以看出，举起鞭子的人总是比挨打的人感觉更好，无论是哪一方的过错。

——但是不只如此，艾达对他说，牧师和老妇人总是相信，挨打能引起怜悯。他们是正确的。确实如此。但是挨打也同样招致冷酷。在某种程度上，这是一种选择。

最后，他们发誓时刻牢记，一定要在几个月后回家。他们将从那里出发，走向战争结束后的未可预知的新世界，努力实现他们前两个晚上详细讨论的未来愿景。

第四天，村里的空地上开始露出斑驳的棕色落叶和黑色泥土，一群群混杂的五子雀和山雀飞到他们身边，在裸露的地面上啄食。那天，斯托布洛德可以自己坐起来，说一些似懂非懂的话，鲁比说，即便在他健康状况最好的时候，你也只能期待他做到这些了。他的伤口很干净，没有异味，显示出很快就会结痂的迹象。他可以吃固体食物了，尽管他们只剩下一点点玉米粉，还有鲁比打来的五只掏去内脏、剥了皮的松鼠。她把松鼠扦在树枝上，连头一起在栗木炭火上烤熟。那天晚上，鲁比、斯托布洛德和英曼像啃玉米棒一样吃着松鼠肉。艾达端详了一会儿她那份松鼠。它们的门牙泛黄而且很长。她不习惯吃嘴里还有牙齿的东西。斯托布洛德看着她说，假如你觉得难受，就把脑袋拧下来。

第五天的拂晓，雪已经融化了大半。铁杉树下残余的雪堆旁铺着厚厚的针叶，树皮被融化的雪水浸出一道道湿漉漉的黝黑的痕迹。两个晴天之后，风吹来了高空的云层，斯托布洛德宣布自己准备好赶路了。

——回家要走六个小时，鲁比说，最多七个小时，如果把腿脚不便和停下来休息的时间都算上的话。

艾达想让他们几个人结伴同行，但英曼认为不行。

——树林里有时候空荡荡的，有时候又到处都是人。你俩想去哪里都可以，不会惹上什么麻烦。他们要找的是我们，他说着用拇指朝斯托布洛德指了一下。没有必要让每个人都处于危险之中。

除了鲁比和艾达先走，他什么方案都不同意。稍后他再和骑着马的斯托布洛德一起跟上来，他们得在树林里等到天黑。假如天气好的话，第二天早晨他就动身去投降。她们可以把斯托布洛德藏在家里，假如他伤好了以后战争还没有结束，她们就送他翻过大山，跟英曼待在一起。

斯托布洛德没有发表意见，但是鲁比认为英曼说得有道理，所以他们就照办了。女人们徒步出发，英曼站在那里看着她们爬上山坡。艾达消失在树林中之后，仿佛大千世界的一部分随之而去。他孤独地在这个世界上，内心空虚了很久。但她充盈了他的生活，因此他相信自己被拿走的一切也许是有目的的，是为了给更好的东西清理出空间。

他等了一段时间，然后把斯托布洛德扶上马，跟随其后出发了。骑在马上的斯托布洛德有时下巴一下一下撞在胸骨上，有时头昂起来眼睛发亮。他们经过了那个圆形的池塘，完全结冰的水面上没有公鸭的踪迹，连尸骸也看不见。它或者淹死沉到了泥泞的水底，或者飞走了。没有迹象说明是哪一种情况，但英曼想象出它拍着翅膀挣扎，然后飞上了天空的画面，缠住它紧绷的黄色鸭蹼的碎冰在它身后洒落。

他们走到岔路口的时候，斯托布洛德看着那棵大白杨树，子弹削走树皮的地方浅色的木质分外耀眼。狗娘养的大树，他骂道。

他们路过了潘哥儿的坟墓，它躺在北坡的背阴处，覆盖在上面的积雪几乎埋到了艾达扎的洋槐十字架的交叉处。英曼指了指那里，斯托布洛德看了一眼。他说起了潘哥儿在山洞里时，常爬起来睡到他的背后。除了温暖和音乐，男孩别无所求。接着斯托布洛德说，假如上帝打算根据人们的过错杀死每一个人，那个男孩应该排在队伍的末尾。

他们又走了几英里路，乌云在他们头顶徘徊，道路坎坷陡峭。他们来到一个地方，小路两边长着月桂树丛，树枝穹顶似的交错在一起，形成一个隧道。地上长着茂盛的银河叶，红褐色的叶子闪着光泽。由于寒冷，月桂树叶卷了起来。

他们走出隧道，进入一小片空地，刚要继续往前走，便听见身后有声音。他们转过身，只见骑兵们钻出来堵住了小路。

——噢，上帝啊，斯托布洛德说。

蒂格说，那个人真是大难不死。不过看着也半死不活了。

斯托布洛德看着民兵们，发现他们似乎重新编队了。蒂格和他身边的少年还在。比起上次向他开枪的那伙人，他们中间一两个人不见了，又增添了另外一两个人。斯托布洛德认出了逃兵山洞里的一张脸，一个下等白人。民兵们还获得了两条模样很不相称的狗，一条是耳朵下垂的寻血猎犬，另一条是颌毛像铁丝般的猎狼犬。两条狗耷拉着脑袋、懒洋洋地蹲着。随后，那条猎狼犬没有人指使就自行爬起来，开始悄悄向英曼和斯托布洛德靠近。

蒂格跨在马上，左手松弛地握着缰绳，另一只手拨弄着斯宾塞卡宾枪的击锤，仿佛不确定是否需要把它完全往后扳。

——感谢你和那男孩指路，让我们找到了那个洞穴。一个干燥的躲雪的好地方。

那条猎狼犬折回来，不紧不慢地兜着圈子，寻找着进攻的角度。它没有跟他们对视，但它的每个动作都使自己更接近目标。

英曼环顾四周估量地形，看应该怎样展开战斗，他意识到自己又回到了熟悉的战场。他需要一堵石墙，但那里没有。他观察了一下民兵们，通过眼神就看透了他们。跟这样的人没有必要废话，除了将空洞的声音传入空气，言辞不会改变任何事情。等待也毫无意义。

他向斯托布洛德探过身去，假装检查了一下马辔头和缰绳。他低声说道，抓牢。

他用左拳猛击了一下马的臀部，右手拔出了手枪。他利落地射中了向他扑来的猎狼犬，然后又打中了其中一个民兵。两枪之间几乎没有眨眼的工夫。猎犬和那人应声倒下，没几下就不动弹了。斯托布洛德骑着马，一跃而起直冲向小路，仿佛他胯下是一匹不愿被驯服的三岁小马。他消失在树丛中。

有一刻寂静无声，接着就是一片混乱。马全部惊跳了起来，前腿腾起，屁股朝下。它们没有了方向感，但极想跑到别处去。寻血猎犬在马腿之间奔跑，更加惊扰了马匹，马踢中了它的脑袋，它吠叫着倒下。

骑手们勒着缰绳想控制住马。中枪落地的骑手的马背上空了，它四处张望想找人指引却没有找到，便开始盲目地狂奔起来。然而它没有跑出几步路就绊上了自己的缰绳，跌跌撞撞地冲进马群，马儿们全部嘶鸣起来，团团乱转，骑手们只顾着控制马匹。

英曼向那些乱作一团的民兵冲了过去。那里除了寥寥几棵树以外，没有什么称得上屏障。背后没有墙，除了向前，没有别的方向，除了此刻，没有时间考虑。除了冲到他们中间，把他们杀个精光之外，没有任何别的希望。

他一个箭步，将一名骑手射下马鞍。现在只剩下三个人了，其中一人已经准备逃跑了，或者是他的马受惊了。它跳跃着向旁边逃窜，跑进山上的山核桃树丛中去。

剩下的两名骑手挤在了一起，他们的马听到新的枪声又跳了起来，其中一匹马忽然倒下并嘶鸣着，后腿在泥地上挣扎着试图站起来。骑手摸着自己的腿，挤压着检查马压在上面时造成的伤。当他碰到穿过皮肤和裤腿裸露出来的一截骨头时，便痛苦地号叫起来，一部分是声音，一部分是语言，混杂着向上帝的祷告和关于马竟会这么重的咒骂。他的叫声很响，简直盖过了马嘶鸣的声音。

另一匹马失去了控制。它快速打着旋，脖子弯了下来，四肢纠缠在一起。蒂格一只手猛地拉了一下缰绳，另一只手高举着卡宾枪。他掉了一个马镫，阳光从他和马鞍之间透射过来。他快要掉下来了，下意识地往空中开了一枪。马又跳了起来，仿佛被滚烫的拨火棍刺了一下。马转得更快了。

英曼跑到打转的马正中间那处安静的地方。他伸出手，猛地把斯宾塞枪从蒂格手中打落在地。他和蒂格对视着，蒂格将空手伸向腰带，拔出一把长刀，大喊一声，我要用你的血染红我的刀刃。

英曼扳回了勒马特手枪的霰弹击锤，然后开了一枪。那支大手枪几乎从他手里跳了出去，仿佛想要逃离一般。子弹击中了蒂格的胸膛，把他打开了花。他摔倒在地上，摊成一堆，他的马跳开了几步路，站着翻白眼，耳朵贴在脑袋上。

英曼转身看着那个号叫的人。现在，他号叫着咒骂英曼，摸索着他那支躺在一堆烂泥里的手枪。英曼弯下腰，抓着那支斯宾塞枪的枪管把它捡了起来。他单手抡起枪托，朝那人脑袋一侧敲了一下，那人立刻不叫了。英曼捡起那人的手枪，塞进自己的裤腰里。

倒下的马重新站了起来。那是一匹灰马，在微暗的光线下，看上去就像马的幽灵。它走过去站在其他没有骑手的马旁边，它们似乎全都吓得忘记逃走了。它们不停地嘶鸣着，寻找着一切可以理解为安慰的迹象。

英曼环顾四周，寻找最后一名骑手。他以为那人早就逃跑了，却发现他躲在山核桃树丛最浓密的地方，离开他五十步远，那么远的距离开枪很难打中。树下还有积雪，从雪堆和马匹湿漉漉的毛皮上升起雾气，马的鼻孔喷出两团白雾。那是匹花斑母马，它的毛色跟积雪、树林和裸露的斑驳土地如此契合，仿佛将要融入其中。山核桃树丛背后，是一块陡峭的断壁。

那个骑手尽力驱使马躲在一棵树后，却没有完全成功。他露出身来的时候，可以看出他不过是个少年。英曼发现他把帽子丢了，他的头发是白色的，看上去有德国或荷兰血统，也许是爱尔兰或康沃尔郡[①]的后裔。无论如何，他现在完全是个美国人了，白皮肤、白头发，并且是一个杀手。但是，他看上去似乎还从没刮过胡子，英曼并不愿意枪击一名少年。

——出来，英曼说，声音提高到足够听见。

没有任何动静。

那少年依然躲在树后，只有山核桃树后面露出来的马臀和马头。那匹马向前踏了一步，那少年把它勒了回来。

——出来吧，英曼说，我不会再说一遍了。放下你的武器，骑马回家吧。

——不行，先生，少年说，这里很好。

——不听我的话，英曼说，那可不行。我会打中你的马，你会摔下来的。

——那就打吧，少年说，这不是我的马。

——见鬼，英曼说，我在想办法饶你不死。我们可以做到的。再过二十年，我们也许会在镇上相遇时一起喝上一杯，回忆起这个黑暗的时代，摇着头否定这一切。

——即使我扔掉手枪，我们也不会这样的，少年说，你还是会开枪打我。

——我不是你们那伙人，那不是我处事的方式。但是如果我下山的时候，每走一步路都得担心你躲在石头后面，朝我的脑袋射来一颗子弹，那我只能杀了你。

——噢，我会瞄准你的，少年说，我会瞄准的。

——好，那就等着瞧，英曼说，你想从那里出来，必须过了我这一关。

英曼过去捡起那把斯宾塞枪，检查了枪托上的弹匣，发现里面是空

---

① 英格兰西南端的一个郡。

的。枪膛里有用过的黄铜弹药筒。他把枪扔了，查看了勒马特手枪的旋转枪膛，九发子弹还剩下六发，霰弹枪管已经开过火了。他从口袋里掏出一个纸管子弹，用嘴咬下底盖，把火药倒进大枪管，然后他把子弹塞进枪管，用小推弹杆把它压实，再把一个黄铜火帽装在火嘴上。他笔直地站着等待。

——你总有一天会从这棵树背后出来的，他说。

过了一会儿，那匹马往前走了一步。那少年打算穿过树林，绕回小径。英曼跑过去阻断了他的去路。一个人骑着马，另一个人徒步，在树林中互相追逐。他们利用树木和地形，来回周旋，试图找到适合射击的机会，并尽力不要靠得太近。

那匹母马晕头转向，想要自行其是，去跟其他受惊的马肩并肩站着。它使劲咬着马嚼子，猛地挣脱少年拉着缰绳的方向，径直向英曼奔去。当她靠近英曼时，突然跳跃起来，将少年撞上一棵山核桃树的枝干，把他从马鞍上扫了下来。嘴里的马嚼子松了，它就像骡子一样叫了起来，慢慢跑到其他马身边，它们颤抖着，互相碰了碰鼻子。

那少年掉下来躺在雪地里。随后他半坐起来，摆弄着他那把手枪的火帽和击锤。

——放下那玩意儿，英曼说。他把击锤往后扳，枪口瞄准那个少年。

那少年看着英曼，他的蓝眼睛神情茫然，好像水桶上结的一层冰。他脸色煞白，眼睛下面的眼睑显得更苍白了。他是个卑弱的金发小东西，头发剪得很短，仿佛他刚处理过头虱。他的脸上毫无表情。

少年没有一点动静，除了手动了一下，动作迅速得几乎看不见。

英曼突然倒在地上。

少年坐起来看着他，然后看了看自己手里的枪说，上帝啊。仿佛他完全没有料到它能实现这样的功能。

艾达听见了远处的枪声，清脆微弱，好像折断了一根树枝。她什么都没有跟鲁比说，只是转头就跑。帽子从头上飞落，她继续往前跑。帽子留在地上，在她身后像一个影子。她碰到了斯托布洛德，他死死地抓住拉尔夫的鬃毛，尽管马已经在慢跑。

——在那边，斯托布洛德说，他继续一路往前。

等她到达那个地方，那少年已经集合起马匹走了。她跑到躺在地上的男人旁边逐一查看，随后在离他们较远处发现了英曼。她坐了下来，把他抱在自己的大腿上。他想要说话，但她示意他安静下来。他时而昏迷，时而清醒，梦境中的家乡一片光明。冰凉的泉水从石头间涌出来，黑土的田地、古老的树木。在他的梦境中，一年的情景似乎发生在一瞬间，所有的季节都混杂在一起。苹果树上硕果累累，又奇异地繁花盛开，泉水边缘结着冰，秋葵开着黄色和红褐色的花，枫叶就像十月份时那样红，玉米穗垂下流苏，软椅被拖到客厅炽热的壁炉前，南瓜在田野里闪闪发亮，山坡上的月桂树鲜花怒放，沟渠两旁长满了橙色的凤仙花，山茱萸绽放着白色的花朵，紫荆枝头缀满了紫色的小花。所有的一切瞬间涌了过来。那里有白色的橡树，有一大群乌鸦，至少是乌鸦的鬼魂，舞蹈、唱歌，栖在高处的树枝上。他有些话想要说。

假如有人站在山顶眺望，他将看见冬季的树林里一幅遥远、静谧的画面。一条小溪，尚有残雪；一块远离尘世的林间空地；一对情侣，男人的头斜倚在女人的腿上。她，低头凝视着他的眼睛，抚平他前额的头发。他，笨拙地用一条胳膊绕到她身后，搂住她柔软的臀部。两人都亲昵地爱抚着对方。对山梁上的观察者而言，这幅画面如此宁静、安详，以至于他今后提起他们时，会让那些天性乐观的人相信，两人将会幸福地在一起生活几十年。

后记：一八七四年十月

尽管这么多年过去了，还有了三个孩子，艾达还是会看到他们在一些最古怪的时候在一起亲热。把燕子泥碗一般的巢捅翻后，他们便一起跑到牲口棚的阁楼上。用湿玉米穗和山核桃树枝生火后，他们会躲在烟熏房的后面。今天早些时候，他们是在土豆地里，当时在用大锄头翻地。他们两脚叉开，笨拙地站在犁沟里，一条胳膊互相拥抱着，另一只手抓住锄头。

艾达开头想说几句玩笑话。我需要咳嗽吗？随后，她注意到了那两个锄头柄。它们插在泥里的角度，仿佛地底下一台不为人知的发动机的操纵杆。于是，她接着忙自己的事，随便他们去了。

那个小伙子没有回到佐治亚州，而是成了布莱克谷的一个男人，而且还是个不错的男人。这是鲁比的功劳。他做帮工的那两年来，她一直监督着他，当他成为她的丈夫之后，她也没有放松对他的管教。需要的时候就在后面踢上一脚，其他时候来一个拥抱，两种手段同样奏效。他名叫里德。他们的孩子全都相隔十八个月出生，全都是男孩，满头黑发，棕色的眼睛闪闪发亮，好像嵌在脸上的小栗子。他们长成了胖乎乎的小家伙，有粉红色的小脸和灿烂的笑容，鲁比让他们努力干活，尽情玩耍。当他们在院子里的黄杨树下打滚时，虽然年纪不同，但他们看上去就像一窝小狗一样彼此相像。

现在，将近傍晚，三个男孩蹲在屋后的火堆周围。地上的炭火上烤着四只小鸡，男孩们争论着该轮到谁去给小鸡刷上醋和辣椒做的调味汁。

艾达站在梨树下一边看着他们，一边在小桌子上铺一块布，把八个盘子几乎边挨着边排在桌上。战后，她只有一年错过了在这里举行寒冬降临之前的最后一次野餐。那是三年前了，一个与众不同的十月，天空一整个月都阴沉沉的，一直阴雨连绵，除了有一天飘起了雪花。

艾达尽量平等地热爱一整年，不去歧视冬天的灰暗色调、脚下散发的腐叶气息、树林和田野里的一片寂静。然而她无法消除对秋天的偏爱，她完全克制不了落叶带来的辛酸和感伤，忍不住把它看作一年的终结并认为它是一种隐喻，尽管她知道四季轮替，没有开始，也没有结束。

令她高兴的是，一八七四年十月的天气一直很好，是大山里这个月能呈现的最好状态。接连几个星期，天气干燥、温暖而晴朗，树叶逐渐转变了色彩，白杨叶金黄、枫叶火红，而橡树仍是深绿。房子后面巍峨的冷山色彩斑驳，每天都在变化，假如你仔细观察，你会看到这些色彩逐渐代替了绿色，沿着山坡向下面的山谷中漫去，仿佛海浪一般慢慢向你涌来。

还差一小时天就黑了。鲁比从厨房里走出来，她身边有一个高高瘦瘦的九岁女孩。两人都拿着篮子，里面放着土豆沙拉、玉米、玉米饼和青豆。里德从炭火上取下小鸡，鲁比和女孩把食物摆在桌上。斯托布洛德从刚才挤奶的牲口棚出来。他把奶桶放在桌边的地上，孩子们把他们的杯子舀满。他们各就各位。

后来，暮色笼罩着山谷，他们生起了一堆篝火，斯托布洛德拿出他的小提琴，演奏了一段《邦尼·乔治·坎贝尔》① 的变奏，他越拉越快，变成了一种吉格舞曲。孩子们围着火堆跑着、叫喊着。他们不是在跳舞，只是随着音乐奔跑，那个女孩挥舞着一根燃烧的树枝，用尖端黄色的余火在昏暗的空中划出曲线，直到艾达把她喝止。

那女孩说，但是妈妈……艾达摇了摇头。女孩过来亲吻了她的脸颊，跳着舞走开了，把树枝扔进了火焰中。

斯托布洛德一遍又一遍拉着这支简单的曲调，直到孩子们的脸变得红彤彤、汗津津的。他停下来后，他们都瘫倒在火堆旁的地上。斯托布洛德

---

① 一首古老的英国歌谣，讲述一个男人离家参战，只有他的马回到故乡的故事。

把小提琴从下巴旁放下来。他打算唱一首福音赞美诗，小提琴毕竟是魔鬼的盒子，普遍被禁止演奏这样的歌曲。然而，他珍爱地抱着它，把它搂在胸前，一根手指弯着钩住琴弓。他唱了新曲子《天使列队》。女孩跟随他唱起了副歌，她的嗓音清澈、高亢而坚定：用你洁白无瑕的翅膀将我带走吧。

斯托布洛德把小提琴放在一边，孩子们恳求大人讲故事。艾达从围裙里取出一本书，映照着火光读了起来。这本书是《巴乌希斯和菲利门》①。她有些吃力地翻着书页，因为四年前的冬至后一天，她失去了右手食指末节。她当时独自在山梁上砍伐树木，那里是她前一天在门廊上观察到太阳落山的地方。捆住木头的链条缠在了一起，她尽力想把纠缠的链子弄松时，套着挽具的马开始向前跑，一下子把她的指尖夹断，就像掐掉番茄的秧苗一样。鲁比给她敷上药膏，尽管花了大半年才痊愈，但伤口好得如此彻底，你会以为指尖本来就应该是这个样子的。

艾达读到了故事的结局，那对白头到老的恋人共度和睦融洽的漫长岁月之后，变成了橡树和菩提树，这时天色已经全黑了。夜晚愈发寒冷，艾达把书收了起来。天空中的一钩新月和金星靠得很近。孩子们睡眼惺忪，而忙碌的早晨又将早早降临。是时候回到屋里封好炭火、插上门闩了。

---

① 古希腊神话中一对虔诚的老年夫妇，热情招待了乔装改扮的宙斯和赫耳墨斯。

致谢

我愿向以下几位人士致以谢意，感谢他们在《冷山》写作过程中对我的支持。对于他们的帮助我不胜感激。我的父亲查尔斯·O. 弗雷泽珍藏着家族的故事，并与我分享；是他带着我追随英曼的足迹；他对北卡罗来纳州西部的历史文化的丰富知识，始终使我受益匪浅。凯·吉本斯慷慨地给予我建议和鼓励；她比我更早看重本书的写作，并成为辛勤工作与奉献的榜样。W. F. 和朵拉·比尔在北卡罗来纳山区为我提供了一个写作的舒适住处，我在那里写下了本书的大部分篇章；门廊前的风景长卷是本书的灵魂。在我的写作陷入泥潭时，利·费尔德曼总是督促我，并帮助我找到了故事的方向。伊丽莎白·施米茨的细致、敏锐和热情的编辑工作，显著润色了本书最后的定稿。

许多书籍对小说的文化历史背景提供了参考，尤其是以下几本：罗伯特·坎特韦尔《蓝草曳步舞：旧时南方音乐的形成》（1984）、理查德·蔡斯《杰克故事集》（1943）《祖父故事集》（1948）、沃尔特·克拉克《内战期间来自北卡罗来纳的几个团与营的历史》（1901）、丹尼尔·埃利斯《刺激的冒险》（1867）、J. V. 哈德利《囚徒七月》（1898）、霍勒斯·凯普哈特《我们南方高地人》（1913）、W. K. 麦克尼尔《民间故事与大众文化中阿巴拉契亚山区人的形象》（1995）、詹姆斯·穆尼《切罗基人的神话》（1900）《切罗基人的宗教仪式》（1891）、菲利普·肖·帕鲁丁《受害者》（1981）、威廉·R. 特罗特《游击队：北卡罗来纳的南北战争》第二卷《群山》（1988）。

最后，我要为擅自取材于 W. P. 英曼的生平和冷山（高 6030 英尺）周围的地理环境而致以歉意。

二十周年后记

查尔斯·弗雷泽访谈

利兹·范胡斯

《冷山》于1997年6月出版，随后在7月登上《纽约时报》畅销书榜首，并在11月获得美国国家图书奖。接着，它还赢得了美国艺术与文学学院颁发的休·考夫曼小说处女作奖和阿比年度图书奖。本书蝉联《纽约时报》精装书畅销榜61周，销量超过了400万册。

故事发生在南北战争将近结束时，北卡罗来纳州西部的群山中，小说将战争的影响从战场上转移到了后方的民众生活，艾达·门罗和鲁比·休斯在家乡结下了牢不可破的姐妹情谊，同样百折不挠的是，W.P. 英曼出于对恋人的忠诚，如奥德赛一般经历千难万险，回到心上人的身边。二十年后，《冷山》依然是我们这个时代最风靡的文学处女作之一。安东尼·明格拉在2003年将《冷山》拍成了轰动一时的电影，获得了六项奥斯卡奖提名，该片由妮可·基德曼、裘德·洛、娜塔莉·波特曼和蕾妮·齐薇格主演，齐薇格凭借该片获得了最佳女配角奖。2015年，普利策奖得主、作曲家詹妮弗·希格登创作的歌剧《冷山》在圣菲歌剧院首演，并获得两项格莱美奖提名。这一年恰逢李将军在阿波马托克斯投降150周年，真实的W.P. 英曼也在同一年去世，他从战场上经过漫漫长路归家的故事在查尔斯·弗雷泽的家族中代代相传，弗雷泽以此为灵感创作了一部令数百万人感动的巅峰之作。

查尔斯·弗雷泽：格罗夫大西洋出版社买下《冷山》版权的时候，大部分书稿已经完成了，但还有最后四分之一左右的章节要写。我了解历史上真实的平克尼·英曼最后的结局，但是，我一直不愿意那样去写。最初，英曼的故事是我父亲告诉我的，然而，甚至连他也说："你肯定会改掉故事的结尾，对吗？"几年后，安东尼·明格拉开始构思《冷山》的电影剧本——在电影开拍之前——他也遇到了类似的困惑。每个人都对他说："你肯定会改掉故事的结尾。"他告诉我："我从来没有想过要改变结局。他们为什么这么说？"

利兹·范胡斯：你是怎么写出小说结尾的？

查尔斯·弗雷泽：我开车去了平克尼·英曼传说中的坟墓——那里没有标记。我想："结局是怎样的？结局是怎样的？"后来，我决定根据真实的历史来写，然后，我就想到要写一个终曲，讲一讲后续的故事。

利兹·范胡斯：艾达、鲁比和她们的孩子们，他们每年都会举行一次野餐，这标志着秋天的结束。

查尔斯·弗雷泽：对我来说，在很多方面，艾达是主角，我想看到她在多年以后的样子。她是那个变化了的人物。英曼没有什么变化。

利兹·范胡斯：然而，正如艾达自己承认的："四季轮替，没有开始，也没有结束。"

查尔斯·弗雷泽：舞台布景师在歌剧中捕捉到了这美妙的一刻——他们制作了星空的投影，旋转的星光照射向舞台之外的观众席上。

利兹·范胡斯：这说明《冷山》是永恒的。这不是一部关于南北战争的通俗小说。

查尔斯·弗雷泽：刚开始写这本书的时候，我很快意识到自己对南北战争不感兴趣，或者说，我不像别人那样津津乐道于每一场小型战役、小规模冲突、部队的每一次行军，等等。我希望故事讲述战争对普通人的影响，我只描述了其中一场战役，以此表现出战争的恐怖。我去了弗雷德里克斯堡——我读过英曼所在部队的历史记载——我站的地方可能离他在那一天战斗过的地方一百英尺远。你可以抬头眺望远山，山上有一座白色柱子的房子，将军们坐在门廊上观战。对我来说，这是令人厌恶的，我不想在写作中赞美那一次战役、那一场战争，或者那些坐在庞大的白房子门廊上的将军们。电影拍摄了克雷特战役——这是影片中唯一的战斗场面，罗马尼亚军队①扮演了北方联邦军和南方军队。但在我看来，弗雷德里克斯堡战役才是小说中至关重要的战役。

利兹·范胡斯：《冷山》最大的成就之一是，它既具有史诗的广度，又能让读者身临其境地感受到特定的时间和地点。所有去过北卡罗来纳州西部的人都会立刻认出这片土地和生长于斯的人们。

查尔斯·弗雷泽：对我来说，准确描述历史掌故的真实细节非常重要。我一直在琢磨，反复核对，再三斟酌。有很多古老的词汇，比如工具和厨房用具的名称，我在写这本书时最不希望写成“鲁比拿起一把调羹②，这是一种搅拌汤的器具”。我希望通过上下文可以清楚地表达这些词语的含义。

利兹·范胡斯：《冷山》文笔华美，富有节奏感，这是广受赞誉的特点之一，尤其是人物说话的腔调。您是否一直确信，阿巴拉契亚方言会在地区外的读者中引起广泛的共鸣？

查尔斯·弗雷泽：起先，我担心纽约的编辑会改成规范的语言。我想有很多人会认为，“有些人会读不懂，需要解释才能理解，因此，我们会失去一些读者”。但是，我不记得编辑伊丽莎白·施米茨有哪一次要求我过度解释任何事情。

利兹·范胡斯：小说最初写出来的时候，您是如何克服这些担心的？

查尔斯·弗雷泽：我在写这本书的时候，尽量不想出版的事情，因为那样你会以最快的速度陷入绝望：“哦，这些稿子最终会躺在地下室的一个箱子里。”我强迫自己不要有一丝那样的念头，就一心一意地写书。

利兹·范胡斯：现在，它不会躺在地下室的箱子里了。

---

① 电影是在罗马尼亚布加勒斯特郊外拍摄的，村里的农田被改造成美国弗吉尼亚州彼得斯堡的战场。1864 年 7 月 30 日的克雷特战役是南北战争中最血腥的战役之一，双方死亡人数估计为 6 300 人。

② 原文为 spurtle，一种源自苏格兰的铲形厨具，用于搅拌粥和浓汤等。

查尔斯·弗雷泽:去年的“一本书，一座费城”读书活动中，我在朗读结束后有一个问答环节，一位女士和她看上去十来岁的女儿站起来。妈妈说：“我想让艾达·鲁比认识您。”

利兹·范胡斯:真不可思议！您从祖先流传下来的故事改编的小说可谓余音绕梁，三日不绝。您的作品有了很多新的表现形式，这真是可喜可贺。

查尔斯·弗雷泽:我第一次聆听《冷山》歌剧是在纽约，古根海姆博物馆的“作品与进程”系列活动中。表演结束之后，导演说：“查尔斯，我刚才看着你的脸。你看起来很震惊。”我说：“你知道，书中有些段落里，英曼几乎无法开口，所以，他这么大声歌唱确实有点令人震惊。”观看表演非常吸引人，然后，我们来到金碧辉煌的圣菲歌剧院，坐在那里，观看那些角色。但事实上，自从我和伊丽莎白完成编辑之后，我再也没有读过《冷山》，除了我在公共活动中朗读的部分。

利兹·范胡斯:您会回到《冷山》故事发生的地方吗?

查尔斯·弗雷泽:大约十年前，我们卖掉了在罗利的房子。如今，我们在佛罗里达州中部有一个小马场，不过，我马上就要前往阿什维尔，我会在那里花很长一段时间写作。那里的生活会很舒适，还可以散散步。

再版译后记

丁宇岚

《冷山》是查尔斯·弗雷泽的第一部小说，当时他已经40出头，在北卡罗来纳州立大学担任英语写作课程的讲师。弗雷泽在寒暑假和业余时间创作《冷山》三四年之后，发现进展缓慢，便辞去了教职，与妻子在主人公英曼的出发地、北卡的首府“橡树之城”罗利北部建了一个10英亩的小农场，建造篱笆、种草、养马、忙农活，每天下午3点开始写作。前后一共花了六七年，才写完这部小说。

1997年，《冷山》出版后，很快登上了《纽约时报》畅销书榜首，几个月后获得了美国国家图书奖，20多年来一直畅销不衰，销量超过400万册。2003年，著名导演安东尼·明格拉将《冷山》拍成了电影，明星云集的影片一举获得了7项奥斯卡奖提名。如今，《冷山》已经成为一部文学经典之作。弗雷泽的童年是在北卡西部的安德鲁斯和富兰克林小镇度过的，冷山是他的祖父母居住的地方，位于北卡西部的皮斯加国家森林，是蓝岭山脉的一部分。查尔斯·弗雷泽热爱徒步旅行，或者在荒无人烟的小路上骑山地自行车，他从青年时代开始就一直四处漫游，徜徉在大自然的风光之中，有时身边还带着一本加里·斯奈德翻译的寒山诗。他甚至还跟人合写了一本塞拉俱乐部（Sierra Club）旅行指南《安第斯山脉探险》（1985），积累了自然文学写作的一手素材和亲身体验，在《冷山》自然风景的描写中，可以看出作者对北卡罗来纳州的山川河流有着如数家珍般的熟悉。

《冷山》取材自查尔斯·弗雷泽的祖辈流传下来的轶事，讲述了南北战争期间，南方邦联士兵 W. P. 英曼从部队开小差、徒步归家的故事。英曼在弗雷泽的家族中确有其人，他的身上糅合了弗雷泽的高叔祖父和高祖父的影子，他最初是听父亲讲述了这个故事，但没有英曼的照片，也没有他写的家信。根据英曼家族其他人的说法， 1864 年 12 月，真实的威廉·平克尼·英曼前往田纳西州参军，他和小说中的英曼一样参加了“弹坑之战”，受了伤，从罗利的一家医院开小差，在回家的路上，他在一个叫“大跺脚 ”的地方被搜捕逃兵的民兵自卫队打死。罗利是弗雷泽居住的地方，他妻子的祖母就在罗利的南北战争医院旧楼做过志愿者的工作，后来，那里成为一家退伍军人医院，据祖母的回忆，医院有着又高又大的窗户，这些后来都成为小说中的真实场景。据家族史记载， W. P. 英曼在去世前几个月，和玛格丽特·亨森生了一个女儿，起名叫威莉·艾达·英曼，她长大成人后，生了五个孩子。因此， W. P. 英曼的后裔遍布北卡罗来纳州和世界各地。 W. P. 英曼和他的三个兄弟上了战场，最后，只有两人幸存下来，回到家乡，其中之一是查尔斯·弗雷泽的高祖父詹姆斯·安德森·英曼，他后来成为一位牧师，并且修建了一座小教堂。弗雷泽在日记中写到，他在开始写《冷山》之前，曾经开车进入深山，去寻找一座坟墓，他看到一个墓穴中埋着两个男人，被蒂格的民兵自卫队射杀的一个小提琴手和一个弱智男孩，据目击者说，那个小提琴手演奏的曲子是《波拿巴的撤退》。后来，他把这两个人物也写进了《冷山》。小说快脱稿的时候，他又上路去寻找英曼的坟墓，爬上了父亲所说的埋葬真正的英曼的那座山上，但没有任何痕迹可以说明他究竟长眠在何处。只有一些塌陷的长方形土坑，木牌已经腐烂，石碑上的字迹也模糊难辨。

小说描写了英曼徒步走过漫漫长路、回到家乡的“奥德赛”故事，有两条相互缠绕的主线：一条讲述英曼归家之旅的艰难险阻，如同奥德修斯在海上漂泊一般，他也经历了各种惊险，遇到了各种各样的人；另一条讲述英曼的恋人艾达在家乡的山谷中，跟女伴鲁比一起开垦荒地、自给自足的生活，如同奥德修斯的妻子珀涅罗珀一样，她们也尝尽了战争年代的艰辛。但是，跟奥德修斯不同的是，英曼的归家之路上没有“忘忧果”、没有海妖塞壬，也没有女神卡吕普索的岛屿，只有战争的真实与残酷。假如说，英曼的线索是战争的血腥与残忍的世界，艾达和鲁比的线索是世外桃源般的家乡的宁静世界，小说中其实还有另一个世界，那便是冷山亘古不变的大自然，以及如同冷山一般古老的印第安切罗基人的神话世界。这三重世界交织在一起，构成了小说的基调，而其中出现的形形色色的人物，都在这个舞台上一一登场。

首先是美国南北战争的世界，众所周知，南北战争是美国历史上规模最大的一场内战，伴随着声势浩大的“废奴运动”，参战人数达 350 万人，共有 62 万人死于疆场。战争历时四年，到了南北战争的尾声，引发了大规模的逃兵潮，南方部队逃亡人数高达 10.34 万人。小说的主人公英曼并不是战争中的英雄人物，他是一个南方逃兵。小说一开头，他负伤躺在军队医院里，回忆起家乡和童年的情景，回忆起战斗的场面……这段回忆是小说中唯一正面描写南北战争的情节——弗雷德里克斯堡战役。“一整天，每次都有成千上万名联邦军士兵向石墙挺进，冲上山头被枪射倒。……那个漫长的下午，联邦军士兵像屋檐下的雨水一样纷纷跌下山去。”战斗结束后，英曼看见“一名士兵正在杀戮一群重伤的联邦兵，用一把铁锤砸他们的脑袋。伤兵们被排成一排，脑袋朝一个方向，士兵沿着头颅一溜小跑，一锤砸碎一颗脑袋，干净利落”。这个场景令人联想起 2024 年新上映的电影《美国内战》，无论历史过去多少年，战争的残酷总是惊人地相似。

在安东尼·明格拉执导的电影《冷山》中，战斗场面拍摄的是南北战争中最惨烈的战役之一——弗吉尼亚州彼得斯堡“弹坑之战”，在地雷爆炸造成的巨大弹坑中，成千上万名士兵涌入深坑，展开一场你死我活的杀戮，双方伤亡人数达 6 300 人。小说中，英曼也曾回忆起“弹坑之战”，“地狱裂开口子……这是最原始的战斗，几百个人仿佛被驱赶进一个山洞里，摩肩接踵地互相厮杀……联邦军几乎没有怎么抵抗，脚下全都是尸体和碎肢……地面被血浸得又黏又滑，湿漉漉的内脏发出可怕的臭味……周围环绕着粗糙的泥壁，仅能仰望一圈天空，仿佛这就是整个世界，战斗是这个世界的一切”。然而，弗雷泽并不打算写一部“伊利亚特”式的故事，他要写的是一个士兵决定归家，希望重归和平的“奥德赛”式的故事。目睹敌军惨状，英曼唯一的念头是：回家。

小说两条平行的主线之间，英曼和艾达各自回忆起两人相识、相恋的经过，如同闪亮的马赛克瓷片一般，镶嵌在奥德赛故事的框架之内，构成小说充满了古典之美和浪漫气息的基调。艾达和父亲门罗原本居住在南卡罗来纳州的港口城市查尔斯顿，那是美国南方最古老、最富有的小城。门罗患了肺痨之后，便带着女儿搬进冷山脚下的山村疗养，成为当地的一名牧师，并且买下了山谷里的20多英亩土地，除了阿尔卑斯山，从未见过其他山脉的艾达，从此成为了深山农场的女主人，然而，当时她并不需要依靠农场的产出，门罗在查尔斯顿投资大米、靛蓝染料和棉花，就有足够的金钱滚滚而来。

英曼去小教堂听门罗布道，第一次见到了艾达。虽然是倒春寒的阴雨天，艾达穿着象牙白的亚麻裙子，黑发编成复杂的发髻，楚楚动人，又手足无措，如同河岸边的杜鹃花鲜亮明艳……艾达跟山里的女人不一样，她的脑子里“充满了艺术、政治和文学的观念，从不吝啬表达自己的观点……法语和拉丁语很熟练，略懂一些希腊语”，她会弹钢琴，能用铅笔和水彩描绘风景和静物，到处转悠，画下吊钟柳花、曼陀罗的叶子……战前的最后一个冬天，门罗在圣诞节前四天举办了一场舞会。“会弹钢琴的人轮流上场，演奏圣诞颂歌和华尔兹舞曲，还有伤感的轻音乐。餐厅的桌上堆满了火腿小饼干、蛋糕、棕色的面包和肉馅派，还有一壶加了橘子、肉桂和丁香的茶……所有的玻璃盏煤油灯都点亮了，让在场的人们赞叹不已。煤油灯有波纹的灯罩仿佛盛开的花瓣”……后来的战争年代中，英曼和艾达各自回忆起那天晚上，厨房的火炉边，艾达“依偎在他怀中仰起头……希望永远不要离开他的怀抱……她藏在柔软躯体中的坚硬的骨头……头发散发着薰衣草的香味和她的体香”。

英曼上战场前最后一天，来跟艾达告别。艾达甚至没有说，她会永远等他回来，两人便各自转头离去。第二天，她来到英曼在县城居住的小屋，隔着门缝，艾达看见屋内的景况十分简陋，像个修道士的住处。英曼说，假如我被枪弹打死，再过五年，你可能连我的名字都记不起来了。

战争持续了四年，艾达和英曼的通信时断时续，一开始是雪片般的信件，然后，沉默的间隔就拉长了。艾达收到最后一封信的时候，也就是英曼在小说开头写的那封信，已经四个月没有他的消息了，而艾达寄出的便条，英曼已经无从收到。然而，战火纷飞之中，正是往昔片刻温存的回忆，以及执着的信念，一路支撑着英曼回到家乡。一路上，英曼耳闻目睹的只是战争的残暴，以及生计的萧条、人生的衰败，战争爆发前后的对照，回家的愿望才显得如此炽热、如此强烈。英曼在最后的那封信里写道："地面血流成河，我们看见鲜血在岩石上流淌，树干上留着血手印……"然而，他把信纸揉成一团，重新开始写，"你还记得四年前的圣诞前夜吗？我在厨房的炉子前，把你抱在膝盖上，你告诉我，你希望永远依偎着我，把你的头靠在我的肩上。如今，我内心痛苦地确信，假如你知道我所经历的一切，就会害怕再次坐在我的怀里。"

战火连绵中的恐怖经历，跟往昔温柔乡中的甜蜜形成鲜明的对照。一路上，英曼昼伏夜行，为了躲避抓捕逃兵的民兵，只往没有路的树林里走。他遭遇了形形色色的人，有摆渡的姑娘、流浪的吉卜赛人、为了黑人女奴被父亲赶出家门的浪荡子……还有一个打算把怀孕的情人扔进河水的牧师，英曼解救了那个姑娘。然而，牧师被教众赶出村子之后，却选择如影随形地跟着英曼一路前行，如同他的"邪恶"分身一般。两人在途中帮助了一个叫朱尼尔的农场主，却误入了他家中的"淫窟"——朱尼尔的老婆和她的两个姐妹，一心要诱惑英曼——并且，他们被朱尼尔设下圈套，出卖给了民兵。民兵在押解途中，扫射十几个俘虏，牧师被打死，英曼却死里逃生，被一个黄皮肤的奴隶搭救，并给他画了地图。接着，他又来到一个在荒野中流浪了 26 年的牧羊婆婆的营地，老婆婆让英曼饱餐了一顿羊肉，还用草药和鸦片酊治好了他的新伤和旧伤。

随后，英曼遇到了归途中最哀婉的一幕。途中投宿的一户人家，丈夫在战争中死去，留下年轻的女人和他的遗腹子。第二天，劫掠的民兵抢走了仅剩的一头猪，把姑娘捆绑起来，把婴儿扔在冰凉的地上。躲藏起来的英曼开枪打死了三个民兵，还帮忙宰杀了猪。然而，食物的匮乏是显而易见的，还有随时可能到来的危险，孩子生病了，英曼估计她活不过冬天。这一幕在年轻女人的歌声中远去，“最后，她终于放声唱了起来，这歌声根本不像音乐，而是某种灵魂苦难的悲伤宣泄……萨拉献上的歌声，似乎给不了别人任何安慰，对孩子是如此，英曼就更不用说了。这份沉重的礼物，本身就充满了凄凉，又怎能减轻别人的悲伤？”

那么，战争爆发之后，独自守候在家中的艾达到底面临怎样的境况呢？首先是门罗的死去。他在院子里的一棵梨花树下溘然长逝，几乎是无疾而终。由于战争和禁运造成的困难，门罗在查尔斯顿的财产收入几乎为零。战争刚爆发的时候，门罗仍在雇用一位白人长工，然而，他过世后不久，雇工担心应征入伍，便不告而别，逃到联邦军占领的区域。在小说开头的时候，艾达给母牛挤了奶，喂了马，便不知该做什么其他事情。她每天吃些牛奶、炒蛋和沙拉，任由鸡群自生自灭，菜园衰败， 300 英亩的陡坡和谷地，一片荒芜。山里人遭受南北战争双方的洗劫，北军袭击边境，掠夺粮食，民兵像强盗似的横行乡里。

艾达几乎没有选择，即便她把农场卖掉，回到查尔斯顿，她的生活也维持不了多久，或者“作为饥不择食的老处女”找个人嫁了，“手头仅有的钱大部分花在买合适的衣服上，然后跟处于查尔斯顿社交圈三四流、一无是处的老光棍谈婚论嫁，因为跟她年龄相当的男人都去打仗了。……假如她这样灰头土脸地回到查尔斯顿，很少会有人同情她，人们只会对她冷嘲热讽，因为在许多人眼中，她白白浪费了飞逝的青春年华”。即使在和平年代，艾达也从未努力把自己嫁出去， 19 岁那年她就断然拒绝了两桩婚事，因为求婚者的兴趣全部局限在生意、打猎和马匹上，缺乏丰富的思想、情感和存在意识，让她感到极为厌烦。艾达也因此被熟人当成了怪物。艾达关于查尔斯顿最后的记忆是表姐家举办的舞会。整整三天的狂欢之后，舞会的最后一个晚上，她跟一个来自萨凡纳的有钱的靛蓝染料商人的儿子布朗特去河上划船，布朗特马上就要去参军。然而，他发表了一番豪言壮语之后，却突然陷入了沉默，看着黑洞洞的船底，他带着醉意承认自己对将要来临的战争惊恐万分，“不断梦见各种可怕的死亡方式，他肯定终有一天，自己会以某种方式死去”。艾达感到喉咙仿佛被堵住了，一句话都说不出来。此后，艾达再也没有见到过他，但是，从表姐的一封信中，她得知布朗特最终在葛底斯堡战死沙场，就是这样一个人，从墓地岭撤退的时候，宁死也要倒退着走，不愿意被人当做逃兵而背部中枪，最后，他是面部中弹而死的。

即便如今境况窘迫，艾达也回不去查尔斯顿了，她孤苦伶仃、举目无亲，而蓝色的山岭却向她敞开了怀抱，把她留在了冷山。正在她不知道下一步该怎么办的时候，来了一位叫鲁比的姑娘。鲁比跟艾达一样，生下来就失去了母亲，跟艾达不同的是，她的父亲斯托布洛德是个不负责任的流浪汉，对鲁比疏于照顾，他们住在烂泥地的棚屋里，鲁比从蹒跚学步开始，就自己在树林里觅食，或者到好心人家讨饭。鲁比从未进过学校，只字不识，但她从10岁开始就对山区方圆25英里之内的风物了如指掌。

鲁比跟艾达约法三章：“假如我在这里给你帮忙，我们都得明白事理，各倒各的夜壶。”鲁比的意思是说，两人平等相处。第二天，她就搬进山谷，教艾达如何经营农场，艾达也得干活。两个姑娘吃完第一顿鸡肉面团汤之后，就一起清点了农场里的物品，列出需要做的事项清单：开垦土地、在菜园里种植秋季的蔬菜、修理牲口棚、收割牧草、深挖储菜屋、磨面粉、养珍珠鸡、在树林里散养猪和小羊、酿苹果酒……这样，土地的产出不仅能供她们温饱，还能跟邻居交换其他生活用品。艾达听从鲁比，卖掉了钢琴，还把从角落里找到的一袋咖啡豆，跟邻居交换了腌肉、土豆、玉米、旧纺车和织布机，以及最有价值的盐。黄昏吃过晚饭后，她们便坐在门廊上，从《荷马史诗》开始朗读，鲁比对忠贞的珀涅罗珀感到厌烦，她怀疑奥德修斯有着跟她父亲一样的品性，他一路的磨难，在她眼中就是“众英雄被关在猪圈里，一边喝酒，一边讲故事”。艾达的世外桃源是小说中的第二个世界，代表了远离战火的宁静家园，这个家园在艾达和鲁比的共同努力下，变成了一个自给自足的庇护所，山谷甚至救助了鲁比同样当了逃兵的父亲和他的伙伴。

小说中还有另一个世界，那就是比战争与家园更古老、更永恒的冷山。何为冷山？那是北卡蓝岭山脉的一部分，弗雷泽的祖先们生活的地方，艾达和鲁比开垦荒原的山谷，也是英曼长途跋涉的目的地。无论是英曼艰辛的旅途中，还是艾达和鲁比辛勤的耕作中，大自然一直默默地守护和包容着一切，超越了种族、战争、饥荒，以及南方和北方的对峙，成为一种永恒的信念。英曼在归家的途中，随身带着一本美国自然作家巴特拉姆的《旅行笔记》，每当他翻开这本书，脑海里就涌起家乡的地貌，“冷山，它所有的山脉、峡谷和河流。鸽子河，小东岔口，索雷尔谷，深峡，火烧岭……”弗雷泽在写《冷山》的时候，拿着一张 19 世纪中期的地图，从罗利往西到北卡罗来纳州西部，一遍又一遍走过英曼的路线。随便翻开小说的哪一页，都可以当做优美的自然文学来阅读，小说开头，英曼便回忆起跟切罗基人小伙伴一起眺望的远山，“蓝色的远山一层比一层更淡，最终与长天融为一色。整个世界仿佛只剩下山川与河谷。……斯温莫举手掠过地平线，指向冷山说，你还见过更雄伟的大山吗？清晨高山上的空气冷冽，山谷中云雾缭绕，山峰从云海中浮现，仿佛陡峭的蓝色岛屿散落在一片苍茫大海间”。

对北卡罗来纳州的当地人来说，南北战争并不意味着一场解放黑奴的战争，弗雷泽的祖辈和他们认识的人都没有奴隶，在南部山区只有百分之七八的人拥有奴隶，但很多人都是志愿参军的，正如弗雷泽所说，南北战争是两种经济体系之间的冲突，南方种植园的农业经济需要大量奴隶，而北方是不断发展的工业资本主义，像英曼这样的人则生活在更古老的自给自足的农业经济中，对他们来说，参战只是为了抵抗对家园的入侵。这一点在英曼离开前线的医院，一路上看到的风景变化中就能体察到。最初，平原是“污泥和泔水之乡，是泥泞的沼泽地，是整个大陆的下水道”，他遭遇的第一条河流肮脏而浑浊，粪黄色的液体像刚熬的糖浆一样黏稠，而“在他的家乡，‘河流’这个词意味着岩石、苔藓和流水声，干净的河水在强大的地心引力的作用下湍急奔流。在他生活的地区，没有一条溪流太过宽阔……无论哪一段河水都是清澈见底”。即便是鱼类的差异也如此巨大，肮脏的大河里生长着怪物般的大鱼，肉质就跟猪肥膘一样软塌塌的，“跟生活在鸽子河上游的小鳟鱼相比，这种鱼真是判若云泥。从冷山上奔流而下的河水中，鳟鱼很少会比人的手掌大，明亮又结实，好像飞舞的银刨花一样”。

对英曼来说，唯一值得为之战斗的，唯有在家乡无忧无虑生活的权利，因此，“他想回到家乡，在高高的冷山上给自己建一座小木屋，高到除了穿过秋云的夜鹰，没有一个灵魂会听见他悲伤的哭泣。他的生活将无比安静，安静到连耳朵都用不着”。这个亘古不变的大自然，是跟切罗基人的传说联系在一起的。刚经历了战火的英曼，感觉自己的灵魂已经在炮火中消散，内心所剩无几，然而，他回忆起切罗基人小伙伴讲过的故事，却给他带来了深深的安慰。切罗基人的传说中，苍穹之上，森林里居住着神族，死去的灵魂会在高天重生，冷山最高的黑色峰顶，便是神域比较低的地界。英曼从前接受的教诲，早已被一把战火烧光了，从此以后，他便把冷山当做了一个圣地。英曼在告别艾达上战场之前，曾给她讲过从一个切罗基老妇人那里听来的故事。她说，冷山上有一块光明石，是一个世外桃源的大门，人们斋戒七天之后，光明石像大门一样打开，就能进入另一个国度。

最后，英曼终于回到了冷山的怀抱，他在那里见到了艾达，大雪纷飞中，他们最终认出了彼此。直到最后一刻，英曼始终不知道艾达是否会接受他，但他认为“艾达会把他从烦恼中拯救出来，赎回他过去四年经历的一切”，要不然，他就前往光明石，或者，去得克萨斯州，甚至更蛮荒的地方。然而，艾达认出了他。他们终于幸福地在一起，幻想着未来宁静的岁月，他们会随心所欲，按照季节的轮回来安排生活。然而，几天之后，在他们返回山谷的途中，英曼却被前来搜寻的民兵开枪打死了。许多年过去了，艾达生下了一个女孩。鲁比的父亲斯托布洛克死里逃生，活了下来。鲁比与同样是逃兵的佐治亚州小伙子结了婚，生了三个男孩。

八年前，我受中信出版社之邀，翻译《冷山》的时候，正值纸媒行业的冬天，我辞去了最后一份媒体工作，因此，得以有大半年的时间完全沉浸在《冷山》之中。《冷山》的每一段文字，都值得一再重读，优美的叙事犹如一个世外桃源，足以将纷繁世事隔绝在外。

作者查尔斯·弗雷泽是在南阿巴拉契亚山脉长大的，从小听老人用地道的阿巴拉契亚方言说话，他在创作《冷山》的时候，刻意运用了带有历史感的语言，这主要体现在当时使用的器具中，在他的童年时代，南部山区仍有以19世纪的方式用骡子耕地的农场，但大部分细节是从图书馆里的旧日记、信件而来的。《冷山》的人物对话短促而简洁，以破折号代替了引号，直到今天，阿巴拉契亚山脉还有用这种古老方式说话的人，弗雷泽在访谈中说他原本担心纽约的编辑会改成规范的语言，免得阿巴拉契亚地区之外的读者会读不懂，但实际上编辑没有让他过多地解释。然而，我在翻译中感觉到的难点，反而是一些战斗场面的描述，以及当时的武器构造的细节，比如说，英曼在路边一家商店门廊上碰到的一个男人“正忙着用通步枪滑膛的引火嘴针清理指甲”，而旁边摆着的一支惠特沃思步枪，配有可以用来校准风力偏差和海拔高度的黄铜瞄准仪，随后，英曼和铁匠发生了一场徒手夺镰刀的短兵相接，这样的场面描述就很需要空间想象力。而英曼和艾达最后相逢的场景中，艾达手握的是一把精美的猎枪，有着蔓叶雕饰和精致的击锤，射击的过程让人感觉非常微妙。此外，书中充满了植物学、南北战争时代的美国建筑、乐器之类的知识，弗雷泽为了创作《冷山》，曾经花了两三年学习植物知识，无论是山川风景的自然描写，还是农耕中的各种菜蔬，这些都构成了《冷山》的文字中最优美的段落，也是翻译过程中最令人愉悦的部分。《冷山》（中信版）出版之后，曾有一位班卓琴专业人士在公众号上指出，用猫皮做的“head”指的是琴皮，而不是琴头，因为早期的班卓琴都是采用小牛皮、山羊皮之类制作，甚至猫皮、土拨鼠皮等。弗雷泽本人也十分重视音乐在书中的角色，刚开始创作的时候，他就开始收集这类音乐，比如，一位老人在1920年录制的一首班卓琴民谣，这让他感到对19世纪阿巴拉契亚山脉的古老文化有了直接的接触。

在此，我要感谢中信的木草草（杨菊蓉）、高晓明、寇潇月等几位编辑，也要感谢译文社的编辑宋佥，使我的《冷山》译本得以再版，并仔细对照原文，修订了几处不易察觉的错误，还要感谢指出音乐方面问题的热心读者。光阴荏苒，这几年里，经历了全球新冠疫情、上海封城，重读这本书的时候，我仿佛也感受到南北战争年代人们生活的不易，也希望《冷山》能带给读者更多的坚韧、希望与勇气。前两天，台风“贝碧嘉”和“普拉桑”接连登陆上海，台风过后，漫步在公园里，只见到处是刮断的树枝，阻挡了花园的小径，见此情景，忽然联想起《冷山》的开头，艾达独自在荒凉宅邸中的情景：“黄杨外面的叶子长得密不透风……枝叶间斑驳地漏出一点淡蓝色的天空……如果偶尔有几滴雨穿过叶子掉下来，扑通一声落在尘土上，砸出一个个小坑，那便说明虽然她躲在里面没有淋湿，外面却显然大雨倾盆。艾达希望永远别离开这个安全的避难所……”我想说的是，翻译《冷山》曾经给我带来了深深的安慰和疗愈，无论哪个时代，无论身处何地，人生的境遇如何，《冷山》永远是一座属于所有人的“世外桃源”。